Cara Hunter vit à Oxford où se déroulent les intrigues de ses romans. Après des études de littérature, elle se consacre à l'écriture, et le succès ne se fait pas attendre : récompensés par de nombreux prix littéraires, ses romans sont traduits dans le monde entier, et les enquêtes d'Adam Fawley, déjà vendues à un million d'exemplaires au Royaume-Uni, donneront bientôt lieu à une adaptation en série télévisée.

De la même autrice :

Une enquête d'Adam Fawley :

Sous nos yeux

Dans les ténèbres

Que du feu

Dernier cri

Toute la vérité

Ce livre est également disponible au format numérique

www.editions-hauteville.fr

Cara Hunter

Que du feu

Une enquête d'Adam Fawley – 3

Traduit de l'anglais (Grande-Bretagne)
par Nathalie Guillaume

Hauteville

Hauteville est un label des éditions Bragelonne

Titre original : *No Way Out*
Initialement publié en Grande-Bretagne
par Penguin Books UK.

ISBN : 978-2-38122-092-5

Bragelonne – Hauteville
60-62, rue d'Hauteville – 75010 Paris

E-mail : info@editions-hauteville.fr
Site Internet : www.editions-hauteville.fr

Pour Sarah,
parce que tout le monde a besoin
d'un mur des merveilles.

04/01/2018 00h55

Vidéo de caméra de casque, pompier Fletcher, Service d'incendie et de secours d'Oxfordshire

Incident à Felix House, 23 Southey Road, Oxford
La vidéo commence tandis que deux camions de pompiers s'arrêtent dans une rue de banlieue. Ce sont d'imposants pavillons. Il fait nuit. Sirènes, lumières qui clignotent.

RÉPARTITION LUTTE ANTI-INCENDIE AUX ENGINS :
Personnes signalées dans cet incident. L'appelant fait état de quatre individus potentiels dans le logement. Deux adultes, deux enfants.

COMMANDANT D'INTERVENTION :
Bien reçu. À présent sur les lieux. Incendie très avancé au rez-de-chaussée.

La caméra se tourne directement vers une maison avec de la fumée noire qui s'élève de la fenêtre supérieure droite, et feu visible aux étages en dessous. Une demi-douzaine de passants et voisins dans la rue. Des cris se font entendre, d'autres sirènes retentissent. Un véhicule de police s'arrête devant la maison. Des pompiers descendent des échelles, tirent le dévidoir du tuyau, enfilent des appareils respiratoires.

COMMANDANT D'INTERVENTION AUX ÉQUIPES:
Aucun des voisins n'a vu la famille, alors j'ai besoin de deux pompiers appareillés pour procéder à l'inspection du premier étage.

AGENT SÉCURITÉ D'ENTRÉE DES APPAREILLÉS:
Bien reçu. Équipe Alpha 1 s'apprête à entrer.

Flammes clairement visibles par la porte d'entrée vitrée. L'équipe appareillée Alpha 1 dirigée par le pompier Fletcher remonte l'allée de la maison. Une échelle s'élève du côté gauche. Fletcher grimpe avec un dévidoir. Des sons de voix étouffées et d'interférences radio. Respiration forte dans le masque de l'AR. La caméra se déplace par-dessus le rebord de la fenêtre jusque dans la pièce. Fumée épaisse. Le rayon de la torche du casque passe de gauche à droite, révélant des étagères, une commode, un fauteuil. Pas de flammes visibles, mais le tapis se consume. La caméra se retourne vers la fenêtre, un plan du pompier Evans montant l'échelle.

AGENT SÉCURITÉ D'ENTRÉE DES APPAREILLÉS :
Équipe Alpha 1, des traces de victimes ?

FLETCHER (respirant fortement) :
Négatif.

Fletcher va vers la porte et sort sur le palier. La caméra s'agite d'un côté à l'autre, le faisceau éclaire trois autres portes et un escalier menant à l'étage. La cage inférieure montre une lumière vacillante de flammes au rez-de-chaussée, des étincelles dans l'air, de la fumée qui monte en cône dans l'escalier et le long du couloir. D'autres crépitements dans le système de communication, un bruit d'eau provenant des tuyaux tandis que les pompiers tentent d'éteindre le feu de l'extérieur. Fletcher avance vers une porte adjacente entrouverte. Des posters de foot et un lit d'enfant à peine visibles dans la fumée. Des couvertures repoussées, mais aucun occupant. Il inspecte la chambre et vérifie sous le lit.

AGENT SÉCURITÉ D'ENTRÉE DES APPAREILLÉS:
Équipe Alpha 1, pour information, les voisins disent qu'il y a un garçon de dix ou onze ans, et un enfant en bas âge.

Fletcher ressort sur le palier et va à la porte suivante. Elle est ouverte. La fumée est beaucoup plus épaisse ici. Le feu est bien installé – tapis, rideaux et lit de bébé en flammes. Fletcher se précipite vers le lit. Il y a un enfant, immobile. Il se précipite vers la première chambre et tend l'enfant au pompier Evans sur l'échelle à la fenêtre. Rafale d'air dans la pièce. Le tapis prend feu.

FLETCHER:
Équipe Alpha 1 à ASEA. Une victime trouvée et sortie *via* l'échelle. Enfant. Inconscient.

COMMANDANT D'INTERVENTION:
Bien reçu, Alpha 1. Secours sur place.

Fletcher retourne sur le palier suivi par le pompier Waites. Se dirige vers le haut de l'escalier. Les pompiers Evans et Jones entrent à leur tour dans le bâtiment à la recherche de victimes, et s'approchent depuis l'autre côté.

FLETCHER:
Vous avez trouvé quelqu'un ?

Evans fait signe que non. Jones a une caméra thermique portative. Il explore les alentours et signale une urgence dans l'escalier.

JONES:
Il y a quelqu'un en bas – près de la dernière marche.

FLETCHER:
Alpha 1 à ASEA. Victime identifiée en bas de l'escalier. Ça pourrait être l'autre gamin. On descend.

L'équipe Alpha 1 descend. Le plancher de l'entrée est en feu, et l'embrasement est bien avancé dans toutes les directions. Ils soulèvent la victime et refont le trajet inverse jusqu'au premier étage où ils tendent le corps à l'équipe Alpha 2, qui l'amène à l'échelle. Des bruits soudains d'explosion et d'effondrement de structures tandis que l'incendie atteint l'étage supérieur. Des cris et une alerte à la radio. Des flammes maintenant visibles à la porte de la chambre.

WAITES:
Merde – retour de flamme – retour de flamme !

COMMANDANT D'INTERVENTION:
Évacuez, je répète, évacuez.

FLETCHER (haletant):
Il doit y avoir d'autres gens, ici – je retourne à l'intérieur.

COMMANDANT D'INTERVENTION:
Négatif. Je répète: négatif. Haut risque vital. Foutez-moi le camp. Je répète: foutez le camp tout de suite. Équipe Alpha 1 prenez acte…

Les bruits d'une autre explosion. Silence radio.

J'ai horreur de Noël. Je suppose que j'ai dû aimer ça un jour, quand j'étais gamin, mais je ne m'en souviens pas. Dès que j'ai eu l'âge, j'allais marcher – toutes les excuses étaient bonnes pour sortir de la maison. Je n'avais jamais nulle part où aller, mais je préférais encore errer dans la rue plutôt que de rester assis dans le salon, à se regarder en chiens de faïence, ou que de subir l'exquise torture d'un énième épisode spécial Noël d'*Only Fools and Horses*. Et plus je vieillis, plus j'ai horreur de cette période de l'année. La joyeuse camelote festive qui règne de fin octobre jusqu'à bien après le nouvel an.

« Tu changeras d'avis, me disait-on, quand tu auras des enfants. Tu verras : Noël avec ton enfant est un moment merveilleux. »

Et ça l'a été. Lorsque nous avions Jake, ça l'a été. Je me souviens de lui en train de confectionner d'incroyables décorations de Noël en papier – des rennes, des bonshommes de neige et des ours polaires soigneusement découpés. L'intérieur était décoré avec des feuilles de houx, il y avait des oranges dans les chaussettes sous le sapin et de petites guirlandes scintillantes dans le jardin. Je me rappelle qu'une année, il a neigé. Jake est resté là, à la fenêtre de sa chambre, complètement fasciné tandis que de gros flocons tournoyaient doucement, à peine assez lourds pour tomber. Alors oui, c'était magique. Mais que se passe-t-il quand vous avez perdu l'enfant qui faisait de Noël une fête ? Et alors quoi ? Les gens ne vous parlent jamais de ça. Ils ne vous disent pas comment affronter le Noël d'après. Ni les suivants.

Il y a le travail, bien sûr. Du moins pour moi. Quoique Noël soit une période pourrie pour un officier de police. À peu près tous les crimes auxquels vous pourriez songer augmentent. Vols, violences domestiques, troubles à l'ordre public. Rien de gravissime dans l'ensemble, mais la quantité de foutue paperasse que ça génère reste la même. Les gens boivent trop, ont trop de temps à tuer, et une telle proximité avec ceux qu'ils sont censés aimer qu'ils s'aperçoivent que, en réalité, ce n'est pas le cas. Entre ça et tous les collègues qui veulent prendre des congés, on est toujours en sous-effectif. Ce qui est une très longue manière d'expliquer pourquoi je suis planté dans une cuisine glaciale à 5 h 35 du matin dans la zone blanche au bout des fêtes, les yeux perdus dans le noir, écoutant les infos de Radio 4 en attendant que la bouilloire chauffe. Il y a des assiettes sales dans l'évier parce que j'ai la flemme de vider le lave-vaisselle, les poubelles débordent parce que j'ai raté le changement de jour de ramassage, et le bac à compostage s'est répandu dans l'allée sur le côté de la maison, peut-être avec le concours du chat des voisins, mais plus probablement celui du renard que j'ai repéré dans le jardin dernièrement, à l'aube. Et si vous vous demandez ce que je fais debout à une heure pareille, eh bien, vous n'aurez pas à vous poser la question très longtemps.

La radio passe à « La prière du jour », et je l'éteins. Je ne mange pas de ce pain-là. Et certainement pas à cette heure-ci. Je prends mon portable, hésite un instant, puis passe l'appel. Et, oui, je sais que ce n'est pas une heure, mais je ne pense pas la réveiller. Elle met son téléphone sur silencieux la nuit. Comme tout être humain normalement constitué.

J'entends les quatre sonneries prévisibles, le clic, et la voix féminine pas vraiment humaine me disant que la personne que j'appelle n'est pas joignable. Puis la tonalité.

« Alex, c'est moi. Rien de grave. Je voulais juste vérifier que tu allais bien. Que ça t'a réussi de prendre du recul, d'avoir du temps pour réfléchir… »

À quoi ça rime de parler à des machines qui vous font bafouiller comme des demeurés ? Il y a une tache marron collante sur le plan de travail que je ne me rappelle pas avoir vue là hier. Je commence à la gratter avec l'ongle de mon pouce.

« Passe le bonjour à ta sœur. (Une pause.) C'est tout, voilà. Juste, appelle-moi, OK ? »

J'écoute le silence. Je sais que c'est impossible, mais j'espère au fond de moi qu'elle est aussi en train d'écouter. Qu'elle décrochera.

« Tu me manques. »

Je t'aime.

Ce que j'aurais dû dire, mais, évidemment, je garde ça pour moi. Je tente de ne pas me souvenir depuis combien de temps exactement elle ne m'a pas adressé la parole. Une semaine ? Plus. Je crois que c'était le lendemain du Boxing Day. Je m'obstinais à espérer que le nouvel an changerait la donne. Qu'on pourrait mettre toute cette histoire derrière nous, comme si la nouvelle année pouvait changer quoi que ce soit à ce qu'elle ressent. À ce que *je* ressens.

L'eau bout et je furète dans le placard à la recherche de café. Tout ce qui reste est le bocal d'instantané bas de gamme qu'Alex réserve aux plombiers et décorateurs. Nous sommes à court de ces capsules hors de prix depuis des jours. C'était Alex qui rêvait d'avoir cette machine. L'instantané pas cher fait l'affaire, cela dit, et je viens de m'en servir un second lorsque le téléphone sonne.

— Alex ?

— Non, chef. C'est moi, Gislingham.

Je sens mes joues s'embraser. Il ne lui a sans doute pas échappé que je suis désespéré.

— Qu'est-ce qu'il y a, Gis ?

— Désolé d'appeler si tôt, chef. Je suis à Southey Road. Il y a eu un incendie dans la nuit. Les gars se démènent encore pour le maîtriser.

— Des victimes ?

Question inutile. Gis ne m'appellerait pas à 5 h 45 dans le cas contraire.

Je l'entends prendre une inspiration.

— Seulement une jusqu'ici, chef. Un môme. Il y a un garçon plus âgé aussi, mais on a réussi à le récupérer in extremis. Il a été transféré au John-Rad.

— Aucun signe des parents ?

— Pas encore.

— Merde.

— Je sais. Nous essayons de tenir la presse à l'écart de cette affaire, mais ce n'est qu'une question de temps. Désolé de vous tirer du lit et tout, mais je pense que vous devriez voir ça…

— J'étais déjà réveillé. J'arrive.

À Southey Road, Gislingham remet son téléphone dans sa poche. Il avait hésité à appeler. Même s'il ne le dirait jamais à haute voix et qu'il culpabilise à cette seule idée, Fawley a clairement été à côté de ses pompes, ces derniers temps. Pas juste irascible, quoiqu'il l'ait été aussi. Distrait. Préoccupé. Il n'est pas allé à la fête de Noël avec ses collègues, mais puisqu'il passe son temps à répéter à quel point il déteste Noël, on ne lui en voudra pas. D'autre part, la rumeur court que sa femme l'a quitté, et, à en juger par son uniforme froissé, c'est une piste sérieuse. La chemise de Gislingham ne fait pas très flic non plus, mais ce n'est jamais le cas, étant donné qu'il s'en charge lui-même. Il n'a jamais su s'y prendre pour repasser les cols.

Il se tourne et parcourt l'allée vers la maison. Les flammes ont faibli, mais les pompiers équipés d'appareils respiratoires dirigent encore leurs jets d'eau vers les fenêtres du pavillon, et d'énormes panaches de fumée dense s'élèvent dans le ciel noir. L'air est saturé de suie et de l'odeur du plastique brûlé.

Le commandant d'intervention vient vers lui, ses bottes crissant sur le gravier.

— Entre nous, très certainement un incendie criminel, mais il va falloir un moment avant que l'équipe puisse entrer pour mener l'enquête. A priori, ça a dû démarrer dans le salon, mais le toit s'est complètement effondré, alors ne notez pas ce que je vous ai dit.

— Donc on envisage la présence d'autres victimes dans l'incendie ?

— Possible. Mais il y a trois étages de décombres écroulés de ce côté. Dieu sait combien de temps ça prendra de tout passer au crible. (Il ôte son casque et s'essuie le front du revers de la main.) Vous avez des nouvelles du garçon ?

— Pas encore. L'un de mes collègues est parti avec l'ambulance. Je vous tiens au courant dès que j'en sais plus.

Le pompier grimace. Il connaît les probabilités ; il fait ça depuis longtemps. Il prend une gorgée d'eau.

— Où est Quinn ? En vacances ?

Gislingham secoue la tête.

— C'est mon affaire. Je suis inspecteur suppléant.

Le capitaine hausse un sourcil.

— J'ai entendu dire que Quinn s'était mis dans la merde. Mais j'ignorais que c'était à ce point.

Gislingham hausse les épaules.

— Sans commentaires.

Le pompier l'observe un instant dans la lueur bleue et palpitante.

— Il faut le temps de s'y habituer, pas vrai ? finit-il par dire. À être aux commandes.

Puis il jette la bouteille d'eau et se dirige vers le camion de pompiers, tapotant le bras de Gislingham au passage.

— Foncez, mon vieux. Il faut savoir saisir sa chance. Personne d'autre ne le fera à votre place.

Ce qui est globalement ce que l'épouse de Gislingham lui a dit lorsqu'il lui a annoncé la nouvelle. Ça, et le fait que Quinn se soit mis lui-même dans ce merdier, et que cet argent en plus ne leur ferait pas de mal, maintenant que Billy grandit. Que devait-il à Quinn, de toute façon ? Une question dont il avait sagement décidé de supposer qu'elle était purement rhétorique.

Il regarde autour de lui un instant, puis se dirige vers l'uniforme qui se tient derrière le cordon de police. Il y a quelques badauds dans la rue, mais, compte tenu de l'heure et du froid, ils ne sont pas bien nombreux. Quoique Gislingham reconnaisse un journaliste de l'*Oxford Mail* qui essaie – en vain – d'attirer son attention depuis dix bonnes minutes.

Il se tourne vers l'agent.

— Est-ce qu'on a commencé le porte-à-porte ?

— C'est en cours depuis peu, inspecteur. On a réussi à dénicher trois personnes. Ce n'est pas beaucoup, mais…

— Ouais, je sais. Tout le monde est en vacances.

Une voiture s'arrête dans la rue, et quelqu'un en sort. En exhibant prestement, solennellement sa plaque. Et ce n'est pas la seule chose qui saute aux yeux. Gislingham prend une profonde inspiration. C'est la voiture de Quinn.

* * *

Oxford Mail en ligne
Jeudi 4 janvier 2018
Dernière mise à jour à 8 h 18

Une victime dans un incendie domestique à Oxford

Un garçon de trois ans est mort après qu'un incendie a dévasté une maison édouardienne de sept chambres à Southey Road aux premières heures ce matin. Les causes de l'incendie sont encore inconnues, mais le Service d'incendie et de secours d'Oxfordshire travaille de très près avec une équipe médico-légale de la police pour déterminer exactement comment il s'est déclenché. Une seconde victime, identifiée par les voisins comme étant le frère aîné du bébé, a été amenée en ambulance à l'hôpital John-Radcliffe, souffrant vraisemblablement d'asphyxie.

Les services d'urgence ont été prévenus peu après 00 h 40, lorsqu'un voisin a vu des flammes s'échapper d'une fenêtre du rez-de-chaussée. Patrick Moreton, chef de la caserne de pompiers de Rewley Road, a déclaré que l'incendie était bien avancé au moment où son équipe est arrivée sur les lieux, et il a fallu plus de quatre heures pour le maîtriser. Il est encore trop

tôt pour dire si des décorations de Noël inflammables pourraient avoir contribué à l'embrasement. Il rappelle à cette occasion « l'importance de prendre les précautions de sécurité adéquates lorsqu'on utilise des décorations comme des bougies et du matériel inflammable telles que des guirlandes de Noël, et la nécessité de tester vos détecteurs de fumée au moins une fois par semaine ».
La police de Thames Valley a refusé tout commentaire au sujet des deux enfants retrouvés dans la maison en flammes.

65 commentaires

Janeelliottcornwallis
Est-ce que j'ai raté quelque chose ou les parents n'étaient pas dans la maison lors de l'incendie ? Ils ont laissé ces deux gamins tout seuls – à cet âge ? Les mots me manquent, vraiment

111chris_the_bliss
Probablement sortis se bourrer la gueule quelque part. Ce genre-là – que du gin et Jaguar –, c'est tout moi

ernest_payne_gardener22
Je suis passé devant cette maison il y a une heure – l'un des côtés s'est complètement effondré. Il pourrait facilement y avoir d'autres corps, là-dedans. Laissez le temps à la police de faire son boulot

Josephyosef88188
J'aimerais que les gens prennent conscience des risques d'incendie que posent les décorations

de Noël. Pour avoir été pompier pendant trente ans, j'ai vu de terribles incendies dus à ça.

Un garçon de 15 ans arrêté suite à une agression à l'arme blanche à Blackbird Leys
Un adolescent est interrogé par la police après l'agression au couteau qui a été fatale à Damien Parry, 16 ans, le soir du nouvel an…*/suite*

Perturbations à prévoir dans les transports en raison d'importantes chutes de neige
Le Met Office a publié une alerte de vigilance jaune alors que des rafales glaciales s'apprêtent à arriver de Sibérie la semaine prochaine…*/suite*

Le conseil municipal annonce de nouvelles mesures pour réduire la pollution de l'air à Oxford
Le conseil municipal d'Oxford est prêt à présenter un nouveau plan inédit pour réduire les émissions de diesel dans les zones résidentielles…*/suite*

Oxford United bat MK Dons 3-1
Thomas, van Kessel et Obika marquent tous dans un match à domicile animé…*/suite*

---

* * *

C'est seulement lorsque je signale que je tourne à gauche sur Banbury Road que je me rappelle exactement où se trouve Southey Road. À trois rues au nord de Frampton Road. Frampton Road, comme dans William Harper et ce que nous avons découvert dans sa cave. Les journaux l'ont surnommé le « Fritzl d'Oxford ». Du moins au début. Ça fait huit mois maintenant, mais j'étais encore au tribunal en décembre, et le dossier est toujours sur mon bureau, attendant de prendre la direction des archives. On ne va pas l'oublier de sitôt, celui-là. Surtout pas Quinn. Inspecteur en chef à l'époque, désormais inspecteur tout court. En parlant de lui, sa nouvelle Audi noire est la première chose que je vois tandis que je m'arrête dans la rue et coupe le contact. Mais bon, il a toujours été snob en matière de bagnoles. Je ne saurais vous dire ce que Gislingham conduit, et j'ai dû voir cette foutue voiture mille fois. Quant aux lieux, l'incendie est peut-être sous contrôle, mais c'est tout de même le cirque. Deux camions de pompiers et trois véhicules de police. Des curieux. Des gens qui prennent des photos sur leurs téléphones. Dieu merci, on a garé le fourgon des pompes funèbres hors de vue.

Quinn et Gislingham sont devant la maison et se tournent vers moi alors que j'avance dans leur direction. Quinn piétine dans le froid, mais, en dehors de ça, le langage corporel est gêné, pour le moins. Il s'est adapté au poste d'inspecteur en chef comme un chien à l'eau – zéro hésitation, un maximum de bruit –, mais il lui est beaucoup plus difficile de redescendre au grade de simple inspecteur. Enfin, vous savez ce qu'on dit, monter en grade est facile ; dans le sens inverse, c'est une autre paire de manches. Il essaie de se comporter comme s'il n'avait pas les boules, bien sûr, mais c'est cette partie de son anatomie qui l'a mis dans ce pétrin au départ. Je vois que ça le démange de s'attaquer à l'affaire, mais Gislingham mérite qu'on lui donne une chance de faire ses preuves. Je me tourne vers lui, de façon peut-être un peu trop ostensible.

— Du nouveau, sergent ?

Gislingham se raidit un peu et sort d'un geste vif son carnet de notes, quoique j'aie du mal à croire qu'il en ait réellement besoin. Ses mains tremblent très légèrement. Cela n'a sans doute pas échappé à Quinn.

— La maison appartient à une famille du nom d'Esmond, monsieur. Michael Esmond, quarante ans, est un universitaire. La femme est Samantha, trente-trois ans, et il y a les deux enfants, Matty, dix ans, et Zachary, trois ans.

— Comment va l'aîné ?

— Il est dans un état assez critique.

— Toujours aucun signe des parents ?

Gislingham grimace.

— La chambre parentale est là-bas, dit-il en pointant du doigt le côté gauche de la maison. Elle est à peu près intacte, mais aucun signe de qui que ce soit. Les pompiers disent que le lit est encore fait. Alors j'ai googlé la famille et ceci s'est affiché.

Il me tend son téléphone. C'est une page du site du King's College London, qui annonce une conférence sur l'anthropologie sociale ayant lieu dans la capitale en ce moment même. L'un des intervenants est Michael Esmond : « Mort par le feu et l'eau. Rituels sacrificiels pratiqués dans le vaudou latino-américain ».

Quelqu'un a dit, n'est-ce pas, que la coïncidence est la façon dont Dieu conserve son anonymat. Eh bien, si c'est le cas, tout ce que je peux dire, c'est qu'il a assez mauvais goût, parfois.

Je rends son téléphone à Gis.

— Appelez-les pour vérifier qu'il s'est bien présenté à cette conférence. Au pire, ça nous fera un corps de moins à chercher.

— On ne dégaine pas tout de suite la sauce barbecue, hein ? dit Quinn.

Je lui décoche un regard qui efface aussitôt son petit sourire suffisant, et me retourne vers Gislingham.

— Quel est le plan ?

Il cligne plusieurs fois des yeux.

— Localiser Michael et Samantha Esmond, et déterminer où ils se trouvaient au moment de l'incident. Effectuer une enquête préliminaire de proximité au cas où l'un des voisins aurait vu quelque chose. Demander à Boddie les résultats de l'autopsie. Identifier et informer d'autres proches de la famille. Prendre contact avec les gars de la criminalistique incendie. (Il pointe l'allée du doigt.) Et retrouver la voiture, bien sûr.

Quinn se tourne pour le regarder.

— Quelle voiture ?

Gislingham hausse les sourcils.

— Il y a des traces de pneus sur le gravier, bien nettes, juste là. Les Esmond ont une voiture, c'est certain. Alors où est-elle ? Personne de sain d'esprit ne se rendrait à Londres en voiture d'ici, alors si on retrouve le véhicule, quelque chose me dit qu'on retrouvera aussi la femme.

Facile de deviner celui dont la cote vient de grimper d'un cran.

J'acquiesce.

— Bon travail, sergent. Tenez-moi au courant.

Je me tourne vers Quinn, qui s'est rapproché d'environ un mètre de la maison, probablement selon le principe que si vous ne pouvez pas battre quelqu'un, il vaut mieux déclarer forfait. Le pavillon n'est pas vraiment à mon goût, mais si vous aimez ce genre de chose, j'imagine que c'est une propriété enviable. Du moins en était-ce une. À cet instant, de l'eau sale dégouline sur la façade, et il ne reste rien des fenêtres du rez-de-chaussée. Le côté droit s'est largement effondré. Le pignon est encore debout, mais à peine, et il n'y a rien derrière, à part des murs noircis et un tas de briques, de bois de charpente et de bris de verre. Ce qui tient encore est en crépi avec ce qu'il reste des colombages vaguement Tudor, désormais carbonisés et noirs de suie. On peut tout juste distinguer la date « 1909 » au-dessus de l'une des fenêtres. Un peu comme un autocollant Arsenal qui s'accroche encore au carreau cassé.

— Qu'est-ce que vous en dites ?

Ma question fait sursauter Quinn.

— Oh, juste le plus évident, chef. Comment un universitaire peut se payer une baraque de ce genre dans le quartier. À votre avis, ça vaut combien, ça… Cinq millions ?

Plus, si vous voulez mon avis. Par ici, les maisons sont divisées en grandes, petites, grandes-petites et petites-grandes. On peut affirmer que celle-ci est grande. Et même grande-grande.

— Peut-être un héritage familial, dis-je. Mieux vaut vérifier, cependant.

— Pourquoi ne pas t'occuper de ça, Quinn ? avance Gislingham.

Quinn hausse les épaules.

— OK.

Et, tandis que je m'éloigne, j'entends Gislingham dire, dans sa barbe :

— OK, sergent.

À 7 h 05, l'inspecteur Erica Somer hésite, plantée devant sa garde-robe. Qu'est-ce qu'elle va bien pouvoir se mettre ? Elle n'est à la criminelle que depuis trois mois, et « choisir les vêtements adéquats » devient une question plus épineuse de jour en jour. Elle n'a jamais aimé son uniforme, mais il avait ses avantages. L'uniformité étant, bien entendu, l'un des plus évidents. Mais dorénavant elle est en « tenue banalisée », et le meilleur moyen d'y parvenir est tout sauf banal. Comment, se demande-t-elle pour la énième fois, les yeux rivés sur les cintres, peut-on passer pour une femme sérieuse sans être mal fagotée ? Professionnelle, néanmoins approchable ? C'est un cauchemar. Elle soupire. Dans ce domaine comme dans tant d'autres, les hommes ont la vie facile. Un costume *Marks & Spencer* et trois cravates vont à peu près vous suffire – Baxter en étant la preuve vivante. Verity Everett a trouvé sa propre voie, avec un look chemise blanche-jupe sombre qui varie rarement. Bleu marine un jour, noir le suivant, gris le troisième, et retour au bleu marine. Chaussures plates, et un gilet en hiver. Mais, dans ces conditions, autant revenir à l'uniforme et en finir avec ça. Et les cheveux – est-ce qu'une queue-de-cheval fait trop frivole ? Un chignon trop vieille institutrice ?

Elle vient de sortir le tailleur-pantalon noir (troisième fois en cinq jours ; ça deviendra un uniforme si elle n'y prend pas garde) quand le portable sonne. C'est Gislingham. Elle apprécie Gislingham. Pas effronté (comme Quinn), ni doué (comme Fawley), mais tout aussi efficace. Méthodique. Bosseur. Et respectable. Par-dessus tout, respectable. Elle espère sincèrement qu'il va faire ses preuves au poste d'inspecteur ; il le mérite.

— Qu'est-ce que je peux faire pour toi, sergent ?

— Je suis à Southey Road.

Le vent a dû se lever : sa voix se perd dans les rafales.

— Il y a eu un incendie, poursuit-il. Une victime et un gamin en soins intensifs à John-Rad.

Elle s'assied sur le lit.

— Criminel ?

— Nous ne le savons pas encore. Mais il semblerait.

— Comment puis-je être utile ?

— Avec Noël, nous sommes vraiment peu sur le terrain – Baxter mène le porte-à-porte, mais nous n'avons que trois agents.

Somer sait ce que c'est, et c'est un boulot de merde. Surtout par ce temps. Elle espère de tout cœur qu'il ne s'apprête pas à lui demander de donner un coup de main. Et il a dû sentir quelque chose, car il ajoute en vitesse :

— Mais ce n'est pas pour ça que j'appelais. Je suis coincé sur place pour l'instant, et Everett ne revient pas avant cet après-midi, alors peux-tu t'occuper de l'autopsie ?

Pourquoi Quinn ne le fait-il pas ? se demande-t-elle.

Mais elle se garde bien de le dire. Elle a sa propre histoire avec Quinn – une relation peu judicieuse, mais fort heureusement brève. Hélas, ça a fait le tour du poste, et Fawley est certainement au courant.

— Bien sûr. Pas de problème.

— Tu as déjà travaillé sur des cas de mort par brûlures ?

Elle hésite.

— En fait, non.

Elle n'est allée qu'à une autopsie, en réalité, et il s'agissait d'une blessure à l'arme blanche. Assez éprouvant, mais insignifiant en comparaison.

— Il y a une première fois à tout, dit Gislingham. Tu vas t'en sortir.

Il hésite, puis :

— Prends des pastilles de menthe.

* * *

Audition de Beverley Draper
21 Southey Road, Oxford
4 janvier 2018, 8 h 45

En présence de l'inspecteur A. Baxter

AB : Je crois que c'est vous qui avez passé l'appel initial au 999, madame Draper ?

BD : Oui, c'était moi. Mon fils m'a réveillée – il faisait un cauchemar. On voit la maison des Esmond depuis sa chambre. J'ai entendu un bruit – comme une fenêtre fracturée. J'ai pensé à un cambriolage, donc j'ai repoussé le rideau pour regarder. C'est alors que j'ai vu les flammes. Je me rappelle avoir pensé qu'il devait y avoir le feu depuis un bout de temps pour que ce soit dans un état pareil, mais il y a tellement d'arbres qu'on ne peut pas vraiment voir la maison depuis la route. Je suppose que personne n'a remarqué l'incendie.

AB : Et vous avez appelé les urgences à 00 h 47 ?

BD : C'est ça.

AB : Vous n'avez vu personne à proximité de la maison – ni en train de s'enfuir ?

BD : Non. Comme je disais, je dormais jusqu'à ce que Dylan me réveille. Est-ce que vous savez comment ils vont – la famille ?

AB : Nous ne sommes pas en mesure de divulguer la moindre information pour l'instant.

BD : Je les ai vus emmener Matty en ambulance, mais on raconte sur Internet que Michael et Samantha ont disparu. Ça ne peut pas être vrai, si ? Je veux dire…

AB : Nous ferons une déclaration officielle en temps voulu. Pouvez-vous me dire ce que vous savez sur la famille ? Ils étaient là, non, pour Noël et le nouvel an ? Pas partis rendre visite à des proches ? Ou en vacances au ski ?

BD : Je ne pense pas qu'ils skient. Et oui, ils étaient là. L'école a organisé une soirée de chants de Noël la veille du réveillon, et ils étaient tous là.

AB : Est-ce qu'ils ont reçu de la visite ? Connaissez-vous quelqu'un d'autre qui aurait pu se trouver dans la maison la nuit dernière ?

BD : Eh bien, je ne suis pas sûre…

AB : Nous avons juste besoin de savoir qui d'autre aurait pu être présent. Des membres de la famille ? Des amis ? Prenez votre temps pour réfléchir.

BD : (Pause.) Pour être honnête, ils ne reçoivent pas beaucoup, pour autant que je sache. Quand nous avons emménagé, nous les avons invités, comme ça se fait, et Samantha m'a dit qu'elle me retournerait l'invitation et me proposerait des dates pour un dîner chez elle, mais, étrangement, ce n'est jamais arrivé. Nous avons donné une fête dans le jardin l'été dernier et ils sont venus, mais je crois que c'était juste pour la forme. Ils ne sont pas restés longtemps.

AB : Et la famille ?

BD : Le père de Michael est mort, ça, je le sais, et je crois que sa mère est en maison de retraite. Quelque part près de Wantage, il me semble. Je n'ai jamais entendu Samantha évoquer sa famille.

AB : Nous croyons aussi que la famille a une voiture, mais elle n'était pas à la maison.

BD : Oh oui, ils ont bien une voiture. Un vieux modèle de break Volvo. Blanc. Mais j'ignore pourquoi elle n'est pas dans l'allée. C'est là qu'elle est garée, d'habitude.

AB : Vous ne savez pas où Samantha pourrait être allée ?
BD : Donc elle a vraiment disparu…
AB : Comme je l'ai dit, nous ne sommes pas en mesure de révéler…
BD : Pas de problème, je comprends. Mais non. Je crains de n'en avoir aucune idée.
AB : Et vous ne pensez à personne d'autre que nous pourrions contacter ?
BD : Désolée. Nous n'étions pas des voisins très proches.

* * *

L'air dans la morgue est encore plus froid que dehors. Somer a deux pulls sous sa blouse ; c'est Everett qui lui a conseillé la couche supplémentaire (« Une fois que tes dents commenceront à claquer, ce sera terminé – tu ne pourras plus t'arrêter »). Le corps est sur un lit en métal. Le bébé. Zachary. Quoique le fait de lui donner un prénom risque de lui rendre les choses plus difficiles encore. Des lambeaux de couverture bleue sont encore accrochés à sa peau, mais, en dessous, il est horriblement mutilé. Son corps est moucheté de jaune et boursouflé de rouge, certaines parties sont carbonisées, grumeleuses, noires de suie. Il a la tête détournée, son duvet de bébé consumé par les flammes, les lèvres rétrécies et cireuses. Elle prend une profonde inspiration et ravale un sanglot. L'un des assistants de l'autre côté du lit lui jette un coup d'œil.

— Je sais. C'est toujours pire quand c'est un môme.

Somer acquiesce, ne comptant pas sur sa capacité à parler. À cet instant, la seule chose qui lui occupe l'esprit, c'est l'odeur. Elle a vu toutes ces simulations ultraréalistes d'autopsie à la télé, mais la seule chose à laquelle elle n'avait pas été préparée était la puanteur. Même sous son masque, elle perçoit les effluves de cochon grillé du corps. Elle remercie intérieurement Gislingham pour les pastilles de menthe et déglutit en essayant de garder son sang-froid.

—Notre priorité, dit Boddie, sera de confirmer si la victime était en vie ou pas avant que l'incendie se déclenche. Puisqu'il n'y a aucune blessure externe visible, je vais examiner la trachée et les voies respiratoires internes pour chercher des traces d'inhalation de fumée.

Il prend un scalpel et la regarde.

—Bon, on s'y met?

Gislingham est toujours à Southey Road. Le soleil rasant d'hiver diffuse une lueur d'un rose profond sur les décombres de la maison. Il y a du givre dans l'air, mais, malgré le froid, la foule dans la rue a grossi. Peut-être vingt personnes, en écharpes, gants et gros manteaux, leur souffle formant des nuages de condensation. Mais les curieux ne s'attarderont pas longtemps: il n'y a presque plus rien à voir, maintenant. L'un des camions à incendie est parti, et les pompiers qui restent étouffent les dernières braises et remettent en place le matériel sur le camion. À l'intérieur, toutefois, c'est une autre histoire. En plus de trois membres de l'équipe médico-légale d'Allan Challow, il y a deux agents d'enquête incendie, dont l'un avec une caméra vidéo. L'autre est dans la cuisine calcinée, avec Gislingham et Challow. L'épais bois de la table et des chaises se consume encore, et la suie s'est répandue jusqu'au plafond. De l'eau goutte à travers, et entre les solives ils distinguent la chambre au-dessus. Du papier peint Winnie l'Ourson. Le squelette d'un mobile pour bébé. Gislingham essaie de ne pas regarder.

—Nous aurons besoin de faire d'autres analyses pour en avoir la certitude, dit le responsable d'enquête incendie, mais je parie sur un départ dans le séjour. Cela expliquerait aussi l'appel si tardif au 999 – aucun voisin ne donne sur la partie arrière de la maison, et, d'après nos informations, les voisins de ce côté-là sont partis.

— Vous pensez que c'était criminel ?

L'officier acquiesce.

— En se basant sur la rapidité et l'étendue, il y a forcément eu un accélérateur, efficacement relayé, sans aucun doute, par ce foutu sapin de Noël. Il se serait enflammé comme un 4 Juillet. Il devait être tout sec – on aurait pu aussi bien faire une pile de petit bois, ça serait revenu au même. Après cela, ce n'était qu'une question de temps jusqu'à ce que *boum* : la maison tout entière explose.

— Combien de temps est-ce que cela a pu prendre ? demande Gislingham en prenant des notes.

L'officier se redresse.

— Pour atteindre le point d'embrasement généralisé ? Trois minutes ? Peut-être moins. (Il désigne l'escalier.) À en juger par la carbonisation, je devine qu'ils avaient dû aussi recouvrir la rampe d'une guirlande. Du houx ou quelque chose de ce genre. Qui devait être aussi sec que de l'allume-feu, inutile de le préciser. Une fois que la mèche est allumée, ça flambe tout seul. Tu parles d'un mauvais timing. Ils auraient probablement enlevé toutes ces décorations demain, non ?

Gislingham paraît déconcerté, puis :

— Oh, bien sûr, la fête des Rois. Merde, ça m'était sorti de la tête.

Sa propre maison est décorée comme un grand magasin – Janet voulait que ce soit spécial pour le premier Noël de Billy chez eux. Gislingham n'est pas près de se coucher, ce soir.

Verity Everett repose le téléphone et se cale au fond de son fauteuil. Elle s'attendait à moitié à retrouver un bureau presque vide et les restes des chocolats de Noël. Mais seulement à moitié : ce boulot vous prend toujours au dépourvu. Et, pour être honnête, après plusieurs jours de Papa-Non-Stop, elle est plutôt soulagée de revenir. Son appartement n'est vraiment pas assez grand pour eux deux. Surtout pas quand il se comporte comme s'il était à l'hôtel, laissant ses tasses vides partout où il s'assied et sans jamais prendre la peine de faire son lit (son lit à *elle*, accessoirement : elle s'est rabattue sur le futon, qui a un effet prévisible à la fois sur son mal de dos et la contrariété de son chat). Mais, demain, son père rentre chez lui, et aujourd'hui elle revient à sa place : au travail. Elle scrute la pièce, à la recherche de Gislingham, mais, à l'évidence, il n'est pas encore rentré de Southey Road. Et même si elle déteste s'adresser aux supérieurs de Gislingham, ceci ne peut pas attendre.

Quelques instants plus tard, elle frappe à la porte de Fawley. Il est au téléphone, mais lui fait signe d'approcher. Elle reste là un moment, faisant mine de ne pas écouter sa conversation, mais, heureusement, ça ne semble pas personnel. Pas sa femme, en tout cas – Fawley ferme la porte de son bureau, désormais, lorsqu'il lui parle. Elle lui jette un regard en coin. À première vue, il a l'air d'aller bien, mais, quand on le connaît, il y a des indices qui ne trompent pas. Et elle, oui, elle le connaît.

Il repose le téléphone et elle se tourne vers lui.

— Vous avez quelque chose, Ev ?

— Oui, monsieur. J'ai parlé aux organisateurs de la conférence au King's. Michael Esmond s'est enregistré auprès d'eux mardi après-midi et a assisté au dîner ce soir-là. Il faisait partie d'un comité hier matin.

— Et après ça ?

— L'organisatrice a dit qu'elle l'avait vu au pub tard hier soir. Autour de 22 h 30.

— Donc il est bien à Londres.

— Oui, monsieur. Mais il a pris lui-même ses dispositions pour l'hébergement, ils ne savent pas où il séjourne.

— Téléphone portable ?

Elle lui tend une feuille.

— On m'a fourni le numéro, mais ça tombe directement sur répondeur. Je lui ai laissé un message pour lui demander de nous rappeler.

— Pour quand est programmée son intervention ?

Elle doit le lui accorder : il va toujours à l'essentiel.

— Demain après-midi, monsieur. À 16 heures.

Fawley hoche lentement la tête.

— OK, tenez-moi au courant. Et si Esmond appelle, je veux être le premier informé.

Il faut cinq heures pour achever l'autopsie, et, à la fin, Boddie décide qu'il a bien mérité un déjeuner tardif.

— Voudriez-vous vous joindre à nous ? demande-t-il à Somer tandis qu'ils retirent leurs blouses. Nous serons au *Frankie's*, juste en face.

Une fois qu'il est parti, l'un des assistants se tourne vers elle et esquisse un sourire gêné.

— Vous aurez peut-être envie de remettre cette invitation à une prochaine fois. Boddie a cette tradition. Si c'est un cas de mort par brûlures, il paie sa tournée de grillades.

— Vous ne pouvez pas être sérieux… Même quand c'est un enfant ?

— Je sais. Ça paraît cynique, hein, mais c'est sa manière de tenir l'horreur à distance.

Nous avons notre première réunion d'équipe à 15 heures. Somer revient tout juste de la morgue. Elle est encore un peu pâle, et je vois Everett poser une question silencieuse à laquelle Somer répond par une grimace. Quinn est dans le rang de devant avec son bloc-notes à la main et son stylo derrière l'oreille (oui, je sais, ça n'a aucun sens, mais c'est ce qu'il fait). Baxter épingle des photos sur le tableau blanc. Felix House, avant et après l'incendie, la première clairement tirée de Google Earth. Divers clichés des dégâts des flammes à l'intérieur : la salle à manger, l'escalier, certaines chambres, ce qui reste des meubles – pour la plupart imposants et vieillots. Un plan au sol pour les trois étages, avec des croix aux endroits où se trouvaient Matty et Zachary. Des photos de Michael et Samantha Esmond. Provenant du fichier des permis de conduire, je suppose. Esmond se tient droit, l'air alerte, ses cheveux sont bruns, sa peau pâle. Les contrastes de sa femme sont plus doux : cheveux châtains, joues rosées, yeux clairs, probablement noisette. Ensuite, il y a les photos des enfants, récupérées dans la maison, vu leur état. Matty en tenue de l'Arsenal, avec un ballon sous le bras, ses lunettes légèrement de travers. Le bébé sur les genoux de la mère, un sourire malicieux et une tignasse indisciplinée de boucles bronze qu'elle ne pouvait sans doute pas se résoudre à couper. Et à côté de l'enfant en vie, le mort. Je suis saisi, et ce n'est pas la première fois, par la vision cruelle du feu affamé de chair humaine. Croyez-moi, vous ne vous y habituez jamais, même lorsque vous l'avez vu aussi souvent que moi. Et à la minute où vous commencez à vous y habituer, il est temps de démissionner.

Gislingham s'approche.

— Est-ce que vous voulez vous en occuper, monsieur ? demande-t-il discrètement.

J'ai remarqué, au fait, que ce n'est plus « chef », ou du moins pas en public. Toujours « monsieur ». Petit, comme le Rubicon, mais considérable malgré tout.

Je balance ma veste sur un dossier de chaise et m'assieds.

— Non, allez-y. Je me contenterai d'intervenir si besoin.

Un autre Rubicon. Et plutôt grand, celui-ci, toute l'équipe en sera témoin. Gislingham acquiesce :

— Bien, monsieur.

Il va à l'avant de la salle et se tourne face à eux.

— OK, tout le monde, on s'y met.

Chacun sait dans cette pièce que ceci est la première grosse affaire que gère Gis depuis qu'il a été nommé inspecteur en chef suppléant. Il y a quelques années, quand Quinn était exactement au même poste, les autres étaient légèrement grinçants – pas précisément hostiles, mais pas prêts à suer sang et eau pour l'aider non plus. Et plus que ravis de le chambrer dès que l'occasion se présentait (ce qui, avec Quinn, arrive plus ou moins en permanence). Mais, cette fois-ci, c'est différent. Ils apprécient Gislingham, et ils veulent qu'il réussisse à s'imposer à ce poste. Ils ne vont pas le laisser se planter – pas s'ils peuvent l'empêcher.

Gislingham s'éclaircit la voix.

— OK. Je vais faire un bref récapitulatif de là où nous en sommes sur l'incendie de Southey Road, et je passerai ensuite la main à Paul Rigby, qui est responsable de la surveillance à la caserne de pompiers de Rewley Road, et l'agent d'enquête incendie désigné pour celui-ci.

Il hoche la tête vers un homme qui se tient près de la porte. Grand, dégarni, rasé de près. Je l'ai déjà vu quelque part, c'est sûr.

— Bien, dit Gislingham en se tournant vers le tableau. Voici la maison, au 23 Southey Road. Le domicile de la famille Esmond – Michael, sa femme, Samantha, et leurs enfants, Zachary, trois ans, et Matty, qui aura onze ans dans quatre jours. (Il s'interrompt, prend une profonde inspiration et poursuit.) Et pour ceux qui débarquent, Matty est toujours en soins intensifs. Le John-Rad nous a prévenus que le pronostic n'était pas très bon, mais ils nous contacteront s'il y a la moindre évolution.

Il se tourne vers le tableau et tapote les photos des deux parents.

— Toujours aucun signe de Michael ni de Samantha. Actuellement, Michael est censé être à Londres pour une conférence…

— J'ai du mal à croire qu'il n'ait pas vu les infos à présent, dit l'un des inspecteurs. On en parle partout.

— Moi aussi, concède Gis. Mais, jusqu'à ce que nous le retrouvions, nous ne faisons que des suppositions. Pareil pour Samantha.

Mais l'inspecteur n'a pas fini.

— Vous pensez vraiment qu'ils auraient laissé des gamins aussi jeunes tout seuls chez eux ?

Gislingham hausse les épaules.

— Eh bien, moi, non, ça c'est sûr. Mais, pour l'heure, nous n'avons aucune idée de ce qui a pu se dérouler dans cette maison hier soir. Il aurait pu arriver à cette famille une chose dont nous ignorons tout. Ce qui est l'une des raisons pour lesquelles il nous faut retrouver la trace de leur parent le plus proche. Des progrès à ce sujet, Baxter ?

Il s'empourpre légèrement à cette première et très publique prise de pouvoir, mais Baxter l'accepte sans broncher. Comme il le fait dans la plupart des cas.

— Pas encore, sergent, dit-il. Samantha était fille unique, donc pas de frères ni de sœurs. Les parents vivent en Cumbria, mais nous n'avons pas encore pu leur parler. La mère de Michael est en maison de retraite à Wantage.

Alzheimer, d'après le directeur. Alors oui, nous devrions aller la voir, mais je doute que nous en tirions grand-chose.

— Bien, dit Gislingham en se tournant vers Somer. Et l'autopsie sur le petit, ça a donné quoi ?

Somer lève les yeux.

— Un seul élément est ressorti. Boddie était étonné du peu de suie qu'il a trouvé dans les poumons. Mais, apparemment, un enfant aussi jeune aurait pu suffoquer bien plus vite qu'un adulte. Surtout s'il était asthmatique ou souffrait d'un rhume. Boddie a prélevé un échantillon de sang pour vérifier cette hypothèse.

S'ensuit un silence. La moitié d'entre nous s'accroche au fait que ça s'est sans doute vite terminé ; l'autre moitié sait qu'une telle douleur ne peut être calibrée en secondes. Et, aussi cruel que cela puisse sembler, je veux qu'ils pensent à cela – parce que je les veux impliqués, en colère, acharnés. Je veux qu'ils concentrent toute leur énergie dans l'envie de découvrir la vérité. De découvrir comment une chose aussi effroyable a bien pu se produire.

— OK, dit Gislingham en balayant la salle du regard, je vais passer le relais à Paul, maintenant, et ensuite nous répartirons les tâches pour les deux prochains jours.

Il se décale sur le côté, et Paul Rigby se lève pour se diriger d'un pas vif vers le tableau. C'est un intervenant expérimenté, aucun doute là-dessus. Il passe en revue avec rapidité et concision ce qu'ils savent, ce qu'ils supposent et ce qu'ils peuvent en déduire.

— En conclusion, dit-il, et comme je l'ai dit au sergent tout à l'heure, nous partons du principe que le feu a été déclenché volontairement.

Quinn tique en entendant le mot « sergent ». Il cherche à dissimuler sa grimace sous une quinte de toux. Mais Gislingham l'a vu aussi.

— Aucune chance qu'il s'agisse d'un accident ? demande Everett, moins par optimisme que par désespoir. Une cigarette, une bougie de Noël, quelque chose comme ça ?

Rigby acquiesce.

— Il arrive en effet des accidents insolites, et j'en ai vu d'étranges au cours de ma carrière, croyez-moi. Nous avons eu un cas il y a quelques années, à seulement un ou deux kilomètres de celui-ci – un jeune garçon avait apporté chez lui un cocktail Molotov qui n'était pas allumé. Apparemment, il aimait les feux d'artifice. C'était dans tous les journaux – peut-être même que vous vous en souvenez.

Bien sûr que nous nous en souvenons. C'était Leo Mason, le frère de Daisy Mason.

— Nous étions sur l'affaire, dis-je à voix basse.

— Exact, dit Rigby. Eh bien, alors, vous savez sans doute où je veux en venir. Mais là, c'est différent. Ce n'est pas un simple accident. Ni de la malchance. Étant donné l'ampleur des dégâts, la rapidité de propagation, je mets ma main à couper que nous trouverons quelque chose qui a servi d'accélérateur sous ces décombres. Et je dirais même en quantités non négligeables.

Je me lève et rejoins Rigby, puis me tourne face à l'équipe.

— Je n'ai probablement pas besoin de le dire, mais je vais le faire quand même. Nous n'avons pas affaire à un crime, mais à deux. L'un que nous avons pu constater, et l'autre que nous allons devoir présumer, tant que nous n'avons pas pu l'écarter. Le premier, c'est l'incendie volontaire : nous devons découvrir qui a mis le feu à cette maison, et pourquoi. Le second, c'est le meurtre. L'incendiaire savait-il qu'il y avait des gens dans cette maison ? Et, si c'est le cas, qu'est-ce qui a bien pu pousser cet individu à mettre le feu alors que deux enfants dormaient à l'intérieur ?

Je me tourne vers le tableau et prends le feutre.

INCENDIE VOLONTAIRE
MEURTRE

Et, sous ces trois mots, j'en écris un de plus.

POURQUOI ?

— Une chose que je ne comprends toujours pas, dit Everett après une pause, c'est où vous l'avez trouvé. L'aîné, je veux dire.

— Bonne remarque, répond Rigby.

L'inspecteur assis à côté d'Everett lui donne un petit coup de coude :

— Tu pètes le feu aujourd'hui, Ev.

Elle rougit et lui met une tape ; il paraît soudain penaud, car il s'aperçoit combien son commentaire a dû sembler déplacé.

— J'y venais, poursuit Rigby, le visage de marbre, sans doute habitué à tous les jeux de mots douteux sur le feu. Pour autant que nous le sachions, l'incendie s'est probablement déclenché peu après minuit – l'appel au 999 a été enregistré à 00 h 47. À cette heure de la nuit, vous vous attendriez à ce que les enfants soient au lit, mais l'aîné a été trouvé près du bas de l'escalier.

— Alors qu'est-ce qu'on en déduit ? dit Somer. Qu'il s'est réveillé pour aller boire un verre d'eau ou autre ?

— Euh… allô, dit Quinn en se levant pour tapoter la photo de la chambre de l'aîné.

Et, aussi irrité que je puisse l'être par son petit numéro, je dois reconnaître qu'il a raison : la pièce est couverte de suie et de flocons de cendre, mais vous distinguez encore le pichet d'eau et le gobelet sur la table de chevet. Quinn jette un regard méprisant dans la direction de Somer, et l'un des inspecteurs ricane.

Somer, écarlate, évite Quinn du regard. C'est sa ligne de conduite habituelle. Ils entretiennent tous deux l'illusion qu'il ne s'est jamais rien passé entre eux, mais tout le poste est au courant.

— Tout ce que je sais, dit-elle d'une voix basse mais ferme, c'est qu'il devait y avoir une raison pour qu'il ne soit pas dans sa chambre à cette heure-là.

— Alors, étant donné qu'il est dans le coma, comment suggères-tu que nous le découvrions ? En allant chercher un médium ?

Impossible de se méprendre sur le ton de Quinn, à présent. Un murmure parcourt les rangs.

— Il aurait pu entendre quelque chose, dit Rigby d'une intonation égale, apparemment indifférent aux sous-entendus. Ou peut-être…

— Où sont les téléphones ? demande soudain Everett.

Rigby se tourne vers le plan au sol.

— Nous avons trouvé un portable en charge ici, dans la cuisine, mais il était complètement carbonisé…

— Nous essayons de trouver à qui il est, indique Gislingham en vitesse.

— … et, selon les télécoms, il n'y avait qu'un téléphone fixe, indique Rigby. Dans le salon. Ici.

— Oh, mon Dieu, chuchote Everett. C'est ça que le garçon faisait dans l'escalier. Il a dû se réveiller, comprendre ce qui se passait, et a essayé d'appeler les secours. Mais c'était trop tard. Il n'a pas pu sortir.

Le pauvre petit n'avait pas l'ombre d'une chance. Je ne suis sans doute pas le seul à penser cela.

Je me tourne de nouveau vers les photos. Dans la nurserie, il reste une zone de papier peint quasiment intacte. Juste quelques traces de brûlure ici et là parmi les Tigrou, Bourriquet et Porcinet. Les brûlures ressemblent étrangement à des empreintes de main. J'entends la pièce se taire derrière moi, et je demande à Rigby :

— Combien de temps avant que vous puissiez confirmer officiellement qu'il s'agit d'un incendie criminel ?

Il hausse les épaules.

— Quelques jours. Peut-être une semaine. Il y a la moitié d'une maison à examiner. Ça va prendre du temps.

— Alors quelle est la priorité, monsieur ?

C'est Gislingham.

Je me tourne face à lui.

— Trouver les parents. Je veux qu'on mette le paquet là-dessus, y compris les uniformes si on peut les avoir. Je veux qu'on mette la main sur cette voiture, pour commencer. Où en est-on avec la plaque d'immatriculation ? Et a-t-on parlé d'Esmond au Met ?

Gislingham acquiesce.

— Ils ont vérifié les arrestations et les hospitalisations, mais ça n'a rien donné. À part ça, il n'y a pas grand-chose qu'ils puissent faire sans adresse.

— OK. Mais si nous n'avons pas retrouvé sa trace d'ici demain matin, je veux que quelqu'un l'attende à cette conférence quand il se pointera.

Gis jette un coup d'œil dans la salle.

— L'inspecteur Asante y veillera, monsieur.

Quelqu'un au dernier rang lève les yeux et nos regards se croisent. Je me souviens à présent de Tony Asante. Frais émoulu du programme accéléré, et récemment recruté auprès du Met. Le commissaire dit qu'il est bon, ce qui est un synonyme de « nous ne l'avons pas engagé uniquement pour augmenter les effectifs de Noirs et minorités ethniques ».

Asante soutient mon regard avec un degré d'assurance qui me prend au dépourvu. C'est moi, finalement, qui me détourne.

— Et souvenez-vous, la question n'est pas juste de savoir où sont ces gens, mais *qui* ils sont. Je veux tout ce que nous pouvons dénicher sur cette famille. Réseaux sociaux, mails, relevés téléphoniques, la totale. A-t-on trouvé quoi que ce soit d'utile dans la maison ? Ordinateurs ? Tablettes ?

Gislingham secoue la tête.

— Pas encore. Esmond devait avoir un bureau, un cabinet de travail ou autre, mais les pompiers n'ont toujours rien trouvé. Si vous voulez mon avis, c'est sous une demi-tonne de gravats. Mais ils nous feront signe s'ils découvrent quelque chose.

Je balaie la pièce du regard.

— Alors, en attendant, parlons à tous ceux qui connaissaient la famille, vivaient près d'eux ou travaillaient avec eux. Comment passaient-ils leur temps ? Comment dépensaient-ils leur argent ? D'où venaient-ils et y a-t-il quoi que ce soit dans leur vie qui aurait pu provoquer ceci ?

On prend des notes dans l'assistance en se concertant doucement.

— Bon. Tout le monde sait ce qu'il a à faire ? Bien. Et, inspecteur Quinn ? J'ai un mot à vous dire, s'il vous plaît. Dans mon bureau.

— Il faut que ça cesse, Quinn. Et ne faites pas comme si vous ne saviez pas de quoi je parle.

Il me regarde furtivement, puis baisse les yeux.

— L'inspecteur Somer est un bon officier, qui fait du bon boulot. En vérité, sa seule erreur à ma connaissance est d'avoir eu une relation avec vous. Mais elle semble avoir tourné la page. Ce que je ne comprends pas, c'est pourquoi vous n'y arrivez pas.

Quinn se passe une main dans les cheveux. Il est dans un sale état. Je suis sûr que c'est la chemise d'hier. C'est certainement la même cravate. Mais qui suis-je pour juger ? Je sais d'expérience ce que c'est.

— Asseyez-vous. Parlons-en.

Il paraît tergiverser, mais il finit par obtempérer et tire une chaise à lui.

— Je sais que vous faire rétrograder a dû être un coup dur, mais vous ne pouvez vous en prendre qu'à vous-même. Tout cet épisode – coucher avec une suspecte…

— Je n'ai jamais couché avec elle, combien de fois dois-je le répéter !?

Mais il sait que cela va trop loin. Crier contre moi ne va pas arranger son cas. Nous savons tous les deux de quoi il s'agissait : un Bill Clinton classique.

— Désolé, monsieur.

— On vous a proposé la mutation et vous avez décidé de ne pas l'accepter.

Mais je l'ai compris, sur ce coup-là. Recommencer à zéro ailleurs n'est pas si simple. Il a un appartement, un prêt immobilier, une vie. Mais, si vous restez, vous devez ravaler votre fierté, aussi amère soit-elle.

— Écoutez, Quinn, la seule chose que vous puissiez faire maintenant, c'est prendre sur vous. Concentrez-vous sur ce foutu boulot. Et ne passez pas vos nerfs sur Somer, elle n'y est pour rien. Vous seriez vraiment furax si les rôles étaient inversés. Elle est un modèle de retenue, en comparaison.

Il esquisse une moue.

— Je sais. C'est juste qu'à la même époque l'année dernière j'étais inspecteur en chef, et elle était encore en uniforme. Et aujourd'hui…

Aujourd'hui, ils sont tous les deux au même échelon. Et la trajectoire de Somer est clairement ascendante. Quant à la carrière de Quinn, eh bien, elle est un peu en berne.

— Et tout le putain de poste en parle encore, conclut-il en se mordant la lèvre.

Je crois qu'il est au bord des larmes.

Je me penche en avant.

— Je vais parler comme votre père, à présent, mais la seule raison pour laquelle les autres en parlent encore, c'est parce que vous ne cessez de le leur rappeler. Vous avez eu votre punition – vous n'êtes pas obligé de la faire durer. Alors lâchez l'affaire ; passez à autre chose. Et commencez par laisser Somer tranquille, OK ?

Il ne me regarde pas. Je baisse la tête, forçant son attention.

— OK, Quinn ?

Il prend une inspiration, la retient une minute, puis lève les yeux.

— Oui, chef.

Il sourit. Pas beaucoup, mais c'est un début.

Andrew Baxter retourne à son bureau et s'identifie sur son PC. Il consulte sa montre – il peut bosser au moins deux heures avant la fin de la journée.

Dans l'immédiat, se dit-il, *commençons par le plus évident.*

Il se connecte sur Facebook et recherche Michael Esmond, heureux que son enquête porte – pour une fois – sur un nom relativement peu commun.

La dernière investigation de ce genre concernait quelqu'un du nom de David Williams ; il y en avait des centaines. « Esmond », en revanche, ne correspond qu'à une poignée d'entrées, et, en moins de cinq minutes, il a son homme. Non que ça lui en apprenne beaucoup. C'est plus LinkedIn que Facebook : un CV d'autocongratulations, quelques photos guindées, quelques « like » prévisibles. Il y a aussi un Philip Esmond dans la liste d'amis, bien que – comme le nom le suggère – il se révèle être un frère plutôt qu'un copain. Plus âgé d'un an ou deux et, à en juger par sa présence sur Facebook, à peu près aussi différent de son frère que l'on puisse l'imaginer. Il a le même teint, mais il y a une énergie, une étincelle qui fait défaut au visage de Michael. Il a également cinq fois plus d'amis, et, à première vue, au moins trois fois plus de loisirs. Dont naviguer en solitaire jusqu'en Croatie, sur un Jeanneau Sun Odyssey 45 nommé *Freedom 2*. Il y a des photos de son bateau juste avant le départ, avec des gens sur le quai qui disent au revoir de la main à Philip (quoique, Baxter le remarque, son frère n'en fasse pas partie), puis des selfies pris à bord, et des clichés de couchers de soleil sur l'Atlantique en hiver suggérant qu'il n'est pas mauvais non plus avec un appareil photo. Le dernier post remonte à quelques jours, précisant qu'il serait injoignable par téléphone, mais priant de laisser un message en cas d'urgence. On peut dire que la situation actuelle répond aux critères.

Baxter note les coordonnées de la douzaine, environ, d'autres amis Facebook de Michael Esmond, relevant au passage que tout ce qu'il a posté les six derniers mois se résume à quelques mises à jour sur le livre qu'il écrivait, et quatre ou cinq sur la conférence au King's. Manifestement, c'était plutôt important pour lui. La page de Samantha Esmond est beaucoup plus animée. Un grand album photo : dans le jardin, sur la plage, à nourrir les canards sur ce qui semble être le canal d'Oxford, se tenant avec une autre femme dans une boutique dont Baxter est assez certain qu'elle se situe à Summertown ; puis toute une série de kermesses et journées sportives d'école, y compris la photo d'un gâteau légèrement de travers légendée « Mes efforts » avec un émoji dépité. Mais, en regardant de plus près, la plupart des images ont été ajoutées il y a plus de quatre ans. Après cela, quelques selfies d'elle bien enceinte, le visage flou ou à moitié dans l'ombre, et la photo d'un nouveau-né dans un berceau d'hôpital, sous laquelle on peut lire : « Enfin ! » Pas de prénom, de poids ni de sexe. Et, après cela, pratiquement rien. Une ou deux mises à jour au sujet du bébé, mais presque plus de photos après son premier anniversaire, et rien du tout au cours des trois derniers mois. Ce qui, à en juger par l'expérience (certes limitée) de Baxter quant aux habitudes des nouveaux parents sur les réseaux sociaux, lui paraît franchement étrange. La frise chronologique de Janet Gislingham fourmille de Billy – la moindre évolution s'accompagne d'un déluge de photos, rien ne lui paraît trop banal pour être montré au monde. Quinn a un jour fait remarquer d'un ton sardonique qu'elle n'avait qu'à poster sa gerbe et en finir avec ça, mais il n'a pas récolté les éclats de rire qu'il attendait. Trop de gens se rappelaient que Janet avait bien failli n'avoir aucun bébé à photographier.

Baxter se cale dans son siège et pousse un profond soupir. Puis il passe en revue l'album photo une seconde fois. Ça commence quand Matty avait environ trois ans, et Baxter fait défiler les images en regardant un bébé joufflu et comblé devenir un gamin maigrichon avec des lunettes trop grandes pour lui. Le petit Matty regarde l'objectif, la mine radieuse, tendant des coquillages, des galets, une glace, un escargot. Sa version plus âgée semble faire de son mieux pour y échapper, pris excentré ou en train de regarder ailleurs. Sur l'une, il se cache derrière les jambes de son père, ou du moins vous devez supposer que c'est son père, puisque l'homme est coupé au niveau du torse. Baxter sourcille, et les refait défiler, remarquant pour la première fois combien Michael Esmond figure en fait sur peu d'images. Sur deux des instantanés de vacances au tout début – jouant au cricket sur le sable, dans un manège de fête foraine avec Matty sur ses genoux –, mais pas grand-chose d'autre. Dans l'une des plus récentes, Matty est dans le jardin avec un homme brun en arrière-plan, sans doute Esmond. Il tond la pelouse dos à l'appareil, et il est à distance. Baxter remonte aux photos prises à l'école – les papas ne peuvent plus esquiver ces réjouissances, aujourd'hui –, mais il n'y voit pas Michael. C'est seulement maintenant qu'il s'aperçoit que l'école en question est Bishop Christopher's, et, en y regardant de plus près, il reconnaît des visages de l'affaire Daisy Mason. La directrice, un ou deux enseignants, certains des enfants qu'ils ont interrogés, et enfin, avec un soubresaut, Daisy elle-même, arrivant deuxième au jeu de l'œuf dans la cuillère, une détermination farouche se lisant sur son petit visage. C'était en 2016 – le dernier trimestre d'été avant sa disparition –, et, d'après ce que Baxter peut voir là, Matty Esmond était dans la même classe. Ce ne peut être lié – ni même pertinent –, mais cela pousse au premier plan de son esprit une idée qui reste toujours en fond pour tout officier de police : une fois l'affaire résolue, le coupable arrêté et le monde retourné à la normale, alors quoi ? Y a-t-il quoi que ce soit qui puisse être « normal » après une affaire comme celle-ci ? Une enfant disparaît et ne revient jamais, et lorsque ses camarades de classe entament une nouvelle année scolaire, elle n'est pas là. Tout le monde dit toujours combien les enfants sont résilients, mais n'est-ce pas là juste un autre mensonge dont les adultes abusent pour se réconforter ? Ce gamin, Matty Esmond – il n'a pas l'air « résilient ». Il a l'air fragile, vulnérable. Qu'a-t-il éprouvé après la disparition de Daisy ? Comment a-t-il réagi en apprenant ce qui lui était vraiment arrivé ? Quels que soient les efforts réalisés par les parents pour essayer de protéger leurs enfants, ce genre de chose refait toujours surface.

Baxter soupire, songeant – et ce n'est pas la première fois – qu'il est content de ne pas avoir d'enfants, puis prend quelques notes supplémentaires pour les ajouter au dossier de l'affaire. Après quoi, il ouvre sa boîte mail et envoie un message à Fawley, en dressant une liste des renseignements dont ils vont avoir besoin qui nécessitent son aval. La situation financière, pour commencer. Les relevés téléphoniques et les mails, les dossiers médicaux, l'historique Internet. Il ferme tout juste la machine quand Everett arrive dans une bouffée d'air froid. Elle est allée à Wantage, voir la mère de Michael Esmond.

— Comment c'était ? demande-t-il en relevant furtivement les yeux.

Mais un coup d'œil à l'expression d'Everett lui suffit.

— Peu importe la fréquence à laquelle j'y vais ou le professionnalisme du personnel, ces endroits me foutent toujours les jetons. (Elle s'assied lourdement et commence à dérouler son écharpe.) Je veux dire, le directeur n'aurait pas pu être plus gentil, et à l'évidence ils se soucient vraiment des résidents, mais tous ces fauteuils repoussés contre le mur, et l'odeur de pisse, et la télé allumée seize heures par jour. C'est mon idée du deuxième cercle de l'enfer.

Cela dit, passer les deux derniers week-ends précédant Noël à se trimballer dans toutes les maisons de retraite dans un rayon de quinze kilomètres n'a probablement pas aidé. Elle essaie de trouver un endroit convenable pour son père – bien qu'il ne soit pas encore au courant. Même si c'était à prévoir depuis un moment. Les troubles de mémoire, l'irritabilité, les attitudes défensives. Et la perte de toute notion du temps. Dès l'aube, il est réveillé, ce qui signifie qu'il a la télé allumée. Il a fait ça tout le temps où il a séjourné chez elle. Arrivant dans le salon en traînant les pieds, apparemment inconscient de ce qu'elle essaie toujours de dormir. Même si, au moins, elle peut garder le contrôle du volume ; ses voisins chez lui n'ont pas cette chance. Deux ou trois fois par semaine, ils passent se plaindre, ce dont, avec un bébé de quatre mois, Everett ne peut pas les blâmer ; ils doivent à moitié halluciner par manque de sommeil paradoxal. Mais son père refuse de répondre à la porte quand ils sonnent, ce qui implique un aller-retour de cinquante kilomètres pour Everett afin de régler ça. Quelque chose doit céder. Elle se dit depuis des semaines qu'elle devrait s'expliquer avec lui pendant les fêtes de Noël, lorsqu'ils seraient seuls et qu'elle aurait plus de temps, mais il s'apprête à rentrer chez lui et elle ne s'en est pas encore occupée. Comme n'importe quel flic, elle peut repérer un lâche quand elle en voit un, et, cette fois, elle n'a pas besoin de regarder plus loin que dans son propre miroir.

Elle relève les yeux pour voir Baxter lui adresser un regard interrogateur. Il y a de quoi : elle n'a parlé à personne de tout cela au travail. Même s'il lui faudra probablement bientôt l'aborder. Ne serait-ce qu'avec Fawley.

— J'ai pu m'entretenir avec Mme Esmond, dit-elle, et l'ai informée de l'incendie, avec autant de tact que possible, mais je ne pense pas qu'elle ait vraiment saisi quoi que ce soit. Elle m'a juste souri en disant : « Comme c'est charmant, ma chère. »

— Donc elle n'est pas susceptible de beaucoup nous aider à traquer Esmond.

Ev secoue la tête.

— Je lui ai bien expliqué qu'il avait disparu, mais elle n'a pas semblé très inquiète. Elle a juste agité la main en disant qu'il serait « encore parti dans cette hutte ».

Baxter fronce les sourcils.

— Une hutte de scouts ? Une hutte Nissen ?

Ev soupire.

— Ça pourrait aussi bien être un foutu Pizza Hut, pour ce que j'en sais. Le personnel n'en savait pas davantage. Mais ils m'ont prévenue qu'elle ne serait sans doute pas d'une grande aide.

— Dommage.

Son intonation incite Everett à marquer un temps d'arrêt.

— Quoi… tu as trouvé quelque chose ?

Baxter grimace.

— Pour être honnête, c'est plutôt ce que je n'ai pas trouvé.

* * *

Entretien téléphonique avec Philip Esmond,
4 janvier 2018, 17 h 46
Interlocuteur : inspecteur E. Somer

ES : Inspecteur Somer à l'appareil.

PE : Bonjour… Vous m'entendez ? Je crois qu'on s'entend en différé.

ES : Je vous entends. Je parle bien à M. Esmond ?

PE : Philip Esmond, oui. J'ai eu le message d'un garde-côte m'informant que quelqu'un à Thames Valley voulait me parler. C'était au sujet de Mike, je crois ? Désolé pour la ligne, j'appelle d'un téléphone satellite au milieu du golfe de Gascogne.

ES : Je suis vraiment navrée de devoir vous l'apprendre de façon aussi brutale, mais il y a eu un incendie chez votre frère.

PE : Un incendie ? Comment ça, un incendie ?

ES : Il s'est déclenché aux premières heures, ce matin.

PE : Seigneur... Pas les enfants...

ES : Je suis sincèrement désolée. Zachary n'a malheureusement pas survécu.

PE : Et Matty ?

ES : Il est en soins intensifs. Ils font tout ce qui est en leur pouvoir...

PE : Bordel de merde. Il va falloir que je rentre... [Pause.] Attendez une minute, pourquoi Mike n'a-t-il pas appelé ? Il n'est pas mort, lui aussi, n'est-ce pas ? Seigneur...

ES : Non, monsieur. Du moins pas à notre connaissance.

PE : « Pas à votre connaissance » ? Qu'est-ce que ça veut dire, bon Dieu ?

ES : [Pause.] Je crains que votre frère ainsi que votre belle-sœur n'aient disparu.

PE : Comment ça, disparu ?

ES : Votre frère est censé participer à une conférence à Londres, mais nous n'avons pas réussi à retrouver sa trace, et il ne décroche pas son téléphone. Nous espérions qu'il avait été en contact avec vous.

PE : La dernière fois que je lui ai parlé, c'était le jour de Noël.

ES : Comment vous a-t-il paru alors ?

PE : Bien. Un peu fatigué, mais ça n'a rien de nouveau. Je pense qu'il était juste débordé.

ES : Quand l'avez-vous vu pour la dernière fois ?

PE : Cet été. Je suis resté chez eux quelques jours. Mike avait recommencé à fumer et il buvait un peu plus que d'habitude, mais rien de grave. Et les enfants étaient... [Pause.] Il n'a pas... enfin... souffert, si ? Zachary ?

ES : Nous espérons que non.

PE : [Pause.] Merde.

ES : [Bruits étouffés sur la ligne du côté de la police.] En fait, monsieur Esmond, il y avait une autre question que nous souhaitions vous poser. Lorsque nous avons parlé à votre mère, elle a évoqué une hutte. Quand nous lui avons annoncé que Michael avait disparu. Elle a dit qu'elle pensait qu'il serait « encore parti dans cette hutte ». Avez-vous une idée de ce dont elle parlait ?

PE : Non, désolé.

ES : Elle n'aurait pas pu faire allusion à votre maison, par hasard ? Nous n'avons pas pu trouver d'adresse actuelle vous concernant.

PE : Je garde la maison d'un pote depuis six mois. Je bouge beaucoup.

ES : Est-ce que M. ou Mme Esmond pourraient se trouver là-bas ?

PE : Je ne vois pas comment : ils n'ont pas de clés ni rien. Comme je vous le disais, ce n'est pas chez moi.

ES : Ils n'ont pas de résidence secondaire, n'est-ce pas ? Une maison de campagne, quelque chose de ce genre ?

PE : [Il rit sèchement.] Non, inspecteur. Cette maison à Southey Road était plus que suffisante, croyez-moi.

* * *

Everett sait à la minute où elle ouvre la porte de l'appartement que quelque chose ne va pas. Elle perçoit les crépitements et une odeur de brûlé. Elle lâche tout et se rue à la cuisine. Le gaz est au maximum, et la casserole est vide. Elle se saisit d'un torchon pour la jeter avec fracas dans l'évier.

— Papa ! appelle-t-elle en faisant couler de l'eau froide tandis que la casserole siffle dans un furieux jaillissement de vapeur. *Papa !*

Aucune réponse, et, l'espace d'un instant, la colère cède place à l'angoisse – elle n'entend pas la télé. Est-il parti se promener alors qu'elle lui a dit de ne pas sortir ? Mais le bruit de la chasse d'eau se fait entendre, et il arrive dans la cuisine avec précipitation tout en rajustant son pantalon. Il y a une petite tache humide près de sa braguette, vision dont elle s'efforce de faire abstraction.

— Papa, mais qu'est-ce que tu fabriquais ? Tu ne peux pas laisser une casserole vide sur le gaz…

Il sourcille avec irritation.

— Elle n'est pas *vide*, Verity…

— Oh, si, je suis arrivée juste à temps…

— Je peux t'assurer qu'elle ne l'était pas. J'avais juste mis de l'eau à bouillir pour me faire un œuf dur. Étant donné qu'il n'y a absolument rien d'autre à se mettre sous la dent, par ici.

— Je devais travailler tard. Je te l'ai *dit*…

— Ce foutu chat est mieux nourri que moi.

Elle sent sa mâchoire se crisper.

— Tu sais que ce n'est pas vrai. Et si la casserole était vraiment pleine, comment l'eau a-t-elle bien pu bouillir jusqu'à s'évaporer complètement ? Ce n'est pas arrivé en cinq minutes. Où étais-tu, bon sang ?

Il se détourne et commence à grommeler, s'offusquant de devoir rester cloîtré toute la journée : tout le monde a droit à un peu d'air frais.

Elle fait un pas vers lui.

— C'est grave, papa. Tu aurais pu mettre le feu à l'appart.

À ces mots, il lui décoche un regard noir.

— Tout ça pour un œuf à la coque. Ta mère a raison, Verity, tu as vraiment une tendance déplorable à dramatiser ; tu as toujours été comme ça. Elle le disait encore l'autre jour.

Ev se détourne. Elle a les larmes aux yeux à présent. Pas seulement pour l'injustice de ses propos, mais parce que sa mère est morte depuis plus de deux ans. Une voix dans sa tête lui dit : *Tu ne peux plus faire comme si de rien n'était. Parle-lui. Fais-le asseoir et parle-lui. Tout de suite.*

Elle prend une profonde inspiration et se tourne face à lui.

— Que voudrais-tu pour le dîner, papa ?

À 9 h 15 le lendemain matin, Gislingham et Quinn se garent dans l'allée devant l'Institut d'anthropologie culturelle et sociale sur Banbury Road. Une maison victorienne convertie – comme le sont les plus petits départements d'Oxford – se dressant sur quatre étages au-dessus d'un rez-de-chaussée inférieur. De la brique « jaune Oxford » ornée de boiseries peintes en rouge foncé. Un râtelier à vélos, du gravier envahi de mauvaises herbes, deux bacs de recyclage de taille industrielle et un panneau de stationnement interdit.

— Bon Dieu, dit Quinn en fermant la portière. Tu ne me verrais pas travailler là-dedans. On se croirait dans *La Maison de tous les cauchemars*.

Gislingham lui lance un regard ; il a sur le bout de la langue le commentaire que Quinn est un rien sous-qualifié pour un poste d'enseignant à l'université, mais c'est le genre de railleries qu'ils auraient pu échanger par le passé. Ainsi que Janet le lui rappelle tous les matins, il doit se comporter comme le chef de Quinn, désormais.

Ils montent les marches jusqu'à la porte et sonnent, percevant l'écho du tintement qui se perd à l'intérieur. Pas un bruit. Ils sonnent de nouveau et attendent encore, puis Quinn descend d'une marche et scrute en plissant les yeux derrière les stores vénitiens du rez-de-chaussée surélevé.

— Je ne vois rien, finit-il par dire. Et il n'y a pas de vélos ici non plus. Est-ce que tu penses que quelqu'un s'embête à venir pendant les vacances ?

Oui, apparemment, car soudain la porte s'ouvre et une femme apparaît sur le seuil. Ses fins cheveux gris sont noués en chignon, elle porte une jupe écossaise et un pull en laine épaisse.

— Je ne sais pas qui vous êtes, mais vous ne pouvez pas stationner là.

Quinn ouvre la bouche pour prendre la parole, mais Gislingham le devance.

— Nous sommes de la police, madame, dit-il en montrant sa plaque. Je suis l'inspecteur en chef Chris Gislingham, et voici l'inspecteur Quinn. Pouvons-nous entrer ?

La femme prend la plaque et l'examine, puis regarde Quinn.

— J'imagine que oui, finit-elle par répondre.

Et, tandis qu'ils la suivent dans le couloir, Quinn marmonne, d'une voix à peine audible :

— Inspecteur en chef suppléant.

Il y a une pièce dans le fond qui donne sur le jardin et tient lieu de bureau, un accueil et un endroit pour la machine à café. Elle désigne deux chaises en plastique et demande à ses visiteurs d'attendre pendant qu'elle va chercher le professeur Jordan.

— Je l'ai vue aujourd'hui, mais elle était en ligne avec la Chine. Nous avons un partenariat avec une université à Hangzhou.

— Pas d'inquiétude, nous pouvons patienter, mademoiselle…

— *Madame* Beeton, rectifie-t-elle vertement. Et épargnez-moi les blagues culinaires sur mon homonyme, parce que je les ai déjà toutes entendues.

Elle pivote sur ses talons et repart dans le couloir, où ils l'entendent marcher d'un pas résolu vers l'escalier, Quinn souriant dans son dos.

— Dure à cuire, la vieille chouette, dit-il. Elle me fait penser à ma grand-mère. Elle ne se laissait emmerder par personne, même à quatre-vingt-dix ans passés.

Ce doit être d'elle que tu tiens ça, se dit Gislingham.

Trop nerveux pour s'asseoir, il avance donc vers le présentoir à magazines et journaux. *American Ethnologist*, *Visual Anthropology Review*, *Comparative Studies in Society and History*, *Anthropological Journal of European Cultures*. Il en prend un et passe en revue la liste des articles. Même les titres sont complètement hermétiques : mais qu'est-ce que « performativité » peut bien vouloir dire ?

Pendant ce temps, Quinn regarde le tableau au mur avec les noms et photos du personnel du département. Bon nombre d'entre eux viennent de l'étranger, à en juger par les patronymes. Il y a un ou deux clichés artistiques en noir et blanc, mais la plupart des portraits sont réalisés avec un appareil numérique. Pas celui d'Esmond, qui est clairement mis en scène, et clairement professionnel.

— Qu'est-ce que tu en penses ? demande Quinn, les yeux rivés sur la photo. Il se la raconte un peu, non ? Baxter semblait le penser, à en juger par sa page Facebook.

Gislingham réfléchit.

— J'ai l'impression qu'il n'est pas très sûr de lui, pour être honnête. Qu'il surcompense.

Quinn fait une moue.

— Je ne sais pas trop à quel point tu as besoin de « compenser » quand tu as une maison pareille. Ce type doit être plein aux as.

— À ce propos, est-ce que tu t'es renseigné sur la maison ?

« Comme je te l'avais demandé » flotte dans l'air.

— Eh bien, oui, répond Quinn, avec une pointe de sarcasme. J'attends toujours des nouvelles. Mais je continue de parier sur un héritage familial. Impossible qu'il ait pu s'offrir cette baraque avec son revenu. Et d'où viendrait une telle somme autrement ?

Il esquisse un geste vers la pièce légèrement miteuse, le radiateur préhistorique, les étagères en aggloméré.

— Pas d'ici, en tout cas. Regarde cet endroit.

— Vous avez raison, officier. Les délits en milieu universitaire sont rarement, voire jamais, de nature pécuniaire.

La voix vient de la porte. Une grande femme mince aux traits puissants et aux longs vêtements sombres superposés. Un pantalon, une tunique, une surchemise, tous amples. Elle porte un imposant sautoir à breloques de formes géométriques.

— Je suis Annabel Jordan. Voulez-vous monter ? Mary nous apportera du café. Pour ma part, j'en prendrais volontiers.

Son bureau est à l'étage au-dessus et donne sur la rue. Il a dû s'agir un jour d'un salon familial, doté de corniches et d'une ancienne cheminée. Sur les murs sont alignées des étagères en désordre, croulant sous les livres, et deux fauteuils en cuir défoncés sont disposés en face de son bureau. Et sur un mur, l'affiche encadrée d'une exposition d'art paléolithique à l'Ashmolean Museum – une sculpture de femme, les hanches et les seins bombés, la tête disproportionnellement petite, et sans traits.

— Asseyez-vous, je vous prie. Je suppose que vous êtes venus me parler de Michael. Une véritable tragédie.

— Vous êtes au courant ? demande Gislingham en sourcillant. On n'a pas révélé le nom de la famille à la presse.

Elle s'assied dans son fauteuil.

— J'ai vu les informations, inspecteur. J'ai reconnu la maison. Michael avait organisé un cocktail chez lui peu après avoir emménagé – avec le département, les troisièmes cycles –, il devait y avoir une centaine de personnes. À côté, ma maison mitoyenne à Summertown m'a presque fait l'effet d'un logement insalubre.

Gislingham acquiesce ; aucun doute que c'était en partie l'idée.

— Et votre collègue a raison, dit-elle avec un geste vers Quinn. C'était – c'est – de l'argent familial. (Elle se retourne vers Gislingham, avec une expression préoccupée.) Des nouvelles de Matty ?

Gislingham secoue la tête.

— Pas à ma connaissance.

— Et cet autre enfant, le pauvre... Zachary. Quelle affreuse, inutile, déplorable perte.

— Nous croyons savoir que M. Esmond assiste actuellement à une conférence à Londres ?

Calée dans son siège, elle croise les mains.

— Oui, c'est exact.

— Vous ne sauriez pas par hasard où il séjourne ? Chez un ami ? Un hôtel où il avait ses habitudes ?

Elle secoue la tête.

— Non, je crains de ne pouvoir vous répondre. En fait, je ne l'ai pas vu depuis un certain temps.

Elle s'apprête à se lever, mais Gislingham n'a pas fini.

— Qu'est-ce que vous pouvez nous dire à son sujet, professeur Jordan ?

Elle se rassied, l'ombre d'un sourcillement traversant son visage.

— Consciencieux. Travailleur. (Une pause.) Manque peut-être un peu d'humour. Pas très liant.

— Il n'a aucun ami parmi le personnel ici ?

Elle commence à jouer machinalement avec son collier.

— Pas des « amis » en tant que tels, non. Je ne crois pas. Il y avait des gens avec qui il travaillait plus étroitement que d'autres, mais « collègues » serait un terme plus approprié.

— Et sur quoi travaille-t-il exactement ?

Elle hésite.

— Je ne sais pas trop quelles sont vos connaissances en anthropologie, inspecteur...

Quinn sourit.

— Considérez-nous comme des novices.

Elle hausse un sourcil.

— Eh bien, justement, Michael est spécialisé dans les pratiques d'initiation et les pratiques sacrificielles des sociétés indigènes et primitives. Les rites d'initiation à la puberté, les épreuves chamaniques et ainsi de suite. Les divers facteurs sociaux, culturels, ritualistes et magico-religieux qui entrent en jeu…

Les yeux de Quinn se voilent déjà.

— … Il a rédigé une thèse de doctorat très impressionnante et obtenu un poste à Liverpool presque immédiatement après. Pendant un moment, la progression de sa carrière semblait inarrêtable.

— Mais ? dit Gislingham.

Elle cligne des yeux.

— Excusez-moi ?

— J'exerce ce métier depuis de nombreuses années, rétorque-t-il sèchement.

Elle sourit, légèrement gênée.

— Disons simplement qu'il n'a pas progressé aussi loin – ni aussi vite – qu'on aurait pu s'y attendre. Ses recherches ont piétiné, et je sais qu'il a posé sa candidature pour plusieurs autres postes, ces derniers mois, à la fois ici et dans d'autres universités, mais son profil n'a pas été retenu. Ceci est confidentiel, bien entendu, s'empresse-t-elle d'ajouter. J'étais sa référente, alors je l'aurais su.

— Et comment le vivait-il ?

— Je suis certaine qu'il était frustré, ce qui est assez compréhensible.

Une autre chose que Gislingham reconnaît lorsqu'il l'entend, c'est une dérobade professionnelle. Il change de tactique.

— Comment était-il, dernièrement ?

— Je ne vois pas vraiment ce que vous voulez dire.

Et en voilà une autre. OK. Si c'est comme ça que tu veux la jouer…

— De quelle humeur était-il ? Avez-vous remarqué des changements récents dans ses habitudes ou son comportement ?

Elle lui lance un coup d'œil, puis se détourne.

— Michael se montre toujours très attentif – très réfléchi.

— Mais ?

— Mais récemment il est devenu, eh bien… tapageur. Véhément, exprimant des opinions assez controversées. Ce genre de chose.

— À quand remonte ce changement de comportement ?

— Je ne sais pas, trois ou quatre mois, peut-être ?

— Y a-t-il quelqu'un qui l'aurait pris en grippe en particulier ?

— Non. Pas que je sache. Rien de grave, en tout cas.

La porte s'ouvre et Mme Beeton entre avec trois tasses, une cafetière et une brique de lait demi-écrémé. Elle pose doucement le plateau sur le bureau et se retire, non sans un regard appuyé en direction de Jordan. Gislingham la soupçonne d'avoir écouté derrière la porte un moment. Aucune bouilloire ne met autant de temps à chauffer.

— Et le reste, alors ?

— Pardon ?

Gislingham soutient son regard.

— Vous avez dit « rien de grave ». Il y a autre chose, non ? Quelque chose que vous préférez ne pas nous révéler. Mais croyez-moi, professeur, la vérité finit toujours par se savoir. Il vaut mieux que vous nous le disiez maintenant, plutôt que nous ayons à le découvrir par nous-mêmes.

C'est une phrase qu'il avait entendu Fawley prononcer un jour, et qu'il avait conservée pour s'en servir plus tard.

Ils se dévisagent un instant, puis elle dit :

— Il vaut mieux que je consulte le service juridique de l'université avant de dire quoi que ce soit d'autre. C'est un sujet sensible, et étant donné ce qui s'est produit…

Elle les regarde à tour de rôle. Elle voit qu'ils n'y croient pas.

Elle soupire.

— Très bien… mais je tiens à ce que cela reste strictement confidentiel. Nous avons reçu une plainte de la part d'une étudiante.

— Contre Michael Esmond ?

Elle hoche la tête.

Seigneur, pense Gislingham, *il faut vraiment lui tirer les vers du nez.*

— Il a tendance à aller voir ailleurs, hein ? demande Quinn.

Il semble avoir décidé qu'il y avait des avantages à sa rétrogradation, notamment la possibilité de se comporter comme un connard en toute impunité.

Jordan le fusille du regard.

— Je n'ai rien avancé de tel. La jeune femme en question ne prétend rien de la sorte non plus.

— Alors de quoi s'agit-il ? demande Gislingham. Sextos ? Mails douteux ?

Jordan hésite.

— Il semble qu'il se soit produit un fâcheux incident à la fête de Noël du département.

— De quel niveau de « fâcheux » parlons-nous, au juste ?

Elle rougit.

— Des commentaires inappropriés et, apparemment, des contacts physiques. Ce que Michael nie farouchement dans son ensemble. Mais, hélas, il n'y avait aucun témoin.

— Donc, c'est sa parole contre celle de l'étudiante, hein ? dit Quinn.

— Exactement. Il était clair que nous allions devoir impliquer le service juridique.

— Parce que vous ne l'avez pas encore fait ?

— Pardon ?

Elle rougit de nouveau.

— Disons que la récente tournure des événements change la donne.

C'est vrai, pense Gislingham.

Il a soudain l'intime conviction que l'appel que Jordan a passé un peu plus tôt n'était pas du tout en Chine.

— Vous n'avez pas jugé bon d'en informer la police ? demande-t-il.

— Comme je le disais, nous ne nous sommes pas encore décidés sur la marche à suivre.

Gislingham rouvre son carnet de notes et griffonne quelques mots.

— À quand remonte cette conversation avec lui – celle au cours de laquelle il a tout nié en bloc ?

— Je lui ai parlé des accusations à la fin du trimestre dernier, et nous nous sommes revus mardi.

Gislingham ne peut masquer sa réaction.

— Mardi… Vous voulez dire le mardi 2 janvier ? Mardi… il y a moins de trois jours ? Vous venez de dire que vous n'aviez eu aucun contact avec lui… (Il retourne quelques pages en arrière.) … depuis un certain temps. Trois jours, ça ne fait pas « un certain temps ».

Elle paraît embarrassée à présent – embarrassée et vaincue.

— Quand je l'ai vu avant Noël, il avait l'air plutôt à cran, alors je lui ai suggéré de réfléchir à tout ça pendant les vacances afin que nous en reparlions début janvier. Il est venu ici à la première heure mardi avant de partir à Londres. J'espérais que nous serions en mesure de mener les choses à un terme satisfaisant.

Gislingham commence à hocher la tête.

— Je vois – vous espériez qu'il démissionnerait, n'est-ce pas ? Vous lui avez gentiment tendu le revolver en espérant qu'il ferait ce qu'il fallait ?

Elle se cabre.

— Pas du tout. Vous vous trompez complètement sur ce point, lieutenant. Complètement.

Mais son expression semble prouver le contraire.

— Alors comment ça s'est passé ?

Elle hésite.

— Disons simplement que nous avons eu un échange de vues sans détour.

Plus un échange d'injures, pense-t-il, à en juger par son expression.

Et cette vieille bique de Beeton a probablement tout entendu.

— Dans quel état d'esprit vous êtes-vous quittés ?

— Je lui ai dit que maintenant, dans ces circonstances, je consulterais les autorités de l'université, et que ce serait à elles de déterminer le meilleur plan d'action.

— Mais il pourrait perdre son boulot, n'est-ce pas ?

C'est Quinn. Et c'est plus une affirmation qu'une question.

— Je veux dire, poursuit-il, harcèlement sexuel sur une étudiante, dans le climat actuel ? MeToo et tout ça. On le pendrait par les couilles.

Jordan lui adresse un regard de dégoût non dissimulé.

— En théorie, ça pourrait mener à un licenciement, oui. Mais nous en sommes très loin. Du moins à ce stade.

Mais Michael Esmond ne le voyait peut-être pas de cette manière. Quinn et Gislingham échangent un coup d'œil.

— Pouvons-nous parler à cette fille ? demande Gislingham.

Jordan sourcille.

— Elle n'a pas porté plainte.

— J'en suis bien conscient, professeur. Mais vous pouvez comprendre pourquoi nous souhaiterions lui parler.

— Oui, mais il y a des procédures, des autorisations à obtenir. Je m'entretiendrai avec nos avocats, puis avec l'étudiante en question, et je reviendrai vers vous aussi vite qu'il m'est possible.

À Summertown, pendant ce temps-là, Everett vient tout juste de rentrer après avoir déposé son père chez lui à la sortie de Bicester. Avec lui, tout prend toujours cinq fois plus de temps que prévu, et ce n'était guère différent ce matin. Et elle ne lui a toujours pas parlé de la maison de retraite non plus. Mais elle a cherché le numéro de téléphone des services sociaux à proximité du domicile de son père et s'est promis de les appeler d'ici la fin de la journée. Quoique, pour l'heure, elle ait un travail à faire. Elle remonte en vitesse à l'appartement pour jeter un coup d'œil au chat (clairement aussi soulagé qu'elle que les choses aient repris leur cours normal), puis retourne sur le trottoir, où elle sort une photo que Baxter a trouvée sur la page Facebook de Samantha Esmond. Il était presque sûr qu'elle avait été prise dans l'une des boutiques de la grande rue commerçante de Summertown, et elle lui avait donné raison. Elle n'habite pas ici depuis deux ans pour rien.

Cinq minutes plus tard, elle passe la porte. Bougies, porcelaines, robes de chambre, serviettes. Si ce n'est pas blanc, c'est en verre. Et tout est si délicat, raffiné et agréablement parfumé qu'elle a l'impression de faire deux fois sa taille normale rien que de se tenir là. Heureusement, elle n'y est pas contrainte longtemps : la fille derrière le comptoir lève les yeux avec un sourire.

— Est-ce que vous cherchez quelque chose en particulier ? Nous avons certains de nos articles de fin de série en promotion.

Everett contourne avec précaution et nervosité un présentoir de flûtes à champagne ouvragées et sort sa plaque de sa veste.

— Inspecteur Everett, Thames Valley. Pourrais-je parler à votre responsable ?

La fille paraît alarmée.

— Est-ce qu'il y a un problème ?

Au tour d'Everett de sourire.

— Non, pas du tout. J'ai juste besoin de parler à la dame sur cette photo.

La fille prend le cliché et hoche la tête.

— Oh, oui, c'est Mel. Elle est en pause. Je vais la chercher.

Elle disparaît dans l'arrière-boutique, laissant Ev les yeux rivés sur les flûtes à champagne. Celles qu'elle a chez elle étaient un cadeau de sa mère quand elle a quitté la maison. Elles ont l'air tout droit sorties d'une pub pour Champomy.

— Bonjour ? Je suis désolée, Jenna n'arrivait pas à se rappeler votre nom.

Elle se retourne. C'est assurément la femme sur la photo. Taille moyenne, jolis traits, cheveux auburn, coupe soignée. Sous les éclairages implacables, sa chevelure a des reflets violets.

— Inspecteur Everett, dit-elle en tendant la main. Verity.

— Mel Kennedy. En quoi puis-je vous aider ?

— La femme sur cette photo avec vous…

— Sam ? C'est au sujet de Sam ?

Everett prend une profonde inspiration.

— Avez-vous vu les nouvelles… L'incendie ?

La femme pâlit.

— Oh non… pas les enfants… Je vous en prie, ne me dites pas…

— Je suis sincèrement navrée.

Elle regarde Kennedy tendre le bras aveuglément vers une chaise sur laquelle elle se laisse choir. Elle a la main devant la bouche. Sa réaction semble sincère.

— Prenez votre temps. Voudriez-vous un verre d'eau ?

Kennedy secoue la tête.

— Je n'arrive simplement pas à le croire.

— Quand avez-vous vu Mme Esmond pour la dernière fois ?

Kennedy la regarde un instant.

— Vous savez, en toute honnêteté, je ne m'en souviens plus. Peut-être l'été dernier ?

— Cette photo remonte à deux ans, je crois ?

Kennedy y jette un coup d'œil.

— Au moins trois. Elle n'a travaillé ici que peu de temps. Mais nous nous entendions bien, vous savez ? Vraiment bien.

Everett se rapproche légèrement.

— Nous n'avons toujours pas réussi à retrouver la trace de Mme Esmond. Auriez-vous une idée de l'endroit où elle se trouve ?

Kennedy fait signe que non.

— C'est une personne très secrète. Elle ne s'épanchait pas beaucoup sur sa vie privée.

— Vous connaissiez ses amis ? Quelqu'un qu'elle aurait pu aller voir ?

Elle hausse les épaules, désemparée.

Everett inspire profondément avant d'aborder le sujet le plus épineux.

— Connaissant Mme Esmond – Sam –, pensez-vous qu'elle serait susceptible de laisser ses enfants seuls à la maison ?

Mais Kennedy est déjà en train de l'interrompre.

— Sam n'aurait *jamais* fait une chose pareille, dit-elle farouchement. Jamais.

— Pourquoi a-t-elle cessé de travailler ici ?

Kennedy sort un mouchoir pour se moucher.

— Elle est partie quand elle est tombée enceinte de Zachary. Son mari a estimé que ce serait trop pour elle, tout ça. Avec Matty en plus. Mais, entre vous et moi, je pense que dès le départ il voyait d'un mauvais œil le fait qu'elle travaille ici. Il faisait toujours des remarques sarcastiques... « Mais qu'est-ce que le shabby chic, au juste ? » Ce genre de chose. Il est un peu prétentieux, je pense. Un peu snob.

— Vous l'avez vu souvent ?

Elle secoue la tête.

— Non. Il ne venait pas régulièrement. Comme je vous le disais, il n'appréciait pas le fait que sa femme travaille dans une boutique.

— Mais c'était un couple heureux, d'après vous ? Pas de problèmes à la maison ?

— Oh, non. Rien de la sorte. Il l'adorait. C'est ce qu'elle me disait toujours.

21 février 2017, 7 h 45
317 jours avant l'incendie
23 Southey Road, Oxford

C'est le fracas de la vaisselle qui la réveille. Elle dormait d'un sommeil inhabituellement profond, et émerge d'un vague souvenir de menace, comme quelqu'un qu'on sauve de la noyade. L'autre côté du lit est froid : Michael n'est pas là. Cela aussi est inhabituel – normalement, il ne se lève jamais le premier. Et puis elle se rappelle. C'est son anniversaire. C'est ce qui explique le bruit en bas. Les garçons lui préparent son petit déjeuner au lit. C'est la même surprise tous les ans, mais elle parvient toujours à faire comme si elle ne s'y attendait pas. Elle se hisse en position assise et regonfle les oreillers derrière elle. L'air est glacial dans la chambre, malgré le chauffage central. Elle soupire : la seule manière d'isoler convenablement ces maisons est d'enlever le plâtre des murs et de tout recommencer. C'est ce qu'ont fait les gens dans la maison d'en face avant d'emménager. Mais ils louaient quelque part à l'époque ; ils n'avaient pas à vivre sur place pendant que les maçons étaient à l'œuvre. Elle a obtenu un devis de l'entreprise, mais, lorsqu'elle a abordé le sujet avec Michael, tout ce dont il a parlé, c'était le désordre.

Elle distingue les pas des enfants dans l'escalier à présent, puis elle entend Zachary crier et Matty dire :

— Chut, chuuut !

Quelques instants plus tard, on pousse la porte, et Zachary se précipite dans la chambre en hurlant à tue-tête :

— JOYEUX ANNIVERSAIRE !

Il grimpe sur le lit, se jette sur elle, et son père dit :

— Du calme, du calme.

Comme il le fait toujours.

Michael se perche au bord du lit et lui tend le plateau. Du thé dans l'une des tasses Wedgwood que leur a offertes la mère de Michael, un œuf à la coque (contribution de Matty), trois toasts chargés de confiture de fraise (contribution de Zachary) et une rose dans un soliflore. Michael se tourne vers son fils aîné, qui se tient en retrait, le visage un peu fermé.

— Allons, Matty, ne reste pas dans ton coin.

Matty remonte ses lunettes sur son nez – Samantha savait bien qu'elles étaient trop grandes pour lui, mais l'opticien a insisté. Son fils s'avance furtivement. Il porte deux paquets.

— Tu as emballé le tien toi-même, pas vrai, Matty ? dit Michael en l'encourageant à se rapprocher.

— Viens t'asseoir avec moi, mon ange, s'empresse-t-elle de dire.

Matty pose les paquets sur le lit, puis grimpe avec précaution en face de sa mère. Elle tend le bras pour l'attirer vers elle en l'embrassant sur le côté de la tête. Zachary commence à gigoter, faisant gicler le thé dans la soucoupe.

— Maman mange des toasts !

— Une seconde, mon chou, dit-elle en relevant l'ombre d'un sourcillement sur le visage de son époux. Laisse-moi juste boire de ce thé avant qu'il ne se renverse partout.

L'œuf est presque dur et les toasts sont froids, mais elle mange tout, puis pousse un soupir de soulagement silencieux en tendant le plateau à Michael.

— Bien, dit-il en souriant. Les cadeaux !

Les garçons lui ont offert le même parfum qu'ils lui offrent chaque année, et elle les embrasse tous les deux, puis plie soigneusement le papier et détache l'étiquette cadeau que Matty a remplie et la met dans le tiroir de sa table de nuit en s'assurant qu'il le voie. C'est le genre d'actes symboliques qui comptent pour lui.

Le cadeau de Michael est dans une petite boîte. Des boucles d'oreilles en argent en forme de pompons. Elle avait vu une actrice en porter de semblables quelques semaines plus tôt, et avait dit combien elle les aimait. Il s'en était souvenu, et avait passé Dieu sait combien de temps à les chercher. Elle lève les yeux et le voit lui sourire. Il y a à peine une mèche de gris dans ses cheveux bruns, et il est aussi mince que lorsqu'ils se sont rencontrés. Cette fête à Hackney. À présent, elle ne se rappelle même plus chez qui c'était. Elle était diplômée depuis quelques mois à peine, et il était déjà à mi-parcours de son doctorat. Parfois, même encore aujourd'hui, elle a du mal à croire qu'il l'a vraiment choisie.

— Elles sont magnifiques, dit-elle doucement.

Il tend la main pour prendre la sienne.

— Exactement comme toi. Je me disais que tu pourrais les porter ce soir chez *Gee's*. Avec cette robe bleue que je t'ai achetée.

— Oui, dit-elle en souriant. Bien sûr.

— OK, les garçons, dit-il en se tournant vers ses fils. Laissons maman tranquille un moment, d'accord ? Elle a besoin de se reposer.

À 12 h 30, le professeur Jordan monte les marches menant aux bureaux de l'université. Un bâtiment qui, dans une ville de merveilles architecturales, est plein de promesses, mais se résume en réalité à un bloc de béton des années 1970, qui pourrait aussi bien être un collège en quartier défavorisé, un bureau du conseil municipal ou le ministère de la Défense. Au deuxième étage, il y a déjà deux personnes dans la salle de réunion. Le directeur de l'université d'Esmond et Nicholas Grant, du bureau des surveillants. La troisième est présentée à Jordan comme étant Emily McPherson, la directrice du service relations presse, une jeune femme élégante vêtue d'un tailleur-pantalon noir et d'une parure de perles. Annabel n'a jamais eu l'occasion de la rencontrer auparavant ; ce n'est pas bon signe.

— Ah, Annabel, dit Grant. Merci d'être venue dans de si brefs délais, mais, en ces circonstances, nous devons vraiment accorder nos violons.

Jordan coche mentalement sa grille de bingo à conneries. Première phrase, et il a déjà un bon numéro – c'est bien joué, même pour Grant. Ce sera du gâteau après.

Jordan balance lourdement son sac de jute sur la table et s'assied en face de Grant.

— Alors, dit-il, vous pourriez peut-être résumer pour Emily ce dont nous avons discuté au téléphone ?

— Bien sûr, Nicholas, répond-elle en se tournant vers McPherson. À la fin du trimestre dernier, Ned Tate, de Magdalen, est venu me rapporter un incident de harcèlement sexuel présumé impliquant Michael Esmond et Lauren Kaminsky, l'une de nos étudiantes de troisième cycle. Lauren est sa petite amie. Les faits se sont supposément produits lors de la fête de Noël du département. Lauren et Michael se sont retrouvés ensemble pendant leur pause cigarette. Il a commencé à flirter avec elle, et la situation aurait dégénéré. Du moins, c'est la version de Lauren. Elle affirme que Michael était très saoul à ce moment-là.

— Et cela a-t-il été corroboré ? demande McPherson. L'état d'ébriété ?

Jordan soupire.

— J'en ai bien peur. Je l'ai vu moi-même ce soir-là.

— Mais il n'y a eu aucun témoin de l'incident présumé ?

— Non. Lauren affirme qu'il a commencé à lui toucher les seins et qu'elle l'a repoussé.

— Ce n'est pas allé plus loin ? demande Grant.

— C'est déjà plus qu'assez loin, vous ne trouvez pas ? répliquet-elle vertement.

— Qu'est-ce qu'il a dit quand vous lui avez parlé ? demande McPherson.

Elle a un léger accent écossais. Une voix très plaisante à écouter.

— Il a tout nié. Avec véhémence. Il était hors de lui. Il a affirmé qu'elle aussi avait bu, ce qui est vrai, soit dit en passant. Il était clairement ébranlé par cette accusation – pas juste en colère, mais paranoïaque. De manière plutôt alarmante. Je lui ai alors suggéré de prendre le temps de réfléchir à tout ça, et lui ai dit que nous nous reverrions après les vacances.

— Il aurait mieux valu pour nous qu'il donne sa démission pour qu'on en finisse, dit Grant.

Jordan lui jette un regard furtif.

— Pour vous, peut-être, mais les postes de professeur d'université ne tombent pas du ciel, vous savez. Cet homme a une famille à charge. Et il se pourrait qu'il soit accusé à tort. Ce n'est pas une hypothèse à exclure.

— Qu'en dit le service juridique ? demande McPherson.

— Je ne leur en ai pas encore parlé. J'étais sur le point de le faire quand nous avons appris la nouvelle de l'incendie.

— Ça vaut quand même la peine de les contacter, dit McPherson avec un sourire compatissant. Si la presse s'empare de cette affaire, nous aurons besoin d'adopter une position claire sur ce sujet.

— La gamine est-elle susceptible de révéler quoi que ce soit ? demande Grant.

Jordan se retient de souligner les crimes divers et variés contre le politiquement correct que représente le terme « gamine ».

— Pas pour le moment. Il va falloir que je lui parle à son retour des États-Unis.

— Et je crois que la police est venue vous voir ? demande le directeur de l'université d'Esmond.

— Oui, deux lieutenants de la criminelle. Je leur ai parlé des accusations et, si vous êtes d'accord, je leur fournirai le nom de Lauren. Vu les circonstances, nous pouvons difficilement refuser.

Il acquiesce.

— Alors, quelle est la stratégie ? demande Grant.

Jordan coche avec lassitude une autre case de bingo.

— Je ne pense pas que nous puissions décider d'un plan d'action approprié, dit McPherson, tant que nous ne saurons pas d'une part ce qui est arrivé à Esmond, et d'autre part s'il s'agissait d'un incendie criminel. S'il est en effet établi que le feu a été déclenché volontairement...

— Ce qui nous ramène à la raison de notre présence ici, intervient Grant. Je suppose, dit-il en se tournant vers Jordan, que cet autre point n'a pas été révélé à la police ?

— Bien sûr que non, rétorque-t-elle sèchement. Pour qui me prenez-vous ?

— Et lui avez-vous parlé ?

— Il m'a appelée en panique dès qu'il a vu les infos. Je l'ai prévenu qu'il serait préférable de prendre les devants sur l'enquête en faisant une déposition de son plein gré.

— Et il va suivre ce conseil ? demande McPherson.

— Il dit que oui. Et, avec un peu de chance, sa déposition mettra un terme à tout ça.

— Vous en êtes sûre ? dit Grant. Et... pour le reste ?

— Il jure avoir fait disparaître toute trace.

Grant la regarde droit dans les yeux.

— Eh bien, j'espère que vous avez raison, dit-il d'un ton éloquent.

Juste après 15 heures, l'inspecteur Asante sort de la station de métro Embankment, accueilli par un ciel maussade et un vent mordant. Même les arbres semblent blottis pour se protéger du froid. Il enfile ses gants et se dirige au nord vers King's College. C'est la première fois qu'il revient à Londres depuis qu'il a rejoint Thames Valley trois mois plus tôt, et durant tout le trajet dans la rame il s'est demandé ce qu'il éprouverait à l'idée d'être de retour. Non que ce secteur ait un jour été le sien. Le poste de police de Brixton n'est peut-être qu'à quelques kilomètres à vol d'oiseau, mais la réalité du travail est radicalement différente. Il a grandi à huit kilomètres à l'ouest, mais ce pourrait aussi bien être dans un univers parallèle. Ses nouveaux collègues à St Aldate's ne le savent pas. Ils ont juste entendu « Brixton » et tiré des conclusions hâtives. Mais il en faudra plus pour le dérouter que cette touche de racisme ordinaire. Parce que, oui, son dernier poste était effectivement situé à South London, mais son école était Harrow, et son père ghanéen est un ancien diplomate, et sa mère anglaise dirigeait une société pharmaceutique, avec une maison à façade en stuc sur une place de Holland Park. Et ils l'appellent Anthony. Ils sont toujours atterrés par son choix de carrière, mais Anthony ne considère cette inévitable étape d'agent en uniforme que comme un moyen de parvenir à ses fins. Tout va être différent, maintenant – maintenant qu'il est à Oxford. Il est intelligent et ambitieux, des qualités qui, il en est sûr, lui permettront de se faire une place dans cette ville. Son principal atout, c'est d'être parfaitement adaptable, intellectuellement et socialement. Il est assez brillant pour savoir ce qu'il faut taire, et à quelle vitesse avancer dans sa carrière. Pour l'instant, il est question d'observer et apprendre. Et il a sans doute beaucoup à apprendre de l'inspecteur en chef Adam Fawley.

Je consulte mon téléphone pour la centième fois aujourd'hui, lorsque Gis frappe à la porte.

— Ce portable, dans la maison, commence-t-il. Celui qui chargeait dans la cuisine.

Je regarde encore le mien. Pas de nouvelles d'Alex. Toujours pas.

— Il s'avère que c'est le sien, poursuit-il, légèrement plus fort. Celui de la femme.

Il a toute mon attention à présent.

— Donc il est possible que…

Il acquiesce.

— Il n'est pas impossible qu'elle soit encore là-bas.

Je jette mon portable sur le bureau.

— Seigneur.

Il avance d'un pas et pose un document imprimé devant moi.

— Et nous avons épluché les relevés du portable d'Esmond. Il n'a passé aucun appel depuis mardi midi. Il a contacté sa banque à 13 h 15. Il était déjà à Londres à ce moment-là. Le téléphone a ensuite été coupé, avant d'être rallumé à 22 h 35 mercredi.

— Mercredi ? Le soir de l'incendie ?

— C'est ça. Il se trouvait quelque part dans les environs de Tottenham Court Road.

Il n'a pas besoin de me faire un dessin : Esmond était à quatre-vingts kilomètres d'Oxford lorsque sa maison et sa famille sont parties en cendres. Et celui qui a fait ça devait le savoir.

— Cependant, le téléphone n'a été allumé qu'à peu près une heure, dit Gis. Il l'a de nouveau éteint à 23 h 45. Et il n'a passé ni reçu aucun appel entre-temps, non plus.

— Et c'est tout ?

Il hoche la tête.

— Il est éteint depuis.

— Vous avez constaté quoi que ce soit d'inhabituel ces derniers mois ?

— Baxter a parcouru le journal d'appels, et il n'y a rien qui saute aux yeux, dit-il en feuilletant une liasse de relevés imprimés. Il appelait beaucoup chez lui en journée, mais ça n'a rien de très surprenant. Sinon, c'était essentiellement la routine, comme British Gas et la maison de retraite de sa mère.

— Essentiellement ?

— Ah, voilà la seule partie vaguement intéressante. Il a appelé un portable à carte prépayée un bon nombre de fois récemment, mais nous allons peut-être avoir du mal à trouver à qui il appartient.

— À quel moment ont commencé les appels ?

Gis remonte dans les relevés téléphoniques.

— Au mois de juin de l'année dernière. Il y en a un ou deux ce mois-là, puis ils deviennent plus fréquents. Au moins deux ou trois par semaine. Le dernier remonte à la matinée du 27 décembre.

— Rien le jour de l'incendie ?

Il secoue la tête.

— Eh non, dit-il en passant à une autre page. Quoiqu'il y ait eu également quelques appels vers ce numéro depuis la ligne fixe des Esmond. Le dernier de ceux-là a eu lieu avant Noël. Aucun depuis le portable de la femme, en revanche. Juste pour info.

— Je suppose que vous avez essayé de l'appeler, ce numéro mystérieux ?

— Ça sonne dans le vide, malheureusement.

— Sait-on où était localisé ce téléphone quand Esmond l'appelait ?

— À Londres une fois, mais, le reste du temps, toujours à Oxford. Surtout à Botley Road ou ses environs. Mais, sans un nom, ce sera comme chercher un chat noir la nuit. Toujours en partant du principe, bien sûr, que le maudit chat est là au départ.

J'ai dû soupirer, car Gis s'empresse de poursuivre.

— J'ai demandé à l'équipe technique de surveiller le portable d'Esmond au cas où il le rallumerait. Mais pour l'heure, où qu'il soit, il ne parle pas.

Je jette un coup d'œil vers lui, puis à ma montre. Dans précisément vingt-cinq minutes, Michael Esmond devrait prendre la parole devant une salle comble.

— Je sais, dit Gis, lisant dans mes pensées. Asante a appelé il y a une demi-heure, mais on n'a eu aucun signe d'Esmond pour l'instant. Cela ne veut pas dire qu'il ne viendra pas. Il est peut-être du genre à se pointer à la dernière minute.

Mais je vois à son visage qu'il n'y croit pas vraiment. Et, franchement, moi non plus.

À Southey Road, il fait maintenant si sombre que les enquêteurs incendie ont dû allumer les lampes à arc. Il s'est mis à neiger il y a environ une heure et, malgré le bâchage improvisé, d'énormes flocons blancs volettent à l'intérieur, capturés dans un éclat doré par les rayons de lampe et retombant doucement sur les décombres noircis.

Paul Rigby est au téléphone dehors lorsqu'il entend un cri derrière lui. Il se tourne pour voir l'un des enquêteurs lui faire signe avec urgence.

— Avez-vous trouvé quelque chose ?

L'homme acquiesce, et Rigby se dirige vers lui, escaladant les gravats, les tuiles et bris de verre qui crissent sous ses bottes. Trois membres de l'équipe ont les yeux rivés sur un élément à leurs pieds. Rigby a déjà vu ce regard trop souvent pour s'y tromper. Sous l'encadrement de fenêtre tordu, les tuyaux métalliques et la plaque de plâtre brûlé, il y a autre chose.

Une main.

Cette fois, quand Gis vient à ma porte, il me suffit de lui jeter un coup d'œil pour savoir qu'il y a quelque chose.

— Qu'est-ce qui se passe ? Est-ce qu'Esmond est apparu ?

Il fait une grimace.

— Non. Il ne s'est pas montré. Asante a parlé aux organisateurs, et ils n'ont eu aucune nouvelle de lui. Aucun message téléphonique, aucun mail, rien.

Je soupire bruyamment. Je ne suis pas surpris. Au fond, je devais m'y attendre. Est-ce que cela signifie que je le suspecte ? Si c'est le cas, ce n'est pas conscient. Mais mon intuition me souffle clairement autre chose.

Gis entre dans la pièce.

— Quoique, même si nous ne l'avons pas trouvé, nous l'avons peut-être trouvée, *elle*. C'est ce que je suis venu vous dire. Rigby a appelé. Il y a un autre corps sur les lieux, comme nous le pensions.

— Une femme ?

Il acquiesce.

— Et on est sûr qu'il s'agit d'elle ?

— Autant qu'on puisse l'être. Elle portait une espèce de chemise de nuit. Visiblement, elle devait être dans l'une des autres chambres à l'étage. J'espère pour elle qu'elle s'est juste endormie sans se rendre compte de quoi que ce soit.

Contrairement à son fils, qui s'est réveillé terrorisé et s'est retrouvé seul.

Je relève les yeux vers Gislingham, et je vois qu'il pense la même chose.

— Pas plus d'infos sur Matty pour l'instant, chef, dit-il. Mais nous pouvons toujours espérer, hein ?

9 avril 2017, 14 h 13
270 jours avant l'incendie
23 Southey Road, Oxford

— Oh, bordel de merde !

Michael Esmond lâche la pelle qui tombe dans l'herbe avec un bruit sourd. Le buisson qu'il tente de déplacer a arraché net le manche. Il reste là, les yeux rivés sur la souche inflexible, en respirant bruyamment. Il a vraiment mieux à faire.

— Tout va bien ?

C'est Sam, qui le rejoint. Elle lui tend une tasse de thé portant l'inscription « Bon anniversaire, papa ».

— Ça va, répond Michael avec une légère irritation – c'était l'idée de sa femme de replanter cette foutue haie. J'ai cassé cette satanée pelle. À part ça, c'est le pied.

Samantha regarde plus loin dans le jardin, vers l'endroit où jouent ses fils. Matty essaie d'intéresser Zachary à une partie de foot, mais le bébé se contente de courir en tous sens après le ballon en poussant des cris de joie.

— Tu es censé être le goal, est en train de dire Matty avec lassitude. C'est *moi* l'attaquant.

— Peut-être qu'on devrait confier ce travail à quelqu'un, hasarde-t-elle. Pour le jardin.

Il se tourne vers elle.

— Les jardiniers coûtent une fortune par ici, tu le sais.

— Pas un qui viendrait d'une société, s'empresse-t-elle d'ajouter. Tu peux peut-être demander à tes collègues de la fac s'ils auraient quelqu'un à te recommander pour des travaux de jardinage ? Il doit y avoir des étudiants qui aimeraient se faire un peu d'argent de poche en plus pour leur bière.

Il garde les yeux rivés sur la pelle détruite.

— C'est la faute de papa, finit-il par dire. Pourquoi fallait-il qu'il plante des trucs pareils ?

— Je pense qu'il voulait limiter les mauvaises herbes.

Elle s'intime mentalement de ne pas regarder les autres bordures, déjà envahies par les ronces. Elle ne veut pas que son époux se sente dévalorisé, mais un jardin comme celui-ci a besoin d'un entretien régulier.

Michael vide sa tasse et se tourne vers sa femme en la regardant véritablement pour la première fois.

— Comment te sens-tu ?

— Ça va, dit-elle aussitôt.

— Tu as l'air en effet un peu plus enjouée. Mieux qu'hier, en tout cas.

— Désolée, j'étais épuisée. Je n'avais pas l'intention de me défouler sur toi…

— Ce n'est rien. Je suis là pour ça. Pour prendre soin de toi. De toi et des garçons.

Elle hésite.

— Tu ne penses pas que je pourrais…

— Non, la coupe-t-il fermement. Ce n'est pas une bonne idée. Nous ne pouvons pas revivre tout ça. Tu n'en es pas capable – et moi non plus.

— Mais je déteste la façon dont je me sens. C'est comme vivre dans le brouillard… S'il te plaît, Michael…

Mais leur échange est interrompu par leur plus jeune fils, qui fonce soudain sur son père en agitant le manche de la pelle et criant :

— Papa, papa, tu as cassé la pelle ! Tu l'as cassée, papa !

— Ah, Fawley, vous voilà. Asseyez-vous.

J'étais à la machine à café lorsque l'assistante de direction du commissaire Harrison m'a débusqué et suggéré de « passer deux minutes » pour informer le commissaire des derniers éléments de l'enquête. Et comme me l'a dit mon principal quand j'étais simple inspecteur, « ce n'est qu'une suggestion, mais n'oublions pas de qui elle vient ».

— Je me disais que nous devrions jeter un coup d'œil à l'affaire Esmond avant le week-end, déclare-t-il.

Il doit avoir des projets qu'il ne veut pas voir perturber.

— Et j'ai reçu quelques appels, ajoute-t-il. Vous voyez ce que je veux dire.

Des appels de l'université, sans doute. Probablement pas d'Annabel Jordan. Plutôt de l'un des costards-cravates de Wellington Square, soucieux de leur réputation.

— Alors, où en sommes-nous, Adam ?

Ça ne prend pas longtemps. Pour être précis, nous avons que dalle.

Harrison réfléchit. Il repense aux costards-cravates.

— Quelque chose sur la voiture ?

— Rien sur les caméras de circulation. Ni au registre des immatriculations.

— Cartes de crédit ?

— On attend toujours la banque. Ils sont en sous-effectif à cause des vacances.

Exactement comme nous.

Il se cale dans son siège et joint le bout de ses doigts.

— Alors, et maintenant ?

Je m'attendais à ça.

— Il y a quelque chose que nous pourrions faire, monsieur.

* * *

Oxford Mail en ligne
Vendredi 5 janvier 2018
Dernière mise à jour à 18 h 11

Dernière minute : seconde victime possible dans l'incendie d'Oxford. La police appelle le père à se manifester

Des habitants de Southey Road ont rapporté un peu plus tôt avoir vu un fourgon de pompes funèbres sur les lieux de l'incendie mortel d'hier, dans le sillage de rumeurs selon lesquelles le corps de Mme Samantha Esmond aurait été retrouvé dans la maison. Mme Esmond, 33 ans, n'a pas été vue depuis la période précédant le début de l'incendie, jeudi matin aux premières heures. Zachary Esmond, 3 ans, est mort dans les flammes, et son frère aîné Matty, 10 ans, reste dans un état critique à l'hôpital John-Radcliffe. On a d'abord cru que Mme Esmond et son époux, Michael, 40 ans, avaient disparu, mais il semble que la police ait arrêté les recherches pour Mme Esmond, renforçant les soupçons que le corps est effectivement le sien.

En s'entretenant avec nous cet après-midi, l'inspecteur en chef Adam Fawley a appelé Michael Esmond à se manifester. « Nous ignorons où se trouve le professeur Esmond, nous sommes de plus en plus inquiets à son sujet et lui demandons de nous contacter dans les meilleurs délais. Toute personne se rappelant l'avoir vu depuis le 2 janvier quand il s'est enregistré à une conférence dans le centre de Londres, est invitée à se manifester. L'inspecteur en chef Fawley a refusé tout commentaire sur le fait que le professeur Esmond soit ou non considéré comme un suspect dans cet incendie criminel, et toute conjecture quant à l'identité de la seconde victime. « Nous ferons une déclaration en temps voulu », a-t-il dit.

Michael Esmond, 40 ans, est membre du département d'anthropologie de l'université. L'administration de l'université à Wellington Square a émis un communiqué pour présenter ses condoléances à la famille Esmond et leurs amis.

213 commentaires

Tenant ofWildfell77
Où est le foutu père, c'est ce que je veux savoir. Il n'a pas téléphoné – ni vu la télé – pendant tout ce temps ? Désolé, je n'y crois pas.

nick_trelawney_40
Même si la mère était là, ça me paraît quand même bizarre. Des maisons comme celle-là ne brûlent pas entièrement en cinq minutes

EchinasterGal556
Mes pensées vont à ce pauvre enfant. Qu'éprouvera-t-il quand il se réveillera pour s'apercevoir que sa maman et son petit frère sont morts ?

VivendiVerve
La maison de nos amis a brûlé parce que leurs plafonniers n'avaient pas été montés correctement. Les gens n'ont pas conscience qu'ils peuvent surchauffer et mettre le feu à toute la maison. Nous avons vérifié les nôtres et nous sommes rendu compte qu'ils étaient sur le point de cramer aussi. C'est un miracle que nous nous en soyons occupés à temps. Faites-les vérifier, conseil d'ami !

Chaos ferroviaire après le dépassement des travaux d'ingénierie entre Oxford et Didcot
Les usagers ont été confrontés à de longues attentes pour les bus de remplacement après que les travaux d'ingénierie de Noël n'ont pas été achevés à temps.../*suite*

Projets annoncés pour commémorer le centenaire de l'armistice
Le conseil municipal d'Oxford devrait présenter les événements qu'il envisage d'organiser pour marquer les cent ans de la fin de la Première Guerre mondiale.../*suite*

Vol de véhicule : les automobilistes doivent se montrer plus vigilants
Un habitant d'Oxford s'est fait voler sa voiture hier, après avoir laissé le moteur tourner pour dégivrer le véhicule.../*suite*

Football : Ligue junior d'Oxford Mail, comptes rendus complets et résultats.../*suite*

Le « bébé miracle » quitte l'hôpital John-Radcliffe
Une prématurée née deux mois avant terme avec une rare pathologique cardiaque quittera l'hôpital avec ses parents aujourd'hui.../*suite*

Envoyé : Vend. 5/01/2018, 19 h 35
Importance : élevée
De : Colin.Boddie@ouh.nhs.uk
À : DIAdamFawley@ThamesValley.police.uk, CID@ThamesValley.police.uk, AlanChallowCSI@ThamesValley.police.uk

Objet : Affaire n° 556432/12 Felix House, 23 Southey Road

Je viens de terminer l'autopsie de la femme trouvée dans la maison. La cause provisoire de décès est une asphyxie résultant d'une inhalation de fumée, mais je vais devoir mener des analyses sanguines et toxicologiques avant de pouvoir le confirmer formellement. Le seul point notable à ce stade est une contusion mineure mais récente du côté droit de son cou. J'estimerais son apparition à environ quarante-huit heures.
Si je la nettoie un peu, il devrait être possible d'obtenir une identification officielle par un proche.

* * *

À 8 h 30 samedi matin, Gislingham est assis par terre dans son salon. On dirait qu'un astéroïde s'est écrasé sur un vide-greniers. Des boîtes de décorations dont pendent des guirlandes, des cartons empilés pour le recyclage, des lampions par poignées enchevêtrées. Et, au beau milieu de tout ça, Billy. Se cachant sous le carton, retirant des décorations du sapin à moitié dénudé, se propulsant sur sa précieuse voiture en plastique flambant neuve. Peu importe le soin avec lequel Gislingham remplit les boîtes. Dès qu'il a le dos tourné, Billy recommence à les vider. Ce jeu l'amuse et le fascine au plus haut point. En fait, il ne s'est pas autant amusé depuis qu'il a mis quasiment la même quantité de bazar en ouvrant le tsunami de cadeaux portant son prénom.

Janet Gislingham entre dans la pièce en s'essuyant les mains sur un torchon.

— Veille à ce qu'il ne se fasse pas mal, Chris.

Billy lève les yeux d'où il est assis par terre. Il est vêtu d'un tee-shirt miniature du club de foot de Chelsea rehaussé de l'inscription « Champs 2017 » au dos. Gislingham jette un coup d'œil vers lui.

— Il s'éclate. Pas vrai, Billy ?

Janet regarde d'un peu plus près.

— Est-ce que c'est du chocolat qu'il a sur la figure ?

— J'ai trouvé deux, trois pères Noël rescapés à l'arrière du sapin.

Billy sourit et se met à taper des mains sur sa voiture. Janet esquisse une moue amusée.

— OK, j'abandonne. Je laisse les garçons à leurs jouets. Ce serait bien d'enlever les décorations à un certain stade, par contre. Peut-être à temps pour Noël prochain ? Et on arrête le chocolat.

Elle adresse un regard éloquent à Gislingham, puis se tourne pour repartir à la cuisine. Gislingham fait un clin d'œil à son fils, fouille dans sa poche et en sort un autre père Noël emballé dans du papier alu rouge et or.

— Mais ne dis rien à ta maman, glisse-t-il dans un chuchotement théâtral, tandis que Billy pousse un petit cri de ravissement.

— J'ai entendu ! lance sa femme.

Elle ne se rappelle pas avoir un jour été aussi heureuse.

* * *

Oxford Mail en ligne
Samedi 6 janvier 2018
Dernière mise à jour à 10 h 23

Incendie domestique d'Oxford : aucun progrès dans l'identification des causes

Les enquêteurs incendie doivent encore confirmer les causes de l'incendie domestique à Southey Road ayant entraîné la mort de deux personnes. Zachary Esmond, 3 ans, est mort dans les flammes, et il semblerait que sa mère, Samantha, soit l'autre victime retrouvée sur les lieux. Son fils aîné, Matty, est toujours en soins intensifs à l'hôpital John-Radcliffe.

L'inspecteur Adam Fawley a confirmé que les pompiers étaient toujours sur place, mais refuse pour le moment d'affirmer qu'il s'agit d'un incendie criminel. Il a pu, toutefois, confirmer l'absence de bardage sur le bâtiment, cela n'a donc pas constitué un facteur accélérant la propagation du feu, une préoccupation qu'ont soulevée certains commentateurs.

Michael Esmond, 40 ans, n'a vraisemblablement toujours pas été localisé.

87 commentaires

nick_trelawney_40
« Toujours pas localisé » ??? Je vous l'avais dit – il doit y avoir une autre explication

MedoraMelborne
Je pensais que l'on pouvait avoir les résultats de la brigade incendie en quelques heures de nos jours.

Strictervictor_8_9
Vous regardez trop de séries criminelles. Ça peut prendre des semaines de travailler sur une scène d'incendie de cette envergure.

7788PlatinumPat
J'ai rencontré Samantha Esmond – Matty est à Bishop Christopher's, comme mes deux enfants. Elle semblait si gentille.

Une fille de la région triomphe à « Britain's Got Talent »
Katy Power, 26 ans, originaire de Banbury, s'est hissée à l'étape suivante du célèbre programme d'ITV…*/suite*

Westgate Centre a créé une « destination shopping du XXIe siècle »

La popularité du Westgate Centre relooké dans le centre d'Oxford offre à la ville un ensemble de boutiques particulièrement attractif selon.../*suite*

Festival littéraire d'Oxford : programmation annoncée

Le programme du festival littéraire d'Oxford pour 2018 inclura Richard Dawkins, Claire Tomalin, Penelope Lively et Ruby Wax.../*suite*

L'affaire du « pervers » : la police suspecte deux autres incidents

Un rôdeur nocturne entrant par effraction chez les gens, mais sans rien voler, est soupçonné d'avoir encore frappé, cette fois à Summertown.../*suite*

---

* * *

Quand Gis appelle, je reviens tout juste de *Tesco*. Encore de la pizza et des plats surgelés. C'est la troisième fois que j'y vais cette semaine. Je ne cesse de me dire qu'Alex sera de retour dans quelques jours, que je ne veux pas finir avec un congélateur rempli de cette merde qui ne sera jamais mangée. Peut-être que je me fais des idées.

— J'ai enfin eu des nouvelles du professeur Jordan, dit Gis. La femme qu'Esmond est supposé avoir harcelée s'appelle Lauren Kaminsky. C'est une étudiante de troisième cycle à Wolfson College.

— C'est juste à l'angle de Southey Road.

— Je leur ai téléphoné, et elle est partie pour Noël. Rentrée à New York. Mais, apparemment, elle devrait être de retour ce week-end. Ils me recontactent dès qu'elle arrive, et nous irons là-bas. Mieux vaut mener ce genre d'entretien en face-à-face.

— Et l'appel à témoignages ?

Je l'entends soupirer.

— Je crois que nous en sommes déjà à trente-cinq appels. Partout, de Southampton à South Shields, et je doute qu'un seul d'entre eux soit fiable. Mais à la minute où vous consultez le public britannique… Eh bien, vous savez comment c'est.

Oui. En effet.

— Et je crains que ce ne soit pas tout, chef.

Je perçois à présent la défiance dans sa voix. De mauvaises nouvelles, à n'en pas douter.

— J'essayais de ne pas vous y mêler pendant le week-end, poursuit-il, mais ce sont les parents… les parents de Samantha.

— Nous avons retrouvé leur trace ?

— Pas exactement. Ils sont ici en ce moment même. Dans nos murs. Ils ont eu notre message, mais ils avaient déjà vu les infos pendant leurs vacances. Ils sont venus directement de l'aéroport.

Je me débarrasse des sacs de courses, me lève, réinitialise mon cerveau. Une corvée de merde vient de devenir dix fois plus merdique.

— OK, veillez à les conduire dans une salle d'interrogatoire moins pourrie que les autres et préparez du café, voulez-vous ? Je serai là dans vingt minutes.

* * *

Audition de Gregory et Laura Gifford

Poste de police de St Aldate's, Oxford, 6 janvier 2018, 11 h 05

En présence de l'inspecteur en chef A. Fawley, et de l'inspecteur V. Everett

AF : Puis-je commencer par vous dire combien nous sommes navrés, monsieur et madame Gifford. Vous le savez peut-être déjà, mais les enquêteurs incendie ont trouvé un autre corps. Nous pensons malheureusement qu'il s'agit de celui de votre fille.

GG : [Tend la main pour prendre celle de sa femme. Mme Gifford se met à pleurer.] C'est bien ce que nous craignions. Quoi qu'on ait dit à la télé, nous savions que Samantha n'aurait jamais laissé les enfants seuls. Ce n'était qu'une question de temps. Nous savions qu'ils finiraient par la trouver dans cette maison.

AF : Je tiens également à m'excuser du fait que nous n'ayons pas pu prendre contact avec vous avant, et que vous ayez appris cette terrible nouvelle en regardant les informations.

GG : Eh bien, nous étions en vacances, pas vrai. Et c'est ainsi, de nos jours. Ces satanées infos en continu.

AF : Je suis vraiment désolé. Je dois aussi vous prévenir que ces pièces sont équipées de dispositifs d'enregistrement. Avec votre permission, nous souhaiterions conserver une archive audio de tout ce que vous dites. Je ne saurais trop insister sur l'importance que ceci pourrait avoir pour nos enquêtes. Et la dernière chose que nous voulons, c'est devoir plus tard vous faire revenir ici pour répondre à d'autres questions.

LG : [Toujours en pleurs.] Mais je ne comprends pas ce que nous pouvons bien vous dire. C'était un accident, n'est-ce pas ?

VE : Nous ne pouvons pas encore en être sûrs à cent pour cent, madame Gifford. Les pompiers sont toujours à la maison, pour poursuivre leurs recherches.

LG : Êtes-vous en train de suggérer que quelqu'un a volontairement mis le feu ? Avec Samantha et les enfants endormis à l'intérieur ? Qui ferait une chose aussi abominable ?

GG : [Réconfortant sa femme.] Est-ce vraiment ce que vous dites, inspecteur ?

AF : Je sais combien ce doit être frustrant, mais, pour l'instant, il est impossible d'avoir la moindre certitude. C'est pourquoi nous voulions nous entretenir avec vous. Vous devez en savoir bien plus sur cette famille que quiconque.

GG : [Échangeant un coup d'œil avec son épouse.] Eh bien, je ne vois pas trop ce que nous pourrions vous dire. Nous n'avons pas beaucoup vu Samantha, récemment.

VE : Était-ce habituel ?

LG : Non, pas vraiment. Nous les voyions plus fréquemment avant – nous vivons dans le Lake District, alors ils venaient pour les vacances. Matty partait avec Greg dans le bateau à rames... [Elle s'effondre de nouveau, pleurant dans son mouchoir, sa voix étouffée.] C'est un garçon adorable, tellement adorable...

AF : Quand avez-vous vu votre fille pour la dernière fois, monsieur Gifford ?

GG : Ce doit être en juin dernier. L'anniversaire de ma femme. Ils sont restés dormir chez nous.

AF : Ça fait assez longtemps.

GG : C'est un long trajet, le Cumbria. Du moins, c'est ce que dit toujours Michael.

AF : Donc, à l'évidence, vous ne les avez pas vus à Noël ?

GG : Nous avons fait Noël sur Skype – afin de voir Matty et Zachary ouvrir nos cadeaux.

AF : Et dans quelles dispositions étaient Michael et Samantha ?

GG : Michael n'était pas beaucoup à l'écran. Il n'apparaissait que par intermittence en arrière-plan.

LG : Ils étaient dans la nurserie. Samantha l'avait joliment décorée. Elle avait un sacré coup d'œil pour ce genre de choses.

AF : Et comment allaient-ils quand vous les avez vus en juin ?

GG : Bien, je suppose. Samantha n'était pas très loquace, mais elle disait que Zachary l'avait tenue éveillée une bonne partie de la nuit à cause de maux de ventre, alors elle n'avait pas beaucoup dormi.

AF : Et Michael ?

GG : À peu près comme d'habitude.

AF : [Pause.] Est-ce que vous vous entendez bien avec votre gendre, monsieur Gifford ?

GG : J'ai toujours trouvé que c'était une petite merde prétentieuse, si vous voulez vraiment savoir…

LG : Greg… cet homme a disparu…

GG : Je le sais, Laura. Et notre petit-fils est mort, et s'il a eu quelque chose à voir là-dedans… quoi que ce soit…

AF : Qu'est-ce qui vous fait dire ça, monsieur Gifford ?
GG : Oh, je ne sais pas… Il aurait pu importuner quelqu'un…
LG : Greg, s'il te plaît…
AF : Pensez-vous à quelqu'un en particulier ?
GG : [Pause.] Non.
AF : Donc il n'a pas d'ennemis, à votre connaissance ?
GG : Ce n'est pas le genre de chose dont je serais au courant. Tout ce que je peux dire, c'est que je l'imagine bien taper sur les nerfs de quelqu'un.
AF : Savez-vous si la famille conserve le moindre argent ou objet de valeur dans la maison ?
LG : Vous pensez qu'il s'agissait d'un cambriolage ?
GG : Il y aurait forcément des preuves si quelqu'un s'était introduit par effraction, non ? Des dommages sur la porte ou autre ?
AF : Le degré de dégâts dus à l'incendie dans cette affaire est tel qu'il faudra du temps avant que nous obtenions des réponses définitives sur ce point. Alors entre-temps…
GG : Vous ne pouvez exclure aucune hypothèse. Bien.
AF : Il n'y a pas de prêt sur la maison, il me semble. Est-ce une propriété familiale ?
GG : Ils possédaient une bijouterie – enfin, avant. Ils l'ont revendue il y a environ vingt ans, et ils ont décroché le jackpot. Du moins, c'est ce que disait Michael.
AF : Donc il y avait peut-être des bijoux de valeur dans la maison ?
LG : Michael possède une montre de gousset en or qui devait coûter assez cher. C'était celle de son arrière-grand-père, je crois. Elle avait une inscription en polonais. *Le sang est plus épais que*

l'eau – un truc comme ça. La famille, chez eux, ils en font toute une affaire.

AF : Bien. Je vérifierai si nous avons trouvé une montre de gousset sur les lieux. Autre chose ?

GG : Je n'ai jamais rien vu. Il n'a jamais offert de bijoux de valeur à Samantha, ça, je le sais. Ils ont acheté sa bague de fiançailles dans une grande chaîne de bijouterie.

LG : Ils étaient juste étudiants, Greg…

GG : Tu crois que je ne le sais pas ? Ils n'auraient jamais dû se marier si vite. Samantha était bien trop jeune. Et pour ce qui est d'avoir un bébé…

VE : Je ne suis pas certaine de vous comprendre. Est-ce qu'elle a eu des soucis avec la grossesse ?

LG : Ce n'était pas tant cela. Ça a demandé beaucoup d'adaptation, c'est tout. Il faut un moment à la plupart des jeunes mamans pour s'y habituer. Elle adorait Matty. [Recommence à sangloter.]

AF : Je pense que nous allons en rester là pour l'instant. L'inspecteur Everett va faire en sorte qu'un officier vous dépose à l'hôpital pour voir votre petit-fils. Elle sera également votre agente de liaison familiale, alors si vous avez besoin de quoi que ce soit, ou la moindre question au sujet de cette affaire, c'est à elle qu'il faut vous adresser.

* * *

Dans le couloir, j'attends qu'Everett les guide jusqu'à l'accueil.

— Je leur ai dit que j'irais avec eux au John-Rad, dit-elle à son retour. Il vaut mieux que ce soit moi. Ces services peuvent être assez intimidants si vous n'y êtes pas habitué.

Je me rappelle, comme je le fais toujours dans ces circonstances, qu'Ev était en formation pour devenir infirmière avant de se réorienter vers la police.

— S'ils sont d'attaque, je les emmènerai ensuite identifier le corps de Samantha.

— Alors, qu'en pensez-vous ?

Elle est douée pour relever ce qui est sous-jacent, Ev. C'est une des raisons pour lesquelles je voulais qu'elle soit là.

Elle inspire profondément.

— Pas le grand amour avec le beau-père, hein ?

Je hoche la tête.

— Plus j'en apprends sur Michael Esmond, moins j'ai de raisons de l'apprécier.

— Moi aussi, chef. Mais même s'il avait effectivement le don de taper sur les nerfs des gens, il fallait vraiment lui en vouloir à mort pour réduire en cendres sa foutue maison.

En fait, il vous faudrait être une sorte de sociopathe. Et il n'y a personne qui s'en rapproche, même de loin, dans le tableau. Du moins pas à notre connaissance.

* * *

POLICE DE THAMES VALLEY
Journal d'appels
6 janvier 2018

Affaire n° 556432/12 Felix House, 23 Southey Road
(Michael Esmond)

Nom du contact : Imogen Humphreys
Date et heure de signalement : 4 janvier 2018, 23 h 30 (approx.)
Résumé de l'appel : L'appelant rapporte avoir aperçu un homme répondant à la description de Michael Esmond dans le quartier de Covent Garden à Londres. Dit qu'il semblait désorienté et peut-être ivre, avec un saignement de nez.
Suivi requis ? Sgt Woods contactera les admissions de l'hôpital reg. de la Met/refuges pour sans-abri

Nom du contact : Tom Wesley
Date et heure de signalement : 4 janvier 2018, 8 h 45
Résumé de l'appel : L'a peut-être aperçu près de Hythe. L'appelant a vu un homme sur la plage en promenant son chien. Donnait l'impression d'avoir dormi dans la rue.
Suivi requis ? Agent Linbury vérifiera auprès de la police du Hants

Nom du contact : Alan Wilcox
Date et heure de signalement : 5 janvier 2018, 15 h 25
Résumé de l'appel : A peut-être aperçu Michael Esmond à Grantham, Lincs. Faisant des courses à Asda. Appelant certain qu'il s'agissait de l'individu recherché.
Suivi requis ? Sgt Woods prendra contact avec la police du Lincs

Nom du contact : Harriet Morgan
Date et heure de signalement : 4 janvier 2018, 16 h 00
Résumé de l'appel : A aperçu Michael Esmond à Northampton, attendant visiblement de pouvoir utiliser une cabine téléphonique.
Suivi requis ? Agent Linbury vérifiera les relevés d'appels de la cabine en question pour chercher tout lien avec Esmond

Nom du contact : Nick Brice
Date et heure de signalement : 5 janvier 2018, 16 h 30
Résumé de l'appel : Esmond aperçu à la station de King's Cross, près de Starbucks.
Suivi requis ? Agent Linbury accédera à la vidéo-surveillance de Network Rail

Nom du contact : Sara Ellison
Date et heure de signalement : 5 janvier 2018, 14 h 00 (approx.)
Résumé de l'appel : A peut-être aperçu Esmond à Hyde Park, accompagné d'un chien. L'appelant se trouvait à une certaine distance.
Suivi requis ? Non

Nom du contact : Rhian Collins
Date et heure de signalement : 6 janvier 2018, 9 h 20
Résumé de l'appel : L'a peut-être aperçu près de Beachy Head.
Suivi requis ? Sgt Woods contactera la police du Sussex

* * *

Au John-Rad, un vif soleil hivernal filtre à travers les fenêtres du service de soins intensifs pédiatriques. Alors qu'ils atteignent la porte, les Gifford marquent une pause, intimidés par les machines déployées autour de chaque lit. Les couettes très colorées et les murs couverts d'animaux ne semblent qu'empirer les choses. Les infirmières se déplacent prestement mais en silence entre les patients, contrôlant les moniteurs, administrant des médicaments, se concertant à voix basse. Laura Gifford porte son mouchoir à sa bouche, et Ev lui tapote le bras dans un geste réconfortant.

— Je sais que ça fait beaucoup à encaisser, mais en général ce n'est pas aussi grave que ça en a l'air, dit-elle doucement. L'équipe ici est fantastique, vraiment. Matty ne pourrait se trouver entre de meilleures mains.

L'une des infirmières les remarque et vient à leur rencontre.

— Monsieur et madame Gifford ? On nous a prévenus de votre visite. Je vous en prie, suivez-moi.

Matty est dans un lit près de la fenêtre. Il a les yeux fermés et ne bouge pas. Il a un tube à oxygène scotché au visage, et quantité de fils électriques reliés à la poitrine. Son corps est emmailloté de compresses et de pansements. Ils aperçoivent des marques autour de ses yeux, là où la brûlure de ses lunettes a entamé sa peau.

— Comment va-t-il ? chuchote Laura Gifford.

L'infirmière lève les yeux.

— Il est sous sédatifs pour l'instant. Nous avons fait une bronchoscopie et des radios, et veillé à ce qu'il se sente le mieux possible. Mais je crains qu'il ne soit dans un état très précaire. Les prochaines vingt-quatre à quarante-huit heures seront décisives.

Mme Gifford commence à pleurer en silence, et son mari passe un bras autour de ses épaules.

— Ils savent ce qu'ils font, mon amour. C'est l'un des meilleurs hôpitaux du pays.

— Il a l'air si petit, allongé là.

— Ce sont ces lits, dit gentiment l'infirmière. Ils sont tellement grands, les pauvres enfants ont l'air d'objets trouvés.

— Pouvons-nous rester assis avec lui un moment ? demande Laura Gifford.

L'infirmière sourit.

— Bien sûr. Je vais m'arranger pour que vous ayez deux chaises.

Tandis qu'elle disparaît dans le couloir, Gifford pose la main sur l'épaule de sa femme.

— Tu restes ici avec l'infirmière, et le lieutenant et moi allons tâcher de nous mettre en quête d'une tasse de thé.

Everett s'apprête à proposer de s'en charger, mais un coup d'œil à l'expression de Gifford lui permet de comprendre que c'est un prétexte pour s'entretenir seul avec elle.

Une fois assuré que son épouse ne peut pas les entendre, il se tourne vers elle. Il a le visage gris.

— Il va vous falloir une identification, pas vrai ? Pour Samantha, je veux dire.

Everett acquiesce.

— Malheureusement, oui.

— Est-ce qu'elle est ici ? demande-t-il, une fragilité dans la voix. Dans cet hôpital ? Parce que je ne veux pas que Laura voie ça. C'est déjà assez difficile comme ça. Je ne veux pas qu'elle se souvienne de sa fille de cette manière.

— Je pense que c'est très sage de votre part, monsieur.

— Alors pouvons-nous le faire maintenant – pendant qu'elle est avec Matty ? Pouvez-vous régler ça ?

Everett sort son portable.

— Je vais descendre voir le légiste tout de suite.

De retour à son bureau, Gislingham est face à un dilemme. En théorie, il pourrait rentrer chez lui – c'est le week-end, après tout –, mais le reste de l'équipe est là, et il est l'inspecteur en chef. Il ne veut pas donner l'impression qu'il se relâche. Alors, quand il ouvre le moteur de recherche Google et saisit pour la seconde fois le nom de Michael Esmond, c'est davantage pour avoir quelque chose à faire que parce qu'il pense vraiment trouver quoi que ce soit.

Ce qui paraît corroboré par le fait que, dix minutes plus tard, il n'a rien découvert de plus que ce que Baxter avait dégoté sur Facebook. Des références courantes des qualifications d'Esmond, des liens vers des publications et des actes de colloque. En bas de la sixième page figure l'inscription : « Nous avons omis quelques entrées similaires aux 72 entrées actuelles ». N'importe qui d'autre abandonnerait – Quinn le ferait certainement –, mais Gislingham est du genre têtu, alors il refait défiler vers le haut et clique sur quelques-uns des liens moins prometteurs. Et c'est là qu'il découvre le pot aux roses.

— Vous voulez dire que je ne suis pas obligé d'y entrer ?

Gregory Gifford est assis dans une petite salle d'attente adjacente à la morgue. Il y a une fine moquette gris institutionnel et pas de fenêtres. Devant lui se trouve une table avec un ordinateur. Le logo de l'hôpital va et vient paresseusement en bipant sur l'écran. C'est toujours mieux qu'un aquarium virtuel.

Everett sourit gentiment à Gifford.

— Ce n'est pas comme ce que vous voyez à la télé, Dieu merci. Beaucoup moins théâtral. Quand vous serez prêt, l'assistant affichera une photo sur l'écran ici, et on vous demandera s'il s'agit de votre fille. C'est tout. Inutile de faire quoi que ce soit d'autre.

Il déglutit.

— OK. Je vois. (Il tambourine des doigts sur la table quelques instants.) Bien. Mieux vaut en finir. Laura va se demander où nous sommes.

Everett fait un signe de tête à l'assistant, qui pianote sur le clavier. Une image apparaît à l'écran. Elle est prise du dessus. Le visage de la femme est visible, mais le drap est remonté sur son corps. Pas comme quand Everett est descendue au départ. Elle l'a déjà dit et le répétera : quelle que soit leur façon de mourir, il y a toujours une chose chez les morts qui se loge dans votre esprit pour ne plus en bouger ; un petit détail insignifiant qui fait écho à ce que cette personne a un jour été. Avec Samantha Esmond, c'est le vernis à ongles. Malgré les dommages et la saleté, Everett peut voir combien cette femme prenait soin de ses mains. Vernis transparent, cuticules impeccables. Elle est prête à parier qu'elle avait un pot de crème pour les mains à côté de son lit.

Elle entend Gifford prendre une inspiration près d'elle et se tourne vers lui.

— Est-ce que c'est bien votre fille, monsieur ?

Il déglutit de nouveau.

— Oui. C'est Samantha.

— Merci. Je sais que ça n'a pas dû être facile.

L'image disparaît. Gifford pivote dans son siège face à Everett.

— Et Zachary ? Ne doit-on pas l'identifier, lui aussi ?

Everett et l'assistant échangent un coup d'œil.

— Il existe d'autres méthodes pouvant être utilisées et que nous pensons plus appropriées dans son cas, dit l'assistant.

Mais Gifford n'est pas idiot.

— Vous ne voulez pas que je le voie, n'est-ce pas ? Parce qu'il est dans un sale état, c'est ça ?

Everett commence à secouer la tête, mais il a vu juste. Le gamin est défiguré, elle a vu les photos.

— Inutile de vous énerver, dit-elle. Sincèrement.

Gifford se renfonce dans son siège, et l'espace d'un instant, elle craint qu'il n'insiste, mais ses épaules s'affaissent un peu, et il capitule.

— OK, dit-il. C'est vous qui savez mieux.

Elle esquisse une triste moue.

— Je pense, oui. Hélas.

— Inspecteur en chef Fawley ? Il y a quelqu'un ici qui veut voir, monsieur.

C'est Anderson, l'officier de service, qui à sa voix semble plus suspicieux que d'habitude des risques du métier que représente le grand public.

— Il vient d'arriver à l'accueil. Un Allemand. Il n'a pas de rendez-vous. Je peux lui dire que vous n'êtes pas là – je veux dire, c'est le week-end –, vous voulez sans doute rentrer chez vous…

— Non, pas de souci, faites-le monter.

Parce que, soyons réalistes, on ne m'attend nulle part.

Cinq minutes plus tard, l'officier fait entrer l'homme dans mon bureau. Il est grand – très grand, en vérité, probablement un mètre quatre-vingt-treize –, et c'est le premier indice. Et lorsqu'il se présente, l'accent scelle l'affaire. Il n'est pas du tout allemand. Il est hollandais. La dernière fois que j'ai vu mon frère, il avait une petite amie hollandaise. Elle avait exactement le même accent. Et elle faisait aussi plus d'un mètre quatre-vingts. Julian disait en blaguant qu'il s'était mis à l'alpinisme. Quoique, bien entendu, pas devant elle.

— En quoi puis-je vous aider ?

Mon visiteur s'assied. Avec aisance, pour quelqu'un de sa taille.

— C'est au sujet de l'incendie. Le très regrettable incendie de Southey Road. Je crois que c'est la maison de mon collègue, Michael Esmond.

Je suis intrigué. Notamment par son angoisse évidente.

Il remonte ses lunettes à monture métallique sur son nez.

— Je crois que vous êtes responsable des enquêtes ?

— Oui, c'est moi.

Il a dû chercher cette information.

— Dès que j'ai vu les informations à la télévision, j'ai su que vous souhaiteriez me parler. Alors j'ai préféré prendre les devants.

Le moins qu'on puisse dire, c'est que ma curiosité est piquée. Mais qu'est-ce que tout cela signifie ?

Gislingham se cale dans son siège. Si ce qu'il a découvert est vrai, ils vont devoir réexaminer toute cette maudite affaire et tout passer en revue depuis le départ. Et notamment le fait qu'Annabel Jordan leur a menti. Là, il n'est pas juste question d'énerver quelqu'un, mais de percer sa carrière sous la ligne de flottaison. Gislingham se penche en avant et saisit le nom Jurjen Kuiper dans la barre de recherche. Âge, lieu de naissance, diplômes et poste actuel. Une page Facebook, qui paraît assez anodine dans l'ensemble (bien que la majorité soit en néerlandais, et que certaines nuances puissent bien échapper à la traduction automatique). Il y a également un fil Twitter, mais, là aussi, au contenu purement académique. Aucun signe, en fait, qu'il y ait le moindre hic. Gislingham grimace. Est-ce que ça a l'air vrai ? Peut-on vraiment croire qu'un désastre professionnel d'une telle envergure ne laisse aucune trace ? Il reste un instant à réfléchir. Puis s'avance en vitesse pour se mettre à taper.

* * *

Ox-eGen
Votre source en ligne d'infos, opinions, potins et bavardages universitaires

Posté par Tittle-Tattler
21 novembre 2017 11 h 56

Guerre tribale ?
Les derniers grondements des tam-tams de la jungle départementale suggèrent qu'on a brandi des harpons à l'aube dans un certain bâtiment de faculté sur Banbury Road, après que l'un de ses pensionnaires s'est pris le coup de poignard d'une critique franchement foudroyante de son *magnum opus* dans le *TLS*. Le coupable ? Nul autre qu'un membre de sa propre tribu. Un peu trop personnel ? On pourrait bien le penser. Après tout, la critique constructive est une chose, la mise au pilori en est une autre. Nos sources nous précisent que l'atmosphère dans le département est absolument glaciale, ce qui ne fait que refléter l'état du chauffage central. Les observateurs intéressés ont hâte de voir

à présent si un prétendu contrat télé sera le prochain dommage collatéral. Inutile de dire que si une telle catastrophe devait se produire, la carrière de notre aimable Hollandais serait moins « volante » que descendue en flammes. On pourrait lui pardonner de fantasmer cela en guise de vengeance…

---

* * *

— À la lumière de ces éléments, vous comprenez sans doute pourquoi je devais venir vous exposer les faits, inspecteur.

J'acquiesce lentement.

— Vous redoutiez d'être considéré comme suspect dans l'affaire de l'incendie.

— Oui, oui, admet-il, les joues légèrement empourprées. Même si c'est ridicule – impensable. Quelle que soit la rancœur que je peux éprouver envers le professeur Esmond…

— Il me semble, docteur Kuiper, que vous aviez de bonnes raisons de vous sentir lésé.

Il cligne les yeux.

— Oui, bien sûr. Naturellement. Il avait discrédité mes recherches, mon intégrité professionnelle. Je suis persuadé que vous auriez été très contrarié si vous aviez vécu la même chose.

C'est arrivé, soit dit en passant, et c'est allé bien au-delà de « très contrarié ». Bon Dieu, j'étais consumé par la rage. Ce qui, évidemment, est une métaphore maladroite, vu les circonstances.

Une demi-heure plus tard, Gislingham se sent carrément fier de lui. Il n'a jamais été très bon en pensée latérale, mais, cette fois, il s'est vraiment surpassé. Bien qu'il ait dû contraindre Baxter à venir l'aider pour les aspects techniques. Ce qui s'est avéré judicieux, compte tenu de ce qu'ils ont à présent déniché. C'est un fil Twitter avec l'identifiant @Ogou_badagri. Ce choix particulier d'identité ne signifie peut-être pas grand-chose pour eux, à la différence du nom de son porteur. « Jurjen Kuiper » en néerlandais est « George Cooper » en anglais, et c'est un George Cooper qui a ouvert ce compte. Et, contrairement au compte officiel de Kuiper, ce fil Twitter est tout sauf académique.

— Je compatis sincèrement avec vous, monsieur Kuiper.

Il incline la tête.

— Merci. Il est extrêmement pénible de voir son travail déconsidéré de cette manière.

« Déconsidéré ». Combien de Britanniques diraient ça ? Ou sauraient même ce que ça veut dire ? Mais c'est le cas de Kuiper.

— Néanmoins, poursuis-je avec constance, nous devrons bien entendu vous écarter de nos enquêtes. (Un pâle doute traverse furtivement son visage.) Je suis sûr que ce sera une simple formalité, vous concernant. Mais il y a des procédures auxquelles nous devons nous conformer. Je suis certain que vous comprenez cela. (Je tire mon carnet de notes vers moi.) Si vous pouviez commencer par me dire où vous étiez vers minuit mercredi ?

Il remonte de nouveau ses lunettes sur son nez.

— J'espérais...

Il s'interrompt. Rougit.

— Oui ?

— C'est un peu délicat.

Je me cale dans mon siège. Nous avons dépassé le stade de la curiosité depuis longtemps, maintenant. Cet homme a quelque chose à cacher.

— Kuiper n'est pas juste en rogne, monsieur – c'est bien plus que ça.

C'est Gislingham. Baxter a affiché le fil Twitter sur un projecteur dans la salle de crise, et Gis le fait défiler. Quinn nous a rejoints ; il se considère toujours comme une sorte d'expert lorsqu'il est question de réseaux sociaux (« Pas étonnant, bordel, comme dirait Ev, vu le temps qu'il passe sur Tinder »), mais il est clairement inquiet que Gis ait pris l'avantage sur ce coup-là.

— J'ai aussi googlé ce nom, dit Gis en distribuant des documents imprimés. Ogou Badagri est un esprit vaudou haïtien.

Je jette un coup d'œil à la feuille, puis reviens à Gis.

— Non seulement ça, poursuit-il, mais il se trouve comme par hasard qu'il est le dieu du feu. (Il m'adresse un regard appuyé.) Et apparemment vous pouvez aussi lui demander de l'aide si vous avez besoin de vous venger de quelqu'un qui vous a emmerdé.

Quinn se met à rire.

— Oh, arrête ton cirque... Personne ne croit sérieusement à ces conneries de nos jours, si ?

— Là n'est pas la question, dis-je calmement. Peu importe si on y croit. Ce qui compte, c'est ce qu'on en fait. On peut se servir de ça pour faire passer un message. Michael Esmond est expert en vaudou latino-américain, il aurait su exactement ce que cela signifiait. Et qui se tramait derrière tout ça.

Gis acquiesce.

— Il semblerait que Kuiper trollait Esmond depuis un moment, dit-il. Comme vous pouvez le voir, ce sont aussi des trucs assez extrêmes. Il a également posté des billets de blog relativement féroces, en utilisant un pseudo différent. (Il prend un autre document.) Dans l'un d'eux, il dit que les recherches d'Esmond sont « superficielles, peu originales, pauvres en notes de bas de page et avares de reconnaissance quant aux emprunts qu'elles font à des sources antérieures ».

Personne d'autre n'aurait pu écrire cela : le vocabulaire à lui seul le trahit. Mais même s'il a choisi un démon du feu vaudou pour un compte Twitter, cela ne signifie pas qu'il a effectivement mis le feu à la maison d'Esmond. C'était juste une façon de fantasmer de le faire. Publiquement. Sans conséquences apparentes. Et c'est tout le problème, bien sûr. Les réseaux sociaux exacerbent nos facettes plus sombres. Je me dis parfois que nous devenons cette race sur *La Planète interdite* – une civilisation prétendument évoluée qui a créé une machine pour transformer nos pensées en réalité, et on finit par s'apercevoir qu'on a libéré le démon dans nos propres esprits. Je n'ai pas de compte Twitter, au cas où vous vous poseriez la question.

— Donc Kuiper n'était pas contre un peu d'incrimination massive de son côté, dis-je, à moitié pour moi-même.

Puis je surprends le regard interrogateur de Gislingham.

— Private joke. Désolé, dis-je en me tournant vers Baxter. Et quand avez-vous dit qu'il avait supprimé le contenu lié à ce compte ?

— Jeudi matin, chef. Juste au moment où la nouvelle de l'incendie est tombée, répond-il en haussant les épaules. En théorie, un compte Twitter supprimé disparaît pour de bon, mais, quand on s'y connaît, on peut déterrer ce qu'on veut.

Et c'est son cas : il s'y connaît.

— Est-ce que Kuiper a évoqué quoi que ce soit à ce propos lors de votre entretien, chef ? demande Ev.

Je secoue la tête.

— Il a parlé de la critique, mais ce n'est pas allé plus loin. Il faisait de son mieux pour me convaincre qu'il voulait juste se rendre utile. Même si j'ai suspecté que ce qu'il voulait vraiment faire, c'était empêcher qu'une poignée de flics balourds ne débarquent à sa fac et le mettent dans l'embarras. C'est du moins ce que j'ai supposé au début.

— Et ensuite ?

— C'est quand nous en sommes arrivés à l'alibi qu'il a vraiment perdu son sang-froid. Il a dit qu'il était au lit chez lui, mais qu'il ne voulait pas qu'on appelle sa femme pour qu'elle le confirme parce qu'elle est enceinte. Quand je lui ai dit qu'il n'y avait aucun moyen de se soustraire à cette procédure, il a modifié sa version des faits. Il a prétendu qu'il était allé faire un tour en voiture. Que sa femme l'avait réveillé en se tournant dans tous les sens et qu'il n'avait pas réussi à se rendormir. Il a donc préféré sortir.

Je marque une pause pour les regarder et mesurer l'effet de mes propos.

— Quoi, par ce temps ? dit Quinn, ouvertement sceptique. Il faisait assez froid pour vous geler les couilles mercredi soir. Même les voleurs de voiture à Blackbird Leys étaient pieutés avec un chocolat chaud.

— Sa femme est enceinte, cela dit, intervient Gislingham. J'ai vu une photo d'elle sur Facebook. Par ailleurs, elle est assez grosse. Je n'ai aucun mal à croire qu'il soit réveillé si une femme comme elle se retourne dans le lit. (Quinn lui adresse un sourire narquois et il rougit un peu.) Je dis ça comme ça. Je sais ce que c'est, voilà tout…

— OK, dis-je. Commençons par vérifier l'alibi de Kuiper, exactement comme nous le ferions pour n'importe quelle autre affaire. Avec une attention particulière sur les radars de vitesse et le registre des immatriculations dans un rayon d'un kilomètre environ autour de Southey Road.

Nous devons déterminer si nous pouvons localiser Kuiper dans les parages de la maison cette nuit-là – en voiture ou à pied. Et faites-le revenir ici pour un relevé d'empreintes digitales. Ça devrait achever de lui prouver que nous ne plaisantons pas.

Gislingham hoche la tête vers Quinn, mais je parierais que Quinn va refiler le bébé à Baxter. C'est toujours lui qui hérite des tâches laborieuses.

Je prends ma veste sur le dossier du fauteuil.

— Je rentre chez moi, dis-je. Mais, avant ça, je vais passer au domicile d'Annabel Jordan.

La maison est l'une des demeures édouardiennes près de Banbury Road, juste au nord de Summertown. Ce n'est pas sans rappeler Southey Road, quoique à une très moindre échelle. Les mêmes fenêtres en saillie, les mêmes toits à pignon, les mêmes boiseries blanches sur crépi granité. Pas mal d'universitaires vivent ici – les chanceux qui ont acheté ces maisons à l'époque où ils pouvaient encore se le permettre. De nos jours, c'est Kidlington et au-delà, et les immenses demeures victoriennes construites à l'origine pour les universitaires sont désormais réservées aux banquiers d'affaires. Ou aux Chinois.

Lorsqu'elle ouvre la porte, elle n'a visiblement aucune idée de qui je suis.

— Oui ? Puis-je vous aider ?

Je montre ma plaque.

— Inspecteur en chef Adam Fawley, professeur Jordan. Puis-je entrer ?

Une expression de surprise passe sur son visage. Elle hésite, jette un coup d'œil derrière elle dans le couloir. Il y a des bruits de voix, d'enfants qui crient, de vaisselle.

Déjeuner. Cette chose que j'ai oublié de faire. Une fois de plus.

— Nous avons des invités, dit-elle. La famille de ma femme…

— Ce ne sera pas long.

Elle hésite encore. Puis :

— Très bien.

Le groupe est réuni dans l'arrière-cuisine, et elle me fait signe de la suivre dans le salon. Un chaos universitaire artistique. Des étagères surchargées de livres, des meubles dépareillés, des suppléments illustrés un peu partout. Un gros labrador chocolat lève un instant les yeux de son panier près du feu, puis se réinstalle.

Elle ferme la porte derrière elle.

— En quoi puis-je vous aider, inspecteur ? S'il s'agit de Michael Esmond, j'ai déjà parlé à vos subordonnés.

— Justement, professeur. Vous leur avez déjà parlé, et pourtant vous avez omis de mentionner Jurjen Kuiper.

Son regard se pose sur moi quelques secondes, puis dérive. Elle va vers le canapé et s'assied.

— Mes officiers vous ont spécifiquement demandé si Michael Esmond avait des soucis avec un de ses collègues en particulier, et vous avez répondu : « Pas à ma connaissance. » Êtes-vous en train de me dire que vous n'étiez pas au courant de cette critique qu'Esmond a publiée au sujet de son travail ? Parce que si c'est le cas, je dois vous le dire, je trouve ça très difficile à avaler.

Elle soupire.

— Bien sûr que j'étais au courant. Toute cette histoire a été un véritable cauchemar, dit-elle en relevant les yeux vers moi. Je m'en suis voulu. Quand le *TLS* m'a demandé si je pouvais recommander quelqu'un pour faire la critique de la monographie de Jurjen, j'ai suggéré Michael. Je n'avais aucune idée qu'il ferait un… un tel…

— Démolissage ?

Elle a le visage sombre.

— Je vois que vous avez eu l'occasion de le lire, dit-elle en croisant les mains sur ses genoux. Dans ce cas, vous saurez déjà que Michael a accusé Jurjen d'altérer des données pour étayer ses conclusions. Dans cette discipline, certes assez restreinte et nombriliste, ça ne constitue pas une infraction mineure.

— Et est-ce vrai ? Qu'il a falsifié les faits ?

— Le jury délibère toujours. Cela me surprendrait, d'après ce que je sais de Jurjen. Mais, d'un autre côté, le Michael que je pensais connaître n'aurait jamais porté une telle accusation à moins d'avoir des preuves solides.

— Et la série télé ?

Elle hausse un sourcil.

— Vous êtes bien informé. Oui, Jurjen avait été approché afin de présenter une série pour National Geographic. Pas vraiment à l'échelle de *Planète bleue*, mais prestigieuse, néanmoins, et bien mieux payée que les publications universitaires. Seulement, tout est tombé à l'eau après la parution de cette critique. Les producteurs ont estimé qu'il valait mieux ne pas prendre le risque. Mais si vous insinuez que Jurjen aurait pu avoir un quelconque rapport avec ce terrible incendie…

— Je n'insinue rien. Je tente simplement d'établir les faits. Je n'ai guère besoin de préciser à quelqu'un d'aussi intelligent que vous que les faits sont plus importants encore dans ma profession qu'ils ne le sont dans la vôtre. Et nous avons dû nous entretenir à deux reprises avec vous pour les obtenir.

Elle rougit, nerveuse, à présent.

— Ce n'est pas un secret que la vie universitaire peut s'avérer très concurrentielle, surtout ces temps-ci, mais nous ne sommes pas dans un épisode d'*Inspecteur Morse*, vous savez. Les gens dans cette faculté ne vont pas s'entretuer à cause d'une critique désastreuse ni d'une série télé qui ne voit pas le jour, aussi lucrative soit-elle. Quant à mettre le feu à une maison pleine de gens, parmi lesquels deux enfants innocents, eh bien, croyez-moi sur parole, Jurjen en est simplement incapable.

Je laisse le silence s'étirer.

— De quoi est-il capable ?

Elle lève les yeux vers moi.

— Que voulez-vous dire ?

— Serait-il capable, par exemple, de proférer des menaces ? (J'observe attentivement son visage.) Ou d'orchestrer une campagne concertée pour le harceler en ligne ?

À présent, elle évite mon regard.

— Je n'ai aucune idée de ce à quoi vous faites allusion.

Mais elle en a une. Je vois, maintenant, qu'elle est parfaitement au courant. Je sors les captures d'écran de la poche de ma veste et les lui tends. Elle y jette un coup d'œil et les met de côté. Elle a la bouche pincée. Elle pensait sans doute que le contenu avait été supprimé et ne nous croyait pas assez malins pour le retrouver. Ça me fout vraiment en rogne.

— Eh bien ?

Elle inspire profondément.

— Il ne faisait que se défouler. Il évacuait sa frustration dans un environnement contrôlé – toutes proportions gardées. Si vous reparlez avec lui, je suis certaine qu'il vous dira à quel point il s'en veut d'avoir réagi de cette façon, avec stupidité, mais ça s'arrête là.

J'archive mentalement ce « reparlez ». Elle sait que Kuiper est venu nous voir. C'est peut-être même elle qui lui a conseillé de le faire.

— Malheureusement pour vous, professeur Jordan, Kuiper est incapable de prouver que ça s'arrête là. Il a commencé par nous dire qu'il était chez lui avec son épouse à l'heure de l'incendie, mais quand je lui ai précisé qu'elle devrait corroborer sa version des faits, il a rapidement changé son fusil d'épaule. Il prétend désormais qu'il est sorti faire un tour en voiture. En pleine nuit. Au cœur de l'hiver.

Le doute traverse furtivement son regard, et je sais que ceci – pour la première fois dans notre conversation – est une nouvelle pour elle.

— Mais vous pouvez probablement le vérifier – vidéo-surveillance, etc. ?

J'acquiesce.

— C'est exactement ce que nous tentons de faire. Mais il ne sera peut-être pas possible de prouver qu'il dit la vérité. En effet, nous pourrions bien découvrir que là non plus, il ne s'agit pas d'un fait, mais d'un mensonge. Et si c'est le cas…

— Si c'est le cas ?

— Vous devrez peut-être déterrer ce manuel de gestion de crise que votre service de presse laisse probablement prendre la poussière quelque part. Je crains que la vraie vie ne soit bien plus compliquée que dans *Inspecteur Morse*.

* * *

BBC Midlands Today

Dimanche 7 janvier 2018

Dernière mise à jour à 10 h 53

« Une terrible tragédie » : le garçon de 10 ans succombe à ses blessures

Une porte-parole de l'hôpital John-Radcliffe a confirmé que Matty Esmond était mort dans leur unité de soins intensifs pédiatriques ce matin. La mère de Matty, Samantha, et son frère cadet, Zachary, 3 ans, ont également été victimes de l'incendie mortel qui a dévasté leur maison jeudi dernier. La porte-parole a qualifié le décès de « terrible tragédie » et affirmé que le personnel soignant apportait son soutien aux membres de la famille du garçon, qui étaient à son chevet.

La police de Thames Valley tout comme le Service d'incendie et de secours d'Oxfordshire n'ont fait aucune déclaration pour l'instant sur les origines du feu. Le père de Matty, Michael Esmond, 40 ans, n'a toujours pas été retrouvé, malgré un appel au public et les efforts déployés par la police de Thames Valley pour les recherches.

De plus amples informations sur le sujet à mesure que nous en recevrons.

---

* * *

L'atmosphère dans la salle de crise est sinistre. Il ne peut y avoir pire que la mort d'un enfant. Everett nous dit que les Gifford sont bouleversés.

— J'étais avec eux quand son état a soudain pris un tournant dramatique. Vous savez comment c'est – les alarmes qui se déclenchent, les infirmières partout, les chariots. C'était affreux, bon Dieu.

Je jette un coup d'œil à Gislingham – Billy a dû être ressuscité deux fois lorsqu'il était au service des prématurés. Ils ont failli le perdre. Il a le visage gris à ce souvenir.

— Ils ont été obligés d'ôter les pansements pour lui faire un massage cardiaque, dit Everett. Ces pauvres gens ont donc vu l'état dans lequel il était en dessous. Et maintenant, ça restera imprimé pour toujours dans leur mémoire.

Elle secoue la tête. Ce boulot est parfois un véritable sacerdoce.

Gislingham s'efforce de revenir à la tâche en cours.

— OK, dit-il, voici où nous en sommes. Nous devons toujours nous pencher sur la vidéosurveillance dans les parages de Southey Road pour voir si nous identifions Kuiper dans le secteur. Et il faudra que nous parlions à Lauren Kaminsky, qui est – depuis 22 h 30 hier soir – de retour à Oxford. Et, juste pour que tout le monde soit au parfum, elle n'est définitivement pas une suspecte dans un potentiel incendie criminel, puisque nous avons eu confirmation qu'elle était bien à bord d'un vol vers JFK le 21 décembre. Alors, dit-il en balayant la salle du regard. Je suis sur le point d'aller voir Kaminsky avec l'inspecteur Somer, et Quinn est sur la vidéosurveillance.

Ce qui est accueilli par quelques cris sarcastiques peu enthousiastes. Quinn fait un doigt d'honneur aux autres inspecteurs lorsqu'il pense que je ne regarde pas.

— Avons-nous réussi à retrouver des amis d'Esmond ? m'enquis-je.

— Nous avons laissé des messages pour certains, commence Gislingham.

— Il y a les voisins d'à côté, coupe Everett. Ils n'étaient pas chez eux la dernière fois que j'ai essayé, mais je peux retenter, si vous voulez.

— Oui, faites ça. Ils ont peut-être vu quelque chose. OK, c'est tout pour l'instant. Tous les autres ont leur week-end. Ce qu'il en reste.

Gislingham repart chercher son manteau et, lorsqu'il lève les yeux, il voit que Somer s'est arrêtée pour parler à Fawley. Ils se tiennent près l'un de l'autre. Elle dit quelque chose à voix basse, et il sourit. Gislingham se rend compte dans un sursaut qu'il ne se rappelle pas la dernière fois qu'il a vu le chef sourire.

* * *

Audition de Ronald et Marion Young
25 Southey Road, Oxford
7 janvier 2018, 13 h 16
En présence de l'inspecteur V. Everett

VE : Merci de m'accorder de votre temps, monsieur Young.

RY : J'allais vous appeler demain à la première heure, de toute façon. Nous avons vu la carte que vous avez glissée par la porte dès que nous sommes rentrés. J'ignorais totalement qu'il y avait eu un incendie. Bon Dieu, nous avons de la chance qu'il ne se soit pas propagé jusqu'ici.

VE : Vous étiez absents pour Noël ?

RY : Avec notre fille, oui. À Barcelone. Nous sommes partis le 22.

VE : Avez-vous vu les Esmond avant votre départ ?

MY : Moi oui. Je suis passé, juste pour prévenir que nous partions et leur demander de garder un œil sur la maison.

VE : Avez-vous vu M. et Mme Esmond, madame Young ?

MY : Juste Samantha.

VE : Comment semblait-elle ?

MY : Un peu distraite. Le petit garçon pleurait, je me souviens de ça. Elle avait l'air fatiguée, comme le sont toutes les jeunes mamans.

VE : Zachary avait trois ans, non ? Elle n'était plus vraiment ce qu'on appelle une jeune maman.

MY : Eh bien, ce n'est pas plus facile avec le temps. Pas quand ils ont cet âge. Notre Rachel…

RY : L'agent n'a pas besoin que tu lui racontes ta vie, Marion.

VE : Saviez-vous si les Esmond recevaient qui que ce soit chez eux pour les fêtes ? Des amis ? Des proches ?

MY : Pas à ma connaissance. Je suis ici la plupart du temps, donc j'aurais sans doute remarqué si quelqu'un était arrivé avant notre départ.

VE : Personne d'inhabituel dans les parages ces dernières semaines ?

RY : Que voulez-vous dire par « inhabituel » ?

VE : Quelqu'un que vous ne reconnaissiez pas.

MY : Non, personne qui me vienne à l'esprit.

VE : Vous entendiez-vous bien avec les Esmond, en tant que voisins ?

RY : Elle était plutôt sympathique. Un peu insipide. Mais lui, c'est un sale type.

VE : Vraiment ? Qu'est-ce qui vous fait dire ça ?

MY : Il était toujours très agréable avec moi…

RY : [À sa femme.] Agréable ? Il a tué notre chienne, bordel !

MY : Tu ne peux pas l'accuser comme ça. Pas avec certitude.

RY : [À Everett.] En septembre, nous étions convenus de les laisser garder la chienne en notre absence. C'était juste pour une nuit. Le garçon – Matty –, il voulait toujours venir jouer avec elle, aller la promener…

MY : Mollie était une chienne adorable.

RY : En général, nous la mettions dans un chenil quand nous partions, mais nous nous sommes dit que c'était juste une nuit, que pourrait-il bien se passer ? Et puis, quand nous sommes rentrés, la pauvre bête était morte, bon sang.

MY : Elle avait quatorze ans, Ron.

RY : Mais elle n'était pas malade, si ? Elle n'était pas allée chez le véto depuis des années. Et puis soudain, elle meurt la nuit où les Esmond la gardent ? Désolé, je ne crois pas aux coïncidences.

VE : Mon inspecteur en chef non plus.

RY : Tu vois, Marion, l'agent est d'accord avec moi.

VE : Je ne voulais pas dire par là…

MY : Nous n'avions aucune preuve, Ron. Tu le sais.

VE : Que s'est-il passé, selon M. Esmond ?

RY : Il ne l'a pas dit.

MY : Ron…

RY : Pas vraiment. Il a dit que la chienne avait dû faire une attaque ou autre. Il a dit qu'il était descendu la nourrir le matin, et qu'elle était juste étendue là, morte. Foutaises.

VE : Vous n'avez pas fait faire d'autopsie ?

RY : Vous savez combien ça aurait coûté ?

MY : J'ai estimé préférable de supposer que c'était un accident. Faire dépecer cette pauvre Mollie n'allait pas la ramener à la vie, et je ne voulais pas compliquer les choses avec les Esmond. Ce sont nos voisins, après tout. Nous devions continuer à vivre à côté de chez eux.

VE : Je comprends parfaitement cela, madame Young.

MY : Et Michael nous a donné de l'argent. Il a dit qu'il était vraiment désolé et nous a donné cent livres.

RY : [Méprisant.] Cent misérables livres.

MY : Le plus triste, dans l'histoire, c'est que nous n'avons quasiment jamais revu Matty après ça. Il était bouleversé, pour Mollie. Pauvre petit garçon, je n'arrive pas à me le sortir de la tête, qu'il soit mort de manière si atroce. Je me rappelle le jour où ils ont emménagé comme si c'était hier – il était si excité à propos du jardin. Je crois qu'ils n'en avaient jamais eu avant.

VE : Vous vivez ici depuis longtemps, madame Young ?

RY : Dix ans maintenant. Non, douze.

VE : Vous connaissiez donc les parents de M. Esmond ?

RY : Je ne me suis jamais bien entendu avec Richard, mais Alice Esmond était une femme charmante.

MY : Elle était complètement sous son emprise, Ron, tu le sais. Comment appelle-t-on ça de nos jours ? Dominateur – c'est ça. Il était très dominateur.

VE : Il aurait donc pu l'être aussi en tant que père ? Quand les garçons grandissaient ?

MY : Ça ne me surprendrait pas. Michael était très réservé, c'est sûr. Mais, d'après ce que j'ai vu de lui, Philip est tout le contraire. Plein de vie, sociable. Je me rappelle l'avoir vu dans le jardin avec Matty l'été dernier. Ils avaient sorti la pataugeoire, et

Philip essayait de lui apprendre le bodysurf. Il y avait de l'eau partout. Même Samantha riait. C'est ce souvenir que je veux garder d'eux. Leurs éclats de rire sous le soleil. Juste une famille heureuse, normale.

* * *

C'est Quinn qui était censé chercher Kuiper sur la vidéo-surveillance, mais ce n'est pas une surprise de découvrir que c'est Baxter qui fait le sale boulot. Il y a plusieurs caméras sur Banbury Road et à l'extérieur de certaines boutiques de la rue commerçante de Summertown, mais rien dans les ruelles, et si Kuiper avait un peu de bon sens, il serait passé par là. Leur seule chance est la route qu'il a dû prendre pour arriver là depuis son domicile à Littlemore. Qu'il ait emprunté le périphérique ou traversé le centre-ville, ils devraient tout de même pouvoir le repérer. À supposer, évidemment, qu'il ait utilisé sa propre voiture.

Baxter télécharge la première série de vidéos et jette un coup d'œil à Quinn, qui glande sur son portable.

— Peux-tu me rendre service et consulter les compagnies de taxis ? Kuiper en a peut-être pris un.

Quinn fait la moue.

— Vraiment ? Donc il monte à l'arrière en disant : « Ne t'inquiète pas pour le bidon d'essence, mec, je te paierai un supplément si je salis les sièges ? »

Au tour de Baxter de faire la moue.

— OK, OK, mais tu vois ce que je veux dire. (Il reporte son attention sur l'écran.) Et ça te permettra de te rendre utile, marmonne-t-il.

Lauren Kaminsky a une chambre dans l'un des immeubles modernes de Wolfson qui donnent sur la Cherwell et le Rainbow Bridge. C'est moderne comme les années 1970. Dans cette ville, une université fondée en 1379 est encore qualifiée de « nouvelle ». Du givre s'est agrippé aux arbres, et deux cygnes se laissent silencieusement porter par le courant. Un tourbillon de mouettes décrit des cercles au-dessus de l'eau en poussant des cris stridents de sorcières. La chambre en elle-même est petite, mais confortable. Pas de désordre, très peu de décoration. Une kitchenette, une minuscule salle de bains aperçue par une porte entrouverte. Quant à Lauren, elle est aussi neutre que son environnement. Menue, avec des cheveux bruns courts dans une coupe pixie. Elle surprend Somer en train de regarder autour d'elle et esquisse un sourire empreint de lassitude.

— Je ne suis pas souvent ici. Mon copain est prof de fac à Magdalen. Je passe le plus clair de mon temps là-bas. Je veux dire, cet endroit est convenable, mais ça ne fait pas très « Oxford », si ?

Elle leur fait signe de s'asseoir. Le canapé est juste assez grand pour deux, et Somer a la désagréable surprise d'être cuisse contre cuisse avec Gislingham.

— Je suppose que vous voulez me parler de Michael Esmond ? C'est vraiment terrible, ce qui est arrivé.

Tout le monde a dit cela. C'est parfois la même formule, au mot près.

— C'est votre petit ami qui a signalé les attouchements sexuels, je crois ? dit Gislingham.

Elle acquiesce.

— Je ne voulais pas en faire toute une histoire, mais Ned était furieux. Il voulait que j'aille à la police, que je porte plainte – la totale.

— Je crois comprendre que le professeur Esmond nie qu'il se soit passé quoi que ce soit.

Elle s'assied, mais reste au bord de son siège, comme prête à s'échapper.

— Eh bien, je me doutais qu'il n'assumerait pas ses actes…

— Vous ne lui en avez pas parlé en personne ? demande Somer.

Elle secoue la tête.

— Non, pas depuis ce soir-là. C'était trop gênant. J'ai jugé préférable de laisser le département s'en occuper. C'est de leur ressort.

— Et comment s'était-il montré envers vous avant ces événements ? demande Gislingham. Vous a-t-il un jour…

Elle sourit devant sa déroute.

— Fait des avances ? Non. Il était toujours très – comment dites-vous, en Grande-Bretagne ? – distant. Strict. Jusqu'à ce fameux soir. Les effets de l'alcool, sans doute.

— Ce n'est pas une excuse, intervient Somer en sourcillant.

— Non, bien sûr que non. Il s'est comporté comme le dernier des machos. Mais j'appréciais ce professeur. Cette affaire a pris des proportions démesurées. Comme je l'ai dit, j'en serais restée là, mais Ned ne voulait rien savoir.

— Il n'y a donc eu aucun flirt avant cela – rien suggérant qu'il éprouvait une attirance pour vous ?

— Non, non, dit-elle, en réprimant un bâillement. Désolée, le jet-lag qui se fait sentir.

— Y a-t-il autre chose ? demande Somer. Rien qui vous ait frappée concernant le professeur Esmond ces derniers mois ? D'autres gens semblent penser qu'il était particulièrement tendu. Partagez-vous cet avis ?

Elle réfléchit.

— Je ne le voyais pas souvent. Mais il n'avait pas l'air dans son assiette, en effet. Toute l'histoire autour de sa critique de Kuiper n'a pas dû aider, mais il l'a bien cherché. Vous êtes au courant de ça, n'est-ce pas ?

Somer acquiesce.

— Pouvez-vous nous dire quoi que ce soit à ce sujet ? Quelque chose que nous ne saurions pas déjà ?

Kaminsky bâille de nouveau.

— J'en doute. Écoutez, est-ce que nous pouvons remettre ça ? Je suis complètement lessivée. Si je pense à quelque chose, je vous appelle.

Somer lance un coup d'œil à Gislingham : ils ne vont rien en tirer de plus. Ils se lèvent pour partir.

— Merci, mademoiselle Kaminsky, dit Gislingham à la porte. Et s'il vous plaît, appelez-nous, d'accord ? Même s'il s'agit de quelque chose qui vous paraît insignifiant.

Ils descendent l'escalier et sortent dans le froid. Somer met un bonnet, et Gislingham lui sourit.

— Tu ressembles à ma petite sœur.

— Je ne savais pas que tu en avais une.

— Ouais, elle a sept ans de moins que moi, alors elle a toujours été le bébé de la famille. Et toi ?

— Sœur aînée.

Quelque chose dans l'expression de sa collègue le dissuade de poursuivre sur ce sujet.

— Alors, qu'est-ce que tu en penses ? demande Somer, tandis qu'ils atteignent la loge du gardien et que Gislingham ouvre les lourdes portes vitrées.

— Je ne vois pas pourquoi Kaminsky mentirait. Et nous savons qu'elle était de l'autre côté de l'Atlantique quand l'incendie s'est déclenché.

— Et seulement quinze pour cent des incendies criminels sont commis par des femmes, ajoute Somer pensivement.

— Exact. Donc là on se contente de cocher une case, non ? Ou est-ce que je loupe quelque chose ?

Somer garde le silence un instant.

— Et le petit ami ?

— Le type à Magdalen ? Ned Machin-Truc ? Et alors ?

— Il était manifestement furax contre Esmond. Tu ne le serais pas, si quelqu'un avait agressé Janet ?

— Si, évidemment. Mais je ne foutrais pas le feu à sa maison. Crois-moi. C'est une impasse.

À sa fenêtre, Lauren Kaminsky regarde les officiers de police sur le chemin jusqu'à ce qu'ils soient hors de vue. Puis elle prend son portable.

— Ned, rappelle-moi, veux-tu ? La police est venue à l'appart.

Elle met fin à l'appel sans quitter sa fenêtre. Elle a l'air tourmentée.

De retour à St Aldate's, Everett s'est dévouée pour passer en revue les appels reçus sur le numéro dédié aux témoignages, la tâche ingrate par excellence. Après une heure de cette corvée, elle s'aperçoit que son pied s'est engourdi et se lève pour aller chercher un café, boitant dans le couloir jusqu'à la machine, des fourmis dans les jambes.

— Ça va ? demande Quinn, qui réfléchit devant la sélection.

Il a son crayon derrière l'oreille. Comme à son habitude.

— Ça va, répond-elle. J'essaie d'empêcher le reste de mon corps de s'engourdir comme mon pied.

— C'est à ce point-là ?

— Et toi ?

Il donne un coup de pied dans la machine.

— *Nada*. Aucune trace de Kuiper nulle part ce soir-là. Il ne semble pas non plus qu'il ait pris un taxi, bien que nous ne les ayons pas encore tous étudiés. Combien de foutues compagnies de taxis y a-t-il dans cette ville ?

— En tout cas, il n'y en a jamais un seul devant le poste quand il pleut, fait remarquer Everett en soupirant.

De retour au bureau, elle s'assied à côté de Somer.

— Tu as du nouveau ? demande-t-elle en regardant les affaires étalées sur le bureau de sa collègue.

— J'essaie de voir si je peux dénicher quelque chose sur le petit ami de Kaminsky.

Everett hausse les sourcils.

— Tu crois qu'il pourrait être suspect ?

Somer esquisse un sourire désabusé.

— Non, pas vraiment. Mais je voudrais juste mettre une bonne grosse croix dans la case « Alibi en béton ».

— Somer ? lance Baxter depuis l'autre côté de la pièce. Un appel pour toi, ligne 3.

* * *

Entretien téléphonique avec Philip Esmond
7 janvier 2018, 16 h 55
Interlocuteur : inspecteur E. Somer

PE : Inspecteur Somer ? C'est encore Philip Esmond. J'ai appris la triste nouvelle pour Matty.

ES : Je suis sincèrement navrée.

PE : J'aurais aimé pouvoir rentrer à temps.

ES : Ses grands-parents étaient auprès de lui, si ça peut vous consoler.

PE : Ce n'est pas rien, je suppose. Ils doivent être dévastés. D'abord Zachary, ensuite Sam, et maintenant ça. [Soupire.] Eh bien, au moins toutes ces petites merdes cesseront de l'insulter dans leurs commentaires en lui reprochant d'avoir été une mère négligente.

ES : Je sais que c'est dur, mais il faut faire abstraction de ça. Ils ne vous connaissent pas. Ils ne font que se défouler dans le vide.

PE : Ouais, je sais. Plus facile à dire qu'à faire, cela dit, quand vous êtes concerné. Écoutez, la principale raison pour laquelle je téléphone, c'est que je me suis rappelé quelque chose. La dernière fois, vous avez mentionné une hutte, n'est-ce pas ? Un truc que maman a dit ?

ES : Exact. Elle semblait penser que votre frère pourrait s'y trouver.

PE : Eh bien, à mon avis, c'est peu probable, mais je crois savoir ce qu'elle a voulu dire. Quand nous étions enfants, nous sommes allés en vacances sur la côte sud une fois. Papa nous avait loué une cabane de plage sur Calshot Spit.

ES : Une cabane de plage ?

PE : C'est ça. Mais, avec Alzheimer, ma mère s'emmêle les pinceaux. Elle a probablement oublié que Michael avait quarante ans, pas quatorze. Je sais qu'il adorait cet endroit. Mais c'est sans doute un tas de planches vermoulues depuis le temps. Si vous voulez mon avis, il y a zéro chance qu'il soit là-bas, mais j'ai pensé que vous devriez être informés.

ES : Pouvez-vous m'envoyer par texto la localisation de cette cabane ?

PE : Bien sûr.

ES : Et évidemment, si vous avez des nouvelles de votre frère…

PE : Bien sûr. Et dès que j'accoste à Poole, je viens direct à Oxford. Ça ne devrait pas prendre plus de deux ou trois jours, avec un vent clément.

* * *

La maison est plongée dans l'obscurité quand je rentre chez moi. Je m'y attendais, mais j'ai le cœur tout de même lourd quand je coupe le moteur et parcours l'allée. Je parviens à peine à ouvrir la porte à cause des prospectus. Des flyers d'agents immobiliers, un tract des libéraux-démocrates qui part aussitôt au recyclage, des offres de service de jardinage, des publicités pour des pizzas à emporter. Quoique je ne puisse pas vraiment me plaindre de ces derniers : je ne vis que de ça. J'allume la lumière, colle un plat surgelé dans le four et installe l'ordinateur portable sur l'îlot de la cuisine. Je fais un vague effort pour débarrasser les déchets d'hier soir, mais le lave-vaisselle est déjà plein. J'ouvre une bouteille de vin. Je pensais qu'il y en avait une dans le frigo, mais j'ai dû la finir hier soir. Cela semble se produire souvent, ces temps-ci.

On sonne à la porte. Je décide de ne pas répondre. Alex a une clé, et je ne suis pas d'humeur à donner la réplique aux témoins de Jéhovah. Ni aux ex-détenus qui vendent de la camelote dans des valises – la chose dont je n'ai pas besoin à cet instant, ce sont des torchons à vaisselle. La sonnette retentit une fois de plus. Puis une autre.

J'ouvre brusquement la porte, mais ce n'est pas une escroquerie au porte-à-porte. C'est Somer.

— Je suis désolée de vous importuner chez vous, monsieur. J'ai essayé sur votre portable, mais ça sonnait dans le vide.

Merde. J'ai dû le mettre en silencieux.

— Je voulais juste vous faire part d'une chose, ajoute-t-elle timidement.

— Ah oui ?

— Quelque chose que Philip Esmond a dit. Il a appelé cet après-midi.

Il me vient à l'esprit que je tiens toujours mon verre de vin. Et que partager la bouteille avec quelqu'un est probablement la seule manière d'éviter de la boire jusqu'au bout tout seul.

Je recule.

— Est-ce que vous voulez entrer ?

Elle hésite et jette un coup d'œil dans le couloir derrière moi.

— Et votre femme, monsieur…

— Elle est partie voir sa sœur.

Elle sourit.

— Eh bien, si vous êtes sûr. Pourquoi pas.

Je la suis jusqu'à la cuisine, la regarde tandis qu'elle observe la décoration, les meubles, les bibelots. Elle porte des jugements – évidemment. C'est à cela que nous sommes formés. Relever les nuances, capter les signaux, interpréter les apparences. Mais vous n'avez guère besoin d'une formation de policier pour tirer des conclusions assez évidentes de l'état de cet endroit. Le désordre, les bouteilles vides alignées à côté de la porte de derrière, le fait que je n'aie pas pris la peine de me doucher depuis que je suis rentré chez moi. Ça devrait me mettre mal à l'aise qu'elle voie tout cela, mais, bizarrement, ce n'est pas le cas.

— Je vous sers du vin ? dis-je en désignant un tabouret.

— Juste un demi-verre, dit-elle. Je conduis.

Je prends la bouteille et un verre propre.

— Alors, qu'est-ce qui se passe avec Philip Esmond ?

— Quand l'inspecteur Everett a dit à la mère d'Esmond qu'il avait disparu, elle a évoqué une hutte. Il s'avère que c'est une cabane de plage située sur Southampton Water.

— Et alors ?

— Je sais que ça paraît tiré par les cheveux, mais ne pensez-vous pas que nous devrions aller voir ? Juste pour être sûrs ?

— Pourquoi diable irait-il là-bas ?

— Je sais, ça n'a absolument aucun sens. Mais je ne cesse de me rappeler que l'un des signalements au numéro vert se situait à Hythe, pas loin de Southampton.

Là, elle a un argument valable.

— OK, dis-je. Je contacterai la police du Hants demain à la première heure – ça ne fera pas de mal d'écarter cette hypothèse.

À l'étage, le téléphone fixe commence à sonner.

— Excusez-moi une minute.

Pourvu que ce soit Alex. Je me dis que c'est Alex, qu'elle appelle sur le fixe parce qu'elle veut s'assurer que je suis à la maison, tout seul, afin que nous puissions parler…

Mais, lorsque je décroche le combiné, j'entends tinter la gaieté irritante du système automatique de sécurité des cartes bancaires. Un instant, je trouve ironiquement drôle que leur algorithme ait déjà détecté ma récente surconsommation de fast-food, mais reconfirmer mes quatre dernières transactions prend un temps fou, et, le temps que je redescende, Somer est en train de remplir le lave-vaisselle. Tout ce qui est propre est disposé sur le comptoir en piles nettes.

Elle rougit.

— Je ne voulais pas commencer à ouvrir vos placards. Je déteste quand les gens font ça. (Elle voit mon visage et se mord la lèvre.) Désolée… je ne voulais pas être intrusive. J'essayais juste de me rendre utile… (Sa voix s'évanouit.) Désolée, répète-t-elle, les joues à présent écarlates.

Je fais une moue.

— Je déteste ça aussi, en vérité. Mais, Dieu merci, vous vous êtes attaquée à ce foutu lave-vaisselle : je remets cette corvée à plus tard depuis presque une semaine.

Elle sourit, clairement soulagée.

— J'échange le rangement des affaires dans le salon contre un autre verre de vin.

— Je croyais que vous conduisiez ?

— Je peux prendre un taxi. Récupérer la voiture en arrivant demain.

À mon tour de sourire.

— Dans ce cas, va pour un autre verre.

2 mai 2017, 12 h 27
247 jours avant l'incendie
23 Southey Road, Oxford

Sam est assise sur le lit dans la chambre d'amis à l'étage supérieur, regardant par la fenêtre. Elle s'est mise à monter ici les mauvais jours. Comme si elle pouvait les emballer et les conserver enfermés dans cette pièce à moitié vide que personne n'utilise depuis des années. Comme si, ce faisant, elle pouvait les empêcher de s'infiltrer dans le reste de la maison – le reste de sa vie. Bien que la chambre soit fraîche, dehors le soleil brille et il y a des fleurs dans le jardin malgré les mauvaises herbes. Une multitude de tulipes sur toute une bordure. Des pétales écarlates et ébouriffés aux cœurs hérissés de pics noirs. Mais à l'intérieur, dans cette chambre, il y a un nuage gris, quelque part, juste au-delà de sa vision périphérique. Un endolorissement à la base de son crâne. Mais Michael a dit qu'il passerait peut-être voir comment elle allait à l'heure du déjeuner. Elle ne veut pas qu'il la trouve là-haut. Il ne ferait que s'inquiéter, et il a déjà assez de soucis comme ça.

Elle se relève péniblement, tend la main vers son gilet. C'est alors qu'elle l'entend. En bas. Le doux bruit sourd qui pourrait être une porte qui se ferme, un objet qui tombe ou un pas sur une vieille planche, étouffé par la moquette. Pas les enfants, ils ne sont pas là. Ni un courant d'air. Elle reste plantée là, à écouter intensément. C'est déjà arrivé, mais jamais en intérieur, jamais dans la maison. Un jour, c'était dans l'allée qui longe la maison. La dernière fois, à l'extérieur de la cuisine. Une oscillation juste au-delà de son œil. Un mouvement qui n'était ni le vent, ni un oiseau, ni un écureuil courant le long de la barrière. Elle a un goût métallique dans la bouche, et prend conscience qu'elle s'est mordu la lèvre jusqu'au sang. Mais elle n'est pas en train de devenir folle – elle n'est pas en train de devenir folle…

Elle s'oblige à bouger avec rapidité, atteint la porte pour l'ouvrir brutalement. Elle descend l'escalier en s'agrippant à la rampe comme une vieille dame, puis ratisse toutes les pièces de l'étage en dessous, ouvrant chaque placard et armoire jusqu'à ce que l'effort la laisse hors d'haleine.

Puis elle entend la porte d'entrée claquer et son mari l'appeler.

— Sam ? Tu es en haut ?

— Je descends dans une minute, répond-elle, la voix à demi étranglée. Je fais le tri du linge.

Lorsqu'il lève les yeux quelques instants plus tard, elle descend l'escalier en lui souriant, le panier à linge sous un bras.

— Bonjour, chéri, comment s'est passée ta matinée ?

Lundi matin, je passe une demi-heure au téléphone à chercher la bonne personne au sein de la police du Hampshire, et à expliquer ce que nous avons besoin de faire. J'entends le niveau d'irritation de mon interlocuteur monter.

— Nous ne sommes pas complètement crétins, ici, inspecteur.

Enfin, il n'a pas vraiment dit ça, mais il aurait aussi bien pu.

Alors que je repose le téléphone, une rafale de vent souffle sur la fenêtre. Dehors, le ciel est jaunâtre ; nous allons peut-être même avoir de la neige. Mais probablement juste assez pour causer des dégâts – et pas suffisamment pour les justifier. Il n'existe aucune ville en Angleterre qui ne soit plus belle sous un épais manteau de neige : Christ Church Meadow, le parc aux cerfs de Magdalen, Radcliffe Square. Mais, dans ce métier, vous avez tendance à ne penser qu'au nombre de morts qui augmente. Les sans-abri meurent dans la neige, ici tout autant qu'ailleurs.

* * *

Entretien téléphonique avec l'inspecteur Giles Saumarez, police du Hampshire

8 janvier 2018, 11 h 26

Interlocuteur : inspecteur en chef Fawley

GS : Inspecteur Fawley ? Nous avons jeté un coup d'œil à cette cabane de plage pour vous, et il y a clairement quelqu'un là-bas. De sexe masculin, apparemment arrivé il y a quelques jours, mais nous ne savons pas exactement quand. Deux personnes du coin ont remarqué un feu sur la plage et ont appelé pour le signaler. Nous leur avons montré la photo de votre homme, et ils sont persuadés que c'est de lui qu'il s'agit.

AF : Vos officiers n'ont pas tenté de lui parler ?

GS : Non. Il n'y a eu aucun signe de vie ce matin, mais nous allons garder un œil sur lui jusqu'à ce que vos gars arrivent. Ça rend déjà la paperasse un peu moins effrayante.

AF : OK, nous serons là le plus vite possible. Et merci.

GS : Pas de problème. Nous avons deux agents stationnés sur la route au cas où il tenterait de prendre la fuite. Ce n'est pas comme s'il pouvait s'échapper autrement. Pas sans bateau, en tout cas. J'enverrai un lien vers la caméra du tableau de bord afin que vous voyiez par vous-même.

AF : Comment est le secteur ?

GS : Calshot ? C'est un peu un trou noir, pour être honnête. Le Spit est animé l'été, mais, à cette période de l'année, c'est complètement mort. La semaine dernière, j'ai eu la plage d'à côté rien que pour moi quatre jours de suite.

AF : Pour marcher ?

GS : Nager.

AF : Seigneur, par ce temps ?

GS : [Rit.] Rien de tel pour s'éclaircir les idées. J'y vais presque tous les matins – ce n'est qu'à environ huit kilomètres de chez moi. Plutôt ironique.

AF : Ironique ?
GS : Je vis dans un endroit qui s'appelle… Fawley.

* * *

Je retourne en salle de crise pour leur dire que, visiblement, nous avons mis le grappin sur Esmond. S'ensuivent un instant de silence, puis un flot de questions.

— Calshot ? Qu'est-ce qu'il fout là-bas ?

— Alors ce salopard tue toute famille et se taille sur la côte ?

— Il devait savoir que nous finirions par le traquer…

— Croyez-moi, le mec a perdu la boule. Ce sera une affaire pour les blouses blanches, attendez un peu…

Mais, sous la colère, ondule également une vague de soulagement palpable. Et je ne leur en veux pas. Nous commencions à nous demander si nous ne pourchassions pas un fantôme. Quelques-uns des officiers donnent une tape dans le dos à Somer, et elle rougit en essayant de minimiser son exploit. Ce qu'elle ne devrait pas faire, bien entendu, mais trouver le juste équilibre entre être une chiffe molle et un bourrin est diaboliquement difficile dans ce travail. Surtout pour les femmes. Inutile de le préciser, je lui dis que c'est elle qui devrait aller à Calshot avec Gislingham et, une fois qu'ils sont partis, je retourne à mon bureau et reste un instant assis, les yeux rivés sur l'image transmise par la caméra placée sur le tableau de bord, dont Saumarez m'a envoyé le lien.

Une étendue plane de buissons broussailleux et d'herbe aplatie par le vent d'un côté, et de l'autre une rangée de cabanes de couleurs vives. Une poubelle. Un sac de courses accroché dans un arbre. À part ça, aucun mouvement, pas de voitures ni de promeneurs, rien. Seuls les mouettes tournoyantes et le sac en plastique qui s'agite prouvent qu'il s'agit réellement d'une vidéo en direct.

À 14 h 30, Gislingham se gare sur la route principale menant à Calshot Spit. De rapides nuages gris, des bourrasques chargées d'embruns. Il y a une voiture banalisée stationnée à quelques mètres de là, et un Land Rover noir cabossé juste derrière. La portière conducteur s'ouvre. L'homme qui sort est en tenue civile. Probablement dans la quarantaine, mais il a l'air beaucoup plus jeune. Mince, d'apparence athlétique, et avec le bronzage permanent de quelqu'un qui vit en bord de mer. Gislingham relève l'expression sur le visage de Somer et, lorsqu'il sort de sa voiture, il rentre son ventre avec une pointe d'embarras.

— Inspecteur en chef Saumarez, dit l'homme, qui vient vers eux et leur serre la main. Je me suis entretenu avec Adam Fawley un peu plus tôt.

— Inspecteur en chef Gislingham, inspecteur Somer. Des nouvelles concernant Esmond ?

— Rien à signaler depuis que je suis arrivé ici. Bien que les gars m'aient dit qu'ils avaient entendu quelqu'un à l'intérieur un peu avant, alors il est probablement encore là.

Saumarez se tourne et désigne la cabane.

— C'est la rouge, à mi-chemin. Il n'y a pas de fenêtre de ce côté. Il ne sait probablement pas que nous sommes là.

Gislingham se met en route vers la cabane, puis s'aperçoit que Saumarez ne bouge pas.

— Vous ne venez pas ?

L'inspecteur en chef hausse les épaules.

— C'est votre prise de guerre.

Gislingham le regarde en plissant les yeux ; il commence à se demander s'il se paie sa tête. Physiquement, sans l'ombre d'un doute. Gislingham carre les épaules et avance lentement sur le côté vers l'avant de la cabane. La porte est fermée, mais il est évident qu'on l'a fracturée. Le bois est éclaté, et la poignée pendouille lamentablement.

Gislingham frappe, puis se tient là, la tête contre la porte, en s'efforçant de tendre l'oreille. Il n'entend que le vent souffler. Il frappe de nouveau. À présent, il perçoit distinctement du mouvement à l'intérieur. Un son de raclement, puis la porte s'ouvre de quelques centimètres.

— Qui est-ce ?

— Monsieur Esmond ?

— Non, je crains que vous ne fassiez erreur. Je ne suis pas cette personne.

L'homme s'esclaffe – son rire est légèrement frénétique, et il mange ses mots. Gislingham sent les effluves d'alcool.

Il sort sa plaque et l'appuie sur l'ouverture de la porte.

— Inspecteur en chef Chris Gislingham, police de Thames Valley. Pouvons-nous entrer ?

— Allez vous faire foutre. Je vous l'ai dit, je ne suis pas Machinchose, là…

La porte commence à se fermer, et Gislingham la bloque avec son pied.

— Nous savons que c'est vous, monsieur Esmond, vous avez été reconnu par plusieurs témoins.

Somer jette un coup d'œil autour d'eux ; malgré ce qu'il a dit, Saumarez les a suivis. Et derrière lui se trouve un officier en uniforme. Avec un bélier dans une main.

Gislingham sent la résistance contre la porte.

— Monsieur Esmond, ne m'obligez pas à entrer de force.

Il frappe de nouveau. Le silence, à présent. Il se tourne et fait signe à Somer – pourquoi ne tente-t-elle pas le coup ? Elle s'approche de la porte, gênée que Saumarez assiste à la scène.

— Monsieur Esmond, je suis l'inspecteur Erica Somer. Pouvez-vous ouvrir la porte un instant ? Je suis sûre que nous pouvons démêler tout ça.

S'ensuit un instant où tout le monde semble retenir son souffle. Puis, soudain, la porte s'ouvre en grand.

Une table et deux vieilles chaises pliantes ; l'homme est affaissé sur l'une d'elles. Il porte une veste en velours côtelé et un chino, mais ses vêtements sont froissés et sales. Il y a une bougie calée dans une bouteille de Coca, des paquets de chips éparpillés et des emballages de sandwich, ainsi qu'une bouteille de whisky renversée par terre. La minuscule pièce pue la sueur, la pisse et l'alcool.

L'homme les observe en luttant pour maintenir son regard fixe.

— Je vous l'ai dit, allez vous faire foutre.

Somer avance d'un pas. Maintenant que ses yeux se sont adaptés à l'obscurité, elle le voit convenablement. Il a le même âge, la même taille, le même teint, mais ce n'est pas Michael Esmond. Ils ont fait tout ce chemin pour rien, et entièrement par sa faute. Elle se mord la lèvre en essayant de trouver la manière la moins pire d'annoncer la nouvelle à Gislingham, lorsque l'homme vacille subitement en avant, plié en deux.

— Oh, putain, dit Somer tandis qu'il lui vomit dessus.

12 mai 2017, 11 h 49
237 jours avant l'incendie
23 Southey Road, Oxford

Michael Esmond ouvre la porte d'un coup de pied et lâche deux sacs de courses dans l'entrée, puis retourne à la voiture, fait sortir Matty de l'arrière et va de l'autre côté pour détacher Zachary du siège auto. Le petit garçon a pleuré pendant tout le trajet en rentrant du supermarché.

— Matty, peux-tu revenir porter l'un de ces sacs ? lance Michael en extirpant son plus jeune fils de la voiture.

La peau de celui-ci semble chaude au toucher.

Matty ressort de la maison en traînant les pieds.

— Est-ce que ta maman est debout ? demande Michael.

Matty secoue la tête.

— OK, prends juste l'un de ces sacs, veux-tu – le vert n'est pas très lourd.

Cinq minutes plus tard, il a les courses stockées sur le sol de la cuisine et Zachary en équilibre sur un bras pendant qu'il enfourne des macaronis au fromage pour le déjeuner.

Matty arrive de l'entrée.

— Est-ce que je peux aller promener Molly, papa ?

— Tu sais que tu ne peux pas l'emmener tout seul, Matty. Elle est trop grosse. Elle pourrait t'entraîner sur la route.

— Alors tu viens avec moi.

— Je ne peux pas, réplique Michael, exaspéré. Je dois déballer tout ça, m'occuper du déjeuner, et cet après-midi il faut absolument que je travaille.

— S'il te *plaaaaaît*, papa !

— J'ai dit non, Matty, dit-il sèchement.

Il vient de s'apercevoir que l'un des pots de yaourt a éclaté dans le sac. Une matière blanche et visqueuse s'écoule par terre. Il réprime un gros mot : il ne jure jamais. Et certainement pas devant les enfants.

— Tu dis toujours ça, geint Matty. Je ne peux jamais rien faire.

— Tu sais que ce n'est pas vrai…

— Si, c'est vrai. Tu as dit qu'on irait au zoo, et on n'y est pas allés parce que Zachary était malade, et puis tu as dit que tu jouerais au foot avec moi et tu ne l'as pas fait. Ce n'est pas juste, tu ne t'intéresses qu'à Zachary. Personne ne s'intéresse à moi.

Michael rougit.

— Écoute, dit-il d'une voix radoucie. Nous avons déjà parlé de ça, non ? Je t'ai dit que maman n'allait pas très bien, et que toi et moi devions faire notre possible pour veiller sur elle jusqu'à ce qu'elle se sente mieux. Ce qui veut dire être un grand garçon, ranger ta chambre et ne pas faire trop de bruit quand elle essaie de dormir.

Zachary pleure à présent dans un bourdonnement las et monotone, comme s'il n'avait pas l'énergie de crier. Michael le remonte un peu sur son bras.

— Écoute, pourquoi ne vas-tu pas jouer un moment sur ta Xbox pendant que je calme Zachary ? Et s'il se sent mieux tout à l'heure, peut-être que nous irons promener le chien tous les deux.

— Promis ? dit Matty, sceptique.

— Promis.

Michael amène Zachary dans la nurserie à l'étage, où il le déshabille et essaie de trouver son pyjama Winnie l'Ourson. Sur l'estomac du petit garçon, il voit des rougeurs inquiétantes. Zachary se roule en boule sous la couette, et Michael reste assis un instant, lui caressant les cheveux, avant de se lever pour aller voir comment va sa femme. Elle est en robe de chambre, allongée sur les couvertures, les yeux fermés. Ses cheveux paraissent plats et il se demande si elle s'est donné la peine de se doucher aujourd'hui. Il se retourne pour partir lorsqu'elle l'arrête.

— Est-ce que les garçons vont bien ?

Elle a la voix lourde, comme si elle était à moitié endormie.

— Ça va. Est-ce que tu veux déjeuner ?

Elle se retourne lentement, dos à lui.

— Pas faim, murmure-t-elle.

Michael tire la porte et s'apprête à redescendre lorsqu'il entend quelque chose qui l'incite à s'interrompre. Ça vient de la nurserie. Il fronce les sourcils, puis revient sur ses pas. Il entend exactement ce que c'est, maintenant. Matty, qui parle à son frère, le ton irrité et impatient par-dessus les pleurs du petit garçon.

— Tu dois en prendre, parce que, si tu ne le fais pas, je ne pourrai pas aller promener Mollie.

Michael passe l'angle pour entrer dans la chambre. Matty est assis sur le lit. Il a un bras autour de son frère et, de l'autre main, il lui enfonce une cuillère dans la bouche. Quelque chose de rose et collant. D'énormes gouttes en sont étalées partout sur le visage de Zachary qui gémit et se tortille pour se dégager.

— Seigneur ! hurle Michael. Qu'est-ce que tu fous, bon Dieu ?

Il écarte violemment Matty et se saisit de Zachary.

— Quelle quantité lui as-tu donnée ?

Matty se recroqueville contre un mur.

— Pas beaucoup.

Michael le regarde. Son cœur martèle d'ambulances, d'appels au 999, de lavages d'estomac.

— Ça fait combien, « pas beaucoup » ?

Matty hausse les épaules.

Michael se précipite vers Matty pour l'attraper par les bras.

— Combien ? C'est important, tu ne peux pas comprendre ça ?

Matty se tortille.

— Tu me fais mal.

— Je te ferai encore plus mal si tu ne me dis pas la vérité ! crie Michael en secouant son fils. Combien lui en as-tu donné ?

— Juste une cuillère, marmonne Matty, à présent renfrogné.

— Tu en es absolument sûr ?

Le garçon acquiesce. Il ne regarde pas son père.

Michael le lâche lentement. Il ne s'était pas rendu compte qu'il le tenait avec une telle force.

Il revient à Zachary et le prend sur ses genoux. Le petit garçon pleurniche et se frotte les yeux avec les poings. Il sent l'urine.

— Qu'est-ce que tout ce vacarme ?

Michael fait volte-face. Sam se tient contre l'encadrement de la porte.

— Rien, s'empresse-t-il de répondre. J'ai juste renversé du Calpol, c'est tout.

Elle regarde Matty, puis son époux, et fronce légèrement les sourcils.

— Tu en es sûr ?

— Absolument, dit-il avec un sourire rassurant. Pas de quoi s'inquiéter. Tout le monde va bien, pas vrai, Matty ?

Matty est loin d'aller bien, mais sa mère ne semble pas avoir la force de protester.

— OK, dit-elle en retournant vers sa chambre d'un pas traînant.

Michael remet Zachary au lit et se tourne vers son fils aîné.

— Je ne voulais pas crier contre toi, mais tu dois comprendre que le Calpol, ce n'est pas pareil que du jus de fruits – c'est un médicament. Tu ne peux pas lui en donner – jamais. Seuls maman et moi pouvons faire ça. Est-ce que c'est clair ?

Matty jette un coup d'œil à son père, puis hoche brièvement la tête. Il a le visage fermé.

Ce n'est que bien plus tard, lorsqu'il se met enfin à son bureau et parvient à commencer le premier jet qu'il aurait dû soumettre à son éditeur trois mois plus tôt, que Michael s'en aperçoit. Dans tout le chaos et la panique, Matty n'a jamais présenté d'excuses. Pas une fois.

Il n'a jamais dit qu'il était désolé pour ce qu'il avait fait.

Il y a une petite foule amassée devant la plage, à présent. Les voitures de police ont leurs gyrophares allumés. Deux officiers tentent de fourrer l'homme de la cabane à l'arrière de l'un des véhicules, et Somer est appuyée contre la poubelle, s'efforçant d'ôter la saleté de ses habits. Même si, comme le dit Gislingham, avec la verve qui est la sienne, cela revient un peu à pisser sur un haut-fourneau.

Saumarez traverse la route depuis la voiture de police.

— Je ne suis pas certain de l'efficacité de ce mouchoir en papier, dit-il en la regardant.

Elle grimace.

— Ouais, eh bien, ça m'apprendra.

Gislingham finit de parler à l'un des officiers et revient vers eux.

— Il semble que notre homme soit un sans-abri connu du coin. Il répond au nom de Tristram, apparemment.

Saumarez sourit.

— Oui, bon, nous avons une classe de clochards plus reluisante, par ici.

Gislingham ne tient pas compte de lui.

— Tu viens ? demande-t-il à Somer, de manière peut-être un peu trop insistante.

— Vous savez quoi ? dit Saumarez en se tournant vers Somer. Pourquoi ne pas m'accompagner, et nous ferons un arrêt chez moi ? C'est sur votre chemin, de toute façon. Vous pourriez vous nettoyer un peu.

Somer lance un coup d'œil à Gislingham.

— D'accord avec ça, sergent ? Pour être honnête, je doute que tu aies envie de faire la route avec moi avec cette odeur épouvantable jusqu'à Oxford.

— OK, dit Gislingham avec réticence.

Il ne saute pas de joie à l'idée de cet arrêt chez Saumarez, mais il a déjà des haut-le-cœur à un mètre de Somer.

— Je vous suis. Tant que ça ne prend pas trop de temps. Nous en avons déjà assez perdu aujourd'hui.

Contrairement à l'extérieur, l'intérieur de la Land Rover de Saumarez est impeccable. Ce qui, de l'expérience de Somer, doit être une première. Pas juste pour les officiers masculins, mais les hommes en général. Même Fawley a des cochonneries dans sa voiture. Dix minutes après avoir quitté la plage, ils ralentissent et tournent sur ce qui ressemble à un chemin de ferme. Des arbres bas, un champ labouré, des clôtures de barbelés. Aucun signe d'habitation.

— C'est pourquoi j'ai cette voiture, dit Saumarez, tandis qu'ils cahotent dans une ornière. Il vous faut un 4x4 pour circuler ici l'hiver.

C'est une allée escarpée non goudronnée durant les cent premiers mètres, et soudain les arbres s'ouvrent, et Somer aperçoit un espace couvert de gravier et une rangée de maisons blanches, de plain-pied. Une pente boisée qui descend vers l'eau d'un côté ; de l'autre, la centrale électrique : d'imposants blocs de béton surplombés par une énorme cheminée. Et, au-delà de tout ça, au loin, la raffinerie de pétrole, aussi vaste qu'une petite ville. Des cheminées métalliques hérissées de lumières et de portiques. Une constellation de réservoirs de gaz blancs et bas tel un damier. Des panaches de fumée sur fond de ciel indigo.

Saumarez sort et vient la rejoindre.

— Qu'en pensez-vous ?

— Je n'arrive pas à décider si c'est beau ou obscène.

Il s'esclaffe.

— Moi non plus. C'est l'une des raisons pour lesquelles j'habite ici. Ça m'empêche d'être complaisant. Et, évidemment, ce n'est pas cher. La plupart des gens ne considèrent pas vraiment ça comme une vue.

Lorsqu'il ouvre la porte d'entrée et baisse la tête pour pénétrer à l'intérieur, elle prend conscience que ce qui semblait être trois ou quatre maisons n'en est en réalité qu'une seule. Quelqu'un – Saumarez ? – les a retapées et a abattu les cloisons pour en faire une maison spacieuse. Des cheminées en pierre, des bûches empilées, des sols dénudés, des murs lambrissés. Du blanc et des nuances de gris. Des rayures pâles. Des miroirs à armatures en bois flotté.

— J'aime bien, dit-elle, soudain consciente de son état de saleté.

Saumarez allume la lumière.

— La salle de bains est tout au fond, dit-il en lui désignant un couloir. Si vous voulez prendre une douche, il y a des serviettes, et je peux vous trouver quelque chose à enfiler.

Tout cela est un peu cliché – combien de comédies romantiques a-t-elle vues comportant une scène de ce genre ? –, mais, dix minutes plus tard, elle ouvre la porte de la salle de bains avec précaution pour trouver un tee-shirt sur le seuil. Pas l'un de ceux de Saumarez, c'est certain. Elle fait ce qu'elle peut avec ses cheveux et ressort timidement. Par l'une des fenêtres, elle voit Gislingham debout devant sa voiture en train de parler au téléphone. Probablement pour raconter à Fawley quelle connerie elle a faite de les lancer dans un aller-retour de deux cents kilomètres pour rien.

— Terminé ? demande Saumarez depuis l'autre bout de la pièce.

— Merci pour le tee-shirt.

— Pas à moi, comme vous l'aviez sans doute deviné.

— Merci à votre amie, alors.

Il sourit.

— Ma fille. Ma fille aînée, pour être exact. Olivia n'a que dix ans. Mais Claudia est presque aussi grande que vous. Du moins l'était-elle la dernière fois que je l'ai vue.

— Jolis prénoms.

Il esquisse un sourire sardonique.

— Choix de ma femme. Elle disait que je les aurais appelées Fille A et Fille B si elle m'avait laissé faire.

— Est-ce qu'elles habitent loin d'ici ? demande-t-elle, s'interrogeant sur cette « dernière fois ».

— Vancouver, c'est assez loin pour vous ?

Il y a quelque chose de mélancolique dans son expression à présent, et elle se mord la lèvre.

— Désolée... Je ne voulais pas...

— Ce n'est pas un problème. Pas pour moi, en tout cas. Elles me manquent, mais c'est une opportunité fabuleuse. J'ai grandi sur une île de quinze kilomètres de long. Je veux de plus vastes horizons pour mes filles.

Il voit les yeux de Somer vagabonder vers la fenêtre et sourit.

— Tout le monde fait ça – supposer que je parle de l'île de Wight –, mais, en réalité, c'était Guernesey. Beaucoup plus petite et bien plus loin.

— À quelle fréquence pouvez-vous voir vos filles ?

Il hausse les épaules.

— Nous faisons un Skype toutes les semaines, et je deviens un papa héroïque une fois par an quand elles viennent me rendre visite. Ça fonctionne. OK, ce n'est pas exactement ce que j'avais en tête quand elles sont nées, mais ça fonctionne.

On frappe alors à la porte, et Saumarez ouvre à Gislingham, qui regarde très ostensiblement sa montre.

— Est-ce qu'on peut y aller, maintenant ?

Son regard s'attarde sur son tee-shirt. Il y est écrit « Beyoncé » en sequins roses et bleus. Somer rougit.

— L'inspecteur en chef a eu la gentillesse de me prêter ceci.

— C'est à l'une de mes filles, précise aimablement Saumarez.

Ce qui rend aussitôt Gislingham suspicieux. Car, comme il l'a relevé il y a plus d'une heure, l'inspecteur en chef ne porte pas d'alliance.

S'ensuit un silence qui menace de devenir embarrassant, puis Saumarez se racle la gorge.

— Si je peux être utile à quoi que ce soit d'autre, vous savez où me trouver.

— Il se la raconte un peu, dit Gislingham tandis qu'ils marchent vers sa voiture.

Somer s'empourpre légèrement.

— Oh, je ne sais pas. Il me paraît cool.

Ça lui brûle la langue de demander à Somer ce que Fawley penserait du fait qu'elle copine avec un autre inspecteur en chef, mais il se retient juste à temps. Après tout, il ne sait pas vraiment s'il se passe quelque chose entre elle et le chef. Et ce qu'elle fait de sa vie privée ne concerne qu'elle. Évidemment. Mais tout de même, impossible de faire abstraction du fait qu'il a la haine, qu'il a la haine d'avoir la haine, et encore plus la haine de savoir qu'elle sait qu'il a la haine, et qu'elle pense sans doute que c'est parce qu'elle les a lancés sur cette foutue fausse piste.

Le trajet retour se déroule dans un parfait silence.

* * *

Entretien téléphonique avec Stacey Gunn
9 janvier 2018, 9 h 11
Interlocuteur : inspecteur E. Somer

SG : Allô ? Qui est-ce ?

ES : Je suis l'inspecteur Erica Somer. Le standard m'a transféré la communication – je fais partie de l'équipe qui enquête sur l'incendie de Southey Road.

SG : Bien. J'ai vu l'appel que vous avez lancé aux infos locales. C'est pourquoi je vous contacte.

ES : Connaissiez-vous les Esmond, madame Gunn ?

SG : Juste elle, Samantha. On faisait du Pilates ensemble. Je n'ai jamais su où elle habitait, du coup je n'ai pas compris que c'était sa maison qui avait pris feu. Mais lui, je l'ai vu un jour – son mari. Il est venu la chercher après une séance. Je l'ai reconnu à la télé.

ES : Quand avez-vous vu Mme Esmond pour la dernière fois ?

SG : Elle n'est pas beaucoup venue récemment. Au cours, je veux dire. Elle a arrêté quand elle est tombée enceinte et n'est pas vraiment revenue depuis.

ES : Vous ne l'avez donc pas vue depuis plus de trois ans ?

SG : Désolée, je n'ai pas été très claire. Je l'ai vue chez le médecin, celui pas loin de Woodstock Road. Ça doit faire environ deux mois. Elle avait les deux enfants avec elle. Mais, pour être honnête, j'ai failli ne pas la reconnaître. Elle avait une sale tête. Les cheveux gras, pas de maquillage. Elle était toujours si élégamment vêtue avant. Même pour un cours de Pilates. Je pense que son mari aimait qu'elle présente bien.

ES : Qu'est-ce qui vous fait dire ça ?

SG : Ce jour où il est venu – il l'a aidée à enfiler son manteau, et puis il a reculé pour la regarder et lui a calé une mèche de cheveux derrière l'oreille. Franchement, c'était un peu dérangeant.

ES : Est-ce qu'elle vous parlait de son mari ?

SG : Pas vraiment. Rien de plus que les trucs habituels. Mais, en y repensant maintenant, c'était comme si elle faisait vraiment attention à ce qu'elle racontait sur lui. En veillant à ne jamais rien dire de déplacé.

ES : Je vois. Vous dites avoir vu Mme Esmond chez le médecin. A-t-elle précisé pourquoi elle était là ?

SG : Eh bien, je sais que ce n'était pas pour les enfants. Quand elle est entrée, c'est son nom qu'on a appelé. Mais, si vous voulez mon avis, c'était assez évident.

ES : Oui ?

SG : Dépression post-partum. J'ai une cousine qui a eu la même chose. Elle avait exactement cette tête-là. Comme si la lumière s'était éteinte dans ses yeux.

* * *

Somer repose le combiné et reste assise un instant sans bouger. Puis elle se lève rapidement et quitte la pièce. Cinq minutes plus tard, Everett pousse la porte des toilettes des dames et la trouve immobile, les yeux rivés sur le miroir.

— Ça va ?

Somer soupire.

— Est-ce que c'était si évident ?

Everett sourit sèchement.

— Probablement pas pour la plupart des mecs. Mais si tu te tracasses toujours pour l'histoire de Calshot, alors, sérieusement, arrête. C'était bien vu. Imagine ce qui serait arrivé s'il s'était réellement trouvé là et que nous n'avions pas pris la peine de vérifier…

— Ce n'est pas ça, s'empresse de dire Somer. Je viens de parler à l'une des amies de Samantha Esmond. Ou ce que je soupçonne d'être ce qu'elle avait de plus proche d'une « amie ».

Everett la rejoint et s'appuie contre le lavabo.

— Tu as raison. Je n'y avais pas pensé avant, mais aucune autre de ses connaissances ne s'est manifestée, si ?

— J'ai l'impression que son mari n'approuve pas beaucoup les amitiés.

— Alors ? Qu'a dit cette femme ?

Somer se tourne face à elle.

— Elle l'a vue chez le médecin. Samantha n'a pas dit pourquoi elle était là, mais son amie pense qu'il aurait pu s'agir de dépression postnatale. Elle a reconnu les signes – elle connaissait quelqu'un qui était passé par là.

Les deux femmes gardent le silence un instant. Somer s'est retournée, mais Everett ne la quitte pas des yeux. Soudain, quelques observations passagères qu'elle a faites sur Somer depuis qu'elles sont devenues amies lui reviennent à l'esprit, et elle comprend.

— Toi aussi. N'est-ce pas ? Tu connais quelqu'un, je veux dire.

Somer relève furtivement les yeux.

— Ma sœur. Elle a trois ans de plus que moi.

— Qu'est-ce qui s'est passé ? demande doucement Everett.

Somer soupire.

— C'était affreux, putain. Kath était toujours l'une de ces personnes que tu as du mal à suivre. Ravissante, pour commencer...

Ce qui pourrait aussi expliquer des choses chez Somer, pense Everett. Pour quelqu'un d'aussi attirant, Somer n'a jamais semblé obsédée par son apparence. Mais si sa sœur est canon, peut-être que ceci explique cela.

— Kath était toujours en tête à l'école – elle a décroché un super diplôme, un boulot dans un grand cabinet d'avocats, s'est mariée avec un type qui l'adorait. Et puis elle est arrivée à trente ans et a décidé que si elle devait avoir un bébé, elle ferait mieux de s'y mettre. Elle avait tous ces projets – elle embaucherait une fille au pair, retournerait travailler, elle aurait tout. Et le bébé était magnifique, la plus adorable petite fille que tu aies jamais vue. Mais Kath pouvait à peine supporter de la regarder.

Everett tend le bras et touche légèrement Somer sur l'épaule. Elle sait tout ce qu'elle tait : combien cela a dû être difficile.

— Quel âge a le bébé à présent ?

— Dix-huit mois. Et il lui a fallu pratiquement tout ce temps pour redevenir péniblement celle qu'elle était. Mais elle n'a toujours pas repris son travail. On a été obligé de lui accorder un congé maladie de longue durée. La plupart des gens n'ont aucune idée du temps que peut durer une DPN.

Everett fait une moue.

— Ça a dû être vraiment dur. Surtout pour son mari.

— Stuart ? C'est un putain de héros. Je n'ose pas imaginer comment elle aurait surmonté ça sans un compagnon comme lui.

Elles sont toutes deux silencieuses à présent, mais pensent la même chose : quel genre de compagnon avait Samantha Esmond ?

La porte s'ouvre de nouveau, et l'une des policières en uniforme entre. Elle échange un hochement de tête avec Somer.

— OK, dit Everett plus froidement tandis que la porte de la cabine se ferme. Et maintenant ?

— Je vais parler à son généraliste à la première heure demain, dit Somer. Pour voir ce qu'il peut nous dire.

— C'est un peu étrange, non, que les parents de Samantha n'aient rien dit à ce sujet ?

Somer secoue la tête.

— Il s'est écoulé des mois avant que Stu en parle à mes parents. Parfois, partager une préoccupation rend juste les choses deux fois pires – en particulier si les gens vivent loin et ne peuvent rien faire de concret pour aider.

Il y a ici toute une contrée de douleur sur laquelle Everett est trop avisée pour s'aventurer sans autorisation.

Du moins pas maintenant.

Je suis en voiture quand le téléphone sonne. Je fais la queue pour passer le périphérique. Peu importe le chemin par lequel vous essayez d'entrer dans cette ville le matin aux heures de pointe (et, croyez-moi, je les ai tous essayés), vous finissez toujours par faire la queue. Je ne suis pas de la meilleure des humeurs, et j'hésite à décrocher ce foutu téléphone. Jusqu'à ce que je voie de qui il s'agit.

— Alex ? C'est fantastique d'avoir de tes nouvelles. Comment vas-tu ? Comment va ta sœur ?

Tu en fais trop, Fawley, tu en fais trop.

S'ensuit une pause. Ce n'est pas bon.

— Alex ?

— Qui est-ce, Adam ?

Je ne sais pas vraiment ce qui glace le plus mon cœur : la question ou le ton sur lequel elle la pose.

— Qui est qui ? Désolé, je ne te suis pas.

— Oh, ne me fais pas ce numéro. Tu es un déplorable menteur, tu l'as toujours été.

— Sérieusement, je ne vois pas du tout de quoi tu parles.

Je l'entends prendre son souffle. Un souffle saccadé, furieux.

— Je suis passée à la maison ce matin récupérer mon courrier…

— Tu aurais dû me prévenir – je t'aurais attendue. Pourquoi tu ne m'as rien dit ?

— … et, en partant, j'ai croisé Mme Barrett.

Qui vit en face de chez nous et se révèle être une bonne vieille fouineuse avec bien trop de temps à tuer. C'est de mauvais augure.

— Elle m'a dit qu'elle t'avait vu – avec *elle*.

— Qui ? Écoute, Alex, je ne te raconte pas de conneries, je ne vois pas de quoi tu parles. Sérieux. Ni pourquoi tu croirais la voisine plutôt que moi…

— Parce qu'elle n'a aucune raison de mentir !

À mon tour de prendre mon souffle. Nous devons calmer le jeu. Dépassionner tout ça.

— Alex, je te jure. Je ne vois pas de quoi tu veux parler. Quant à voir une autre femme… Tu crois vraiment que j'ai le temps pour ça ?

Mais je sais avant même que les mots franchissent mes lèvres que ce n'était pas la réplique attendue.

— S'il te plaît, ne raccroche pas. Nous ne nous sommes pas parlé depuis des semaines, et maintenant ça ? Je te jure que je ne vois personne d'autre. Je t'aime, je veux que tu rentres à la maison. De quelle autre manière dois-je te le dire ? Que puis-je faire pour que tu me croies ? (Silence.) Écoute, je sais que nous avons des problèmes. Je sais que tu veux adopter, et j'aimerais de tout mon cœur en avoir autant envie que toi, mais ce n'est pas le cas. Et je ne peux pas nous laisser fonder une famille sur une telle ligne de faille. Ce n'est pas juste envers toi, et ce n'est pas juste – par-dessus tout – envers n'importe quel enfant que nous pourrions accueillir.

Je n'ai pas besoin de dire ça. Je l'ai déjà expliqué, et elle l'a entendu, un nombre incalculable de fois. En novembre dernier, elle m'a fait écouter une série radiophonique où il était question de trouver des parents adoptifs pour un frère et une sœur de deux et trois ans. La famille d'accueil, l'assistante sociale consciencieuse et zélée, les jeunes parents qui étaient à la fois enchantés d'offrir un foyer à ces tout petits enfants qu'ils n'avaient jamais rencontrés et effrayés par le risque de ne pas les apprécier, et l'épisode final, enregistré des mois plus tard, où ils s'étaient tous les quatre transformés en une famille, avec le même amour, le même désordre et les mêmes problèmes que toutes les familles du monde. Je savais pourquoi Alex voulait que j'écoute ça – évidemment. Elle voulait me prouver que tout le monde n'a pas le même ressenti que moi à l'égard de l'adoption. Qu'il est possible de trouver sa place, l'amour et l'acceptation. La preuve était là, dans cet épisode : tous les gens qui ont écrit parce qu'ils étaient touchés ou émus, et ceux qui s'étaient sentis confortés dans leur propre décision d'adopter eux-mêmes, quels que soient les défis qui les attendaient. Mais alors, à la fin, une femme dans la cinquantaine a décrit l'adoption comme une condamnation à perpétuité, décrit la culpabilité de se sentir toujours différente, « comme une espèce d'effroyable coucou », la sensation de déconnexion et la douleur qui ne fait que s'accentuer avec l'âge. Alex est restée là, pétrifiée sur place. Incapable de la regarder, j'ai marché vers la fenêtre et j'ai baissé les yeux sur le jardin plongé dans l'obscurité. Trois jours plus tard, elle m'a annoncé qu'elle partait.

Et maintenant, c'est le silence au bout du fil.

— Alex…

— C'était dimanche, dit-elle d'une voix glaciale. Mme Barrett sortait les poubelles et elle a vu une femme quitter la maison. Elle a dit que vous aviez l'air très proches, tous les deux. (Sa voix est amère à présent.) Blonde, la vingtaine. Très séduisante, ajoute-t-elle. Apparemment.

Et maintenant, je sais. À la fois qui c'était et pourquoi cela fait autant de peine à Alex. Elle pense que j'essaie de la remplacer. Avec quelqu'un d'assez jeune pour me donner un enfant.

— C'était Somer. Erica Somer. Elle fait partie de l'équipe. Tu le sais.

Mais Alex ne l'a jamais rencontrée. Elle n'était pas à mon pot d'anniversaire.

— Mme Barrett n'a pas parlé d'uniforme.

— C'est parce que Somer est à la criminelle, maintenant. Je te l'ai dit.

— Alors qu'est-ce qu'elle faisait là ? Chez nous ? Un dimanche ? Et à 22 heures ?

Mais je perçois une hésitation, à présent. Elle veut me croire. Ou du moins c'est ce que j'ai envie de penser.

— Elle voulait vérifier quelque chose avec moi. Et la maison était dans un sale état, alors elle a proposé de m'aider à ranger un peu. Rien de plus. Vraiment.

Nouveau silence.

— Ça paraissait effectivement plus rangé que je ne m'y attendais, finit-elle par dire. Ce matin.

— Je ne peux pas m'attribuer ce mérite. J'allais le faire, bien entendu, mais maintenant, tu m'as démasqué. Et, comme tu le dis, je suis un déplorable menteur.

J'essaie de glisser un peu d'humour dans ma voix. D'y entraîner Alex.

Devant moi, la circulation se fluidifie tout à coup, et la voiture derrière moi klaxonne.

— Écoute, pourquoi tu ne passes pas à la maison un peu plus tard ? Je peux prendre un plat à emporter. Une bouteille de vin. Nous pourrons parler tranquillement.

Elle soupire.

— Je ne sais pas, Adam.

— Mais tu me crois, au moins, au sujet de Somer ?

Son ton est morose, malheureux :

— Oui, je te crois. Mais je ne suis pas prête à rentrer chez nous. Pas encore. Je suis désolée.

Et la ligne se coupe.

La salle d'attente est pleine et résonne de toux irritées, de reniflements. Les germes de janvier. Le cabinet est une maison convertie, en retrait de Woodstock Road. L'une de ces demeures mitoyennes victoriennes qui paraissent assez étroites depuis la rue, mais tout en profondeur. La salle d'attente est à l'arrière et donne sur un jardin probablement assez agréable l'été, mais noyé de feuilles mortes pourrissantes jusqu'à hauteur de cheville. Le gros arbre au fond est entouré d'aiguilles défraîchies couleur rouille sur cinq centimètres d'épaisseur. Quel est l'intérêt d'un conifère, se dit Somer, si vous devez quand même balayer toute cette merde ?

Bien qu'elle arrive avant le début des consultations, elle doit attendre une demi-heure que le docteur Miller se libère. Celle-ci est visiblement exténuée. Elle a des cheveux gris ardoise coupés en un carré sévère, et une paire de lunettes perchées au sommet de sa tête. Somer est prête à parier qu'elle oublie où elle les a mises au moins deux fois par jour.

— Désolée, officier, dit-elle en déplaçant distraitement des objets sur le bureau. La semaine qui suit les vacances ressemble toujours un peu à ça. Que puis-je faire pour vous ?

— C'est à propos de Samantha Esmond.

Ses mains cessent de s'agiter.

— Ah, oui. C'était vraiment épouvantable.

La tristesse qui se lit dans ses yeux vert pâle est sincère.

— Nous avons parlé à l'une des amies de Samantha, qui pense qu'elle souffrait peut-être de dépression postnatale. Est-ce que vous confirmez ?

Le médecin commence à tapoter son stylo-bille sur le bureau.

— Il s'agit là, bien entendu, de renseignements médicaux confidentiels. Je suppose que vous avez obtenu l'autorisation adéquate ?

— Je peux vous assurer que les documents sont complètement en règle. J'ai une copie, si vous souhaitez la voir.

Elle ne s'attend pas à ce que le médecin la prenne au mot, mais la femme tend la main. Somer plonge la sienne dans son sac pour prendre le papier. Miller baisse ses lunettes, accrochant ses cheveux au passage. Elle lit le document à deux reprises, le pose sur le bureau et ôte ses lunettes.

— Oui, dit-elle avec un soupir. Samantha faisait bien une DPN. Et ce n'était pas la première fois. Elle avait eu les mêmes problèmes après la naissance de Matty, quoique, d'après ce que j'ai pu déduire de ses notes, ce se soit révélé bien pire avec Zachary. Et beaucoup plus long.

— Comment cela se manifestait-il ?

— Les symptômes habituels. L'apathie, le sentiment d'être inadaptée, les crises de larmes, les troubles du sommeil.

— Était-elle sous traitement ?

— Oui. Je l'ai mise récemment sous témazépam pour l'aider à dormir, et elle prenait aussi de la sertraline pour l'anxiété.

— Vous estimiez donc que c'était assez sérieux pour recourir aux antidépresseurs ?

Le docteur Miller la regarde.

— Oui, hélas. Nous avons essayé diverses solutions de substitution avant de décider que celle-ci était la plus appropriée dans son cas.

Somer hésite, mais la question doit être posée.

— Avez-vous jamais pensé qu'elle pourrait se faire du mal ? Ou au bébé ?

Le docteur Miller s'adosse à son siège.

— Pour être tout à fait honnête, nous commencions à nous inquiéter pour Zachary, mais pas pour cette raison. Il avait des maux de ventre fréquents. Nous essayions de tirer ça au clair.

— Je vois…

— Mais rien ne suggérait qu'il était maltraité, si c'est ce que vous pensez. Quant à Samantha, elle était juste… eh bien, dépassée par les événements. Elle devait aussi s'occuper de Matty, ça faisait trop pour elle.

— Elle avait son mari pour l'aider, non ?

— Michael ? Il était exemplaire. Il se démenait pour lui simplifier la vie. Les courses, la lessive, le ménage, amener Matty à l'école. La totale. Il était d'un soutien extraordinaire.

Ou d'un extraordinaire ascendant, se dit Somer.

— Je ne sais pas comment il parvenait à tout faire avec le poste qu'il occupait, déclare le médecin, un peu sèchement – peut-être a-t-elle perçu le scepticisme de Somer. La plupart des gens se seraient avoués vaincus. Moi la première…

— Montrait-il des signes indiquant qu'il était stressé ?

Le docteur Miller plisse les yeux.

— Le professeur Esmond ne prenait pas de médicaments pour le stress, la dépression ni aucune autre condition similaire. Quant à Matty, c'était un enfant assez nerveux, mais choyé et aimé. Que voulez-vous que je vous dise d'autre ?

Voilà qui est nouveau.

— Vous dites que Matty était nerveux. Comment cela se manifestait-il ?

Miller recommence à tapoter son stylo.

— Il était un peu agité, prenait les choses un peu trop à cœur. Impressionnable et, j'imagine, facilement intimidé.

— Intimidé ? Vous voulez dire qu'il se faisait harceler ?

Elle secoue la tête.

— Non. Je suis pratiquement certaine que ce n'était pas le cas. L'infirmière de l'école m'a contactée l'année dernière, et je suis sûre qu'elle l'aurait évoqué si cela avait été le cas.

— Alors, si ce n'était pas ça, pourquoi voulait-elle vous parler ?

Miller soupire de nouveau.

— Matty était inquiet pour sa mère. Il a dit à son institutrice qu'elle voyait des fantômes.

Gislingham est en route pour le poste quand son téléphone sonne. Un coup d'œil à l'écran, et il sait qu'il doit prendre l'appel. Il se gare et saisit l'appareil.

— Inspecteur en chef Gislingham.

— Chris ? C'est Paul Rigby. Je suis à Southey Road. Où êtes-vous ?

— En voiture. Mais je peux être là dans vingt minutes.

— Bien. Parce que, à mon avis, vous voudrez voir ça aussi vite que possible.

13 juin 2017, 14 h 13
205 jours avant l'incendie
23 Southey Road, Oxford

Lorsque Sam revient du parc avec les garçons, Michael est dans le jardin. Après la grisaille initiale, le soleil est apparu, et il est maintenant si chaud qu'elle a dû écourter leur sortie. Elle leur sert un jus de fruits dans la cuisine, et c'est seulement lorsqu'elle va à l'évier pour rincer les verres qu'elle s'aperçoit que son mari n'est pas seul. Il est accompagné d'un jeune homme qu'elle n'a jamais vu auparavant. Il est grand et beau, en bermuda et mocassins. Même à cette distance, il paraît bien dans sa peau. Intriguée, elle encourage les garçons à aller dehors et les suit sur la pelouse.

— Je suis Harry, dit-il en tendant la main alors qu'elle s'approche.

Elle a vu ce sourire à de multiples reprises dans cette ville. Le genre de sourire qui découle d'une haute idée de vos valeurs et de votre place dans le monde.

— Harry a répondu à l'annonce, dit son mari. Celle que j'ai mise chez le buraliste pour trouver quelqu'un qui s'occuperait du jardin.

— Tu ne m'as jamais dit que tu avais fait ça, dit Sam, incrédule.

Son mari n'a jamais accroché de sa vie une carte sur un panneau d'affichage en magasin. Il dit toujours qu'on ne sait jamais sur qui on risque de tomber.

— M. Esmond espérait que je pourrais tondre la pelouse avant votre retour, intervient Harry. Pour vous faire la surprise. Mais la tondeuse est tombée en panne d'essence.

— Je t'avais pourtant dit que nous devrions conserver un bidon de secours, dit Sam en gardant un ton léger.

Elle ne veut pas laisser croire à Michael qu'elle le critique. Surtout pas devant une tierce personne.

— Alors comme ça, vous êtes étudiant, Harry ? dit-elle en se tournant vers lui.

Il acquiesce.

— Seulement en premier cycle, d'où le besoin d'argent, répond-il avec une expression chagrinée.

À présent, Matty s'est furtivement approché des adultes. Il a son ballon sous le bras et commence à tirer son père par la manche.

— Papaaa.

Michael se tourne vers lui.

— Je suis occupé, Matty. Nous discutons.

— Tu aimes le foot, Matt ? demande Harry.

Sam voit son époux réprimer une grimace. Personne n'appelle leur fils Matt. Ils se sont donné beaucoup de mal pour s'en assurer.

Harry tend le bras pour prendre le ballon, s'éloigne de quelques pas et commence à faire des figures. Le faire rebondir sur le genou, le rattraper sur les omoplates. Matty est dans tous ses états.

— Est-ce que tu peux m'apprendre à faire ça ? demande-t-il, le souffle presque coupé.

Harry ramasse le ballon.

— Bien sûr, dit-il. Pourquoi pas maintenant ?

Sam voit son mari ouvrir la bouche pour dire « non », mais Matty sautille déjà, agitant la main vers lui et couinant :

— Je peux, papa ? Je peux ?

Zachary se précipite vers eux et se met à crier :

— Moi aussi ! Moi aussi !

Sam se tourne vers Harry.

— Vous êtes certain d'être prêt pour ça ?

Ce sourire une fois encore.

— Bien sûr. Pas de problème. Je n'avais rien d'autre de prévu. Et j'ai toujours rêvé d'avoir un frère.

Une heure plus tard, les garçons sont épuisés, et Michael s'est retiré dans son bureau. Dans la cuisine, Sam sert une bière à Harry.

— Bel endroit, dit-il en déambulant dans le salon pour regarder autour de lui les meubles, l'horloge du grand-père, le piano avec ses photos encadrées.

— C'est la maison de la famille de Michael, dit-elle en se demandant pourquoi elle a l'impression de devoir s'excuser. Rien n'a vraiment été changé ici depuis que sa grand-mère est morte.

Harry lève le couvercle du piano et joue quelques notes, puis fait la moue.

— Il a besoin d'être accordé.

Elle soupire.

— Je sais. Nous remettons toujours ça à plus tard, mais vous savez ce que c'est. Cependant, Matty a envie d'apprendre.

Harry relève les yeux.

— Vraiment ? Vous devriez l'y encourager. C'est l'âge idéal pour s'y mettre.

Il referme le couvercle et prend une photo de Matty en train de jouer dans un bac à sable avec son oncle. Il devait avoir environ quatre ans, un sourire jusqu'aux oreilles. Sam s'aperçoit soudain avec une boule dans la gorge qu'il ne sourit quasiment plus jamais ainsi. Enfin, jusqu'à cet après-midi.

— Donc c'est sûr, vous reviendrez ? dit-elle rapidement. Pour le jardin ?

La primaire de Bishop Christopher's Church of England garde un air las d'après-Noël. Les poubelles débordantes de décorations recyclées n'aident pas, et il reste des bouts de guirlandes scotchés à certaines fenêtres. Somer et Everett sortent de la voiture. Somer n'est jamais venue ici, contrairement à sa collègue. C'est pourquoi elle lui a demandé de l'accompagner.

— Est-ce que ça a beaucoup changé ?

Everett secoue la tête.

— Non. Je suppose que certains gamins seront différents, maintenant, mais l'endroit est exactement pareil.

Exactement pareil qu'au moment où Daisy Mason a disparu et qu'Everett et Gislingham sont venus ici interroger ses enseignants et camarades de classe. Et maintenant, l'école a perdu un autre enfant, et les interrogatoires vont recommencer.

Everett passe devant pour entrer ; c'est un dédale de couloirs, mais elle sait précisément où elle va. Et elles sont clairement attendues. Alison Stevens patiente nerveusement dans le hall d'accueil devant le bureau de la directrice.

— Inspecteur Everett, dit-elle en allant vers elles la main tendue. Quel plaisir de vous revoir, malgré ces circonstances tragiques.

— Voici ma collègue, l'inspecteur Somer.

Somer lui serre la main en relevant combien cette femme a la peau froide et le sourire inquiet.

— Je vous en prie, entrez. J'ai aussi invité l'institutrice de Matty à se joindre à nous.

Everett ne reconnaît pas la femme qui attend à l'intérieur. Elle porte de grosses lunettes rondes, une robe à fleurs très voyante et un épais gilet, avec des chaussures plates peu flatteuses. L'ensemble détonne à côté de l'élégante et discrète Stevens.

— Voici Emily West, dit Stevens. Elle nous a rejoints l'année dernière.

Elle n'a donc jamais connu Daisy Mason. Stevens ne le dit pas, nul besoin. Puis elle se tourne vers le bureau et se met à servir le thé pour dissimuler sa nervosité. Il y a une photo de sa fille à côté de l'ordinateur, ses cheveux dans des tresses au crochet élaborées. Elle doit avoir à peu près le même âge que Matty Esmond.

Everett et Somer s'asseyent. Emily West semble beaucoup plus détendue que la directrice.

— Vous vouliez des renseignements sur Matty ? demande-t-elle.

— J'ai vu son médecin ce matin, dit Somer. Elle dit que vous étiez inquiète à son sujet. Suffisamment pour que l'infirmière de l'école la contacte.

Somer a volontairement omis la partie sur le fantôme. Elle est intriguée de voir comment – et si – elles vont l'évoquer.

West sourit.

— Je sais que vous allez sûrement supposer que cela avait trait à du harcèlement, commence-t-elle, et Everett remarque l'angoisse traverser furtivement le visage de Stevens, bien qu'elle ne dise rien. Mais, honnêtement, ce n'était rien de ce genre. Il s'inquiétait pour sa mère.

Il disait qu'elle n'allait pas très bien. Il avait l'impression que quelqu'un lui avait « jeté un sort ». Mais voilà ce qui le perturbait vraiment : elle était convaincue qu'il y avait un fantôme dans la maison.

— A-t-il expliqué pourquoi elle pensait cela ?

West acquiesce.

— Apparemment, elle avait entendu des bruits.

— C'est tout ?

West secoue la tête.

— Non. Elle l'avait vu aussi.

Everett se penche en avant.

— Où, précisément ?

— Une fois dans le jardin, je crois. Et elle a cru l'entendre, le percevoir à l'intérieur de la maison.

Somer et Everett échangent un regard.

— Donc c'était définitivement un fantôme au masculin ?

West secoue de nouveau la tête.

— Non, pas forcément. Il semblerait qu'elle ne l'ait pas bien vu. J'ai compris qu'elle l'avait seulement aperçu du coin de l'œil.

— Était-elle la seule personne à l'avoir vu ?

West marque une pause.

— Ça, c'est une bonne question. Il est possible que Matty l'ait vu – ou ait pensé l'avoir vu. C'est difficile de se rappeler les termes exacts qu'il a employés, mais j'ai eu le sentiment qu'il pensait avoir vu quelque chose, lui aussi.

Soit, mais Somer se dit qu'il s'agit là d'un garçon décrit comme « impressionnable ». Si sa mère lui a dit qu'il y avait un fantôme, il est possible que son imagination se soit chargée du reste.

— Avez-vous parlé à l'un de ses parents de tout cela ? demande Everett.

West acquiesce.

— J'ai abordé le sujet avec le professeur Esmond un matin, répond-elle en jetant un coup d'œil à Stevens. Nous voulions que les deux parents de Matty viennent pour un véritable rendez-vous, mais il a dit qu'il était très occupé et que Samantha était souffrante. Il a expliqué qu'elle était sous traitement et que, parfois, ça l'abrutissait un peu, mais que tout était sous contrôle et que nous n'avions pas à nous inquiéter. Mais il a promis de parler à Matty. Il s'est montré légèrement sec avec moi, pour être honnête, mais c'est un universitaire, après tout. Je suppose que les histoires de fantômes et de monstres ne sont pas sa tasse de thé.

Pas pour un anthropologiste, assurément, pense Somer. Il aurait compris ce que des « histoires » de ce genre peuvent signifier.

— Il n'avait lui-même rien vu d'étrange ?

West répond prestement.

— Non, absolument pas. À l'évidence, il n'était pas au courant de toute cette affaire. En fait, je pense que c'est l'une des raisons pour lesquelles il était contrarié – que nous sachions quelque chose sur sa famille qu'il ignorait.

Everett sort son carnet de notes.

— Et quand a eu lieu cette conversation ?

— Au dernier trimestre d'été, je pense. Oui, je suis sûre que c'était à cette période-là.

— Et comment allait Matty quand il est retourné à l'école en automne ?

— En vérité, interrompt la directrice, il paraissait beaucoup plus heureux. Il avait eu du mal à se faire des amis avant, mais il semblait bien plus confiant.

— Y avait-il une raison particulière à cela ? demande Somer en regardant les deux femmes à tour de rôle.

— Non, répond West. Mais, de temps en temps, la situation se débloque toute seule. Surtout avec les garçons. Ils peuvent grandir par à-coups.

— Ou pas du tout, si l'on en juge par nos collègues, marmonne Everett, ce qui suscite un sourire ironique chez Stevens.

Somer prend une profonde inspiration : lorsque le vin est tiré, etc.

— Et Matty s'entendait bien avec son père ?

Elle garde une voix légère – elle ne veut pas influencer la réponse.

West sourit.

— Il était évident que le professeur Esmond était assez sévère, mais Matty l'idolâtrait, ça sautait aux yeux. Il parlait sans cesse de lui. Combien il était intelligent, à quel point son travail était important… L'année dernière, il était le seul enfant de la classe avec un père universitaire.

— « Le travail de mon papa est plus important que celui de ton papa », dit Everett.

West sourit.

— Quelque chose dans ce genre. Vous savez comme les enfants peuvent avoir l'esprit de compétition.

Il y a un élément qui ne colle pas, se dit Somer. *Mais je n'arrive pas à mettre le doigt dessus.*

— Donc il n'y avait rien à votre connaissance qui ait pu le perturber à la fin du trimestre de Noël ? poursuit-elle calmement. Pas de problèmes à la maison ?

West a le regard vide.

— Non, rien. Il était juste excité à l'approche des vacances. Comme l'étaient tous les enfants. Je suis désolée. Je ne vois pas ce que je peux dire de plus.

Everett et Somer se mettent debout. Personne n'a touché au thé.

Rigby attend au bout de l'allée à Southey Road lorsque Gislingham se gare. Il porte une combinaison noire et un casque de protection, et il a un masque accroché autour du cou.

— Nous l'avons trouvé il y a seulement une heure, dit-il tandis qu'ils montent vers la maison, passant devant l'équipe de trois personnes à quatre pattes en train de trier le crassier de gravats.

— Mais, pour être honnête, poursuit-il, nous avions d'autres priorités.

Ils font halte devant le garage. Il est à quelques mètres de la maison, alors à part les marques de suie et le cloquage des peintures, il est presque intact.

Il y a un cadenas qui pend de la poignée de la porte, mais, comme le voit aussitôt Gis, il n'a pas été correctement fermé.

— Et, avant que vous ne demandiez, dit Rigby en poussant la porte, c'était déjà dans cet état quand je suis arrivé ici. Et je porte des gants. S'il y a des empreintes, elles seront inaltérées.

Il tend la main vers l'interrupteur à l'intérieur, et le tube au néon clignote puis s'allume dans un cliquetis. Il a peut-être été construit en tant que garage, mais il sert d'abri. Des poubelles à roulettes, deux vieilles pelles, des cartons de rebuts domestiques, une brouette, des vélos, une table de jardin avec des chaises, et un parasol, enveloppé d'une fourrure de toiles d'araignées.

— Il semblerait que ce qu'on dit est exact, dit Gislingham en regardant autour de lui, la merde se multiplie vraiment pour combler l'espace disponible.

Mais, tout en le disant, il sait que ce n'est pas pour ça qu'ils sont ici : poussée dans un coin se trouve une tondeuse. Une tondeuse à moteur.

— À en juger par les taches au sol, dit doucement Rigby, je pense qu'il y avait un bidon d'essence de secours pour cette tondeuse. Un bidon qui a mystérieusement disparu.

Le visage de Gislingham s'est rembruni.

— Mais je parie que je sais où nous allons le retrouver.

Ribgy acquiesce.

— Et ce n'est pas tout. Il y a autre chose.

Il commence à se frayer un chemin dans le bazar ambiant et fait signe à Gislingham de le suivre. Il y a une porte dans le mur du fond. Une porte qui donne accès à un genre d'espace complètement différent. Des murs pâles constellés de dessins d'enfants, des kilims aux couleurs vives sur du carrelage et des portes vitrées ouvrant sur le jardin.

— Nous ne nous sommes même pas aperçus que c'était là, dit Rigby. Ils ont des volets roulants sur ces portes, alors, à ce que nous pouvions voir, c'était juste l'arrière du garage. (Il regarde autour de lui.) Assez sympa, la tanière, hein ?

Gislingham étudie l'endroit. Le bureau, les classeurs à tiroirs, les étagères de manuels.

Ce n'est pas une tanière. C'est le bureau de Michael Esmond.

Lorsque Gis m'appelle de Southey Road, je devine à l'écho qu'il est en intérieur.

— Nous avons trouvé son PC et un chargeur d'ordinateur portable, quoique, à mon avis, il ait l'appareil avec lui. Et il y a une pile de paperasse. Pas une pile, en fait, une montagne.

Je prends une profonde inspiration.

— OK, rapportez l'ordi ici, et nous y jetterons un coup d'œil. Et je crains que nous ne soyons obligés d'éplucher cette foutue paperasse aussi.

— Bien, chef. Je m'en occupe.

Je me demande en passant à qui il va refourguer la corvée. Je parierais sur Quinn.

— Il y avait autre chose, chef. Nous avons enfin repéré la voiture de Jurjen Kuiper sur les caméras de surveillance cette nuit-là. Il était à la sortie Littlemore du périphérique à 00 h 10. Ce doit être juste après que l'incendie s'est déclenché, alors je ne vois vraiment pas comment il aurait pu en être l'auteur. Ça prendrait un quart d'heure de là-bas à Southey Road, même à cette heure de la nuit, et la voiture ne roulait pas vite.

J'ai toujours du mal à comprendre pourquoi Kuiper était dehors en voiture si tard dans des conditions aussi périlleuses, mais cela ressemble à une autre histoire dont nous n'aurons jamais le fin mot.

Everett et Somer arrivent juste à temps pour la réunion d'équipe à 16 h 30. Somer laisse Everett garer la voiture et traverse pour se rendre au poste. Il s'est remis à pleuvoir, et Everett a des difficultés à trouver une place. Lorsqu'elle coupe le moteur et lève les yeux, elle voit Somer parler à quelqu'un sur le seuil. Avec l'obscurité et l'averse, il lui faut encore quelques secondes avant de s'apercevoir de qui il s'agit.

Fawley.

Everett n'est pas fouineuse de nature. Elle ne s'intéresse pas aux cancans, vivre et laisser vivre, telle est sa devise. Mais elle ne peut s'empêcher de regarder. Somer et lui se tiennent tout près l'un de l'autre, mais il est impossible de savoir si c'est juste pour éviter la pluie. La lumière au-dessus d'eux porte des ombres nettes et profondes, et Fawley penche à présent la tête pour parler à Somer avec une intimité nouvelle. En général, il reste en retrait – garde ses distances, au propre comme au figuré. Mais pas cette fois.

Elle ouvre la portière et sort lentement de la voiture. Puis tend la main vers la banquette arrière pour prendre son parapluie, qu'elle ouvre le plus exagérément possible. Elle veut leur accorder toutes les chances de la voir arriver. Ce qui à l'évidence est le cas, car au moment où elle atteint la porte, Somer est seule.

— Qui était-ce ? demande Everett d'un ton désinvolte en secouant le parapluie.

— Oh, juste l'un des uniformes. Il voulait savoir où en était l'affaire.

Everett a le cœur plombé. Comme le sait tout policier un rien compétent, les gens ne prennent pas la peine de mentir s'ils n'ont rien à cacher.

* * *

Envoyé : Merc. 10/01/2018, 15 h 45
Importance : élevée
De : Colin.Boddie@ouh.nhs.uk
À : DIAdamFawley@ThamesValley.police.uk, CID@ThamesValley.police.uk, AlanChallowCSI@ThamesValley.police.uk

Objet : Analyses sanguines et toxicologiques : Affaire nº 556432/12 Felix House, 23 Southey Road

Je viens d'avoir les résultats toxicologiques sur les trois victimes. En résumé : aucune découverte indésirable concernant Matthew Esmond. Le sang de Zachary a montré un niveau relativement élevé d'acétaminophène (paracétamol), mais qui resterait cohérent avec une dose thérapeutique de Calpol.

Les analyses sanguines de Samantha Esmond révèlent la présence de desméthylsertraline (c'est-à-dire l'antidépresseur sertraline), à une concentration cohérente avec le traitement en cours. Cependant, il y avait aussi des niveaux très importants à la fois d'alcool (un taux de 0,10 %) et de benzodiazépine (c'est-à-dire témazepam). Pour lever toute ambiguïté, ce dernier n'était pas incompatible avec une dose thérapeutique, mais, combiné à de l'alcool, il aurait vite rendu somnolente une femme de sa corpulence. Il reste un examen en attente pour Samantha, que je vous transférerai dès que je l'aurai.

J'ai reçu les résultats sanguins de Zachary Esmond. Le niveau de monoxyde de carbone est considérablement plus bas que je ne m'y serais attendu. Par conséquent, je ne peux écarter la possibilité qu'il ait trouvé la mort avant que l'incendie soit en pleine activité. Puisqu'il n'y a aucun autre signe évident de blessure, la cause de décès la plus probable dans ce cas aurait été l'asphyxie.

* * *

Je dois reconnaître que je ne suis pas au meilleur de ma forme à la réunion d'équipe. L'appel d'Alex me distrait encore. J'ai essayé de la rappeler trois fois, aujourd'hui, et n'ai eu droit qu'à son répondeur. Ensuite j'ai arrêté, car je savais que ça me donnerait juste l'air désespéré. Même si je le suis. Même si une partie de moi a envie qu'elle sache que je le suis.

Alors si je perds le fil de la conversation deux ou trois fois, c'est pour ça. Ce n'est pas une excuse. Mais c'est une explication. Et je parviens à improviser uniquement parce qu'il y a si peu à discuter. Malgré l'appel à témoignage, les tweets, le porte-à-porte ingrat, malgré les centaines d'appels reçus et les heures de travail auxquelles je ne veux même pas songer, nous n'avons toujours aucune idée de l'endroit où se trouve Esmond. Je remarque qu'Everett me jette un ou deux coups d'œil, en particulier quand Somer fait le compte rendu des entretiens avec l'école et le médecin de famille.

—Alors, dit-elle, en résumant, nous savons maintenant que Samantha Esmond souffrait de dépression postnatale. Mais le médecin soutient qu'elle ne présentait aucun risque pour elle-même ni pour ses enfants.

Elle ne le dit pas explicitement, mais nous savons tous ce qu'elle insinue : si quiconque considérait Samantha comme une suspecte potentielle, pour Somer, vous pouvez oublier. Ce n'est pas elle qui a déclenché cet incendie.

—Est-ce que tu es sûre de ça ? demande Baxter en googlant sur son téléphone. On dit ici que les cas sévères peuvent mener à de la paranoïa et à des hallucinations, et, si ce n'est pas traité, jusqu'à quatre pour cent des mères commettront un infanticide.

À ces mots, un malaise s'installe dans la pièce. Ils se souviennent de ce que Boddie a dit : Zachary pourrait être mort avant même que l'incendie ait démarré. Et l'étouffement est l'un des moyens les plus communs dont les femmes tuent leurs enfants.

—Tu parles de psychose post-partum, là, réplique Somer avec une légère brusquerie. Pas de dépression postnatale. On n'a jamais diagnostiqué de PPP à Samantha.

—Malgré tout…, commence Baxter.

Mais elle ne le laisse pas finir.

— La psychose post-partum débute toujours dans les deux semaines suivant la naissance du bébé. Zachary avait *trois* ans. Le nombre de cas où la PPP survient sans prévenir aussi longtemps après la naissance est extrêmement faible.

Baxter regarde vers moi, puis Somer.

— Sa dépression postnatale aurait-elle pu laisser place à une psychose post-partum ? Est-ce que c'est possible ?

Elle secoue la tête.

— Non. Ça n'a rien à voir. Et l'une ne mène pas à l'autre.

— Donc si Samantha voyait réellement des choses, ce n'était pas dû à ça ?

— Non. J'imagine que les médicaments qu'elle prenait ont pu être un facteur. Mais, même si cela était vrai, voir des fantômes est une chose et tuer délibérément toute la famille en est une autre.

Il y a quelque chose dans son visage – la façon dont elle le dit – qui étouffe toute autre divergence d'opinion. J'aimerais juste en être aussi certain qu'elle.

25 juin 2017, 16 h 30
193 jours avant l'incendie
23 Southey Road, Oxford

Sam voit aussitôt qu'il se passe quelque chose.

— Je t'ai apporté une bière, dit-elle avec précaution en posant doucement la bouteille sur le bureau.

Le cabinet de travail est un bel espace à cette période de l'année, les portes vitrées ouvertes sur le jardin, la lumière et l'odeur d'herbe coupée. Un papillon amiral rouge s'est posé sur l'imprimante et bat des ailes dans la chaleur. Mais le mari de Samantha fronce les sourcils.

— Qu'est-ce qu'il y a ?

Il grimace.

— C'est juste Philip. Il a envoyé un mail pour prévenir qu'il serait ici le 13 juillet.

— Combien de temps reste-t-il ?

— Il dit deux jours, mais tu le connais. Ça pourrait aussi bien être deux semaines.

— Eh bien, nous pouvons difficilement refuser – avec...

— Je sais, je sais, dit-il avec irritation.

Sam se mord la lèvre. Elle est trop avisée pour défendre Philip. La dernière fois qu'elle a essayé, elle a eu droit à une tirade de vingt minutes sur le fainéant qu'il est, à vagabonder autour du monde, d'une plage tropicale à une autre, sans jamais être dans les parages pour faire le sale boulot. Comme les funérailles de papa. Comme installer maman dans une maison de retraite. La première fois que Michael s'est jamais confié à elle, c'était au sujet de Philip. Ils n'étaient ensemble que depuis six semaines, et, jusque-là, sa personnalité était si soigneusement façonnée qu'elle commençait à penser qu'il était trop beau pour être vrai. Toujours courtois, toujours patient, toujours prévenant. Et puis un soir elle est arrivée tôt à l'appartement de Michael, pour le trouver au téléphone avec son père. Il avait appelé chez ses parents pour lui dire qu'il était sur le point d'avoir son premier article publié dans une revue universitaire, mais, à la fin de l'appel, il était presque en larmes.

— Qu'est-ce qu'il faut que je fasse ? avait-il dit. Philip est celui qui a été recalé même pour entrer à Oxford. Philip est celui qui ne s'est jamais emmerdé à accomplir une vraie journée de travail de sa vie parce qu'il vit de l'argent que mon grand-père lui a laissé. Philip devrait être la déception. Et pourtant, à écouter mon père, on aurait cru que je dormais dans la rue.

Elle avait protesté en s'asseyant tout près, le bras autour de lui.

— Il est si fier de toi. Tu sais bien qu'il ne le pense pas.

Il avait relevé les yeux vers elle, la colère perçant sous les larmes.

— Oh que si. C'est toujours Philip ceci et Philip cela. Tout le temps où j'ai grandi, papa l'appelait Pip. Il lui ébouriffait les cheveux en disant qu'il avait de « grands projets pour lui ». Il a fallu des années avant que je sache à quoi il voulait en venir – et tout ce temps j'ai pensé que ça signifiait qu'il plaçait de plus hautes espérances en lui qu'en moi. Je crois qu'il n'avait pas la moindre idée de l'impact que peuvent avoir de telles paroles.

Elle avait alors eu le cœur brisé, pour le malheureux petit garçon qu'il avait été et l'homme furieusement ambitieux qu'il était devenu. Et elle avait eu le sentiment, comme jamais auparavant avec Michael, qu'elle était celle qui était forte – celle qui avait quelque chose à donner, celle qui protégeait. C'était la première fois qu'elle ressentait cela. Et ce serait la dernière.

Somer s'arrête à son bureau pour prendre le sac de courses qu'elle y a laissé à l'heure du déjeuner. Une partie des fruits ont roulé sous son fauteuil, et elle est obligée de se mettre à quatre pattes pour les récupérer. Quand elle se redresse enfin, elle est surprise de se retrouver nez à nez avec Quinn. Elle est troublée un instant, consciente qu'elle a piqué un fard et que ses cheveux se sont défaits.

— Est-ce que je peux t'aider ?

Il paraît timoré. Un terme qu'elle ne lui a jamais associé auparavant.

— Je voulais juste m'assurer que tu allais bien.

Elle le dévisage, pas certaine d'avoir bien entendu.

— Pourquoi ça n'irait pas ?

Il hausse les épaules.

— C'est juste… enfin… ce que tu disais tout à l'heure. J'ai eu l'impression que tu évoquais le sujet comme quelque chose… tu sais… de personnel.

Elle hésite, ne sachant pas vraiment si elle a envie de se confier sur ce sujet. Du moins auprès de lui. Mais il y a quelque chose de sincère dans son expression.

— Ma sœur en a fait une – elle est même en plein dedans, finit-elle par admettre. Une dépression postnatale, je veux dire. Ça a été dur. Pour nous tous. (Il hoche la tête.) Et c'est tellement mal vu, même de nos jours. Bien trop de femmes n'osent pas demander de l'aide parce qu'elles ont peur d'être jugées, d'être étiquetées comme étant de mauvaises mères, hystériques, ou l'un de ces mots que les hommes emploient exclusivement à propos des femmes et jamais pour qualifier les hommes.

Elle s'interrompt, consciente qu'elle a le visage encore plus empourpré à présent.

— Je sais, dit-il doucement. Concernant la DPN. Ma mère en a fait une.

Voilà qui l'achève. Elle ouvre la bouche, puis la referme.

— Tu ne l'as jamais évoqué. Quand nous…

Il hausse les épaules.

— Comme tu le disais, il y a encore beaucoup de préjugés à ce sujet. Et d'ignorance.

Et ça devait être encore pire à l'époque, pour sa mère.

— On a fini par l'interner, dit-il en lisant ses pensées. Mon père a dû se débrouiller pendant six mois avec un nouveau-né et un gamin de huit ans. Il n'a pas compris ce qui lui arrivait.

Il relève les yeux, croisant le regard de Somer pour la première fois.

— Tu n'avais que huit ans ?

Il esquisse un faible sourire.

— Papa me disait en permanence d'être un grand garçon. Qu'il avait déjà assez de soucis sans que je fasse des caprices. Personne dans la famille n'en a jamais parlé. C'était comme si elle avait commis un truc honteux. Ou criminel. Il a fallu des années avant que je découvre ce qui s'était vraiment passé.

Elle hoche la tête, peinant à trouver les mots justes. Mais cela explique beaucoup de choses sur Quinn. Son autosuffisance criante, son intolérance vis-à-vis de la faiblesse, son inaptitude à admettre la moindre vulnérabilité.

— Bref, dit-il en carrant un peu les épaules. Je voulais juste voir comment tu allais.

Il commence à partir, mais elle le rappelle.

— Quinn ?

Il se retourne.

— Ouais ?

— Merci de m'avoir raconté ça. Ça n'a pas dû être facile.

Il hausse les épaules.

— T'inquiète.

L'instant d'après, il est parti.

11 juillet 2017, 10 h 23
177 jours avant l'incendie
23 Southey Road, Oxford

— Salut, dit Philip lorsqu'elle ouvre la porte. Je suis rentré à Poole un peu plus tôt que prévu.

Elle ne l'a vu qu'une fois ou deux depuis le mariage, où il a été un garçon d'honneur exemplaire. Elle a été agréablement surprise, étant donné les réserves que Michael avait si régulièrement émises au sujet de son frère.

Il est plus mince que la dernière fois qu'elle l'a vu, mais ça lui va bien. Les cheveux décolorés par le soleil, un bronzage lumineux, la chemise ouverte juste un peu trop bas. Il a un tas de sacs à dos et sacs marins poussiéreux à ses pieds. Un taxi noir tourne à peine à l'angle de la rue pour emprunter Banbury Road.

Philip voit le visage de Samantha et paraît penaud.

— Désolé. Je sais que j'ai deux jours d'avance. Mais si ça pose problème, je peux laisser tout ce bordel ici et aller me perdre une heure ou deux.

Elle sourit.

— Non, ce n'est pas grave. Tu m'as prise au dépourvu, c'est tout.

— J'ai bien essayé d'appeler Mike sur son portable, mais il ne répond pas.

Elle esquisse une moue.

— C'est son truc – il l'éteint pour économiser la batterie, ensuite il oublie et se demande pourquoi personne ne l'appelle.

Philip sourit.

— Il a toujours été un peu Cro-Magnon. Dans le bon sens du terme, bien sûr, s'empresse-t-il d'ajouter.

L'une des voisines s'est arrêtée de l'autre côté de la rue. Elle fait semblant de tripoter sa chaussure, mais Sam la voit épier Philip et subodorer une liaison extraconjugale.

Samantha se recule.

— Entre, dit-elle en vitesse. As-tu besoin d'un coup de main avec tout ça ?

— Absolument pas, répond-il fermement. Papa disait toujours : voyage uniquement avec les bagages que tu es prêt à porter toi-même.

Lorsque Michael arrive à la maison, ils sont assis dans le jardin avec la bouteille de chablis que Philip a apportée.

Assis à leurs pieds, Zachary joue avec ses petits camions de pompiers. Harry a dû venir aussi, car la pelouse a été tondue et les résidus de coupe sont entassés dans un sac à côté de la poubelle à roulettes. Michael sourcille, puis va prendre une bière au frigo avant de les rejoindre dehors. Que ce soit volontaire ou pas, Philip a positionné sa chaise de sorte à avoir vue sur la maison. Il se lève dès qu'il aperçoit son frère.

— Mike ! Désolé de débarquer à l'improviste ! s'exclame-t-il en tendant les bras pour étreindre son frère.

— Pas de problème, dit Michael, un peu raide dans l'embrassade.

Samantha relève les yeux, consciente du ton acerbe. Mais elle a les joues d'une couleur que Michael n'a pas vue depuis des semaines.

— Nous t'avons sorti une chaise, dit-elle en la désignant avec un sourire.

Il pose sa bière sur la table.

— Où est Matty ?

Philip grimace.

— Sur sa Xbox. J'ai bien essayé de le convaincre de se joindre à nous, mais il avait l'air complètement absorbé par son jeu.

— Ouais, bon, dit Michael. Ce ne sera pas la première fois. (Il se tourne vers sa femme.) Comment va-t-on faire pour le dîner ?

— Tout est réglé, dit rapidement Philip. Je prends un Deliveroo de chez *Brown's*. Le moins que je puisse faire.

Deux heures plus tard, le soleil se couche et les chaises ont été déplacées sur le côté afin que Philip puisse jouer au foot avec Matty.

Michael se tient devant l'évier, pour rincer les assiettes avant qu'elles aillent au lave-vaisselle.

— Ils ne se sont pas autant amusés depuis des siècles, dit Sam en entrant avec un plateau de verres et un Zachary somnolent calé sur une hanche. Apparemment, Philip est Ronaldo et Matty est Messi.

On crie dans le jardin : Philip vient de marquer un but et fait le tour de la pelouse en courant, le tee-shirt remonté sur le visage.

— Imbécile ! dit Michael entre ses dents.

— Il nous emmène faire de la barque demain, dit Sam d'un ton désinvolte.

Michael lui jette un coup d'œil.

— Vraiment ? Es-tu sûre qu'il sait comment s'y prendre ? La dernière fois qu'il en a fait, c'était il y a bien longtemps.

Elle hausse les épaules.

— Il dit que oui. (Pause.) Je pensais que ça te ferait plaisir. Ça t'accordera un peu de répit pour avancer dans ton travail.

Et, évidemment, c'est vrai.

— As-tu besoin que je fasse des courses ? propose-t-il en prenant sur lui. Je peux aller chercher de quoi pique-niquer chez *M & S* dans la matinée…

— Ne t'inquiète pas, Phil a dit qu'il s'en chargerait. Toi, tu te concentres sur ton livre.

Elle lui touche légèrement le bras, puis retourne à l'extérieur. Des éclats de rire s'élèvent dans les airs.

À Southey Road, Quinn pousse la porte pour entrer dans le bureau d'Esmond et reste là à regarder autour de lui. À en juger par ce qui subsiste de la maison, il s'attendait à un pompeux secrétaire à cylindre, un fauteuil ancien en cuir et l'une de ces lampes de lecture à abat-jour vert.

Mais il n'aurait pu se tromper davantage. Tout ici est clair, moderne et bien conçu, jusqu'à l'élégant radiateur Dyson, le lecteur CD Bose et la machine Nespresso rutilante. Avec ses réserves. Il balance sa veste sur le dossier du fauteuil et met le radiateur à fond. Ce ne sera peut-être pas un boulot si merdique, après tout.

* * *

Envoyé : Merc. 10/01/2018, 18 h 45

Importance : élevée

De : Colin.Boddie@ouh.nhs.uk

À : DIAdamFawley@ThamesValley.police.uk, CID@ThamesValley.police.uk, AlanChallowCSI@ThamesValley.police.uk

Objet : Analyses sanguines et toxicologiques : Affaire n° 556432/12 Felix House, 23 Southey Road

J'ai reçu cet examen final sur Samantha Esmond. Son sang a révélé des niveaux légèrement élevés de gonadotrophine chorionique humaine (CGh). Ce peut être produit par des tumeurs cancéreuses, mais, en l'absence de telles anomalies, je ne vois aucune raison de dévier de l'explication clinique la plus simple : Samantha Esmond était enceinte.

Compte tenu du niveau détecté et le fait que rien n'ait été découvert dans l'utérus, j'estimerais la gestation à quatre semaines tout au plus. À ce stade, le fœtus ne serait guère plus qu'un amas de cellules.

* * *

— Alors ? Vous pensez qu'elle savait ? Pour le bébé ?

C'est Gislingham, dans la salle de crise. Et, qu'il en soit ou non conscient, il regarde Ev et Somer.

Everett hausse les épaules.

— Ce n'est pas à moi qu'il faut demander. Je n'ai jamais été enceinte.

Somer rougit légèrement, et je me demande soudain si elle l'a déjà été.

— Impossible à dire, monsieur, répond-elle. Même si, à mon avis, son médecin y aurait fait allusion si elle avait passé un test en bonne et due forme.

Mais cela ne signifie rien. Alex n'est arrivée à ce stade qu'une fois, pendant toutes les années où nous avons essayé. Tous ces jours d'espoir, un mois après l'autre. Des jours où elle allait acheter l'un de ces kits puis s'enfermer dans la salle de bains. Des jours où j'allais l'entendre sangloter. Des jours – les pires – où elle allait apparaître, silencieuse, le visage sec, les mains froides et le corps rigide dans mes bras. Et puis il y a eu la ligne bleue qui s'est révélée être Jake, et une nouvelle attente plus désespérée, une prudence féroce et des pactes avec un Dieu auquel je ne crois pas. Je me suis souvent demandé, depuis, si c'est là que je me suis planté. J'ai seulement prié pour avoir Jake, pas pour avoir la chance de le garder.

— Ç'aurait pu lui donner une raison, cependant, dit Baxter en interrompant mes pensées. (Il regarde Somer.) Je veux dire, je sais que tu as dit qu'elle n'aurait pas pu déclencher cet incendie, mais c'était avant de découvrir qu'elle était repartie pour un tour. Si elle avait vécu un tel enfer avec les deux précédents, peut-être que l'idée d'un troisième enfant lui était insupportable.

Somer le regarde d'un air glacial.

— Ce n'est pas une raison pour se tuer. Et ce n'est *absolument* pas une raison pour tuer ses enfants.

Baxter lève les deux mains.

— OK, OK, je disais ça comme ça.

Somer ouvre la bouche pour répondre, mais Everett la coupe pour intervenir et jouer la carte de la conciliation.

— Inutile de nous disputer à ce sujet. Le fait est que nous n'avons aucun moyen de savoir si elle était même au courant de sa grossesse.

— Pouvons-nous faire un test ADN ? demande Asante.

Je secoue la tête.

— Bien tenté, mais non. Beaucoup trop tôt.

— Nous ignorons donc si Esmond était bien le père, poursuit-il. Je veux dire… S'il s'agissait de quelqu'un d'autre et que son mari l'avait découvert…

— Il était à Londres, par contre, non ? dit doucement Gis.

— Et nous ne sommes tombés sur aucun autre homme dans sa vie non plus, dis-je. Et, d'après ce que je peux voir, elle était à peine en état de quitter la maison, encore moins d'entretenir une liaison secrète.

Asante abandonne. Il sait clairement quand il faut arrêter de creuser. Mais il a raison sur un point. Cette grossesse est un joker que nous n'avions pas prévu. Et ça m'enquiquine comme un caillou dans ma chaussure.

La porte s'ouvre et l'officier en service passe la tête et balaie la salle du regard.

— Inspecteur Somer ? Quelqu'un à l'accueil pour vous. Un dénommé Philip Esmond.

12 juillet 2017, 16h43
176 jours avant l'incendie
23 Southey Road, Oxford

Philip et Matty en sont à leur troisième refrain de *Que va-t-on faire du marin ivre ?* lorsque Michael finit par renoncer à essayer de travailler et remonte à la maison. Dans la cuisine, Philip a Zachary sur les épaules et Sam est devant l'évier à racler de la nourriture dans le bac. Les vestiges du pique-nique sont éparpillés partout dans la pièce.

— « Hé ! Ho ! Et elle se lève, Hé ! Ho ! Et elle se lève, Hé ! Ho ! Et elle se lève, tôt le matin », braille Philip, avant de se tourner et de voir son frère à la porte.

— 'Core ! 'Core ! crie Zachary, en tapant des mains sur la tête de Philip. Je veux 'core !

Philip le fait basculer pour le reposer sur la table et sourit à Michael.

— Désolé… Est-ce qu'on t'a dérangé ? On vient de basculer dans une ambiance plutôt nautique, si tu vois ce que je veux dire.

Sam relève les yeux de l'évier et sourit.

— C'était fabuleux – je n'arrive pas à comprendre pourquoi nous ne faisons pas ça plus souvent. Ce n'est qu'à dix minutes à pied.

Michael regarde son frère. Le tee-shirt de celui-ci dégouline d'eau.

— Est-ce que tu es tombé ?

Philip prend un air piteux.

— Eh bien, tu sais ce qu'on dit : tu ne fais bien de la barque que si tu en reviens trempé.

— Oncle Philip a été vraiment bon, dit Matty. On est allés plus vite que tout le monde. Et il y avait un gros monsieur qui est tombé en faisant un énorme *plouf*, et quelqu'un d'autre a coincé sa perche dans l'eau.

Michael hoche la tête.

— On dirait que vous avez tous...

Mais Matty n'a pas fini.

— Et puis il y a eu le renard. C'était terrible !

Michael fronce les sourcils.

— Il doit exister un mot mieux que celui-là, Matty.

— En fait, dit Philip, c'était assez terrible. Dans le sens littéral, je veux dire. Nous venions de faire demi-tour et remontions en passant devant le *Vicky Arms* pour rentrer quand, soudain, on a vu ce renard noyé dans l'eau. Il avait dû courir dans la rivière une ou deux minutes plus tôt.

— C'était *dingue*, souffle Matty, les yeux grands comme des soucoupes. C'était comme si un sorcier l'avait transformé en pierre.

Sam se retourne en s'essuyant les mains sur un torchon.

— Je n'avais jamais rien vu de tel. En vérité, c'était assez sinistre, la façon dont il flottait là. Comme si la rivière avait gelé.

Michael fronce les sourcils.

— Il me semblait que les renards savaient nager.

Philip hausse les épaules, puis balance sur celles-ci un Zachary qui couine.

— Eh bien, tout ce que je sais, dit-il, c'est que celui-là en était clairement incapable.

Dans les semaines qui suivent, Michael repense beaucoup à ce renard. A-t-il vraiment plongé dans l'eau ? Courait-il après quelque chose, ou pour éviter quelque chose ? Il en rêve même, une fois.

Il était dans la barque avec Philip ; il faisait froid, les arbres pendaient près d'eux, et des filets de brume s'échappaient de l'eau. Tout était d'un noir et gris fadasses. Sauf le renard. Qui était embrasé de couleur. Et si près du bateau qu'il pouvait tendre la main pour le toucher. Il voyait les moustaches, la rugosité de sa fourrure, les bulles d'air accrochées autour de sa gueule, et les yeux. Grands ouverts et rivés dans la mort.

Il y a quatre personnes à l'accueil, et Somer n'a pas besoin qu'on lui dise laquelle est Philip Esmond. Un vieil homme avec un lévrier, un jeune Noir en sweat à capuche qui joue sur son téléphone, sa jambe gigotant de haut en bas, une journaliste qu'elle reconnaît de l'*Oxford Mail*, et un homme dans la quarantaine, qui fait les cent pas. De loin, la ressemblance avec Giles Saumarez est frappante. Même stature, même bronzage, même assurance physique. Mais le visage de Philip Esmond est ridé d'angoisse. Lorsqu'il se retourne et la voit, il avance aussitôt vers elle.

— Inspecteur Somer ? Philip Esmond. Je suis venu directement ici.

Somer regarde autour d'eux.

— Écoutez, pourquoi ne pas aller prendre un café ? Ce sera peut-être plus facile.

— Et Michael ? L'avez-vous retrouvé ?

Elle secoue la tête.

— Non. Hélas.

Elle s'aperçoit que la journaliste les observe avec intérêt et baisse la voix.

— Je pense qu'il vaudrait mieux parler de tout ça ailleurs.

Il la dévisage un instant, perplexe, puis :

— Bien sûr. OK. Si vous pensez que c'est mieux.

Le café n'est qu'à quelques mètres en remontant vers Carfax, et il est presque vide. Ils sont sur le point de fermer. Somer règle les cafés, refusant d'un geste de la main la proposition d'Esmond de payer, et ils prennent une table devant la baie vitrée, levant les yeux vers la cathédrale Christ Church, illuminée sur fond de ciel gris cireux. Il y a de la pluie dans l'air.

— Alors, dit Esmond en s'asseyant en avant sur sa chaise, l'air inquiet. Que pouvez-vous me dire ?

Elle soupire.

— Très peu de choses, j'en ai peur. Nous avons fait tous les efforts possibles pour trouver votre frère, mais n'arrivons absolument à rien. Pensez-vous à *quoi que ce soit* – un détail qui vous serait venu à l'esprit depuis la dernière fois que nous avons discuté –, quoi que ce soit qui pourrait nous aider ?

Il secoue la tête.

— Je me suis creusé la cervelle, mais, vraiment, il n'y a rien. Nous n'étions pas exactement proches – je veux dire, je l'aimais, c'était mon petit frère –, mais l'eau a coulé sous les ponts et on s'est éloignés.

La porte du café s'ouvre, et une mère entre péniblement avec un bébé dans une poussette et un petit garçon fermement agrippé à son manteau, un doigt dans la bouche. Les enfants sont plus jeunes que ceux de Michael Esmond, mais pas de beaucoup. Philip ferme brièvement les yeux, puis se tourne face à Somer.

— Qu'est-ce que je peux faire ? Je dois bien pouvoir faire quelque chose.

— Peut-être que vous pourriez parler à votre mère ? Nous avons essayé, mais je suis certaine que ce serait mieux venant de quelqu'un qu'elle connaît.

Philip acquiesce.

— Oui. Je suis sûr que vous avez raison. À la première heure demain, je descends là-bas. (Il prend sa cuillère et commence à jouer avec.) Il faut que j'y aille, de toute façon.

Pas seulement pour la voir. Je dois lui parler des obsèques. Même si je doute qu'elle soit en état de venir.

Somer hoche la tête. C'est à peu près ce qu'Ev a dit.

— Je suppose que je devrai également voir les Gifford, ajoute-t-il.

— Vous ne vous entendez pas ?

Il laisse tomber la cuillère avec fracas.

— Oh, ce n'est pas vraiment ça. Je les connais à peine, pour être honnête. Mais Mike les a toujours trouvés un peu autoritaires. Enfin, *lui*, en tout cas. Je pense qu'il s'entendait bien avec Laura. (Il lève les yeux et voit son expression.) Ne vous inquiétez pas. Je ne compte pas rendre les choses pires qu'elles ne le sont déjà. Pour eux ou pour moi.

Quand je rentre, la maison paraît deux fois plus vide. Ça ne devrait pas faire de différence, mais c'est le cas : savoir qu'Alex a été là récemment, mais ne l'est plus. Je peux même sentir son parfum. Ou peut-être est-ce juste mon esprit qui me joue des tours. Un vœu pieux.

Il y a la moitié d'une pizza dans le congélateur et une demi-bouteille de rouge dans le frigo, alors voilà ma soirée gérée. Je fourre la pizza dans le micro-ondes et fais le tour de la maison pour fermer les rideaux. Je suis désagréablement conscient que je suis en train de devenir mon père. Il nous rendait dingues l'hiver – tous les matins, réglé comme une horloge, allant d'une chambre à l'autre avec un chiffon et essuyant la condensation des fenêtres. Même si je me dis que je ne suis pas vraiment programmé à ce point. Pas encore.

Dans le salon, je m'arrête un instant, sentant que quelque chose n'est pas à sa place. Je ne suis pas allé dans cette pièce depuis quelques jours – pas depuis que Somer est venue. Et ce doit être cela. Quand elle rangeait, elle a dû déplacer des choses. Pas beaucoup, mais suffisamment pour que je le remarque. Et c'est maintenant évident : les photos sur la cheminée sont dans un ordre différent. J'ai soudain à l'esprit une image d'elle se tenant où je me trouve à présent, regardant les photos, voyant la part intime de ma vie pour la première fois. Notre mariage : Alex dans une robe en satin ajustée qui m'a littéralement coupé le souffle lorsque je l'ai vue au bout de l'allée. Notre voyage de noces en Sicile : bronzés, heureux, partageant une bouteille de champagne sur fond de coucher de soleil à Agrigente. Et Jake. Évidemment, Jake. Bébé ; lors de son premier jour d'école ; sur la plage, avec un château de sable qu'il lui a fallu la journée à construire. Il aurait douze ans aujourd'hui. Il serait au collège. Il ne construirait plus de châteaux de sable. Il commencerait à se soucier des filles.

Nous avons à la criminelle un de ces logiciels que l'on utilise pour vieillir les photos d'enfants disparus. Alex m'a demandé, un jour, d'y passer un portrait de Jake, mais je lui ai dit que je ne pouvais pas – que chaque utilisation était consignée et que, dans tous les cas, ce ne serait pas éthique. Ce que je ne lui ai pas dit, c'est que je l'avais déjà fait. Un soir, après que tous les autres étaient rentrés chez eux. C'était la photo que j'avais prise deux semaines avant sa mort. De si près que l'on distingue le fin duvet sur sa lèvre supérieure. Un instant plus tôt, il fronçait les sourcils et l'appareil en a capturé le fantôme : l'ombre d'un sillon entre ses sourcils, ses yeux foncés encore pensifs. Je me suis demandé, depuis, s'il le prévoyait déjà – s'il savait alors ce qu'il allait faire. Les médecins nous ont dit que c'était improbable – que les enfants qui se suicident à cet âge-là y songent rarement si longtemps à l'avance. Quand bien même, la photo me fait toujours souffrir. Peut-être est-ce pourquoi j'ai choisi de passer celle-ci dans le logiciel. Et c'était étrange d'être assis là, dans la salle vide et obscure, et de regarder ce précieux visage s'allonger, ses doux contours se durcir. Je l'ai vu à quinze, vingt, trente-cinq ans. J'ai vu à quoi il aurait ressemblé en devenant un homme, lorsqu'il aurait fait de moi un grand-père. Je l'ai vu à l'âge que j'ai aujourd'hui. Le vrai garçon est peut-être figé dans le temps, mais, dans mon esprit, lui et moi vieillissons ensemble, main dans la main.

La réunion du lendemain matin ne prend pas plus de dix minutes. L'affaire devient une routine. On tourne en rond. Impasses, faux départs, voies sans issue. Charges de paperasse, de démarches, de coups de fil. Quoique nous ayons un nouvel angle : les finances des Esmond nous sont enfin parvenues. Et comme Gislingham dit toujours, si ce n'est pas l'amour, c'est l'argent – même si, malheureusement pour Baxter, l'argent est un sujet beaucoup moins intéressant sur lequel enquêter. Quand je regarde plus tard dans la salle de crise, il a le menton posé sur une main et les yeux rivés sur son écran d'ordinateur. Et, à côté de lui, il y a un café, et l'une de ces barres chocolatées dont sa femme ignore qu'il en mange encore. Mais si personne ne dit rien, moi non plus.

À 9 h 45, Quinn ouvre d'un coup de pied la porte du bureau d'Esmond et lâche son sac par terre. Cette fois, il est fin prêt. Il ne s'est pas contenté d'apporter quelques dosettes supplémentaires pour la machine à café, mais aussi un croissant aux amandes qui vient de la pâtisserie française de Summertown, et un sandwich en cas de petit creux. Tandis qu'il se fait un expresso, il entend le fracas des gravats : les enquêteurs renversent des débris dans des brouettes pour les déplacer. Le ciel est clair, et les arbres exhibent même des bourgeons condamnés, mais il est bien content d'être ici au chaud, et non dehors à se geler les couilles et dans la merde jusqu'aux genoux. La seule chose avec laquelle il va devoir composer, c'est l'ennui : Esmond était à l'évidence l'une de ces personnes qui classent le moindre bout de papier que l'on puisse leur donner. Il y a des tickets de caisse et des relevés de cartes tenus par des pinces, organisés par mois, et des factures de services publics et autres taxes municipales classées par année. Il y a même une boîte à archives avec des albums de famille, et quelques-unes de ses vieilles dissertations, ainsi que des bulletins scolaires datant de Griffin. Selon son prof d'histoire de troisième, il était déjà « motivé et inflexible » à quatorze ans, et arrivé à l'époque où il passait ses A-levels, la femme qui lui enseignait la géographie parlait de lui comme de quelqu'un qui « repoussait ses limites, pour le moins, un peu trop loin ». Ce qui fait assez bien écho à l'homme qu'Annabel Jordan a décrit.

Quinn fouille un peu plus dans la boîte et trouve un classeur à anneaux remontant à ce qui devait être la première année d'école d'Esmond. La première feuille porte le titre « Ma famille ». Intrigué, Quinn la sort, se cale dans son siège et commence à lire.

Ma famille

Je pense que la famille est très importante. Il est important de savoir d'où vous venez. Je suis très fier de ma famille. Elle remonte à l'époque victorienne. Mon arrière-grand-père est venu en Angleterre depuis la Pologne. Il s'appelait Zacharjasz Elsztejn. Il est venu ici parce qu'il voulait réussir. Il rêvait d'avoir sa propre compagnie et de gagner beaucoup d'argent. Il a ouvert une ~~bijoutrie~~ bijouterie dans l'East End. Ça s'appelait Zachary Esmond et Fils. Il a dû changer de nom parce que personne en Angleterre n'arrivait à écrire l'autre. Il a acheté deux boutiques de plus pour commencer, et en a ensuite acheté une à ~~Nightsbridge~~ Knightsbridge. Elle était près de Harrods. C'était très petit, mais bien placé. Après ça, il a eu beaucoup de succès. Mon père a une montre en or qui appartenait à mon arrière-grand-père. C'est une grosse montre avec une chaîne. On ne la porte pas au poignet comme aujourd'hui. Il y a une devise dessus en polonais. Ça dit Bliższa koszula ciału. En anglais, ça veut dire « le corps est ce qu'il y a de plus près de la chemise ». Mon père dit que ça signifie que les choses les plus proches de nous sont les plus importantes, et la famille est la plus importante de toutes.

Ma famille vit à Oxford depuis 1909. Mon arrière-grand-père est venu visiter la ville et l'a trouvée très belle. On construisait des maisons à Southey Road à l'époque, et il en a acheté une. C'est lui qui lui a donné son nom. Elle s'appelle Felix House, parce que felix est un mot latin qui signifie « joyeux ». C'est parce qu'il se sentait chanceux d'habiter ici. Nous sommes la seule famille à y avoir habité. Je ne pense pas qu'il y ait d'autres maisons comme celle-là dans les parages. Mon grand-père travaillait aussi dans la compagnie, et mon père y travaille maintenant. Je pense que mon grand frère Philip le fera aussi. Quand je serai grand, je voudrais aller à l'université d'Oxford. Ça, c'est mon rêve.

* * *

Devant le coroner de Sa Majesté Oriana Pound
Tribunal du coroner d'Oxford
Salle du comté, New Road, Oxford.

Enquêtes menées : mercredi 10 janvier 2018
11 heures. Samantha Esmond, 33 ans, et Zachary Esmond, 3 ans, morts le 4/01/2018 à Oxford ; et Matthew Esmond, 10 ans, mort le 7/01/2018 à Oxford.

Suite aux actions du ministère public de la Couronne, l'enquête a été ajournée en attendant les résultats d'analyses complémentaires. Étant donné la possibilité de charges criminelles, Mme Pound a exigé une seconde autopsie sur les trois défunts, afin que les dépouilles puissent être rendues à la famille pour enterrement.

* * *

Entretien téléphonique avec Jason Morrell
Walton Manor Motors, Knatchbull Road, Oxford
11 janvier 2018, 11 h 50
Interlocuteur : inspecteur A. Asante

AA : Ici l'inspecteur Asante. Le standard dit que vous avez des renseignements pour nous – quelque chose en lien avec l'incendie de Southey Road ?

JM : Ouais, c'est à propos de la voiture. Si vous la cherchez, elle est ici. Au garage. On a fait le CT la semaine dernière, et elle est sur le parking depuis. On a dû changer un pneu, mais sinon elle a passé le contrôle. Elle est garée devant, prête à partir.

AA : Je vois. Quand M. Esmond a-t-il apporté la voiture ?

JM : Ça devait être mardi. Mick l'a notée pour… attendez… [Bruits étouffés.] Ouais, c'est bien le mardi 2. Autour de 9 h 15.

AA : Est-ce que l'un d'entre vous lui a parlé par la suite ?

JM : J'ai laissé deux, trois messages au sujet du pneu en fin de semaine dernière. Juste pour dire que ça devait être fait pour que la voiture passe le contrôle et donc qu'il m'appelle si ça posait problème, sinon je le ferais. Il n'a pas rappelé.

AA : Votre collègue – Mick – se souvient-il de quoi que ce soit d'inhabituel au sujet de M. Esmond ce matin-là ? Quelque chose qui l'aurait frappé ?

JM : Mince, vous m'en posez une bonne. Une seconde. [Bruits étouffés.] Il a juste dit qu'il était pressé. Un peu brusquement. Mais ils sont tous comme ça par ici, mon gars. Rien d'extraordinaire.

* * *

15 juillet 2017, 15 h 12
173 jours avant l'incendie
23 Southey Road, Oxford

Michael se rallonge dans son transat et ferme les yeux, le soleil chaud sur sa peau. Après le barbecue et ces quelques bières, il n'a pas très envie de se remettre au travail. La perspective de la visite de Philip ne le réjouissait pas, mais, à vrai dire, ces quelques jours ont été agréables. Sam n'avait pas paru aussi en forme depuis des semaines, et Matty a passé plus de temps dehors que sur sa satanée Xbox.

Il perçoit le bourdonnement estival de la tondeuse plus loin dans le jardin et, plus près, les bruits d'éclaboussures et cris de joie provenant de la pataugeoire. Philip apprend le bodysurf à Matty. Avec un succès relativement limité à ce que peut constater Michael. Il ouvre brièvement les yeux, voit Philip au robinet remplir de nouveau le bassin, puis se rallonge. Il a dû s'assoupir, car, lorsqu'il revient à lui, il entend sa femme et Philip discuter à quelques mètres de là. Ils parlent à voix basse, ils doivent donc penser qu'il dort. Il allait ouvrir les yeux, mais quelque chose le fait changer d'avis. Au début, la conversation n'est qu'un échange de banalités. Où Philip compte mettre le cap en bateau cet automne. Comment va maman. Puis, subitement, l'ambiance change.

— Écoute, dit-il, avec hésitation, tu peux me dire d'aller me faire voir et de m'occuper de mes affaires si tu veux, mais est-ce que tout va bien ?

Le transat grince : Philip se penche sans doute vers elle.

— Pourquoi ça n'irait pas ? demande-t-elle, méfiante.

— Je ne sais pas… J'ai juste l'impression que quelque chose te tracasse. Tu as l'air triste.

S'ensuit un silence. Sam a dû esquisser un geste vers son mari, car Philip dit :

— Ne t'inquiète pas, il ne peut pas t'entendre. Avec toute la bière – il est KO depuis la dernière demi-heure.

Michael resserre les doigts sur le côté de son siège, mais ne bouge pas. Tous ses autres sens sont aiguisés. L'abeille qui vire plus près. Le chien qui aboie dans le jardin d'à côté. L'odeur d'herbe coupée.

— Depuis combien de temps ça dure, au fait ? poursuit Philip. Son problème d'alcool, je veux dire.

— Ce n'est pas un problème d'alcool en soi…

— Si, comparé à ce qu'il consommait avant. Il buvait à peine, autrefois.

— Il a beaucoup à gérer – tu le sais… (Elle prend une profonde inspiration.) Il t'a parlé, non, des problèmes que j'ai ?

— La dépression ? dit-il d'une voix plus basse. Oui, il m'a raconté. Mais je pensais… enfin… après tout ce temps…

— C'est pourquoi je n'en parle jamais à personne, dit-elle tristement. On supposerait juste que j'aurais dû m'en remettre depuis le temps, me ressaisir, comme on dit. Que Zachary a plus de deux ans et que ça a dû se dissiper. Mais ce n'est pas le cas. (On entend des larmes dans sa voix à présent.) Je commence à me demander si ça arrivera un jour.

— Que dit le médecin ?

— Elle m'a mise sous traitement, mais je déteste ça, Philip… Je déteste. C'est comme si je vivais dans le brouillard ; je ne parviens pas à réfléchir correctement, je ne peux rien faire. Et puis Michael doit s'occuper des enfants en plus de son boulot et de ses recherches, et c'est injuste. C'est trop – la cuisine, les trajets à l'école, la maison…

— Oui, c'est vrai, dit Philip pesamment, cette foutue baraque.

— Alors j'ai arrêté de le prendre…

— Tu as arrêté les médocs – sans prévenir ton médecin ?

Michael retient son souffle. Il n'était pas au courant que sa femme avait interrompu son traitement.

— J'étais désespérée… Seulement ne pas les prendre s'est révélé encore pire.

— Ça ne m'étonne pas…

— Non, dit-elle piteusement, tu ne comprends pas. C'est là que ça a commencé. Les autres… trucs.

Le siège grince de nouveau. Elle pleure ; il a dû passer un bras autour de ses épaules.

— Tu peux me dire, chuchote-t-il.

— Je n'ai pas arrêté de perdre des choses. De les poser et les retrouver plus tard à un autre endroit où j'avais déjà regardé.

— Ça peut arriver. D'ailleurs, ça m'arrive aussi…

— Il n'y a pas que ça. J'ai commencé à entendre des choses, aussi. Dans la maison. Comme s'il y avait quelqu'un. Et, la semaine dernière, j'ai soudain senti une odeur de brûlé, mais rien n'était en feu…

— Peut-être un barbecue des voisins ? Ils font tous des barbecues, en ce moment.

— Non, c'était à l'*intérieur* de la maison.

Il entame des propos sur les effets secondaires possibles en arrêtant les médicaments, mais elle pleure maintenant à chaudes larmes.

— En as-tu parlé à Mike ? demande-t-il gentiment. Ou à ton médecin ?

— J'ai trop peur.

— Peur ? Peur de quoi ?

— Je suis allée sur Google, dit-elle, avec la voix qui se brise, et il y avait tous ces sites Web qui disaient que les hallucinations pouvaient être un symptôme de psychose post-partum, et j'ai craint qu'on m'enlève Zachary si ça se savait. Qu'on pense que je risquais de lui faire du mal et qu'il ne serait pas en sécurité avec moi, et tu sais que ce n'est pas vrai, n'est-ce pas, je ne ferais jamais de mal à mes enfants…

Elle s'effondre à présent, et Michael entend Philip la réconforter, lui dire que tout va bien.

Puis le bruit du ballon de foot qui rebondit sur la terre sèche. Près. Encore plus près.

— Pourquoi est-ce que maman pleure ? s'enquiert Matty.

— Elle est juste un peu contrariée, répond Philip. Pas de quoi t'inquiéter, Matt.

— Est-ce qu'on peut rejouer à Ronaldo et Messi ?

— Dans une minute. Il faut juste que je parle à maman, d'abord. Pourquoi ne vas-tu pas chercher un jus de fruits dans le frigo – et apportes-en un pour Zachary, aussi.

À cela, Matty proteste un peu, mais Michael finit par entendre ses pas se retirer vers la maison.

— Désolée, dit Sam. Je me laisse submerger par mes émotions.

— Inutile de t'excuser. Sérieux. Mais je pense que tu as besoin de reprendre les médocs.

— C'est fait. Je suis allée chez le médecin. Je ne lui ai pas parlé de… tu sais… de ce qui s'est passé. J'ai seulement dit que ces cachets ne me convenaient pas. Elle m'a prescrit un autre traitement.

— Et est-ce que c'est mieux ?

Une pause. Elle a dû acquiescer.

— Et il n'y a rien eu depuis – rien de ces trucs bizarres ?

Une autre pause.

— Eh bien, ce doit être bon signe, non – si ça arrivait uniquement quand tu n'étais pas sous médicament ?

— J'imagine, oui.

— Mais je pense vraiment que tu devrais en parler à ton médecin, par précaution. Tu n'as pas à t'inquiéter. Il ne se passera rien de grave.

— Tu crois ? murmure-t-elle.

Michael en a assez entendu ; il remue légèrement dans son transat, feignant de se réveiller. Et, lorsqu'il ouvre les yeux, il voit son frère tenir la main de son épouse.

— Je te le promets, répond Philip.

Au John-Rad, l'assistante d'Allan Challow, Nina Mukerjee, passe une blouse propre. Ray Goodwin, le légiste désigné, vient d'arriver pour mener les secondes autopsies, et il a été demandé à l'assistante de rester là pour observer, au cas où quelque chose de nouveau apparaîtrait. Personne n'attend quoi que ce soit – c'est la procédure classique au cas où il y aurait un procès, même si cette perspective est très lointaine pour le moment, et Nina s'arme de courage pour un après-midi macabre qui ne les mènera nulle part.

La porte s'ouvre.

— Mademoiselle Mukerjee ?

Il est plus jeune qu'elle ne l'aurait imaginé – beaucoup plus jeune. Et clairement pas du type habituel tout en tweed. Plus bandit que tradi, à le regarder, avec sa barbe de hipster et son anneau à l'oreille. En fait, elle est assez certaine d'apercevoir un tatouage.

— Prête ?

Elle hoche la tête.

— Alors que la fête commence.

À 17 heures, Baxter est plutôt content de lui. Il n'est pas comptable, mais il a pris quelques cours, et il est devenu assez calé en chiffres, au fil des années. Assez pour se débrouiller, en tout cas. Si c'est vraiment un gros morceau, comme de la fraude ou du blanchiment d'argent, ils font intervenir les experts, mais, en général, il est juste question d'avoir une image précise de l'argent. Ceux qui en ont, ceux qui n'en ont pas, et ceux qui voudraient désespérément en avoir. Et, avec cet Esmond, il ne lui a fallu qu'un après-midi pour se faire une idée assez précise. Il prend le téléphone et appelle Fawley, et, quelques minutes plus tard, l'inspecteur en chef pousse la porte et le rejoint. Il a l'air exténué, ce qui n'a rien de surprenant, ces temps-ci. Baxter a entendu les mêmes rumeurs que le reste du poste, et malgré sa tendance à être sceptique quant aux ragots de bureau, il est difficile de ne pas voir la nervosité de Fawley comme la preuve que quelque chose a salement dégénéré à la maison.

Gis se lève de son bureau et vient les rejoindre.

— OK, dit Fawley, qu'est-ce qu'on a ?

Baxter désigne son ordinateur.

— La dernière fois que la carte bancaire d'Esmond a servi, c'était en fin d'après-midi le 31 décembre. Au *Tesco* de Summertown. Pas de transactions inhabituelles récemment, même s'il avait presque atteint son plafond de crédit et ne remboursait que le minimum la plupart des mois. (Il change de page.) Et voici le compte courant d'Esmond. Comme vous pouvez le voir, seulement quelques centaines de livres dessus. (Il fait défiler.) Rien de choquant en termes de rentrées ni de dépenses, jusqu'à il y a environ deux mois, où apparaît un virement de deux mille livres depuis le compte épargne, qui ressort direct trois jours plus tard. En cash.

— Qui a besoin d'une telle somme en liquide de nos jours ? se demande Gislingham.

— Et ceci, dit Baxter en passant à une autre page, est le compte épargne. Après le dernier retrait, tout ce qu'il reste dessus – il se penche pour lire –, c'est trois cent soixante-seize livres et cinquante-quatre pence. Dix-huit mois plus tôt, il y avait plus de quinze mille là-dessus, mais en octobre dernier tout avait pratiquement disparu, à part ces ultimes deux mille.

— Alors à quoi les dépensait-il ? demande Fawley.

— J'ai étudié les transactions, et la majorité est partie dans des frais de maison de retraite. Cet établissement à

Wantage où est sa mère ? C'est l'un des plus chers, dans le coin.

Ce qui est probablement la raison, se dit Baxter, pour laquelle Everett n'a pas pris la peine de se renseigner sur celle-ci. Elle ne lui a encore rien confié au sujet de son père, mais il a vu les brochures dans le tiroir de son bureau, et il sait que le vieil homme a des difficultés.

Fawley, pendant ce temps, a examiné les chiffres.

— Donc si ses réserves se sont taries en octobre, comment paie-t-il les frais depuis ?

Fawley est incisif, sans aucun doute. Même lorsqu'il a l'esprit ailleurs.

Baxter se rassied et joint le bout de ses doigts.

— Réponse courte ? Il ne paie pas. J'ai parlé au comptable de l'établissement, et il y a deux mois de factures impayées. Ils ont demandé à Esmond de venir les voir en décembre, et il a dit qu'il « prenait des dispositions », mais toujours aucun fric à l'horizon.

— Je croyais que la famille était censée être riche ? dit Gislingham.

Baxter lève furtivement les yeux vers lui.

— On est deux. Alors j'ai creusé un peu plus. Je n'ai pas réussi à avoir tous les rapports financiers sur l'affaire familiale, parce que c'était une vente privée, mais, à en juger par la petite somme pour laquelle le père d'Esmond l'a vendue, elle devait avoir de sérieux ennuis. Et il a vécu des gains le restant de sa vie – au moment de sa mort, il devait être plus ou moins à sec. (Il fait une moue.) Vous connaissez l'adage : la première génération la crée, la deuxième l'épuise, et la troisième la ruine. Il semblerait que le père d'Esmond l'ait foutue par terre.

— Alors pourquoi ne pas vendre la maison ? dit Gislingham. Je veux dire, je sais que ce sont les bijoux de famille, tout ça, mais si sa mère avait besoin de soins…

— Il ne peut pas.

C'est Quinn, à la porte, encore en manteau. Il brandit une liasse de documents.

— J'ai trouvé ça à la maison.

Il s'approche et tend les papiers à Fawley, qui ne lit que celui du dessus, puis regarde Quinn.

— Bon travail, dit-il. Très bon travail.

* * *

Dernier testament de Horace Zachary Esmond

Felix House, 23 Southey Road, Oxford.

Je désigne comme exécuteurs et fidéicommissaires de mon testament que voici (« les Fidéicommissaires ») les associés dans la firme de Rotherham Fleming & Co du 67 Cornwallis Mews, Oxford.

Dans ce testament, où le contexte convient que :

Les « Bénéficiaires » s'entendent de mon fils Richard Zachary Esmond, ses enfants, et leur descendance à suivre ;

Le « Bénéficiaire de la Propriété » s'entend de mon fils Richard et, après sa mort, son fils aîné survivant (ou s'il n'y en a aucun, sa fille), et ainsi de suite pour toutes les générations qui se succéderont ;

La « Propriété » s'entend de Felix House, 23 Southey Road, Oxford ;

La « Propriété résiduelle » s'entend de la totalité de mes propriétés et biens, personnels et commerciaux, à l'exception de la Propriété.

Les Fidéicommissaires doivent détenir la Propriété en fiducie pour le Bénéficiaire de la Propriété durant toute sa vie, et l'autoriser à occuper la Propriété à titre gracieux tant qu'il (i) acquitte toutes les charges de la Propriété ; (ii) garde la Propriété en bon état ; et (iii) garde la Propriété assurée au nom des Fidéicommissaires et à leur satisfaction.

Sous réserve de la clause ci-dessous, les Fidéicommissaires ne doivent pas vendre la Propriété.

Dans les circonstances où (i) le Bénéficiaire de la Propriété meurt sans descendance, ou (ii) la Propriété devait être démolie (que la raison en soit un incendie, une inondation, un effondrement, une catastrophe naturelle, ou un ordre d'expropriation de quelque autorité locale ou autre organisme public conformément à la loi ou autrement), les Fidéicommissaires vendront la Propriété et distribueront les gains à chacun des Bénéficiaires à parts égales.

Les Fidéicommissaires, après avoir acquitté toutes les dettes, dépenses funéraires et testamentaires et droits de succession sur tout patrimoine qui leur est dévolu, distribueront la Propriété résiduelle à mon fils Richard Zachary Esmond.

Testimonium et attestation
En date de ce 14 avril 1965.
Signé par le susmentionné Horace Zack Esmond comme son dernier Testament en notre présence et par nous en la sienne.

HZ Esmond

Peter Clarence
Associé,
Rotherham Fleming & Co

Norman Dennis
Associé,
Rotherham Fleming & Co

Premier codicille
Je soussigné, Horace Zachary Esmond, de Felix House, 23 Southey Road, Oxford, DÉCLARE ceci comme étant un premier Codicille à mon dernier Testament, daté du 14 avril 1965 (« mon Testament ») MON TESTAMENT sera interprété et prendra effet en étant réputé contenir la clause suivante : je lègue exemptée de droits de succession à : Philip Zachary Esmond, mon petit-fils, né le 11 octobre 1975, la somme de cent mille livres (100 000 £).

À TOUS autres égards, je confirme mon Testament daté du 14 avril 1965. EN FOI DE QUOI j'y ai apposé ma signature en ce 27 novembre 1975 :
HZ Esmond

Et pour un premier Codicille à son Testament en notre présence, et par nous conjointement attesté et souscrit en sa présence :

Norman Dennis
Associé,
Rotherham Fleming & Co

Benjamin Turner
Associé,
Rotherham Fleming & Co

---

* * *

Bien après que quasiment tous les membres de l'équipe sont rentrés chez eux, je suis toujours à mon bureau, regardant le testament en me posant des questions sur l'homme qui l'a rédigé. Quel genre d'esprit devez-vous avoir pour élaborer une telle chose – vous donner autant de mal pour vous assurer que des générations que vous ne verrez même jamais se conforment à votre propre conception de la famille, à votre idée de son héritage et de sa position. Et, oui, il y avait clairement beaucoup d'argent dans les années 1960 – cent mille livres auraient représenté une fortune à l'époque –, et Horace Esmond ne pouvait probablement même pas imaginer un temps où ses descendants seraient en vérité susceptibles de vendre cette maison, mais ce n'est pas une excuse. Je me cale dans mon fauteuil en me sentant, pour la première fois, sincèrement désolé pour Michael Esmond. Puis j'avance la main pour prendre le téléphone. Parce que, soudain, j'ai une excuse pour appeler. Une raison de parler à ma femme qui ne concerne ni elle, ni moi, ni quelque impossible enfant possible, mais ce qu'elle fait. Car, dans des moments comme celui-ci, dans des affaires comme celle-ci, je parle toujours à ma femme. Pas seulement pour sa formation d'avocate, mais parce qu'elle a l'un des esprits les plus aiguisés que j'aie jamais connus. Une faculté assez stupéfiante de se focaliser sur les faits essentiels – à la fois ceux que nous avons et ceux que nous n'avons pas. Et si j'hésite à l'appeler maintenant, c'est parce que je ne suis pas certain de pouvoir supporter de l'entendre appliquer cette impitoyable intelligence à plaider sa sortie des vestiges de notre mariage.

« Alex, c'est moi. Peux-tu me rappeler ? Ce n'est pas au sujet de… C'est pour une affaire. J'ai juste besoin que quelqu'un me dise si un document signifie bien ce que je pense. Et, oui, je sais que je pourrais m'adresser au service juridique ici, mais je préfère te le demander. C'est toujours à toi que je préfère demander. »

Au John-Rad, les secondes autopsies sont terminées. Celle de Zachary s'est avérée particulièrement sinistre, mais on pouvait s'en douter. Pourtant, face à une telle horreur, Ray Goodwin a procédé de façon étonnamment apaisante avec lui. Et, pour une fois, ce n'était pas dû à des CD de quatuors à cordes ou de chants de baleines amplifiés. Juste une manière calme et mesurée qui parvenait à être à la fois délicate et professionnelle. Nina devait l'admettre, elle était impressionnée.

Après cela, alors qu'ils retirent leurs blouses, il lui demande depuis combien de temps elle est officier dans la police scientifique, et il s'avère qu'ils ont des connaissances communes, et, une chose en menant à une autre, ils finissent par prendre un verre en ville. Nina ne le remarque pas, mais Gislingham et Everett sont à l'autre bout du même bar. Lui avec une bière blonde et elle un verre de chardonnay. Mais les boissons sont posées là depuis plus d'une heure. Et, contrairement à celle de Nina, leur journée ne s'est pas soldée par une agréable surprise.

— Alors, qu'est-ce qui se trame à ton avis ? demande Gislingham.

Ev lui jette un coup d'œil.

— Comment ça, ce qui « se trame » ?

— Tu sais bien… Avec le chef. Ne me dis pas que tu n'as rien remarqué.

Everett soupire.

— Bien sûr que si. Ça me paraît juste un peu merdique d'en parler dans son dos.

— Les gens sont juste inquiets, Ev.

— Je sais. Et moi aussi. Mais nous n'allons rien résoudre, si ?

Gislingham prend son verre.

— Baxter pense que sa femme l'a largué. Il aurait entendu Fawley lui laisser un message.

— Ça ne prouve rien. Je ne me suis jamais dit que quelque chose n'allait pas quand je les voyais ensemble. Même si, pour être honnête, je n'ai pas vu sa femme depuis un moment.

Elle y réfléchit. Ce devait être au pot d'anniversaire de Fawley. En octobre dernier, une bonne vingtaine d'entre eux entassés sous les plafonds bas de la *Turf Tavern*, l'air chargé de la fumée des braseros dehors. La femme de Fawley est arrivée une demi-heure avant la fin en disant qu'elle avait été retenue au travail. Elle était magnifique, comme toujours. Hauts talons, tailleur écarlate, de longs cheveux bruns coiffés en un chignon savant – le genre qu'Everett n'aurait jamais pu faire, même si elle avait eu les cheveux pour ça. Ou le temps. Alex Fawley avait bu un demi-verre de prosecco réchauffé, taquiné Gislingham à propos de sa promotion et souri à son mari lorsqu'ils avaient porté un toast, et il l'avait regardée d'une façon dont personne n'avait jamais regardé Everett de toute sa vie. Ensuite, ils étaient partis. Pas une personne ayant vu les Fawley ensemble n'aurait dit que quelque chose ne tournait pas rond. Mais tout le monde est capable d'entretenir l'illusion du couple parfait pendant une demi-heure.

— Écoute, ce n'est peut-être rien, malgré tout, dit Everett.

Mais son expression dit le contraire. La sono passe maintenant « Saving All My Love for You ». Elle a toujours détesté cette chanson et, à cet instant précis, les paroles sont devenues affreusement pertinentes.

Gislingham grimace.

— Eh bien, je n'ai jamais catalogué Fawley parmi les infidèles. Et, après ce désastre avec Quinn, j'aurais pensé que Somer avait assez de merde à balayer devant sa propre porte, dit-il en lui jetant un coup d'œil. Vous êtes potes, toutes les deux – est-ce qu'elle t'a raconté quelque chose ?

Everett nie de la tête.

— Pas un mot. Mais je ne le ferais pas non plus, si je m'envoyais en l'air avec le patron.

Ils restent silencieux un instant. Everett décrit des cercles sur la table avec son verre.

— Écoute, finit par dire Gislingham, je vais devoir partir. J'ai dit à Janet que je ne rentrais pas tard. (Il se lève et tire son manteau du dossier de la chaise.) Et Ev ? Motus, OK ? Il y a déjà assez ragots comme ça au poste.

Elle lui adresse son expression « Pour qui me prends-tu ? » et vide son verre.

— Je te suis.

* * *

Envoyé : Jeu. 11 janvier 2018, 21 h 35
Importance : élevée
De : Alexandra.Fawley@HHHlaw.co.uk
À : DIAdamFawley@ThamesValley.police.uk

Objet : Ton message

J'y ai jeté un coup d'œil. Ce n'est pas le genre de dispositions que nous recommanderions de nos jours – c'est bien trop restrictif. Mais, globalement, tes suppositions sont justes :
Un usufruit de la maison est transmis au fils aîné de chaque génération et, à défaut, la fille aînée.

Il (ou elle) est en droit de vivre dans la maison, mais ne peut pas la vendre (étant la propriété du Fidéicommis).
Néanmoins, selon la clause 5, si la maison doit être détruite en raison de circonstances dépassant le contrôle des Fidéicommissaires (telles qu'une inondation catastrophique), la maison ainsi que la parcelle doivent être vendues et les gains répartis entre les héritiers directs vivant à ce moment-là.

Si c'est la maison de Southey Road dont nous parlons, à mon avis, les conditions de la clause 5 ont été plus que dûment remplies.

En espérant que ce soit utile,
A

Alexandra Fawley / Associée / bureau d'Oxford / Harlowe Hickman Howe LLP

Même pas un « bisou » à la fin. Quelque chose qu'elle ferait sans réfléchir même pour les amis, mais qu'elle s'est sûrement retenue de faire pour moi.

Je ne pense pas m'être senti un jour plus dévasté.

20 juillet 2017, 11 h 45
168 jours avant l'incendie
23 Southey Road, Oxford

L'homme à la porte est en salopette, avec un escabeau et une boîte à outils.

— Madame Esmond ?

— Oui, dit-elle avec méfiance.

Il y a une camionnette garée au bord du trottoir avec « D & S Security » peint sur le côté.

— Votre mari nous a donné rendez-vous, dit-il en voyant son expression.

Il fourre la main dans sa poche pour prendre un papier.

— Portail latéral, système d'alarme, verrous neufs sur les fenêtres et toutes les portes extérieures.

— Il ne m'a jamais rien dit de tout ça.

Du moins, elle ne se rappelle pas qu'il l'ait fait.

Il relève les yeux et sourit.

— N'hésitez pas à vérifier auprès de lui. On n'est jamais trop prudents, c'est ce que je dis toujours.

— Si ça ne vous dérange pas, je vais le faire.

Elle ferme la porte et va dans le salon. Elle peut voir l'homme par la fenêtre de devant. Mais, comme d'habitude, le portable de son mari est éteint.

« Michael… est-ce que tu peux me rappeler ? Il y a un homme ici qui vient pour une intervention sur les serrures. Je n'étais pas au courant. »

Elle pose le téléphone et retourne à la porte.

— C'est bon, alors ? dit l'homme d'un ton enjoué.

— Je n'ai pas pu le joindre. Vous permettez… Est-ce que je pourrais voir ce papier ?

— Mon patron m'a dit qu'il était venu un peu plus tôt cette semaine, dit-il en le lui tendant. Mardi, je crois que c'était.

Le lendemain du départ de Philip. Deux jours après lui avoir fait part de son impression que quelqu'un était entré dans la maison. Seulement, Michael ne savait rien de tout cela. Si ?

— Vous voyez ? dit l'homme. C'est sa signature, juste là.

Vérifications faites, c'est bien la signature de Michael.

— Qu'avez-vous dit que vous veniez installer, déjà ?

— Nouveau portail latéral, alarme dernier cri et nouveaux verrous de portes et fenêtres. (Il jette un coup d'œil vers le côté de la maison.) Je veux dire, à l'heure actuelle, on peut entrer ici comme dans un moulin, non ? Et, à cette période de l'année, vous pourriez être à l'étage, avec votre porte arrière ouverte, et n'importe quel Tom, Dick ou meurtrier à la hache pourrait s'introduire chez vous. Avec une maison aussi grande, vous ne vous en rendriez peut-être même pas compte. Votre mari n'a-t-il pas dit que vous aviez été cambriolés ?

Elle rougit.

— Un cambriolage, non… Enfin, pas vraiment…

— Du pareil au même. Comme je disais, madame Esmond, on n'est jamais trop prudent, de nos jours. Certains de ces cinglés ne sont pas motivés par le vol. Parfois, c'est juste pour le plaisir de faire intrusion là où ils ne sont pas les bienvenus.

— Alors pourquoi il ne nous a rien dit, putain ?

Pas difficile de deviner qui c'est : Quinn, le râleur dans toute sa splendeur.

— Sérieusement, poursuit-il en regardant le reste de l'équipe autour de lui, Philip Esmond est au courant de l'existence de ce testament depuis le début, et il n'a même pas pris la peine de l'évoquer. Pas un mot, bon Dieu.

— Mais en quoi est-ce pertinent ? demande Ev. Philip n'aurait pas pu mettre le feu à cette maison, vu qu'il était au milieu de l'Atlantique.

— Est-ce qu'on en a la moindre preuve ?

Ev s'empourpre.

— Eh bien, non…

— Bon, alors, dit-il.

Je me tourne vers Somer.

— Quel jour avez-vous parlé à Philip la première fois ?

— Le jeudi après-midi, monsieur. Quelques heures après l'incendie.

— Bien. Pourriez-vous revérifier les coordonnées exactes de ce coup de téléphone par satellite, s'il vous plaît ? Juste pour être sûrs.

Pendant ce temps, Ev est prise d'un second souffle.

— Dans tous les cas, pourquoi Philip voudrait-il saccager les lieux ? Rien ne laisse à penser qu'il avait besoin d'argent.

— Même cent mille livres à intérêts composés vont s'évaporer à un moment donné, remarque Asante. Surtout à la vitesse où il consume.

Il n'a pas tort – ce n'est pas seulement le bateau flambant neuf, c'est le style vis-ta-vie-comme-bon-te-semble, et tout cela sans moyens de subsistance visibles.

— Certes, dit Baxter sombrement, en revanche, ça donne à Michael un sacré mobile, non ?

Et il a également raison : mettre le feu à cette maison aurait résolu ses soucis financiers une bonne fois pour toutes. Mais irait-il jusqu'à la réduire en cendres ? Un bâtiment si intimement lié à son sentiment de supériorité dans le monde ? Si vous voulez mon avis, c'est carrément exagéré. Même si sa famille ne s'était pas trouvée à l'intérieur, même si je ne savais pas qu'il était à quatre-vingts kilomètres des lieux à ce moment-là.

— Pourquoi est-ce que je ne le lui demanderais pas ? finit par suggérer Somer. À Philip, je veux dire. Je peux lui passer un coup de fil.

— Non, dis-je. Allez lui parler en personne. Je veux savoir comment il réagit. Et, avant de partir, appelez Rotherham Fleming & Co. Je veux savoir tout ce qu'ils sont disposés à nous dire au sujet des Esmond.

Elle paraît dubitative.

— Ils diront sans doute que c'est confidentiel…

— Je sais. Mais rien ne nous empêche de demander. (Je balaie la pièce du regard.) Est-ce que quelqu'un d'autre a quoi que ce soit de nouveau ou d'utile ?

— Challow a appelé, signale Gislingham. À propos des empreintes digitales prélevées sur la porte du garage. La plupart appartenaient à Michael et correspondent à une grande quantité de celles trouvées dans le bureau, mais le reste des empreintes n'était que partiel. Et, pour info, aucune ne ressemblait tant soit peu à celles de Jurjen Kuiper.

— J'ai reçu un appel de cet ami que Michael avait à Oxford et que nous essayions de contacter, dit Everett. Il aurait pu me voir plus tard aujourd'hui, mais, par chance, il est aussi dans le coin demain matin.

Elle ne prend pas la peine de préciser pourquoi cet après-midi est exclu, car nous le savons tous. Je vais devoir fouiller dans le tiroir de mon bureau pour retrouver ma cravate noire.

— Est-ce que je peux vous aider – êtes-vous venue voir un résident ?

La femme à l'accueil de la maison de retraite affiche un sourire d'un impeccable professionnalisme qui n'atteint pas tout à fait le reste de son visage.

Somer sort sa plaque.

— Inspecteur Erica Somer, police de Thames Valley. Je crois que M. Esmond est ici en ce moment, avec sa mère ?

La femme acquiesce.

— Ils sont dans la partie salon.

Elle emprunte le couloir, ses chaussures en plastique couinant sur le parquet. L'endroit tout entier dégage une impression d'hôtel de campagne vaguement délabré.

L'étendue de l'allée de gravier, la cage d'escalier en bois légèrement trop grande, les rideaux de brocart avec leurs attaches à glands et les meubles imposants qui n'auraient pas été incongrus dans la maison de Southey Road. Somer se demande un instant si c'était l'idée – si Michael Esmond voulait que sa mère passe ses derniers jours dans un lieu le plus semblable possible à son ancien domicile. La seule différence ici, c'est que tous les fauteuils ont des protections d'assise en plastique, et la forte odeur de désodorisant artificiel masque quelque chose de pire.

Les Esmond sont assis dans un oriel donnant sur le jardin. Sur la terrasse dehors, il y a des pots de crocus placés près de la fenêtre afin que les résidents puissent les voir, et il y a devant eux une théière et deux tasses. Avec des soucoupes. Somer relève, même s'il est dos à elle, que Philip porte déjà son costume d'enterrement.

Il est clairement content de la voir. Malgré les circonstances. Il se met debout.

— Inspecteur Somer – Erica –, merci d'être venue.

Elle sourit.

— Pas de problème. Je sais que vous avez beaucoup à gérer en ce moment.

— Je vous présente ma mère, Alice.

Mme Esmond relève les yeux vers elle. Elle doit être l'une des plus jeunes résidentes ici. Pas plus de soixante-dix ans, peut-être seulement soixante-cinq. Mais ses yeux sont ceux d'une vieille femme.

— Bonjour, madame Esmond, dit Somer en tendant la main.

— C'est ta petite amie ? demande Mme Esmond en ignorant la main pour se tourner avec raideur vers son fils. Un beau brin de fille, hein ?

— Non, maman, s'empresse-t-il de répondre, s'empourprant en jetant un coup d'œil à Somer. C'est une dame de la police.

Mme Esmond ouvre la bouche et semble sur le point de dire quelque chose, mais ils sont interrompus par la soignante, qui demande à Somer si elle aimerait du thé.

— Il devrait en rester dans la théière.

— OK, merci. Pourquoi pas.

L'employée va chercher des couverts supplémentaires, et Philip se tourne face à Somer.

— De quoi vouliez-vous me parler, inspecteur Somer ? Ce devait être important.

— Nous avons trouvé une copie du testament de votre grand-père à la maison.

Les épaules de Philip s'affaissent un peu.

— Oh, ça.

— Vous ne nous en avez pas parlé. (Elle garde un ton léger et son sourire en place.) Y avait-il une raison à cela ?

Il paraît déconcerté.

— Ça n'avait aucun intérêt. À quoi bon parler de ça ?

— Juste pour être claire, les termes du testament stipulent que la maison doit être transmise au fils aîné. C'est-à-dire vous, n'est-ce pas ? Pourtant vous n'y viviez pas.

Philip soupire.

— Eh bien, comme je disais, je suis souvent en vadrouille. Elle serait restée vide la moitié du temps. Et Michael avait plus besoin de cet endroit que moi. C'est lui qui a des enfants.

Il semble prendre conscience de ce qu'il vient de dire.

— Seigneur, lâche-t-il en laissant retomber sa tête dans ses mains. Quel putain de cauchemar. Désolé. Je ne jure pas autant d'habitude. J'ai juste du mal à me faire à tout ça.

— Ne vous en faites pas pour moi. J'ai entendu bien pire. Avant j'enseignais dans un collège.

Il relève les yeux avec un sourire piteux. Elle ne s'était pas aperçue jusque-là à quel point ses yeux étaient bleus.

— Vous avez donc accepté que votre frère et sa famille habitent dans la maison ?

— Il n'y avait rien d'officiel ou quoi. Mais oui. C'était complètement logique, étant donné qu'il travaille aussi à Oxford.

— Et la clause sur la démolition de la maison ?

— Je sais que ça peut paraître un peu bizarre, mais ce testament a été rédigé dans les années 1960. Juste au moment où le gouvernement prévoyait le périphérique. L'un des itinéraires qu'ils envisageaient aurait carrément traversé Southey Road – la maison aurait fait l'objet d'une expropriation. Les avocats ont dit à mon grand-père qu'il ferait mieux de prévoir une clause pour une telle éventualité – quelque chose qui échapperait au contrôle de quiconque. Écoutez, on a fini, inspecteur ? C'est que je dois aller à des funérailles…

— Juste une dernière question, monsieur. Il est vraisemblable que la clause 5 s'applique bien, à présent. La maison va devoir être démolie, n'est-ce pas ?

— J'imagine, oui. Je n'y avais pas pensé.

Mais elle ne lâche rien.

— Cela signifie donc que ce sera vendu. Le terrain, je veux dire. Il vaudra une fortune, dans cette partie d'Oxford – une parcelle de cette taille.

Philip hausse les épaules.

— Probablement. Mais ce n'est pas ma priorité absolue en ce moment…

— Vous n'avez pas contacté votre assurance ? Ça va représenter un dédommagement phénoménal. Ils voudront forcément envoyer un expert…

— Écoutez, je veux juste retrouver mon frère. Ce qui, si je peux me permettre, est aussi ce que la police devrait être en train de faire.

— La police ? dit soudain Mme Esmond. Êtes-vous de la police ?

— Je te l'ai dit, maman, dit-il patiemment.

— Est-ce que c'est Michael ?

Somer et Philip échangent un regard.

— Oui, maman, répond-il calmement. C'est au sujet de Michael.

— Je croyais que ton père avait réglé tout ça, dit-elle en agrippant le bras de son fils.

— Désolé, dit Philip à voix basse. C'est ce qui arrive. On dirait qu'elle va bien, et puis elle se met à confondre le passé avec le présent. Ou elle est confuse, point barre.

— Il m'a dit qu'il avait parlé au docteur, poursuit Mme Esmond, d'une voix à présent plus forte. Ce M. Taverner. Et ensuite *lui*, il a parlé à la police, et tout a été réglé.

— Et voilà, dit gaiement la soignante en se penchant pour faire de la place sur le plateau. Et j'ai aussi apporté des biscuits. Ce ne sont que des Garibaldi, mais nécessité fait loi, hein, madame E. ?

— Je lui ai dit, au docteur, que Michael n'a jamais rien fait de tel avant, dit Mme Esmond. Il a toujours été un petit garçon si honnête. Qui se dénonce quand il a été méchant. L'idée même qu'il puisse faire une chose pareille et ensuite s'enfuir…

Somer sourcille. Il ne s'agit pas de confusion – c'est quelque chose de spécifique. Elle se tourne vers Philip.

— Savez-vous à quoi elle fait allusion ?

— Sérieusement… aucune idée.

— Ce pourrait être important.

La soignante regarde Philip, puis Somer.

— Eh bien, si ça peut être utile, je pense savoir ce qu'elle veut dire. Alice m'a raconté cette histoire il y a un moment, dit-elle en se redressant. C'était à l'époque où votre frère était encore à l'école, non ?

S'ensuit un silence gêné. Philip Esmond se détourne.

L'employée lui jette un coup d'œil, puis à Somer.

— Voilà une preuve de ce qui peut arriver quand on devient intime, dit-elle pesamment, avant de s'éloigner en vitesse.

Philip ne croise pas le regard de Somer.

— Monsieur Esmond, est-ce que vous me demandez toujours de croire que vous ne savez rien de tout ceci ?

Il secoue la tête, puis prend une profonde inspiration.

— Non. Mais nous ne pouvons pas en parler ici. Pas dans un endroit où maman peut entendre.

Avec Fawley, Everett et Somer attendus aux funérailles, Baxter passe un après-midi inhabituellement calme. Il a une tasse de thé (du thé digne de ce nom, remonté du réfectoire) et un en-cas à moitié grignoté. C'est l'une de ces barres protéinées, et, selon ses critères, cela compte comme de la nourriture saine et non du chocolat, ce qui signifie qu'il n'a pas à le confesser à sa femme ni à l'écrire dans ce foutu journal de bord Weight Watchers qu'elle tient pour lui. Il suit le régime depuis maintenant deux mois, et il voit bien qu'elle est déçue que les kilos ne fondent pas. Elle lui demande, certains jours, s'il est sûr de s'être rappelé tout ce qu'il a mangé au bureau, et il la regarde toujours droit dans les yeux. Toutes ces années à interroger des menteurs professionnels se sont enfin avérées utiles.

Il termine le thé et se remet à ses tentatives de craquer le mot de passe du PC qu'ils ont retrouvé dans le bureau de Michael Esmond.

— OK, alors dites-moi.

Dehors dans le jardin, il fait clair, mais froid. Ici et là, des traces de neige persistent dans les coins ombragés des bordures. Il y a des perce-neiges et les premiers bourgeons pulpeux des hyacinthes.

Philip fourre les mains dans ses poches. Il fait trop froid pour s'asseoir, alors ils continuent de marcher. Somer voit Mme Esmond les observer de l'intérieur. Il lui vient à l'esprit qu'elle la prend probablement toujours pour la petite amie de son fils.

— Quand j'ai dit que je n'en savais rien, ce n'était pas exactement un mensonge.

— Pas *exactement* ? Qu'est-ce que ça veut dire ?

— Ça veut dire que j'étais en Australie à l'époque. En année de césure. Seulement, ça s'est révélé être juste une « année », puisque je n'ai jamais atterri à la fac au final.

— Alors qu'est-ce qui s'est passé ?

— Papa et maman ont toujours été très évasifs sur tout ça, mais Mike a fini par m'en parler. Pas en une seule fois – c'est venu par bribes. (Il inspire profondément.) En gros, mon père l'a surpris avec un autre garçon.

— Un autre garçon ?

Si elle s'attendait à quoi que ce soit, ce n'était pas ça.

— Ils étaient dans le pavillon d'été. Celui au fond du jardin. Je ne pense pas que c'était vraiment… une relation sexuelle. Écoutez, il avait dix-sept ans, peut-être que c'était juste du touche-pipi, pour l'expérience. Mais papa a piqué une crise. Il a viré l'autre gamin, il s'est mis à crier, brailler et dire à Mike qu'il ne l'élevait pas pour qu'il devienne un pervers – qu'il déshonorait la famille –, des conneries comme ça. Je suis sûr que vous pouvez remplir les cases vides.

Et elle le peut. Tout comme elle peut imaginer l'effet dévastateur de telles paroles.

— Alors que s'est-il passé ?

— Mike est rentré à la maison en courant, a pris les clés de voiture, et il est parti. Cinq minutes plus tard, il a renversé une gamine à vélo sur Banbury Road.

— Oh, Seigneur.

— Je sais. Pauvre vieux…

— Et est-ce qu'elle allait bien ? La petite fille ?

— Oui, ça allait. Juste quelques bleus. Mais elle est restée inconsciente quelques minutes. Mike a cru qu'il l'avait tuée. Il a complètement paniqué. Il est juste remonté en voiture et a filé. On ne l'a pas retrouvé avant trois jours. Et alors il ne se souvenait plus de rien.

Et, soudain, tout se recoupe.

— Il était à Calshot Spit, c'est ça ? (Philip rougit, puis acquiesce.) Pourquoi ne m'avez-vous pas dit tout ça quand je vous ai interrogé sur la cabane ?

Il affiche un air chagriné.

— Je suis désolé. J'aurais dû me montrer plus ouvert là-dessus, je m'en rends compte maintenant. Mais ça remonte à il y a plus de vingt ans ; je ne voyais pas en quoi déterrer toute cette histoire pouvait vous être utile. Et encore moins à Michael. Ça ne me paraissait pas avoir le moindre intérêt.

— C'est à nous d'en décider, monsieur Esmond. Pas à vous.

Il s'arrête de marcher et se tourne face à elle.

— Je suis désolé. Sincèrement. Je ne suis pas un menteur. Si vous me connaissiez mieux, vous le sauriez.

Elle choisit d'ignorer le message en pointillé et se remet en route.

— Et ce médecin que votre mère a évoqué ?

— Mes parents ont paniqué à l'idée que toute l'affaire torpille les chances de Mike d'entrer à Oxford, alors ils ont payé pour qu'il voie quelqu'un à Harley Street. De cette manière, ça restait hors de son dossier de sécurité sociale. Il a dit que Mike était dans un état de troubles émotionnels extrêmes au moment de l'accident, et qu'il est ensuite tombé dans une espèce d'amnésie traumatique – je crois qu'ils appelaient ça : « fugue dissociative ». Il a écrit une lettre à la police, et ils l'ont acceptée. Et puisque la petite fille était globalement indemne, mes parents ont réussi à enterrer l'affaire.

Il croise son regard.

— Et oui, je soupçonne cette dernière partie d'impliquer un chèque assez chargé en zéros.

— Et après ça ?

— Mike a vu le psy le reste de cet été-là et a passé les examens d'admission à l'automne. Le reste, vous le savez.

— Et l'autre garçon…

Philip émet un rire ironique.

— Totalement expurgé de l'histoire. Je ne connais même pas son nom. Et la façon dont Mike a poursuivi son chemin, eh bien, disons juste que c'était à peu près aussi hétéro que vous pouvez l'être. Il n'avait eu qu'une petite amie jusque-là. Janey – Jenny… quelque chose comme ça. Mais, soudain, il multipliait les conquêtes. C'était juste du sexe, à ma connaissance. (Il sourit d'un air penaud.) J'étais même un peu jaloux de lui, si vous voulez tout savoir.

— Vous étiez donc revenu d'Australie à ce moment-là. (Il hoche la tête.) Et comment vous a paru votre frère ?

— Pareil… Et différent. Je n'aurais jamais deviné ce qui s'était passé rien qu'en le regardant.

— Je ne vous suis pas.

— Eh bien, vous imagineriez que ça vous met par terre, un truc pareil, non ? Mais, avec Mike, ç'a été le contraire. Ce n'étaient pas juste les coucheries. Il était plus confiant, plus affirmé. Juste, vous savez, plus tapageur.

Tout comme les six derniers mois, se dit Somer. Coïncidence ? Ou l'histoire se répète-t-elle ?

Aussi différentes que puissent être nos vies, la façon dont nous les quittons ne varie guère. Pas de nos jours. Les crématoriums sont comme des *McDonald's*. Identiques dans chaque ville. Même disposition, mêmes chaises, mêmes rideaux d'apparence acrylique. Et, dans la majorité des cas, cette même impression gênante d'un groupe d'endeuillés qui sortent en paquets par l'arrière juste au moment où le prochain convoi arrive à la porte de devant. Mais pas cette fois. Les funérailles des Esmond seront dans toute la presse à cette heure-ci demain, et le crématorium a clairement dégagé l'après-midi entier. J'y arrive tôt, avant Everett et Somer, mais le vestibule est tout de même bondé, et je scrute la foule en me demandant pour une bonne partie qui sont ces gens. Les quelques femmes dans la trentaine élégamment habillées sont probablement des parents de l'école de Matty, mais je pense que les autres sont pour la plupart des journaleux, arborant des tenues noires élimées et des visages tristes surentraînés.

Je fais de mon mieux pour me fondre dans le décor, laissant Everett et Somer se charger de la présence officielle. Et elles le font bien, chacune à sa manière. Somer est plus prompte à approcher les gens, et je la vois entamer des conversations, poser des questions. Je regarde les hommes la sous-estimer parce qu'elle est séduisante et en uniforme, et je la regarde enregistrer ce fait et s'en servir à son avantage. Everett, d'un autre côté, paraît plus passive, et beaucoup moins à l'aise dans son uniforme, sur lequel elle ne cesse de tirer toutes les cinq minutes. Elle écoute plus qu'elle ne parle, donnant aux gens le sentiment qu'ils restent en position de force sur dans l'échange. Mais elle récolte les renseignements dont elle a besoin, malgré tout.

Quand les trois corbillards s'arrêtent dehors, il y a une bousculade indécente tandis que les photographes de presse se bousculent pour avoir le meilleur angle. Le cercueil de Samantha est couvert de lys roses et de ces minuscules fleurs blanches. De la gypsophile. Dans la deuxième voiture, le cercueil de Matty est recouvert d'un drapeau de l'Arsenal, avec une couronne de roses rouges envoyée, m'a-t-on dit, de la part du club. Apparemment, ils vont porter un brassard noir à leur prochain match en sa mémoire. Typique des réseaux sociaux. Et, enfin, celui de Zachary, le minuscule cercueil croulant sous une masse de pâquerettes entre lesquelles on peut lire son prénom.

L'air est chargé de bruine, mais les nuages se dissipent momentanément, et un rayon de soleil descend en oblique sur la pelouse et les plantes d'hiver flétries. Il y a un merle solitaire au bord du gravier, picorant çà et là les écorces du terrain municipal et déterrant de petits débris. Je me retrouve les yeux rivés sur lui pendant que les porteurs avancent, j'entends donc plus que je ne vois la montée d'émotion tandis que Gregory Gifford s'approche pour prendre le cercueil de son petit-fils. C'est Zachary qui fait fondre en larmes les femmes, mais c'est lors du passage du cercueil de Matty que je me détourne. Tout parent ayant perdu un enfant vous dira la même chose. Veufs, orphelins – il y a un nom pour les gens qui ont perdu des épouses, perdu des maris, perdu des parents. Mais il n'y en a pas pour un parent ayant perdu un enfant. Alors j'évite les enterrements quand je le peux, et plus particulièrement ceux des enfants. C'est déjà assez atroce sur le moment, lorsque vous êtes à moitié hébété par le naufrage de votre vie, mais le revivre dans la brutalité à vif du chagrin d'un autre est quasiment insoutenable. Je ne veux pas penser à ce jour-là. Je ne veux pas me rappeler le visage pâle et sans larmes d'Alex, mes parents agrippés l'un à l'autre, ni les fleurs, des couronnes et des couronnes de fleurs envoyées par tous ces gens que nous avions priés de ne pas venir – que nous avions priés de ne pas envoyer de fleurs. Et pourtant, ils en avaient quand même envoyé, parce qu'il leur fallait faire quelque chose. Parce qu'ils se sentaient aussi désarmés que nous face à une peine si incommensurable.

Le cortège se forme à présent, les porteurs s'adaptent au poids, et le pasteur s'avance. Je reste en retrait, laissant les derniers retardataires aller devant moi, évitant le regard d'un ou deux journaleux que je reconnais. On diffuse de la musique classique. Du Bach, je crois, mais quelque chose de plus chaud, moins austère que je ne l'estime d'habitude. Nous avons passé du Haendel pour Jake. Haendel et Oasis. Haendel était le choix d'Alex. *Lascia ch'io pianga*, « Laisse-moi pleurer mon cruel destin ». Je l'ai adoré autrefois, mais je ne peux plus l'écouter. Oasis, c'était moi. « Wonderwall ». Jake l'écoutait en permanence. J'ai toujours pensé qu'il le passait autant parce qu'il s'accrochait à l'idée que nous allions le sauver. Mais nous n'avons pas pu. Je n'ai pas pu. À la fin, quand il a eu besoin de moi, je n'étais pas là.

Je me glisse dans un siège au dernier rang. Un siège avec une vue sur l'entrée et le terrain. Car c'est la principale raison de ma présence ici. La famille entière de Michael Esmond est incinérée aujourd'hui, et nous avons fait tout ce qui est en notre pouvoir pour veiller à ce qu'il le sache, où qu'il soit. Sa femme, ses deux fils – il faut une froideur particulière pour tourner le dos à cela ; même les tueurs endurcis que j'ai connus en ont été incapables. Je me place donc à un endroit d'où je peux scruter la longue allée, et les terres plates et sinistres qui mettent ce lieu de mort et d'adieux en quarantaine de la vie ordinaire, affairée et égocentrique qui suit son cours à l'extérieur. Les paroles du service funéraire s'enfoncent dans mon crâne – « Mère et épouse dévouée… » « Populaire parmi tous ses camarades de classe… » « Disparu de façon si tragiquement précoce… » –, mais tout ce que je vois, c'est le merle. Avec son œil intense et vif, et son bec qui se plante brutalement.

* * *

Oxford Mail **en ligne**
Vendredi 12 janvier 2018
Dernière mise à jour à 17 h 08

Funérailles après l'incendie à Oxford
Les funérailles de Samantha Esmond et de ses deux fils, Matty, 10 ans, et Zachary, 3 ans, ont eu lieu au crématorium d'Oxford cet après-midi. Les habitants ont observé en silence le passage du cortège funéraire. Parmi les personnes endeuillées, famille, amis et collègues, venus nombreux, ainsi que des représentants de la Bishop Christopher's School, où Matty était élève. On a également relevé une présence importante, bien que discrète, de

la police. Toutefois, si les officiers espéraient que Michael Esmond ferait une apparition, ils ont été déçus.

Malgré les appels lancés par la police, l'universitaire d'Oxford n'a pas reparu depuis le soir du 3 janvier, date à laquelle il participait à un colloque à Londres. Plus tôt cette semaine-là, il semblerait qu'il ait eu un entretien avec son chef de département. Des sources proches de la faculté ont laissé entendre que le professeur Esmond avait été accusé de harcèlement sexuel par une étudiante, s'exposant de ce fait à de lourdes sanctions et risquant d'être licencié.

92 commentaires

CallydonianGal0099
Ça brise le cœur, vraiment. Ces pauvres enfants

MedoraMelborne
Le père les a tués. Il les a tués et ensuite s'est suicidé. Attendez un peu – je sais que j'ai raison

5656AcesHigh
Je suis d'accord. Je pense que cet odieux FDP les a tous assassinés.

HillBilly_889
Plus on en apprend sur lui, plus son cas s'aggrave. Maintenant ce mec est un pervers sexuel ? Ça ne s'invente pas.

Craintes pour l'avenir du marché couvert

Des commerçants du marché historique sont inquiets pour son avenir après plusieurs fermetures de premier plan…/*suite*

Football : Ligue junior *Oxford Mail*

Comptes rendus complets et scores…/*suite*

Un homme en garde à vue après des allégations de viol

Un professeur de 45 ans a été arrêté après que l'une de ses élèves l'a accusé de viol. La jeune fille, dont l'identité n'a pas été révélée…/*suite*

Ouverture prochaine d'un centre social à Littlemore

Le nouveau centre social Littlemore sera officiellement inauguré en avril, pour offrir à la population locale toute une gamme de services…/*suite*

---

* * *

J'attends devant la voiture en fumant une cigarette. Everett et Somer saluent les dernières personnes du cortège, et le parking est presque vide. Le vent se lève, et je vois Somer s'agripper à son bonnet tandis qu'elle contourne le côté du bâtiment. Elles viennent à ma rencontre.

— Vous avez obtenu du nouveau ? demande Everett alors qu'elles me rejoignent. Parce que de notre côté… toujours rien.

Elle tire sur sa veste pour la rajuster.

Je secoue la tête.

— Rien de concret. Et vous, Somer ?

— Pas vraiment, monsieur.

— Avez-vous parlé aux avocats ?

Elle acquiesce.

— Rien à faire, je le crains. Ils ont dit qu'ils n'étaient pas autorisés à divulguer quoi que ce soit sur les affaires de leurs clients.

Je ne suis pas surpris, même si ça valait la peine d'essayer.

— En revanche, j'ai eu une conversation très intéressante avec Philip Esmond. Pas ici, s'empresse-t-elle de préciser. Ce matin, à la maison de retraite.

Ce qui explique une observation futile que j'ai faite plus d'une fois durant la dernière heure et demie. Sur la façon dont il la regardait, et dont elle évitait son regard.

Il ne faut pas longtemps pour que j'aie le topo. L'incident avec le garçon, l'accident sur Banbury Road et la fugue à Calshot, le seul endroit où Michael Esmond se sentait en sécurité. Et, au bout de tout ça, elle n'est plus la seule à y entrevoir plus clairement le profil de Michael Esmond.

— Je sais qu'en vérité il n'est pas allé à Calshot cette fois, conclut-elle, rougissant légèrement à ce souvenir, mais pour le reste... Pensez-vous qu'il ait vu la nouvelle de l'incendie et soit retombé dans un état de fugue dissociative ? Ce doit être une possibilité. Même si, à mon avis, il nous faudrait parler à un psychiatre pour en être certains...

— Je peux contacter Bryan Gow. Rappelez-moi – quand Annabel Jordan dit-elle avoir remarqué un changement chez Esmond ?

— L'été dernier, chef, dit Ev avec un regard éloquent. Au même moment où l'instit de Bishop Christopher's a remarqué un changement chez Matty.

Michael, Matty – il y a là quelque chose, j'en suis persuadé, seulement c'est hors de portée...

— OK, creusons encore un peu. Il s'est produit quelque chose dans cette famille l'été dernier, et je veux savoir ce que c'était.

* * *

Audition de James Beresford

12, Feverel Close, Wolvercote, Oxford
13 janvier 2018, 11 h 16
En présence de l'inspecteur V. Everett

VE : Merci d'avoir pris le temps de venir me voir un samedi, monsieur Beresford.

JB : Pas de problème. Heureux de pouvoir vous aider. Quoique je ne sache pas vraiment comment je peux être utile. Je ne vois pas beaucoup Michael. Je veux dire, nous étions à l'école ensemble, mais ça fait longtemps, maintenant. Nous n'avons jamais été précisément « amis ».

VE : Quand l'avez-vous vu pour la dernière fois ?

JB : J'y ai réfléchi, depuis que j'ai vu les infos. C'était il y a environ trois mois. Il m'a envoyé un mail comme ça, sorti de nulle part. Ça devait faire quatre ou cinq ans que je n'avais pas eu de ses nouvelles.

VE : Avait-il une raison particulière de vous contacter ?

JB : Ça n'en avait pas l'air au départ. Nous nous sommes rejoints dans l'un de ces bars sur South Parade. Nous nous sommes installés dehors parce qu'il voulait fumer. Je pensais qu'il avait arrêté depuis des années, enfin bref, nous avons dû rester là au moins une heure à discuter de tout et de rien, et puis finalement, il lâche le morceau. Il me dit qu'il a besoin de mes lumières. Professionnellement, je veux dire.

VE : Il voulait votre avis ?

JB : Ouais, enfin, il ne l'a pas présenté de cette manière, évidemment. Michael n'était pas du genre à vous laisser penser que vous étiez plus avisé que lui.

VE : Mais il souhaitait bien votre avis ?

JB : J'étais estomaqué, si vous voulez tout savoir. Il n'avait jamais caché qu'il estimait que mon travail était un ramassis de foutaises. Pas une discipline universitaire « digne de ce nom ». Pas comme la sienne.

VE : Que faites-vous ?

JB : Je suis psychothérapeute.

VE : Je vois. Donc il voulait quoi ? Que vous lui recommandiez quelqu'un qu'il puisse voir ?

JB : En gros, oui. Même s'il n'arrêtait pas d'expliquer que c'était pour un membre de la famille, pas pour lui. Mais évidemment qu'il allait dire ça, hein ?

VE : En fait, nous avons désormais établi que sa femme souffrait de dépression postnatale. Pensez-vous qu'il aurait pu vouloir l'orienter vers quelqu'un ?

JB : J'ignorais cela. Dans ce cas, oui, c'est possible.

VE : Pouvez-vous me donner le nom de la personne que vous avez recommandée ?

JB : Je lui ai donné une liste, en réalité – six ou sept personnes. Je peux vous retrouver ça.

VE : Savez-vous s'il a un jour contacté l'une d'elles ?

JB : Elles ne me le diraient pas si c'était le cas. La confidentialité. Et, comme je vous le disais, je n'ai pas eu de ses nouvelles depuis.

VE : Et comment paraissait-il, dans l'ensemble, ce fameux soir sur South Parade ?

JB : Il avait très mauvaise mine. Il ne s'était pas rasé, il avait des auréoles sous les aisselles. Ce genre de chose.

VE : Et ça ne lui ressemblait pas ?

JB : [Il fait une moue.] Oh que non. Michael s'est toujours soucié des apparences. Il fallait qu'il ait les meilleurs résultats aux examens, le meilleur boulot, la plus belle maison, la plus belle femme. Vous voyez le tableau. En fait…

VE : Oui ?

JB : La première chose que j'ai pensée en apprenant la nouvelle, c'est qu'il avait commis ça lui-même. Vous savez, qu'il avait pris l'issue ultime. Pour être honnête, si je ne savais pas qu'il était à Londres à ce moment-là, je persisterais à penser que c'est lui qui a mis le feu à la baraque. Il se mettait toujours bien trop la pression.

* * *

28 juillet 2017, 10 h 45
160 jours avant l'incendie
23 Southey Road, Oxford

Michael Esmond ouvre les portes du bureau et se tient là un instant en regardant da ns le jardin. C'est l'un des jours les plus chauds de l'année, mais il a dû garder les portes fermées pendant que l'on tondait la pelouse car c'était trop bruyant. Mais il peut aérer un peu maintenant que Harry est à quatre pattes en train d'entretenir les plates-bandes. Il fait du bon boulot, aucun doute là-dessus ; le jardin n'avait pas été aussi beau depuis des années. Ça vaudrait presque la peine d'organiser une autre fête pour le département. Presque, mais pas tout à fait. Il sait d'expérience que des événements comme celui-là nécessitent toujours plus de travail que vous ne l'aviez imaginé, et Sam n'est probablement pas encore en état pour ça. Sans parler du coût. Il se tourne pour regagner son bureau et, pendant une heure, tout ce qu'il entend, ce sont les coups de sécateur, le chant des oiseaux et l'aboiement occasionnel du chien d'à côté. Il est si absorbé qu'il ne remarque pas que les bruits de jardinage ont cessé ; il ne redresse même pas la tête jusqu'à ce qu'une ombre se porte sur la page devant lui. Il lève les yeux.

— Cadeau de Sam.

Harry se tient devant lui, tendant une canette de bière blonde. Et un verre. Il a lui-même une canette dans l'autre main.

— Merci, dit Michael en s'adossant à son siège. Vous vous débrouillez bien – avec le jardin, je veux dire.

Harry sourit.

— Le plus gros est fait, maintenant, mais on doit entretenir à cette période de l'année.

Il se passe la canette froide sur le front, comme un mannequin dans une pub pour soda. Et le mannequinat pourrait être une option envisageable dans son cas. Il a le physique, la taille, les tablettes de chocolat, le bronzage. La sueur perle sur sa lèvre supérieure, et il s'essuie du revers de la main. Michael se détourne en vitesse, s'apercevant qu'il le dévisageait. Il se sent rougir.

— Je n'avais pas vu que vous aviez des tatouages, dit-il, cherchant désespérément de quoi meubler le silence.

Harry baisse les yeux là où sa chemise est ouverte. Il y a un petit tatouage tout juste visible sur son pectoral gauche.

— Un seul, dit-il en le touchant. Pour la femme de ma vie.

Il lui fait un clin d'œil.

Plus tard, lorsque son épouse apporte un sandwich à Michael, il lui demande si Harry a une copine.

— Pas à ma connaissance, répond-elle.

Elle regarde dans le jardin, où le jeune homme entrepose les déchets végétaux dans des sacs. Il a ôté sa chemise à présent.

— Pourquoi ?

— Oh, juste comme ça. Il m'a dit, à propos de son tatouage, que c'était pour la femme de sa vie.

— Oh, *ça*, dit-elle en souriant. Il m'en a parlé. C'est pour sa mère. C'est une référence à son prénom. Elle l'a élevé seule, alors ils sont très proches. Un peu plus classe que *I love Mum* en gros caractères, tu ne trouves pas ?

Harry remonte le jardin maintenant, avec le sac sur l'épaule. Le tatouage est clairement visible. Une minuscule brindille de baies sur des pousses très foncées.

— Ne t'inquiète pas, dit Samantha en voyant le visage de son mari. Je ne laisserai pas Matty se faire tatouer.

— Non, dit-il, sans se retourner pour la regarder. J'espère bien que non.

* * *

Entretien téléphonique avec Belinda Bolton

14 janvier 2018, 14 h 55

Interlocuteur : inspecteur V. Everett

VE : Allô ? Inspecteur Everett à l'appareil.

BB : Oh, bonjour, ici Belinda Bolton. Je vous ai parlé aux funérailles, vendredi. Vous m'avez donné votre carte, vous vous souvenez ? Mon fils Jack est dans la classe de Matty.

VE : Oh, oui, je me souviens. Vous m'avez dit qu'ils étaient bons amis.

BB : Seulement le dernier trimestre, en vérité, mais oui, nous avons souvent vu Matty.

VE : Alors en quoi puis-je vous aider ?

BB : Vous avez dit, aux funérailles, que Jack pourrait peut-être bien se rappeler un détail. Qu'il a peut-être vu ou entendu quelque chose, mais sans comprendre à quel point c'était important.

VE : Cela arrive souvent, avec les enfants. Il est parfois préférable de ne pas forcer – de les laisser le révéler quand bon leur semble.

BB : Oui, eh bien, c'est exactement ça. Je viens de le déposer chez l'un de ses amis, et juste au moment où il sortait de la voiture, il a dit quelque chose de vraiment étrange. J'étais un peu distraite parce que j'étais en double file et que je voulais qu'il se dépêche.

VE : Qu'est-ce qu'il a dit ?

BB : Je crois qu'il était en train de parler de l'un de ses jeux vidéo. Pour être honnête, je ne suis pas très attentive quand il aborde le sujet, et alors il était à moitié sorti de la voiture…

VE : Madame Bolton… Qu'a-t-il dit ?

BB : Ça paraît dingue, mais je suis certaine qu'il a dit quelque chose sur le fait que Matty voulait tuer Zachary.

* * *

— C'était juste un jeu. Ce n'est pas pour de *vrai*.

Ils sont assis tous les quatre sur un banc dans la cour d'école de Bishop Christopher's. Everett, Somer, Alison Stevens et Jack Bolton, l'ami de Matty Esmond. Ils perçoivent des voix en provenance des classes et, quelque part, un air de piano et des enfants qui chantent. Il y a eu de fortes gelées durant la nuit, et les haies d'enceinte plutôt morcelées se sont transformées en fortification scintillante digne d'un château féerique. Un faible soleil vient de percer les nuages, mais il fait toujours froid. Le garçon est emmitouflé dans une doudoune bleue et frotte ses baskets sur le bitume.

— Tu aimes jouer aux jeux en ligne, n'est-ce pas, Jack ? dit Everett.

— Quelquefois, répond-il avec méfiance.

— Lequel préfères-tu ?

Il s'anime un peu.

— *Fortnite*. Mais *Minecraft* est cool aussi.

Everett et Somer échangent un coup d'œil.

— C'était le préféré de Matty, non ? Son papa en a parlé.

Jack frotte toujours le bitume.

— Matty était un crack à ça.

— Tu as dit quelque chose à ta maman hier – sur le fait de tuer Zachary, dit Everett.

Elle l'évoque avec légèreté, comme si cela n'avait pas tant d'importance.

Jack relève brièvement les yeux.

— *Attaque Zack*.

— Qu'est-ce donc ?

— Matty l'a fait pour *Minecraft*. C'était terrible !

— Tu y as joué avec lui ?

Jack hausse les épaules.

— Quelques fois.

— Est-ce qu'il t'a dit pourquoi il lui avait donné le nom de son frère ? demande Everett.

Jack lui jette un coup d'œil ; la question le rend manifestement perplexe.

— C'était juste un nom. Ça ne voulait rien dire.

Il se referme maintenant, et la présence de la directrice n'aide probablement pas. Everett choisit de tenter une tactique différente.

— Mme Stevens a dit que tu avais un petit frère aussi, Jack. C'est exact ? demande-t-elle.

Il acquiesce en évitant son regard.

— Je suis sûre que tu l'aimes, n'est-ce pas ?

Une pause.

— Les bébés sont débiles. Carrément chiants.

— Mais tu l'aimes malgré tout, non ?

Un haussement d'épaules.

— Il reste juste allongé là. Et il pleure. Tout le temps. C'est vraiment chiant.

Somer se frotte les mains pour les réchauffer. Ses gants ne lui semblent pas très utiles. L'un de ses anciens petits amis disait qu'il lui fallait des mitaines. Il était dans les sports d'aventure, et affirmait que les mitaines étaient mieux parce qu'elles permettent aux doigts de se toucher. Ça conserve votre chaleur corporelle, apparemment. Mais comment diable une femme adulte peut-elle porter des mitaines en toute impunité ? *A fortiori* une femme flic. Elle se demande en passant, surprise d'être même traversée par cette pensée, si Giles Saumarez a un avis sur les mitaines.

— Est-ce que Matty te parlait de son frère ? demande Everett.

Jack hoche la tête.

— Pas beaucoup. Quelquefois.

— Que disait-il ?

— Il disait que sa mère s'occupait plus de Zachary que de lui.

— Mais Zachary était très petit, dit Somer. Il avait besoin que quelqu'un veille sur lui. Tout comme Matty, quand il était plus jeune.

Pas dc réponse, cette fois. Jack racle toujours le sol. Il est clair qu'Alison Stevens brûle de lui demander d'arrêter.

— Je vous l'ai dit, finit-il par ajouter. Ce n'est pas pour de vrai. Personne ne meurt, dans le jeu.

Un quart d'heure plus tard, les trois femmes repartent vers le bureau de la directrice. Everett s'interrompt un instant pour regarder Jack qui joue à présent au football avec quatre ou cinq camarades. Ils ressemblent à tous les autres enfants qui ont tapé dans un ballon dans cette cour au fil des années. Mais sont-ils vraiment pareils ? Y a-t-il eu un jour une génération aussi immunisée contre la violence, aussi habituée à cette désinvolte brutalité ? Tous ces spécialistes dont elle lit les articles dans les journaux du dimanche, avec leurs avertissements dramatiques sur l'impact des jeux vidéo et l'érosion de l'empathie – à en juger par ce qu'elle vient de voir, ils n'en savent pas la moitié.

5 septembre 2017, 19 h 15
121 jours avant l'incendie
23 Southey Road, Oxford

La cuisine déborde d'un enthousiasme canin excessif. Le vieux golden retriever cabriole comme un chiot tandis que Matty jette des friandises en l'air pour qu'il les rattrape. Zachary rit et pousse des cris de joie, et Samantha est devant l'évier, se tournant à l'occasion avec un sourire.

Michael pose sa sacoche d'ordinateur sur la table et rejoint sa femme.

— J'en déduis que les Young ont dit « oui ».

— Ils ont dit qu'on pourrait le refaire si ça se passe bien cette fois-ci.

— Est-ce qu'on peut, papa ? demande aussitôt Matty. Est-ce qu'on peut ?

— Voyons d'abord comment ça se passe ce soir.

Matty tombe à genoux et passe les bras autour du cou du chien, posant une joue contre le doux museau.

— Tu te rappelles les règles, n'est-ce pas, Matty ? dit Michael. (Le garçon acquiesce.) Je t'écoute.

— Mollie n'a pas le droit de monter sur les meubles, et c'est moi qui dois la nourrir.

— C'est ça. Et elle doit dormir ici, dans le panier, pas dans ta chambre.

Matty semble sur le point d'objecter, mais, à l'évidence, il se ravise.

— OK, papa.

Deux heures plus tard, Michael monte voir comment va son fils. Il dort, et Mollie est lovée à ses pieds. Elle ouvre un œil, puis se réinstalle dans un soupir typique.

— Ne le réveille pas, chuchote Sam, qui apparaît à côté de son mari. Il a l'air si heureux.

— Cette couette va passer un sale quart d'heure.

— Ce n'est rien, dit-elle doucement. Il y a des choses plus graves dans la vie que quelques poils de chien.

— Le gamin ne jouait pas simplement à des jeux en ligne, dit Baxter. Il était à fond là-dedans.

Je me tiens debout derrière lui, les yeux baissés sur son ordinateur. Everett et Somer sont de l'autre côté.

— Il utilisait également son propre prénom pour son profil, poursuit Baxter, c'est pourquoi il a été aussi facile à trouver.

Je lui jette un coup d'œil en fronçant les sourcils.

— Mais n'a-t-on pas besoin d'une carte de crédit pour jouer en ligne ? Un abonnement ou autre ?

— Pas avec *Minecraft*. Une fois que vous achetez le jeu, vous pouvez jouer en ligne gratuitement, sans problème, explique Baxter, les yeux toujours rivés sur l'écran. La plupart des parents pensent que c'est assez inoffensif. Et c'est le cas, du moins comparé à *Call of Duty* ou *Mortal Kombat*. En fait, ça peut même s'avérer assez éducatif – des gens ont élaboré des versions 3D d'endroits comme le Louvre, surtout pour *Minecraft*. Et il y a un Escher vraiment cool, aussi.

Il ouvre un écran, et le voilà : l'une de mes illusions optiques préférées recréée en minuscules briques de type Lego. Des cages d'escalier impossibles, des murs insolubles. Je ne savais pas du tout que l'on pouvait faire de telles choses dans un jeu vidéo, et je pense avec tristesse combien Jake aurait adoré voir ça. J'ai bien essayé de m'y intéresser – l'idée entière m'a laissé froid, mais Alex disait que je devais faire un effort, que c'était quelque chose que Jake et moi pourrions faire ensemble. Ça n'a jamais vraiment marché. Selon Alex, le problème est que je suis incapable de m'absorber dans le jeu, qui implique une suspension volontaire du jugement. Peut-être est-ce une des raisons pour lesquelles je suis un bon flic : je refuse de perdre contact avec la réalité. Je n'arrive pas à lâcher prise, pas complètement. Même lorsque j'étais enfant, impossible d'oublier les ficelles dans *Les Sentinelles de l'air*. Mais, maintenant que je regarde à l'écran de Baxter une chose que j'ai toujours aimée sans savoir qu'elle existait, je me demande si Jake et moi aurions pu partager ça, après tout, exactement comme Alex le souhaitait. Cependant, il me vient alors à l'esprit que, peut-être, Jake connaissait ça depuis le début. Qu'il ne m'en a simplement jamais parlé. Qu'il pensait que ça ne m'intéresserait pas.

— Impressionnant, hein ? dit Baxter, avec un détachement caractéristique. Tout comme ceci. De manière plutôt différente.

Il change d'écran. L'avatar que j'observe à présent ressemble en tout point à Matty. C'est toujours fait de briques, mais il s'agit clairement de lui. En fait, je suis impressionné par l'intelligence avec laquelle il a transformé son visage en blocs de couleur. Une caricature plutôt attachante. Les lunettes, les cheveux, le nez. La ressemblance est légèrement perturbante.

— Est-ce que c'est facile de faire quelque chose comme ça ? demande Everett.

— C'est minutieux, concède Baxter, il avait du talent. Même si ce n'était sans doute pas un talent auquel son père avait beaucoup de temps à consacrer. J'ai l'impression qu'il était plutôt du genre lecture-écriture-arithmétique.

— Bon, et cette histoire d'« Attaque Zack », dis-je. Où est-ce que ça entre en jeu ?

Il fait pivoter son fauteuil face à moi.

— Vous connaissez bien le jeu *Minecraft* ?

— J'imagine que c'est un peu comme *Le Seigneur des anneaux* sous acide ?

Somer réprime un sourire.

— Voilà, dit Baxter. Des créatures étranges dans tous les coins. Certaines sont dangereuses, comme les araignées et les zombies. Et les Creepers. C'est la pire sorte de Mob…

— Mob ?

— Désolé – c'est l'abréviation de Mobile. En gros, tout ce qui est censé être une créature vivante. Comme les animaux de ferme, que vous pouvez tuer et manger, ou utiliser pour faire des armes, etc.

Mon tout nouvel enthousiasme pour le jeu se flétrit déjà.

— Et alors ?

Il se tourne vers son ordinateur, puis se cale dans son fauteuil et pointe le doigt.

— Regardez.

La créature à l'écran est étiquetée « bébé cochon ».

Et elle a le visage du frère de Matty.

6 septembre 2017, 8 h 11
120 jours avant l'incendie
23 Southey Road, Oxford

Il aurait dû s'apercevoir, au silence, que quelque chose n'allait pas. Il consulte sa montre – 8 heures passées. Les enfants sont toujours réveillés à cette heure-ci, et avec la chienne dans la maison en plus, il est surpris que ce ne soit pas déjà l'émeute en bas. Il soupire, se tourne et sort péniblement du lit. À ses côtés, Samantha remue, mais sans se réveiller, insensibilisée au monde. Il commence à faire froid le matin, et il enfile sa robe de chambre, puis l'attache tandis qu'il traverse le palier. Des bruits lui parviennent de la nurserie. Zachary qui babille pour lui-même. Il hésite en haut des marches, se demandant s'il prépare d'abord du thé pour Sam, mais quelque chose l'incite à poursuivre jusqu'à la porte de la nurserie. Son fils est assis par terre, entouré de bouts de papier d'aluminium. Il a le visage barbouillé de chocolat, et la chienne gît auprès de lui. À première vue, Michael pense qu'elle dort, jusqu'à ce qu'il aperçoive les résidus de vomi autour de sa gueule et l'œil à moitié vitreux en train de se figer.

— Réveille-la, papa ! crie Zachary en levant les bras vers son père. Réveille le toutou !

Michael se met aussitôt à genoux, tâtant la chienne à la recherche de son pouls, en vain. Il se tourne vers Zachary.

— Est-ce que tu as donné du chocolat au toutou ?

Zachary acquiesce, les yeux écarquillés.

— Elle a bien aimé. Elle a presque tout mangé.

— Et quand était-ce, tu te souviens ?

Zachary se fourre le doigt dans la bouche. Son visage commence à se plisser.

— Ne t'inquiète pas, s'empresse de dire Michael.

Il se lève, le cœur battant. Il n'y a plus qu'une chose qui compte à présent : sortir ce foutu chien de là. Avant que les autres se réveillent. Avant que Matty voie ceci et comprenne ce qui s'est produit.

Il prend Zachary pour le remettre au lit, puis se penche pour ramasser la chienne. Son corps commence déjà à être raide et froid. Il vacille un peu sous le poids, puis se tourne vers la porte.

C'est Matty. Dans son pyjama de l'Arsenal. Le visage pâle et fermé, et les jointures serrées si fort qu'il en a la peau blanche. Michael ne sait pas depuis combien de temps il se tient là.

Je regarde toujours l'écran. Je ne suis pas certain de vouloir connaître la réponse à la question suivante, mais je vais devoir la poser.

— Baxter… ces animaux dans *Minecraft*… vous disiez que les gens les tuaient ? Et ça fait partie du jeu – vous êtes censé le faire ?

— Ouais, dit-il, vaguement mal à l'aise. Vous obtenez des côtes de porc si vous tuez un cochon.

Des côtes de porc… Exactement comme dans la vraie vie. Seulement, là, c'est pire, d'une certaine façon.

— Donc, si je voulais tuer ce bébé cochon – celui sur cet écran –, comment m'y prendrais-je ?

— Eh bien, vous pourriez le poignarder, le noyer ou le faire exploser. (Il prend une profonde inspiration.) Et il y a un autre moyen, aussi.

C'est comme si je devais le lui soutirer, mot à mot.

— Quel autre moyen, Baxter ?

Il paraît gêné.

— Vous pourriez y mettre le feu.

— Y mettre le feu ?

Il rougit.

— De cette manière, vous avez vos côtes de porc déjà cuites, dit-il en me jetant un coup d'œil. Vous voulez que je vous montre « Attaque Zack » ?

— Non, réponds-je en déglutissant, avec l'impression d'avoir du sable dans la gorge. Rassemblez d'abord le reste de l'équipe. Nous devons tous voir ça.

* * *

Les Mobs Minecraft de Milo

Posté le 11 déc. 17

Craignez le Creeper…

Alors nous savons tous que les Creepers sont à peu près le Mob le plus dangereux dans les parages, pas vrai ? Mais à quel point connaissez-vous cette icône de Minecraft ? Ne vous inquiétez pas – il y a ici tout ce que vous avez besoin de savoir…

Les Creepers sont peut-être méga-flippants, mais en vérité, ils sont arrivés par accident (cool, hein ?). Apparemment, Notch, le créateur de Minecraft, essayait vraiment de créer un cochon, seulement –ah merde–, quelque chose s'est mal passé, et il est apparu grand et mince au lieu de long et gros. Et VERT ! Ce doit le plus heureux accident de tous les temps. Les Creepers sont pires qu'à peu près n'importe quel autre Mob hostile, car, contrairement aux zombies et squelettes, ils peuvent opérer en plein jour (ils se reproduisent la nuit, par contre). Encore pire que ça, ils sont plus ou moins silencieux aussi, ils peuvent donc s'approcher très près avant que vous ne sachiez même qu'ils sont là, et s'ils sont assez près, ils EXPLOSENT ! C'est bien ça –ils ne vous attaquent pas, ils se contentent d'exploser. Le seul avertissement que vous avez, c'est ce bruit de sifflement flippant, ensuite ils se mettent à clignoter, gonflent, et BOUM !

De façon assez incroyable, les Creepers peuvent en fait grimper les échelles et les escaliers, traverser des bassins de lave, même s'ils ne peuvent pas passer les portes et craignent les chats (astuce : trouvez-vous un chat).

La meilleure façon de tuer un Creeper ? Allumez un feu et attirez-le dedans…

Prochain post : Zapper les Zombies

* * *

Il faut dix minutes à Baxter pour connecter son ordinateur au projecteur de la salle de crise. Dix minutes pendant lesquelles je rôde, marche de long en large comme l'un de ces foutus Creepers. Première règle technique : si ça peut vous exploser à la figure, ça se mettra en quatre pour le faire. Puis le bureau de Baxter apparaît enfin à l'écran, et il commence à afficher les images. L'avatar de Matty, qui suscite échanges de coups d'œil et sourires tristes. Et puis le petit cochon mutant avec le visage de Zachary et sa mèche de cheveux bouclés. À présent, il n'y a pas plus du tout de sourires.

— Et il a fait ce cochon lui-même ? Tout seul ? dit Gislingham, qui a du mal à se familiariser avec tout cela.

— Customisation, dit Asante. Tous ces jeux en font.

— C'est un peu plus que ça, dans ce cas-là, dit Baxter. C'est relativement simple de modifier votre propre avatar, mais, pour faire ce cochon, il lui fallait élaborer son propre Mod.

Mobs ? Mods ? Je perds le fil maintenant.

— Mod ? Qu'est-ce que c'est que ça ?

— C'est « modification » en abrégé. En gros, les trucs *Minecraft* réalisés par les joueurs eux-mêmes, qu'ils autorisent les autres joueurs à utiliser.

Il navigue vers une page Internet et fait défiler toute une liste d'extensions personnalisées. Tout, des haches de bataille collector aux nouvelles créatures hybrides particulièrement malveillantes. En bas de la page, Baxter s'arrête. C'est le lien « Attaque Zack ».

À cet instant, on pourrait entendre une mouche voler.

Baxter me jette un coup d'œil, puis clique sur le lien et affiche une vidéo. Il s'agit d'une espèce de ferme.

Des granges, des dépendances et des enclos à animaux. Au premier plan, le Zachary cochon regarde fixement au-delà de l'écran en bougeant la tête et remuant un peu sa petite queue. Puis le jeu commence. Dans le fond, une vilaine voix aiguë chante la comptine :

Ce petit cochon est allé au marché
Ce petit cochon est resté chez lui
Ce petit cochon a mangé du rosbif
Ce petit cochon n'en a pas eu

Nous regardons le cochon se faire poursuivre dans le labyrinthe de bâtiments agricoles jusqu'à ce qu'il soit coincé, incapable de s'échapper.

C'est une animation, rien de plus que des briques pixélisées rose vif, mais les cris et la panique sont d'un réalisme terrifiant. Et juste au moment où nous en arrivons au point de ne plus pouvoir regarder, le joueur jette quelque chose au cochon, et celui-ci est consumé par les flammes. Des flammes tellement réalistes qu'on y croirait. Moi, j'y crois.

La voix fluette ricane à présent.

Ce petit cochon a fait BOUM !

— Seigneur, dit Gislingham en se détournant. Dieu sait combien les parents gardent leurs enfants à l'abri, avec toute la merde qu'on trouve partout. (Il soupire.) Je suppose que tout ce que vous pouvez faire, c'est les aimer. Les aimer et espérer qu'ils vous parleront. Vous savez, avant qu'ils ne fassent quoi que ce soit de vraiment stupide...

Il s'interrompt, pétrifié, en prenant conscience de ce qu'il a dit.

— Merde, je suis désolé, chef. Je ne voulais pas dire que…

Je déglutis péniblement et balaie ça de la main.

— Ne vous inquiétez pas, je sais bien que non.

Personne ne veut jamais dire ça. Mais tout le monde le fait quand même.

Everett a toujours les yeux rivés à l'écran.

— Je sais que les enfants peuvent mal supporter les nouveaux bébés, mais ça ? Ça… c'est effroyable.

— Mais ça pourrait être sensé, non ? dit Somer en les regardant. Comme mobile, je veux dire. Selon Boddie, il est possible que Zachary ait été étouffé avant même le départ du feu, n'est-ce pas ? Et si c'était Matty ?

Silence, puis :

— Moi, je marche, dit vigoureusement Baxter. Il est en colère, amer. Il n'en faudrait pas beaucoup pour l'énerver. Et quand il se rend compte de ce qu'il a fait, il panique et déclenche l'incendie pour le dissimuler.

— Il ne serait pas la première personne à faire ça, poursuit Somer. Et ce n'aurait pas été si difficile non plus. Il aurait su où se trouvait l'essence. Et une fois que le sapin de Noël s'enflamme…

— Est-ce qu'un gamin comme lui serait vraiment capable de ça ? demande Gislingham.

Il refuse de croire que Matty ait commis un tel acte, mais c'est un bon flic. Il se fiera aux preuves, même si ça nous mène droit dans les ténèbres.

— Et ce thérapeute ? dit Baxter. Esmond a déclaré que c'était pour quelqu'un de la famille, et nous en avons tous conclu que c'était sa femme. Mais si c'était son fils ?

— Tu veux dire qu'il savait ? dit Ev en écarquillant les yeux. Esmond était au courant de toutes ces histoires d'« Attaque Zack » ?

— Attendez, dit soudain Gislingham. Matty n'était-il pas du mauvais côté des flammes ? Si ça a démarré dans le salon comme l'ont dit les pompiers, que faisait-il en train de descendre l'escalier ? Ce n'est pas logique…

Mais Asante a une réponse.

— Peut-être a-t-il sous-estimé la vitesse à laquelle se propagerait le feu ? Peut-être a-t-il pensé qu'il avait le temps de remonter à l'étage et réveiller sa mère, ou prendre sa Xbox ou autre. Mais, tout à coup, c'est l'embrasement.

Baxter, pendant ce temps, a parcouru des vidéos sur YouTube. Il en ouvre une en plein écran : un joueur de *Minecraft* qui se déplace dans une immense demeure virtuelle en lançant du feu dans toutes les directions – sols, murs, plafonds –, allant sans effort en haut, en bas, dedans, dehors. La boule de feu est d'un réalisme surprenant, mais il n'y a pas de chaleur, ni de dommages.

— Peut-être pensait-il qu'échapper à un véritable incendie serait tout aussi facile, dit sombrement Gislingham.

— Mais ça reste un pas énorme, objecte Everett. Et si nous fondons toute cette affaire sur la théorie qu'un gamin de dix ans a foutu ce feu, nous allons avoir besoin de largement plus que des hypothèses à l'emporte-pièce qu'aucune preuve ne corrobore.

Je me lève et me remets à faire les cent pas. Derrière moi, le silence s'étire. J'ai besoin de réfléchir. Nous en avons tous besoin. Parce que, même si ce gamin n'avait rien à voir avec l'incendie, quelque chose débloquait dans cette maison. Quelque chose débloquait vraiment.

— OK, finis-je par dire. Demandez à Challow de revérifier les prélèvements de la police scientifique. Si Matty a bien déclenché cet incendie, il devrait y avoir une preuve. Un garçon de cet âge – il se sera renversé de l'essence partout.

Comme le faisait Jake. Milk-shake, jus de fruits, Coca. Tout ce que vous voudrez, il en avait sur lui.

Une notification de texto retentit sur le portable de Gislingham. Il le lit, puis lève les yeux vers moi, l'air soudain alarmé.

— C'est l'unité technique, chef. Le téléphone d'Esmond vient de se rallumer.

25 septembre 2017, 17 h 49
101 jours avant l'incendie
23 Southey Road, Oxford

Lorsque Michael rentre chez lui, sa femme prépare des spaghettis bolognaise dans la cuisine.

— Tu rentres tôt, dit-elle. Je ne t'attendais pas avant au moins une heure.

La nuit commence à tomber plus vite, mais il fait encore assez jour pour que Matty soit dans le jardin. Il joue au football avec Harry. Michael les observe un instant, puis se tourne vers son épouse.

— Combien de temps passe-t-il ici ?

Elle relève furtivement les yeux, un peu confuse.

— Harry ? Il vient deux fois par semaine, comme convenu.

— Non, je veux dire, combien de temps en plus de son boulot ? Je veux dire, il a dû finir le jardin depuis des heures.

Elle s'empourpre.

— Eh bien, il se charge de quelques autres tâches pour lesquelles tu as du mal à trouver du temps. Le robinet à l'étage, le bricolage…

— Je ne parlais pas du bricolage.

— Et, une ou deux fois, il a joué au foot avec Matty.

Un cri jaillit du jardin, et Matty hurle :

— But ! But !

Michael s'appuie contre le comptoir de la cuisine et croise les bras.

— À mon sens, c'était bien plus qu'« une ou deux fois ».

Elle fronce les sourcils.

— Je ne te suis pas.

— Quand j'ai déposé Matty à l'école ce matin, son institutrice s'est précipitée vers moi pour me dire combien ils étaient contents de lui en ce moment. Comme il a de meilleures notes, de nouveaux amis et se fait inviter à tel ou tel événement chez des camarades.

— C'est bien, non ?

— Évidemment. C'est juste qu'elle semblait attribuer cette transformation spectaculaire à toutes les activités que je fais avec lui à la maison. Les expériences scientifiques que je lui ai montrées, les tours de magie que je lui ai appris et les jeux éducatifs que j'ai créés pour que nous puissions y jouer tous les deux.

Elle rougit plus vivement.

— Oh. Je vois.

— Donc, c'était Harry ? Tous ces trucs, c'était Harry ?

Elle acquiesce.

— Il a dit qu'il aimerait vraiment le faire, et il ne semblait y avoir aucun mal là-dedans – et, bien sûr, Matty était aux anges. (Elle se mord la lèvre.) Je suis désolée, j'aurais dû t'en parler.

— Donc la merveilleuse maquette du système solaire avec un sac de pommes, un melon et une pelote de fil, c'était Harry ? Celle qu'ils ont reproduite en classe parce qu'elle était si inventive ?

Elle hoche la tête.

— Et le tour avec la bougie qui fait bouillir de l'eau à l'intérieur d'un ballon, c'était Harry aussi ?

Elle ne répond rien.

Michael prend une profonde inspiration.

— C'est *moi* son père, pas Harry.

— Je sais, mais tu es si occupé et tu as tant à faire, et Harry paraissait sincèrement apprécier de le faire et, comme je te disais, je n'y voyais aucun mal.

Tout sort dans un déferlement. Puis elle s'arrête.

— Par ailleurs, Harry et toi êtes si proches. J'imaginais qu'il t'en avait parlé. Je me suis dit que c'était peut-être même ton idée.

— Comment ça, « nous sommes si proches » ?

Elle se tourne vers la casserole pour ajouter du sel dans la sauce.

— Eh bien, c'est vrai, non ? Je t'ai vu.

— Tu m'as vu quoi ?

Elle garde les yeux sur la casserole.

— Discuter, rire…

— Sam, tu racontes n'importe quoi. C'est le jardinier, pas mon putain de meilleur pote.

Elle prend une cuillère.

— Mais c'est précisément ce que je veux dire. Tu n'as pas vraiment d'amis, si ? Alors je me suis dit que toi et lui – que c'était peut-être comme…

— Comme quoi, exactement ?

— Ce garçon que tu as connu. Au lycée.

Il a le visage de marbre à présent.

— Qui t'a parlé de ça ?

— Philip. Quand il était ici. Il a dit que c'était dommage que tu n'aies jamais eu de copains proches, et j'ai demandé si ç'avait toujours été comme ça, et il a dit que oui, à part cet ami que tu as eu au lycée. Écoute, je n'avais pas l'intention de…

— Et qu'est-ce qu'il a dit d'autre ? demande-t-il d'une voix dangereusement basse.

Elle a maintenant les joues embrasées.

— Rien. C'est tout. Il ne se rappelait même pas le nom du garçon. (Elle se détourne, feignant de s'affairer sur les pâtes.) De toute façon, ajoute-t-elle avec une fausse désinvolture, quelle différence cela fait-il ?

Son mari garde le silence si longtemps que lorsqu'elle se retourne pour être face à lui, Matty est déjà entré dans la cuisine en bondissant et hurlant :

— J'ai gagné ! J'ai gagné !

— Est-ce que tout va bien ? dit Harry, dans l'embrasure de la porte.

— Absolument, répond Michael d'un ton calme, sans le regarder. Tout va bien.

Gislingham prend son téléphone et me regarde.

— OK ?

— Vas-y, qu'on en finisse, grommelle Quinn.

Nous nous tenons tous autour du bureau de Gislingham ; il compose le numéro de portable de Michael Esmond.

— L'unité technique dit que l'appareil est encore à Londres, précise-t-il en couvrant le micro avec un coup d'œil vers moi. Quelque part près de Regent Street – oh, bonjour, dit-il soudain.

Nous commençons à nous regarder les uns les autres – après tout ce temps, Esmond a réellement répondu ?

— Est-ce le professeur Esmond ? (Une pause, puis Gis sourcille.) Ici l'inspecteur en chef Chris Gislingham, police de Thames Valley. Nous essayons de retrouver la trace de M. Esmond. Exact, c'est le propriétaire de ce téléphone. (Une pause.) Oui, c'est le même homme qu'aux infos.

Il prend un stylo et griffonne quelques notes en vitesse.

— Est-ce que vous avez son numéro ? Super, merci. Je vous recontacte. (Il repose son portable et nous regarde.) Vous ne devinerez jamais qui c'était.

— Oh, bordel de Dieu, commence Quinn, jusqu'à ce qu'il croise mon regard et la ferme.

— Il s'appelle Andy Welsh, annonce Gislingham. Ou plutôt agent Andy Welsh. Il travaille à l'accueil. Du poste de police de West End Central.

25 septembre 2017, 20 h 48
101 jours avant l'incendie
23 Southey Road, Oxford

— Non, il est l'heure d'aller se coucher, tu regarderas la fin une autre fois.

— Mais, papa…

— Arrête de pleurnicher, Matty. Nous étions convenus que tu pourrais regarder la première mi-temps, mais maintenant tu dois aller au lit. C'est un soir d'école. Tu connais les règles.

Michael Esmond est en train de remplir le lave-vaisselle. Son fils se tient à la porte de la cuisine. Il porte son pyjama de l'Arsenal : l'équipe joue contre West Bromwich Albion ce soir.

— Mais on gagne !

Michael se redresse.

— Là n'est pas la question, Matty. Nous avions un accord, et maintenant tu essaies de le changer. Ce n'est pas ça, la vie. Tout ne peut pas toujours se passer comme tu en as envie.

— Mais hier tu as dit à Zachary qu'il ne pouvait pas jouer dans le bac à sable, et finalement tu l'as laissé faire.

Michael prend une profonde inspiration : les enfants parviennent toujours à vous mettre échec et mat d'une façon ou d'une autre.

— Là, c'était différent.

— En quoi c'était différent ?

— Au départ, j'ai dit « non » parce que je croyais qu'il allait pleuvoir, et puis finalement il n'a pas plu. Alors les conditions ont changé.

Il rougit un peu ; la véritable raison était que Zachary hurlait à faire trembler les murs, mais il n'est pas près de l'avouer à Matty.

— Et dans tous les cas, poursuit-il, Zachary est trop petit pour comprendre. Contrairement à toi.

— C'est ce que tu dis toujours, geint Matty, le visage écarlate. Tu dis toujours que je dois être un grand garçon, mais que lui, il est trop petit, et il s'en sort pour tout. Ce n'est pas juste, ce n'est pas juste !

Il dévisage son père. Michael attend qu'il évoque le chien. Il ne l'a pas fait, pas une seule fois au cours de toutes ces semaines. Pas une fois depuis cette affreuse matinée où il est resté les yeux secs à écouter son père mentir.

Ils se regardent un long moment, puis Matty se tourne et disparaît dans le couloir en courant sans un mot.

— Apparemment, un chauffeur de taxi est venu remettre le téléphone il y a quelques heures, dit Gislingham. Weltch l'a allumé pour voir si quelqu'un appelait – au cas où ils pourraient pister le propriétaire de cette manière.

— Eh bien, ça a fonctionné à merveille, non ? dit Quinn d'un ton sardonique.

— Depuis combien de temps le chauffeur l'avait-il ? demandé-je sans relever la remarque de Quinn.

— Ah, dit Gis, justement. Il l'a trouvé le soir du 3 janvier.

Il nous regarde assembler les pièces. Le 3 janvier – le soir de l'incendie. Le soir où le téléphone d'Esmond a émis un signal aux alentours de Tottenham Court Road, et que nous en avons déduit qu'il était là-bas.

— Ce n'est donc pas Esmond qui a allumé le téléphone ce soir-là – c'était ce chauffeur de taxi ?

— Tout juste, chef. Il a dû essayer la même chose que Weltch, seulement, il n'a pas eu plus de chance.

— Et donc, quoi, il roule avec pendant dix jours ?

Gis hausse les épaules.

— Il est allé une semaine à Las Vegas et n'a pas réussi à le restituer avant de partir. Et, pour être honnête, il ignorait que c'était important – il était déjà aux États-Unis quand nous avons lancé l'appel. Apparemment, le portable avait glissé sur le côté d'un des sièges arrière ; il ne savait pas du tout depuis combien de temps il était là.

Je hoche la tête. C'est ce qui parasite la plupart des enquêtes. Pas les parfaits mensonges et évasions délibérées, juste le manque de rigueur involontaire du quotidien.

— Mais j'ai le numéro de portable du chauffeur de taxi, poursuit Gislingham. Je lui passerai un coup de fil et lui enverrai une photo d'Esmond par texto. Avec un peu de chance, il se rappellera cette course.

C'est quelque chose. Peut-être plus que ça.

— Et le Met expédie le téléphone ici dans la nuit, ajoute Gis, s'efforçant clairement de rester aussi positif que possible. Ça pourrait nous fournir de quoi avancer un peu plus. Vous vous souvenez de ce numéro prépayé qu'Esmond appelait ? S'il l'a enregistré avec un nom, nous serions en mesure de retrouver sa trace. En supposant que Baxter puisse entrer dans ce foutu téléphone, bien sûr.

Baxter esquisse un geste de fausse modestie, suivi de quelques ricanements. Mais je n'écoute pas. Je marche jusqu'au tableau blanc et examine notre chronologie, le doute m'enserrant les entrailles pour la première fois. Est-il possible que nous nous soyons entièrement trompés ? Que nous prenions cette histoire à contresens depuis le début ?

Je me retourne vers Ev.

— Ce témoin qui a vu Esmond au pub le soir de l'incendie – l'organisatrice ? C'est vous qui lui avez parlé, n'est-ce pas ?

Ev fronce les sourcils.

— Oui, chef. Et alors ?

— Elle était absolument sûre que c'était lui ?

Ev a légèrement pâli.

— Elle semblait l'être. Mais je peux lui parler une nouvelle fois, si vous le souhaitez.

— Oui. Et aussi vite que possible, s'il vous plaît.

* * *

Entretien téléphonique avec Tony Farlow
15 janvier 2018, 18 h 55
Interlocuteur : inspecteur en chef C. Gislingham

CG : Monsieur Farlow ? Je vous appelle de la police de Thames Valley. C'est au sujet du téléphone que vous avez remis au poste de police de Savile Row.

TF : Thames Valley ? Pas vraiment votre secteur, si ?

CG : C'est important. Je vais vous envoyer une photo. C'est l'homme à qui appartient ce téléphone. Pouvez-vous la regarder et me dire quand vous pensez l'avoir pris en voiture ?

TF : Ça me paraît être tout un foin pour un téléphone de merde, mais c'est votre problème. [Pause – son indiquant la réception d'un message.] Oh, ouais, je me rappelle ce gars. Je l'ai pris sur Great Queen Street. J'ai supposé qu'il séjournait dans un des hôtels du quartier.

CG : Quand était-ce ?

TF : Bonne question. Ça fait une bonne quinzaine de jours maintenant, avec les vacances et tout ça.

CG : Mardi 2 ? Mercredi 3 ?

TF : Ça devait être le mercredi. Je me souviens maintenant. J'avais un rendez-vous chez le médecin à la première heure, alors j'ai commencé plus tard que d'habitude. Il était l'une de mes premières courses.

CG : Alors vous l'avez pris à quelle heure ?

TF : À l'heure du déj. Vers midi.

CG : Et vous rappelez-vous où vous l'avez déposé ?

TF : Victoria Station. La gare ferroviaire, pas routière.

CG : A-t-il dit où il se rendait ?

TF : Eh non. Il ne m'a pas du tout parlé. Il regardait quelque chose sur son téléphone la plupart du temps. Ce doit être là qu'il l'a fait tomber.

CG : Est-ce qu'il avait des bagages avec lui ?

TF : Nan. Juste l'une de ces sacoches à ordi de snobinard. Je me suis dit que, quel que soit l'endroit où il allait, il ne comptait pas y rester.

* * *

— Une fois que nous avons su où chercher, nous l'avons trouvé presque aussitôt.

C'est Baxter, à la réunion du matin. Il a projeté une image sur l'écran : une vidéo des caméras de surveillance à Victoria Station l'après-midi du 3 janvier. C'est la qualité granuleuse habituelle, mais aucun doute : il s'agit d'Esmond.

— C'est lui qui monte dans le train de 14 h 30 pour Brighton. (Il projette une autre image.) Et là, c'est lui à la gare de Brighton à 15 h 24, après être descendu de ce train. Il reste deux heures, puis il est de retour à la gare à 17 h 40 pour le train de 17 h 46 pour Londres.

— Brighton ? dit Quinn. Mais qu'est-ce qu'il foutait à Brighton ?

— Qu'est-ce que j'en sais ? dit Baxter. Nous ne sommes remontés à aucune espèce de connexion avec Brighton jusqu'à maintenant. Rien sur Facebook, ça c'est sûr.

— Et nous sommes certains qu'il est retourné à Londres ? Il n'est pas descendu quelque part sur le chemin ?

— Comme Gatwick de mes deux, par exemple, marmonne Quinn.

Qui sait parfaitement que nous avons vérifié tous les ports et aéroports, mais le place quand même.

— Eh bien, nous ne l'avons pas encore repéré à Victoria ce soir-là, dit Baxter. Il y a eu un déraillement juste à la sortie de Haywards Heath. Ils ont dû se procurer des éclairages, des engins de levage et Dieu sait quoi. Tout est resté à l'arrêt pendant deux heures. Le train n'est pas retourné à Londres avant 21 heures passées, et, à ce moment-là, c'était le chaos total là-bas. Nous visionnons toujours la vidéo.

— OK, dis-je, continuez. Nous avons besoin de savoir exactement où est allé Michael Esmond ce soir-là. Même si c'était seulement de nouveau dans ce pub.

Je me tourne vers Ev, et ses joues ont légèrement rosi.

— Je viens de reparler à l'organisatrice, chef. Je crains qu'elle ne se soit pas montrée très fiable avec nous. Elle croit toujours que c'était Esmond, mais il lui tournait le dos, et elle ne peut pas en être absolument certaine. Apparemment, c'est la veste qu'elle a reconnue plus que quoi que ce soit d'autre – en vérité, elle n'a jamais vu son visage.

— Oh, bordel de Dieu, dit Quinn. Qui s'emmerde à regarder une veste ?

Somer lui décoche un regard, l'air de dire : « C'est gonflé, venant de toi », mais personne ne relève.

— Une chose dont nous sommes sûrs, poursuis-je, c'est que Michael Esmond a fait ce mystérieux voyage à Brighton quelques heures seulement avant que sa maison entière parte en fumée. Je ne mettrai pas ça sur le compte d'une coïncidence tant que nous n'aurons pas prouvé que c'en était vraiment une.

Une onde de hochements de tête et d'échanges de regards ironiques ; ils connaissent mon sentiment sur les coïncidences.

— Nous devons nous mettre en contact avec la police du Sussex pour vérifier les taxis et les bus – voir si nous pouvons déterminer où Esmond est allé après avoir quitté la gare. Pourquoi ne pas vous en charger, Quinn – rien de tel que l'air marin pour balayer la crasse.

S'ensuivent quelques sourires narquois, mais il le mérite, il a été casse-couilles toute la matinée.

— Encore mieux – vous pourrez y aller avec votre belle voiture toute neuve.

* * *

Envoyé : Mar. 16/01/2018, 10 h 54
Importance : élevée
De : TimothyBrownTechUnit@ThamesValley.
police.uk
À : DCEricaSomer@ThamesValley.police.uk

Objet : Affaire n° 556432/12 Felix House,
23 Southey Road – localisation téléphone par satellite

Salut Erica,
Nous sommes parvenus à retracer l'appel que tu demandais. Le portable en question était clairement en mer quand l'appel a eu lieu. Je ne vais pas t'embêter avec les détails techniques, mais le *Freedom 2* était à vingt milles au large de la côte portugaise à ce moment-là.
Dis-moi s'il te faut quoi que ce soit d'autre – toujours ravi d'aider.

À plus,
Tim

* * *

Avoir des sièges chauffants dans votre voiture a ses inconvénients. Votre trajet en devient plus confortable, mais vous le remarquez carrément quand vous sortez. Et, avec la température en dessous de zéro et le vent du large, Brighton est aussi glacial qu'une promesse de don.

Quinn verrouille sa voiture et marche jusqu'au poste de police. D'un point de vue architectural, il aurait pu avoir été séparé à la naissance du QG de Thames Valley. Trapu, carré, fonctionnel. Et, à l'intérieur, c'est sensiblement pareil aussi. Quinn s'enregistre et poireaute quinze minutes ; il est le sur le point de retourner à la réception lorsqu'un agent en uniforme apparaît.

— Inspecteur Quinn ? Agent Alok Kumar. Votre inspecteur en chef nous a prévenus de votre visite.

Il faut un instant à Quinn pour prendre conscience qu'il doit parler de Gislingham. Les vieilles fonctions ont la peau dure. Tandis qu'ils traversent l'espace bureaux, les gens relèvent furtivement les yeux de leurs ordinateurs. La plupart ne font guère plus que noter la présence d'un inconnu. Quelques-unes des femmes attardent légèrement leur regard. L'une d'elles sourit. La journée de Quinn commence à s'illuminer un peu. Quoiqu'il fasse toujours un sacré froid : la pièce est glaciale, tous les autres portent des pulls.

— Désolé pour l'ambiance frigo, dit aimablement Kumar, le chauffage déconne une fois de plus.

Il tire une chaise libre pour Quinn, puis s'assied à son ordinateur et navigue vers le lecteur vidéo.

— Voilà. La compagnie de bus nous a envoyé toutes les vidéosurveillances de ses véhicules pour ce jour-là.

— Super, merci.

— Et quand vous serez prêt, nous pourrons descendre à la station et parler à certains des chauffeurs de taxi.

Il sourit. Il a des dents d'une santé remarquable.

— Café ?

Quinn relève les yeux.

— Ce serait avec grand plaisir…

— La machine est dans la cuisine. Deuxième porte sur la gauche.

À Oxford, Gislingham est garé un peu après l'autre extrémité de Botley Road. Il a également du café – deux, en fait : des cafés à emporter d'une cafétéria dans le centre commercial. Il retourne à la voiture et tend à Everett le plateau en carton. Elle se saisit de l'une des tasses et enroule ses mains autour. Gislingham ferme sa portière et l'habitacle commence à s'embuer.

— Ton nez est devenu rose bonbon.

Elle lui fait une grimace.

— « Hé, Eddie, dit-elle dans un accent américain grinçant. Comment c'est possible que tu cartonnes autant avec les filles ? »

— Tu fais ton âge, Ev, rétorque-t-il en souriant. Cette pub doit avoir trente ans.

— Plutôt quarante, rectifie-t-elle en grimaçant. Non pas que *moi*, je sois si vieille, bien entendu. Et je te pardonne ton manque de galanterie, à cause du café. (Elle prend une gorgée.) Alors, quelle est la suite ?

Gislingham baisse les yeux vers son carnet. Le téléphone portable d'Esmond est arrivé par livraison spéciale du Met ce matin, et, pour une fois, ils ont eu un peu de chance : le mot de passe était presque la première combinaison que Baxter a essayée. 1978, l'année de naissance de Michael Esmond. Comme Baxter l'a sinistrement observé, « ne jamais sous-estimer la stupidité des gens supposés intelligents ».

Le téléphone les a menés aux textos d'Esmond (néant), son compte mail privé (un autre mot de passe, pas encore craqué) et, dernier mais non des moindres, sa liste de contacts, qui incluait le mystérieux portable prépayé qu'il appelait depuis l'été précédent. Il est enregistré dans le téléphone sous « Harry », un prénom qui les a tous incités à se regarder d'un œil vide lorsque Baxter l'a lu à voix haute. Il n'y a aucun Harry nulle part – ni dans sa liste de collègues, d'étudiants actuels ou dans ses contacts Facebook. Et lorsque Somer a appelé Philip Esmond pour lui demander, il n'était pas plus avancé. En soi, cela a piqué leur curiosité. Parfois, l'absence est aussi révélatrice que la découverte. Alors, depuis les deux dernières heures, ils inspectent les endroits où « Harry » était quand Michael Esmond l'a appelé, mais, jusqu'ici, ils sont complètement bredouilles :

personne ne sait rien sur un quelconque Harry. Et, à présent, il ne reste qu'un endroit où vérifier. Gis regarde les maisons sur le trottoir d'en face.

— Je pense que ce doit être l'une de celles-ci.

— OK, laisse-moi juste finir ça.

Ils restent assis là un instant, à regarder une bande d'adolescents passer en flânant et riant, manifestement inconscients du froid.

— Ce doit être sympa, d'être étudiant, dit Gislingham.

Ev les observe à travers la vitre.

— Ce ne sont pas des étudiants. Enfin, pas d'ici, en tout cas. Ils viennent de l'auberge de jeunesse.

Elle lui donne un coup de coude en chuchotant :

— Ce sont les sacs à dos qui les ont trahis.

Gislingham fait le parfait étonné.

— Hé, tu n'as jamais envisagé une carrière de détective ? Parce que, tu sais, je pense que tu aurais peut-être bien un talent pour ça.

Elle lui redonne un coup dans les côtes, puis ils se taisent. Quelques gouttes de pluie commencent à gicler sur le pare-brise.

Everett termine son café.

— OK – prêt ?

À 16 heures, Quinn en a marre. Il pleut comme vache qui pisse, et il est assez certain de couver un rhume. Il a parlé à dix-sept chauffeurs de taxi et à quatre employés de la gare, et pas un seul d'entre eux ne reconnaît Michael Esmond, ni n'a la moindre idée d'où il est allé après que les vidéos de surveillance l'ont montré en train de quitter la gare, charger son sac sur son épaule et se diriger vers la sortie. Le temps que Quinn revienne à pied au QG de la police pour prendre sa voiture, il a les chaussures trempées et l'humeur en berne. Et la vue d'un agent Kumar souriant (et très sec) venant à sa rencontre n'arrange pas les choses.

— Inspecteur Quinn, est-ce que vous avez eu de la chance ?

Quinn le regarde d'un œil noir.

— Non, foutrement pas.

Le sourire de Kumar flanche.

— Oh, navré de l'entendre. Vous voulez entrer vous sécher ?

— Si ça ne vous dérange pas, je crois que je vais juste y aller.

Kumar hésite.

— J'avais bien une idée…

— Ah ouais, et qu'était-ce donc ?

— J'ai revisionné cette vidéo. Il y a deux caméras à la gare – une dehors et une à l'intérieur. À 15 h 26, la caméra intérieure le montre en train de traverser vers la sortie et disparaître hors champ.

— Ouais. Et ?

Le ton de Quinn était un rien plus cassant qu'il n'en avait l'intention, et Kumar a l'air un peu anéanti.

— C'est simplement qu'il n'apparaît sur la caméra extérieure que deux minutes quinze plus tard. Alors j'essayais de réfléchir à ce qu'il aurait pu faire pendant ce temps-là.

— Il est allé aux toilettes ?

Kumar secoue la tête.

— Les toilettes de la gare sont dans l'autre direction.

— OK, alors quelle est la réponse ?

— Je pense qu'il consultait le plan des environs. Il se trouve à côté des portes, juste hors de portée de la caméra.

Je pense qu'il ne savait pas exactement où il allait. C'était quelque part où il ne s'était jamais rendu.

Quinn ouvre la bouche, puis la referme. Il a sous-estimé ce type.

— OK, alors disons que vous avez raison. Où est-ce que ça nous mène ?

Kumar se ranime.

— Eh bien, j'imagine que ça écarte la visite à un ami. Et étant donné que nous n'arrivons pas à trouver de bus ni de taxi qui l'aurait pris à son bord, je pense que nous devons supposer qu'il était à pied.

Il sort un plan de sa veste. Il y a un cercle au stylo rouge dessus, avec la gare ferroviaire en plein milieu.

— Voilà jusqu'où il aurait pu aller en marchant d'un pas relativement rapide en trente minutes.

Quinn prend le plan.

— Sur le postulat qu'il a marché autour d'une demi-heure, qu'il a passé une heure quelque part, avant de revenir sur ses pas ?

Kumar acquiesce.

— Ça me paraît être un assez bon point de départ. Et nous pouvons probablement obtenir les vidéos de surveillance pour la plupart des itinéraires évidents. Du moins pour le premier kilomètre, à peu près. Ce qui n'est pas rien.

Quinn a toujours les yeux rivés sur le plan.

— Et, bien sûr, nous avons un autre élément en notre faveur.

Kumar fronce les sourcils.

— Comment ça ?

Quinn relève les yeux et lui sourit.

— La moitié de ce cercle est dans cette putain de mer.

* * *

Envoyé : Mar. 16/01/2018, 19 h 35
Importance : élevée
De : AlanChallowCSI@ThamesValley.police.uk
À : DIAdamFawley@ThamesValley.police.uk, CID@ThamesValley.police.uk

Objet : Affaire no 556432/12 Felix House, 23 Southey Road – examens complémentaires

J'ai mené les examens complémentaires que vous avez demandés sur les vêtements de Matthew Esmond. Il n'y avait aucune trace d'accélérateur de quelque sorte. Rien n'a été découvert non plus sur ses mains durant l'autopsie. Il est, évidemment, possible qu'il ait fait très attention et/ou porté des gants, mais, avec un garçon de cet âge, je suspecte que ce degré d'organisation/prévoyance est très peu probable.

* * *

— La dernière adresse était vouée à l'échec, dit Everett. Personne n'avait jamais entendu parler d'un « Harry », encore moins de Michael Esmond. Même s'il était évident que le gars à qui nous avons parlé a reconnu la photo. Mais il a dit que c'était sûrement dû aux infos.

Il est 8 h 15. Gis est perché sur le radiateur de mon bureau pour essayer de se réchauffer. Dehors, il commence juste à faire jour. La pierre est orange sous la lumière des lampadaires.

— Vous l'avez cru – ce type ?

Gis réfléchit.

— Il avait l'air réglo.

— Quoi que ce soit d'autre d'utile dans le téléphone d'Esmond ?

Il secoue la tête.

— Baxter l'a écumé. Rien, j'en ai peur. Le dernier appel était un message vocal de l'épouse le 3. Tout ce qu'elle dit, c'est qu'elle est désolée de ne pas avoir appelé la veille au soir, qu'elle était trop fatiguée, mais qu'elle est à la maison et que Zachary est malade, alors est-ce qu'il pourrait l'appeler. Ce qu'il n'a, bien entendu, jamais fait.

— Parce que, à ce moment-là, il avait déjà perdu le téléphone.

— Exact.

— Et l'angle Brighton ?

Il m'adresse un regard pesant.

— Vous devrez demander ça à l'inspecteur Quinn. Quand *et si* il daigne nous honorer de sa présence.

À Southey Road, Paul Rigby planifie les tâches pour la journée qui se profile. Après presque deux semaines sur place, l'équipe d'enquêteurs cesse de mordre la poussière. Quoique l'expression soit malheureuse dans ces circonstances. Les gravats des deux étages supérieurs ont été méticuleusement passés au crible, consignés et emportés, et les enquêteurs en arrivent à présent au salon : le salon d'où le brasier est parti. La combinaison de la chaleur du feu et du pur poids qui s'est effondré n'en a laissé quasiment que des fragments noircis. Mais ils savent ce qu'ils cherchent, et ils sauront comment l'interpréter lorsqu'ils le trouveront.

— OK, dit Rigby en parcourant une dernière fois la liste sur son bloc-notes, cloisonnons cette partie, et au boulot.

Gareth Quinn se sent beaucoup mieux. Pas seulement au sujet de son travail, mais de la vie en général. Fawley avait raison – sortir du bureau était une bonne idée. Ça lui a offert une perspective fraîche. Sans parler du numéro de téléphone de cette femme officier qui lui faisait de l'œil. Quant à Alok Kumar, eh bien, il va s'avérer très utile : plus qu'heureux de se charger des sales corvées, et si loin qu'il ne saura jamais qu'on ne lui en attribuera aucun mérite. La démarche de Quinn est donc empreinte de sa vieille arrogance lorsqu'il entre dans la salle de crise à 9 h 30.

Gislingham lève les yeux de son bureau. Il connaît bien cet air.

—Aimable à toi de te pointer, dit-il.

Quinn jette ses clés de voiture sur la table.

—Coincé dans les bouchons.

—Eh bien, maintenant que tu es là, veux-tu me briefer sur ce que tu as récolté à Brighton ?

Quinn sourit.

—Bien sûr. Laisse-moi juste aller chercher un café.

Dix minutes plus tard, Quinn entre dans la salle de réunion d'un pas nonchalant, tire une chaise et fait glisser sa tablette et son café sur la table. Puis il ouvre un sac en papier et commence à manger un croissant. Un croissant au chocolat. Gislingham sait qu'il est remonté, mais le savoir est une chose, y rester indifférent en est une tout autre.

—Je croyais que tu étais coincé dans les bouchons ? dit-il en regardant le croissant.

L'odeur fait gronder son estomac.

—Ouais, bon, dit Quinn, la bouche pleine.

—OK, continue, alors. Qu'est-ce que tu as trouvé ?

Quinn pose le sac et allume sa tablette.

— Pas eu de chance avec les chauffeurs de taxi ni de bus, répond-il en postillonnant des miettes, donc par déduction, Esmond a dû quitter la gare à pied. Et étant donné qu'il n'a été là-bas que deux heures, cela nous donne une distance maximale d'environ cinq kilomètres.

Il tourne la tablette vers Gislingham et prend une autre bouchée. Des amandes effilées tombent sur la table.

Gislingham se force à river les yeux sur le plan affiché à l'écran de la tablette.

— Que signifient les marques jaunes ? dit-il après un instant.

— Caméras de vidéosurveillance, répond Quinn, finissant le croissant et s'essuyant les mains. Des boutiques pour la plupart. Le Sussex est en train de collecter les vidéos pour les périodes visées, mais ça prendra peut-être quelques jours pour tout avoir.

— Combien en as-tu pour l'instant ?

Quinn réfléchit.

— Environ la moitié. Peut-être un peu moins. Aucun signe d'Esmond jusqu'ici.

Gislingham regarde de nouveau le plan. Quinn a fait un boulot convenable. Du solide, du bon travail de police.

— OK, dit Gislingham en se mettant debout pour se diriger vers la porte. Tiens-moi au courant.

Dès qu'il est hors de vue, Quinn sourit pour lui-même, roule le sac en boule et le lance vers la corbeille à papier.

— Yesss ! dit-il alors que le sac retombe en plein centre. J'assure toujours.

Je suis au beau milieu d'un pénible appel pour tenir le commissaire au courant quand Baxter apparaît à ma porte en gesticulant avec urgence.

Je m'excuse auprès de Harrison et me lève.

— Qu'est-ce qui se passe ?

— Monsieur, dit-il, à moitié essoufflé. Je pense que vous devriez voir ça.

Je le suis à la salle de crise ; je n'avais jamais vu Baxter parvenir à adopter un pas qui se rapprochait autant d'une course. En fait, je ne l'ai jamais vu aussi animé. Il me désigne son écran et se tient là, en pointant du doigt. Mais c'est juste un autre cliché de la gare ferroviaire. Des gens en écharpes et gants, avec sacs à dos, sacs en toile, valises. Une poignée de décorations de Noël bas de gamme…

— Attendez – ce n'est pas Brighton.

Baxter hoche la tête.

— Non, chef, c'est *Oxford. Le soir du 3 janvier.* Et cet homme, là, dit-il en le montrant, c'est *Michael Esmond.* Il n'est pas resté à Londres cette nuit-là comme nous le pensions. Pour quelque raison que nous ignorons encore, il est *rentré chez lui*. Et je pense que, quoi qu'il ait fabriqué à Brighton, c'est en rapport avec ça. Forcément.

Je regarde le code temporel en bas de l'écran.

23 h 15.

Moins d'une heure plus tard, sa maison était en feu.

* * *

Envoyé : Merc. 17/01/2018, 14 h 35

Importance : élevée

De : PRigby@Oxford.fire.uk

À : DIAdamFawley@ThamesValley.police.uk, AlanChallowCSI@ThamesValley.police.uk CID@ThamesValley.police.uk

Objet : Affaire no 556432/12 Felix House, 23 Southey Road

Juste pour dire que nous avons maintenant localisé la porte principale de la maison. Les quatre carreaux de verre sont cassés, mais il n'y a aucun signe évident d'effraction – aucun des dommages causés au bois auxquels nous nous attendrions, et la porte était équipée de verrous de haute qualité. La question, par conséquent, se résume aux carreaux, et si quelqu'un aurait pu en casser un pour accéder ainsi à la maison. Nous allons faire d'autres examens, mais le motif que forment les fragments me suggère que le verre a cassé de l'intérieur (à savoir qu'il a explosé à cause du feu), plutôt que de l'extérieur. Ajoutez à cela l'alarme de sécurité et la hauteur du portail latéral, et je pense peu probable que quelqu'un se soit introduit par effraction dans la maison. Quiconque a déclenché cet incendie avait ses propres moyens pour y pénétrer.

* * *

Bryan Gow me rejoint dans un café à l'angle du département psychologie de l'université. Il me raconte qu'il travaille sur une série de séminaires portant sur le profilage de personnalité et la psychopathologie, même si je suspecte que le profil qui l'intéresse vraiment est en vérité le sien. Ma théorie personnelle est que tout ce boulot académique qu'il accomplit est juste un marchepied. Ce dont il rêve, c'est la télé. Son nom au générique de fin de *Line of Duty*, l'une de ces têtes parlantes dans *Britain's Darkest Taboos*. Il a bossé un peu avec des romanciers au fil des années, pour rectifier les idées fausses, atténuer les invraisemblances, mais il n'y a pas vraiment d'argent là-dedans. Je me souviens de lui disant un jour combien ça l'amusait que les livres les plus sanglants soient toujours écrits par les auteurs les plus doux. Des femmes d'âge moyen effacées, ou des mamans nanties et appétissantes, habillées par correspondance et dans le fluide de décomposition jusqu'aux coudes. Je lui ai dit qu'il y avait aussi une série de séminaires sur ce sujet, mais il a juste pensé que je plaisantais.

— Je n'ai pas beaucoup de temps, dit-il tandis que nous nous asseyons. Je me suis enlisé dans des affaires de famille à Noël, et je n'ai pas autant bossé que je l'avais prévu. (Il tire le sucrier vers nous.) Comment va Alex ?

En général, il ne pose pas la question. En vérité, il ne l'a même jamais rencontrée. Il relève les yeux, sentant mon hésitation.

— Tout va bien ?

— Oui, ça va. Je suis juste un peu stressé. Cette affaire, tu sais.

— L'incendie ? À Southey Road ?

Dans la rue, deux étudiants montent à pied vers New College. En riant, malgré le froid, emmitouflés dans des manteaux et des écharpes, ainsi que ces bonnets à pompon avec des rabats sur les oreilles. Arrivés au lampadaire ils s'arrêtent, comme sur un signal silencieux, puis le garçon penche la tête et prend le visage de la fille dans ses mains, lui relevant la bouche pour rencontrer la sienne. Le mouvement est aussi beau que dans un ballet.

Gow suit mon regard et hausse les sourcils.

— Personnellement, je ne vois rien de pire que d'avoir de nouveau vingt et un ans. Bref, cet incendie – c'était ce dont tu voulais me parler ?

J'acquiesce.

— Il y a quelque chose qui ne colle pas là-dedans.

Je le mets au courant de ce que nous avons trouvé jusque-là – sur Esmond, la famille, les allégations, l'argent. Ou le manque d'argent.

— Je croyais qu'on l'avait vu à Londres ce soir-là ?

— Nous aussi. Mais, lorsque nous avons reparlé au témoin, elle a commencé à se rétracter, et maintenant elle ne sait plus trop si c'était lui, finalement.

— Je vois. Alors, pendant tout ce temps, vous avez cherché au mauvais endroit.

Il l'énonce de manière assez neutre, mais ça me pique quand même. Notamment parce que le commissaire a dit la même chose presque mot pour mot il y a moins d'une demi-heure.

Gow réfléchit encore.

— C'est sans aucun doute criminel ?

— On attend toujours des preuves irréfutables. Mais nous travaillons sur cette supposition.

— Et tu es sûr que toute la famille était en vie quand le feu s'est déclenché ?

La question peut sembler étrange, mais, si j'ai raison, ce n'est pas aussi insensé que cela pourrait paraître.

— La mère et le fils aîné, c'est certain. L'autopsie n'était pas aussi concluante sur le plus jeune.

Gow se cale au fond de son siège.

— Il faudrait que j'en sache carrément plus sur cet Esmond avant de pouvoir être sûr…

— Mais ?

— Mais l'hypothèse sur laquelle je partirais, c'est le destructeur de famille.

Ce qui est exactement ce que je m'apprêtais à l'entendre dire. Tout concorde. J'ai ça à l'esprit depuis des jours, mais chaque fois que je débouchais sur cette déduction, je ne pouvais contourner le fait qu'Esmond était à Londres. Le téléphone, le témoin – les preuves semblaient formelles. Seulement, maintenant, nous en savons plus long.

— Il a l'air d'être – en théorie – un candidat typique, poursuit Gow. Presque trop parfait, en réalité. Très instruit, couronné de succès, massivement consacré à la façon dont le monde le perçoit, soudain confronté à la faillite, aux accusations, ou toute autre perte cataclysmique de standing professionnel ou social. Même le fait qu'il ait eu quarante ans depuis peu. Tu serais surpris de l'impact que cela peut avoir. Surtout pour les hommes dont l'estime de soi repose sur le statut et la réussite. Ils commencent à se demander : est-ce que c'est vraiment tout ce que j'ai accompli ? Est-ce qu'il n'y a vraiment que ça ?

Je suis passé par là, je l'ai fait, j'ai connu la désillusion.

— L'acte de familicide en lui-même, poursuit Gow, est couramment précédé d'un changement de comportement notable les mois antérieurs ; l'homme en question devient impulsif, imprévisible, agressif, volage, exactement comme ton homme…

— Bien qu'Esmond ait contesté cette accusation.

— Précisément. Bien qu'il l'ait contestée. D'après ce que tu dis, son univers tout entier était sur le point de s'effondrer.

— *Son* univers. Pas celui de sa famille. Même s'il avait envie d'en finir avec sa vie, il n'avait pas à les emmener.

Gow hausse les épaules.

— Certains de ces individus se persuadent que, en vérité, ils rendent service à leur famille – il leur épargne la honte publique ou la perte d'un style de vie confortable.

— Et les autres ?

— Il peut y avoir des mobiles plus sombres. Certains paraissent considérer que « si je ne peux pas les avoir, personne ne le pourra ».

Voilà pourquoi ils sont si nombreux à mettre le feu au domicile familial – l'acte de destruction est aussi symbolique que concret. Une manière de reprendre les commandes d'une situation qui échappe complètement à leur contrôle.

— Mais comment justifient-ils de commettre une chose pareille ?

— Ils ne le font pas – pas comme tu l'entends, en tout cas. Une fois qu'ils se sont décidés pour le suicide, les règles normales cessent simplement de s'appliquer. Même s'il s'agit d'un tabou profondément ancré, comme tuer leurs propres enfants.

— Mais Esmond ne s'est pas suicidé. Pas à notre connaissance.

Gow hausse un sourcil.

— Peut-être que vous n'avez simplement pas encore trouvé le corps.

Ce n'est pas impossible. Il y a des bois dans les environs, où des cadavres peuvent passer inaperçus des mois durant.

— Mais s'il voulait en finir avec tout, poursuis-je, pourquoi prendre des mesures aussi élaborées pour tuer sa famille et ne pas choisir la même issue pour lui ?

Gow prend sa tasse.

— En fait, seulement soixante-dix pour cent des destructeurs de famille se suicident. Peu de gens le savent. Certains essaient, et échouent ou flanchent à la dernière minute. Googlez Jean-Claude Romand – une affaire absolument fascinante –, on en a fait un film…

— Mais s'ils ne meurent pas, que font-ils ?

Il s'arrête et me regarde par-dessus ses lunettes.

— Ils s'enfuient, dit-il. En général. Et, s'ils se font attraper, ils revendiquent la responsabilité atténuée – une sorte d'épisode psychotique, ou un moment soudain et irrésistible de démence.

Je n'ai pas besoin de rappeler qu'Esmond a déjà connu un épisode dissociatif dans son adolescence. Somer avait-elle raison quand elle m'a demandé si cela pourrait se reproduire ? Lorsque je raconte l'histoire à Gow, il acquiesce.

— Je ne pourrais pas écarter cette possibilité. Pas sans lui avoir parlé moi-même. Une espèce de réaction post-traumatique a peut-être bien eu lieu. *Après* l'événement, évidemment.

— Et avant – aurait-il pu faire une sorte de dépression, un épisode psychotique, comme tu disais ?

Gow affiche un air sinistre.

— Pour citer Jack Levin, l'un des experts dans ce domaine précis, « ces meurtres sont des exécutions. Ils ne sont *jamais* spontanés ». (Il finit son café.) C'est pourquoi j'ai demandé si la femme et les enfants étaient bien morts quand le feu a démarré. Un destructeur de famille a tendance à ne pas prendre le risque qu'il reste le moindre survivant. Cela vaut également pour le feu. Certains vont même jusqu'à se barricader à l'intérieur, pour être doublement sûrs que les pompiers n'auront aucune chance de les atteindre à temps. Et il y a en général d'énormes quantités d'accélérateur. L'excès classique.

Et cela sonne juste aussi : c'est exactement ce que Paul Rigby s'attend à trouver.

Gow sort son téléphone et fait défiler quelques pages.

— Je vais t'envoyer un lien. Tu te rappelles sans doute l'affaire, mais ça pourrait être une référence utile. (Il pose le téléphone sur la table.) Est-ce que tu as reçu les résultats toxicologiques ?

— La femme était sous antidépresseurs, et elle avait bu. Nous n'avons qu'à espérer qu'elle n'ait rien su de tout ça. Par ailleurs, elle était enceinte.

Gow hoche la tête.

— Encore une goutte pour faire déborder le vase. En supposant qu'Esmond était au courant, bien entendu. Et cette confrontation avec Jordan concernant le harcèlement aurait été le déclencheur final. Après cela, les choses auraient bougé très vite.

Nous restons silencieux un instant. Le couple en face a poursuivi son chemin. Leur souffle les suit dans la rue en formant un doux nuage blanc.

— L'autre chose à se rappeler, dit Gow en repoussant sa tasse vide, c'est que ces tueries sont toujours méticuleusement planifiées, parfois des mois à l'avance. Surtout si l'auteur cherche un moyen de fuir plutôt qu'une façon d'en finir. (Il commence à rassembler ses affaires.) Si j'étais toi, j'examinerais de très près ses finances – pour voir s'il déplaçait de l'argent. Ce serait un signal d'alarme retentissant : s'il envisageait une jolie petite vie toute neuve, il a peut-être bien essayé de mettre du cash de côté avant que tout parte en sucette. (Il me jette un coup d'œil.) C'est un terme technique, bien entendu.

— Baxter les a épluchées. Esmond a retiré deux mille livres en liquide il y a quelques semaines. Mais cela ne durerait pas longtemps.

Gow réfléchit.

— Assez pour se ressaisir, mettre au point une nouvelle identité ? Ne me demande pas, je suis juste psychologue. C'est toi, l'enquêteur.

Touché.

— Y a-t-il autre chose que nous devrions chercher ? À part lui, évidemment ?

— Il y a peut-être eu un cas de violences domestiques. Probablement le genre qui ne se voit pas, et il est presque certain que sa femme ne l'a jamais rapporté. Mais il se pourrait qu'elle en ait parlé à une personne proche d'elle. Une amie, une sœur ?

— Ses parents n'ont rien dit. Son père n'avait clairement pas beaucoup d'estime pour Esmond, je doute donc qu'il se serait retenu s'il avait suspecté qu'il se tramait quoi que ce soit de ce genre.

— Demande à la mère, alors. Quand le père n'est pas présent.

J'aurais dû y penser moi-même.

— Je vais appeler Everett. Elle se charge de la liaison avec la famille. Quoique, pour être honnête, les Gifford ne semblent pas vouloir beaucoup nous voir dans les parages.

Gow se met debout.

— Je serai joignable sur mon portable si tu as besoin de moi.

Quand je rentre, je balance un plat surgelé dans le four, allume l'ordinateur sur l'îlot de la cuisine et ouvre le lien que Gow m'a transmis. C'est un épisode de *Crimes That Shook Britain*. Je me permets un sourire : rien d'étonnant à ce qu'il ait potassé sur des émissions de ce genre. Il a toutefois raison au sujet de l'affaire : elle remonte à une dizaine d'années, mais, effectivement, je m'en souviens. Christopher Foster, le millionnaire qui avait un manoir dans le Shropshire, un garage regorgeant de voitures de sport, un ensemble de granges et écuries, ainsi qu'une belle collection d'armes à feu. Et c'est ce dont il s'est servi. D'abord sur ses animaux, puis sur sa femme et sa fille. Il existe une vidéo de surveillance glaçante sur laquelle il se déplace en silence dans son jardin à 3 heures du matin, tue les chevaux, porte des bidons d'essence, démarre le van à chevaux afin de bloquer l'allée. Une silhouette calme et déterminée, un visage blanchi du moindre trait par la mauvaise qualité du film. Quelques minutes plus tard, la maison et les dépendances sont en feu, et Foster est allongé sur son lit, toujours en vie, attendant les flammes.

La sonnerie du four retentit, et je vais chercher mes lasagnes à l'air anémié. Puis je relance la vidéo. Ce sont les gens qui connaissaient Foster que je trouve les plus fascinants. L'assistante personnelle qui le qualifie de compétitif et autoritaire, le frère qui dit qu'il a abusé de lui enfant. Puis un psychologue qui se demande si c'est uniquement ou non la faillite imminente qui a poussé Foster à le faire – s'il y avait eu une autre facette de sa personnalité qu'il n'avait jamais pu dévoiler, et qui se trouvait soudain menacée d'être publiquement exposée…

Puis on sonne à la porte, et, lorsque j'ouvre, je suis troublé un instant. Un imper jaune fluo, un legging noir, une banane, un casque de vélo. On dirait l'un de ces gars Deliveroo.

— Désolé, vous avez dû vous tromper de maison. Je n'ai rien commandé.

— Inspecteur en chef Fawley ? dit-il. C'est Paul Rigby. L'agent d'enquête incendie ?

— Merde – désolé. Je ne vous avais pas reconnu.

— J'espère que vous ne m'en voulez pas de passer à l'improviste. Je n'habite qu'à un kilomètre environ d'ici, alors c'était plus simple que de téléphoner.

— Bien sûr, dis-je en reculant pour ouvrir la porte. Entrez.

Il franchit le seuil et commence à s'essuyer les pieds sur le paillasson.

— Je ne peux pas rester longtemps, dit-il. Ma femme sort ce soir, alors je dois rentrer pour les enfants. Mais nous avons reçu des résultats qu'à mon avis vous souhaiterez connaître.

Je lui désigne la cuisine et l'y suis. Il décline mon invitation à prendre un verre de vin, mais accepte la bière solitaire faiblement alcoolisée que je trouve au fond du frigo.

Il jette un coup d'œil à l'ordinateur et l'écran en pause sur une image de la maison de Foster après l'incendie : le toit effondré, le bâtiment entier telle une coquille incandescente et une tente médico-légale là où les corps ont été découverts.

— Ce n'est pas Southey Road, si.

— C'est la maison de l'affaire Christopher Foster.

À l'évidence, je n'ai pas besoin d'en dire davantage. Il acquiesce.

— Il semblerait que les membres de mon équipe ne soient pas les seuls à penser que c'était un coup monté de l'intérieur. Vous en êtes arrivés là aussi, n'est-ce pas ?

Je lui passe le décapsuleur.

— Nous venons d'apprendre qu'Esmond est revenu à Oxford ce soir-là. Avec largement le temps de mettre le feu.

— Et sa femme et ses enfants dans la maison.

Mais il s'agit d'une affirmation, pas d'une question. Rigby fait ce travail depuis longtemps.

Je prends une profonde inspiration.

— Alors, de quoi vouliez-vous me parler ?

Il prend son téléphone dans sa banane et parcourt l'appli photos.

— Nous avons trouvé ceci.

C'est un briquet. Noirci, comme tout le reste dans cette maison, mais métallique en dessous. Doré.

— Fabriqué en 1954, selon la marque, dit Rigby.

Je relève les yeux d'un air interrogateur, et il hoche la tête.

— Or massif. Ça doit valoir un paquet.

— Et vous l'avez trouvé où ?

— Dans le salon. Nous n'avons pas encore dégagé toute la zone, mais j'ai pensé que vous voudriez être informé de ceci tout de suite. Nous n'avons pas pris conscience de ce que c'était jusqu'à ce que nous en grattions la saleté.

— Je suppose que c'est trop de demander s'il y aura des empreintes ?

Il secoue la tête.

— Le feu s'en sera occupé. Mais il y a autre chose.

Il trouve une seconde photo et me tend le téléphone. Un côté du briquet est gravé.

À Michael, Pour ton 18e anniversaire.
Avec tout notre amour, Papa & Maman

Je relève les yeux vers Rigby, et il hausse les épaules.

— Il est, évidemment, impossible de savoir où il était avant que le plafond s'effondre. Il aurait pu se trouver dans l'une des chambres à l'étage, sur une petite table, n'importe où.

— Mais il l'aurait trimballé sur lui, non – en tant que fumeur ?

— Pas vous ?

Bien sûr que si. Ça fait partie de ces choses que je vérifie systématiquement, sans même y penser : clés, portable, briquet.

— Mais, s'il a mis le feu, il n'aurait pas laissé le briquet derrière lui, quand même ? Il devait savoir que nous finirions par le trouver.

Rigby secoue la tête.

— J'ai déjà vu ça. Les gens sous-estiment complètement la vitesse avec laquelle un accélérateur peut s'enflammer. C'est comme le recul d'une arme – la chaleur vous atteint si rapidement que vous lâcherez très probablement tout ce que vous teniez. Et, si c'est le cas, il vous sera impossible de le récupérer. (Il fait une moue.) Même si c'est un putain de bijou de famille.

— Donc, il a juste réduit sa vie en cendres, dit Baxter, et disparu pour en commencer une nouvelle ailleurs ? Juste comme ça ?

C'est la réunion du matin, et je viens de consacrer la dernière demi-heure à passer en revue ce que Gow m'a dit et ce que Rigby a trouvé.

— Eh bien, moi, je ne marche pas, dit Quinn. Si Esmond voulait tout recommencer, il aurait besoin d'argent. Un paquet d'argent. Et OK, il a sorti ces deux mille livres, mais ce serait loin d'être assez. Impossible. Et pourquoi faire ça un jour où sa voiture est au garage ?

Everett secoue la tête.

— Il n'aurait pas utilisé sa voiture, de toute façon. Bien trop facile à pister.

Dans le silence qui s'ensuit, Gislingham prend le marqueur et va au tableau pour noter les nouvelles preuves. La nouvelle hypothèse, les nouvelles questions auxquelles il nous faut répondre. Tandis qu'il écrit « Fuite » et ajoute un point d'interrogation, Somer prend la parole dans le silence.

— Il n'avait pas besoin de tuer sa famille, si tout ce qu'il voulait était repartir de zéro.

Je lui jette un coup d'œil.

— Non, en effet. Mais le tableau que tout le monde dépeint est celui d'un homme sous extrême tension. Rappelez-vous, il a déjà pris la fuite.

— Cette fois-là, ça n'impliquait pas de brûler à mort ses propres enfants, marmonne Everett d'une voix glaciale.

— Beaucoup d'hommes qui abandonnent leur vie abandonnent en réalité leurs *femmes*, commence Somer.

— Exact, dit Gislingham. La plupart des mecs ne veulent pas vivre seuls – ils sont nuls à ça.

— On a appris à utiliser une machine à laver, sergent ? lance quelqu'un dans le fond en déclenchant l'hilarité générale.

Gislingham sourit – un furtif aperçu de l'ancien Gis.

— Hé, je sais même à quoi sert le réglage « Délicat ». Donc, bon.

J'attends que le brouhaha se dissipe.

— Nous n'avons rien trouvé qui suggère qu'Esmond avait une petite amie.

— Et ce fameux « Harry » ? intervient Ev en m'adressant un regard éloquent. Jusque-là, nous supposions qu'il devait être le plombier ou autre…

— Peu probable, dit stoïquement Baxter. Esmond l'appelait bien trop souvent pour ça.

— … mais si c'était lui, l'amant ? Et si Esmond était gay ?

Quinn croise les bras, clairement sceptique.

— En jouant au mari comblé en public pendant tout ce temps ?

Ev hausse les épaules.

— Eh bien, ça n'a rien d'absolument inconcevable, si ?

— Il y a eu cet incident quand il était encore au lycée, dit calmement Somer. Son frère pensait qu'il ne s'agissait que d'expériences adolescentes, mais s'il se trompait ? Et si Esmond avait eu ces sentiments toute sa vie ? Seulement maintenant, finalement, il ne peut plus les cacher.

— Oui, dit Ev. Et s'il avait effectivement un amant gay, il me paraît du genre qui n'aurait pas voulu que ça se sache.

— Avons-nous trouvé d'autres communications entre Harry et lui ? demandé-je en balayant l'équipe du regard. Réseaux sociaux ? Mails ?

— J'attends toujours l'accès à son compte universitaire, dit Baxter. Mais c'est peu probable qu'il y ait quoi que ce soit, si. Pas si ce que dit Ev est vrai.

— Et le compte privé ?

Baxter rougit légèrement.

— Je n'ai pas encore trouvé le mot de passe pour celui-là, chef. Désolé – ça ne me semblait pas prioritaire…

— Eh bien, ça l'est désormais…

Il acquiesce.

— Je suis dessus, monsieur.

Je me tourne vers le reste de la salle.

— Si Michael Esmond se trouve toujours à Oxford – avec ou sans ce personnage de « Harry » –, alors où est-il ? Et s'il n'est *pas* ici, comment a-t-il voyagé ? Il ne se sert pas de ses cartes bancaires, il doit donc payer ses déplacements en liquide.

— Ces deux mille livres pourraient s'avérer utiles, après tout, dit Ev, avec un hochement de tête appuyé vers Quinn.

— Nous allons commencer à vérifier les trains et les bus, dit Gislingham. Ou plutôt, l'inspecteur Quinn va s'en charger.

L'intéressé roule les yeux, ce que je feins de ne pas remarquer.

— Et, Ev, parlez une fois de plus à Mme Gifford, voulez-vous ? Voyez si Gow tenait une piste en disant qu'il y a peut-être eu des violences domestiques. Si elle s'est confiée à quelqu'un, ce pourrait bien être sa mère.

Je balaie la pièce du regard.

— OK, ce sera tout. Mais, pour l'heure, nous gardons les infos sur Esmond entre ces quatre murs, d'accord ? Je ne veux pas qu'elles filtrent avant que nous soyons prêts à les annoncer. (Je regarde Everett.) Et cela inclut les Gifford. Du moins pour l'instant.

Elle acquiesce.

— OK, chef.

Le téléphone sonne et Asante décroche, puis regarde vers moi.

— Un message pour vous, chef. Vous êtes demandés, vous et l'inspecteur en chef. À Southey Road.

* * *

Entretien téléphonique avec Laura Gifford
18 janvier 2018, 11 h 15
Interlocuteur : inspecteur V. Everett

VE : Je suis sincèrement désolée de vous déranger de nouveau, madame Gifford. Ce doit être affreux pour vous, en ce moment.

LG : Je ne sais pas ce que je ferais sans Greg. Je n'arrive pas à me faire à l'idée de tout ça. Vous ne pensez jamais devoir le faire un jour, si ? Vous occuper de la mort de votre propre enfant. Encore moins de vos petits-enfants. Était-ce à Greg que vous souhaitiez parler ?

VE : À dire vrai, j'espérais tomber sur vous seule. Je sais que ces choses-là peuvent être difficiles à aborder, mais la plupart des filles se confient à leurs mères.

LG : Je suis désolée, je ne vois pas ce que vous insinuez.

VE : C'était bien un mariage heureux ? D'après certains de vos propos à tous les deux, j'ai eu l'impression qu'il y avait peut-être des problèmes.

LG : Pas plus que chez qui que ce soit d'autre. Michael était un mari très aimant, et un *très* bon père. Je sais que Greg s'est montré un peu dur quand nous avons discuté l'autre fois, mais vous savez comment peuvent être les pères, surtout concernant leurs petites filles.

VE : Samantha ne vous a jamais rien dit suggérant que Michael était… Je suis désolée, il n'y a pas de manière simple de demander ceci…

LG : Violent avec elle ? S'il la battait ? Est-ce que c'est ce que vous voulez dire ? Absolument pas – qu'est-ce qui a bien pu vous donner cette idée ?

VE : Je ne voulais pas vous contrarier, madame Gifford, sincèrement. Mais la violence n'est pas la seule façon dont les problèmes conjugaux peuvent se manifester. Diriez-vous que Michael était dominateur ? Samantha a-t-elle dit un jour qu'il essayait de lui dicter son comportement ?

LG : *Bien sûr que non.* Vous êtes tous les mêmes, vous autres – à fourrer votre nez partout pour chercher des problèmes là où il n'y en a pas.

VE : M. Esmond est toujours introuvable, madame Gifford. Nous tentons juste de l'éliminer de nos enquêtes – je suis sûre que vous pouvez comprendre…

LG : Non, je ne comprends pas. Pourquoi ne concentrez-vous pas vos recherches sur l'auteur de tout ça ? C'est ce que je voudrais savoir. Ma fille est morte – mes petits-fils sont morts –, et vous autres n'avez pas la moindre idée de qui est responsable…

VE : Madame Gifford…

[La ligne se coupe.]

* * *

Lorsque Gis se gare à Southey Road, il n'y a presque personne alentour, juste un vieil homme avec un épais pardessus en tweed qui passe en traînant les pieds, ainsi qu'une femme avec une poussette et un petit garçon blond à l'intérieur. Il porte une casquette de base-ball avec « antihéros » imprimé sur l'avant. Il doit avoir à peu près le même âge que Zachary Esmond. Il bruine à présent, et je remonte mon col en crapahutant dans le gravier derrière Gislingham. La maison est dans un état pire encore qu'à ma dernière venue, les fenêtres striées de traces sombres comme les yeux d'un clown pleureur. Vous sentez la suie humide dans votre gorge.

Rigby vient vers nous en traversant les gravats, ses bottes craquant à chaque pas.

— Désolé de vous obliger à venir ici, mais je pense que vous en serez contents. (Il nous tend à chacun un casque de protection.) Personne n'est autorisé sur le site sans porter ça. (Il attend que nous les mettions, puis se tourne.) Par ici.

Le seul accès est par l'arrière, et nous nous frayons un chemin jusqu'au salon, sur un sol encore jonché de cendres, de débris et fragments de plâtre, avec ici et là une bâche bricolée par-dessus les quelques dernières sections qui n'ont pas encore été dégagées. Rigby s'arrête et s'accroupit en désignant ce qu'il reste des planches noircies.

— Vous voyez ça ? C'est le motif d'un déversement. Une fois que vous savez ce que vous cherchez, vous pouvez le voir partout ici. L'endroit était *imbibé* de ce truc.

— De l'essence ? demande Gislingham en prenant des notes.

Rigby acquiesce.

— C'est presque une certitude. Nous avons envoyé des échantillons au labo pour voir si nous pouvons les faire correspondre à la tondeuse. Nous avons également trouvé le bidon. Je doute qu'il y ait des empreintes, étant donné l'état dans lequel il est, mais ça vaut le coup d'essayer. (Il se redresse.) Ce que nous révèle le motif, c'est que l'incendiaire s'est tenu au milieu de la pièce et a commencé à reculer vers la porte là-bas, en jetant de l'essence à gauche et à droite.

Il se met à mimer le geste, lançant les bras d'un côté puis de l'autre en reculant.

— Mais c'est là, dit-il en faisant halte, qu'il s'est arrêté.

Gis sourcille.

— Comment le savez-vous ?

Rigby désigne la bâche à ses pieds, puis se penche pour la soulever. Il y a une grosse poutre de bois en dessous, ainsi que les vestiges d'un miroir victorien orné, la dorure scintillant encore à travers la suie. Mon reflet découpé par le verre brisé braque les yeux vers moi.

Et ce n'est pas le seul visage que j'aperçois.

* * *

Oxford Mail en ligne
Jeudi 18 janvier 2018
Dernière mise à jour à 13 h 11

DERNIÈRE MINUTE Incendie d'Oxford : Les enquêteurs découvrent une quatrième victime

Dans un retournement de situation hallucinant, il semblerait que l'équipe d'enquête incendie de Southey Road ait découvert une quatrième victime dans les restes calcinés de la maison édouardienne. Les voisins rapportent avoir vu un fourgon de pompes funèbres et un sac mortuaire dégagé sur une civière. L'équipe incendie est sur place depuis que le feu s'est déclaré aux premières heures du 4 janvier, et passe minutieusement au crible les ruines effondrées d'un côté de la maison, à la recherche d'indices quant aux causes possibles de l'incendie. Mme Samantha Esmond, 33 ans, et son plus jeune fils, Zachary, 3 ans, ont péri dans les flammes, et son fils aîné, Matty, 10 ans, s'est éteint plus tard, des suites de ses blessures, à l'hôpital John-Radcliffe.

On conjecture de plus en plus qu'il s'agirait de Michael Esmond, 40 ans, un membre du département d'anthropologie de l'université, que personne n'a vu depuis la période précédant l'incendie, malgré un appel national de la police lui demandant de se manifester. Ceux qui ont connaissance des procédures d'enquête incendie ont suggéré que le corps fraîchement découvert devait se trouver dans le salon au rez-de-chaussée, compte tenu du temps qu'il a fallu pour localiser les restes. On pense aussi que l'incendie s'est déclenché dans cette partie de la maison.

La police de Thames Valley a refusé jusque-là de faire toute déclaration, tout comme aucun membre des bureaux de l'université à Wellington Square n'a été disponible pour le moindre commentaire.

670 commentaires

WittenhamWendy66
Est-ce que je rate une chose complètement évidente ici, ou suggère-t-on bien que le père est coupable – qu'il a mis le feu à la maison avec ses petits gamins endormis à l'étage ? Ça dépasse l'entendement – quelle sorte de monstre fait un truc pareil à ses propres enfants ?

Turner_Rolland
On les appelle les « Exterminateurs de famille ». Si vous regardiez autant d'émissions criminelles américaines trash que ma femme, vous sauriez tout sur le sujet.

Metaxa88
Il y a un bon article là-dessus – basé sur des recherches effectuées par une équipe de la fac de Birmingham. Apparemment il existe quatre types – les « vertueux » qui traversent généralement un divorce en accusant la mère de briser la famille, et l'appellent en général pour la narguer avec ce qu'ils s'apprêtent à faire (sympa), les « déçus » qui pensent que tout le monde les a trahis, les « paranoïaques » qui pensent être sous une espèce de menace, et les « anomiques » (non, je ne savais pas non plus ce que ça signifiait) qui voient la famille comme un symbole de leur propre réussite, mais se retrouvent en faillite

ou autre, et tout leur univers qui s'écroule. Voici le lien http://www.wired.co.uk/article/ family-killers

AndEveSpan1985
Et ce sont tous des hommes. En voilà une surprise.

Des millions d'investissements prévus dans les routes de l'Oxfordshire
Le gouvernement va faire des investissements significatifs dans les routes du pays au cours des cinq prochaines années dans le cadre de.../*suite*

Une résidente de Headington fête ses 100 ans
Amis et voisins se sont réunis pour célébrer le centième anniversaire de Hester Ainsworth, de Carberry Close, Headington.../*suite*

Levée de fonds dans les écoles pour le Sport Relief
De nombreuses écoles et établissements d'enseignement secondaire prévoient des événements spéciaux pour récolter de l'argent au profit de Sport Relief ce printemps.../*suite*

---

* * *

— J'aurais vendu des billets, dit Boddie en levant les yeux vers la galerie d'observation avant de les baisser de nouveau vers moi, si j'avais su que vous ameniez toute une clique.

Je dirais bien quelque chose de sombrement ironique en guise de réplique, seulement, pour l'instant, je me concentre sur le fait de ne pas avoir de haut-le-cœur devant toute mon équipe. J'aurais dû me dérober et rester à l'étage avec eux, mais, parfois, l'autorité vous est littéralement imposée.

Le cadavre sur la table devant moi est d'un bleu-noir carbonisé, mais, ici et là, la peau s'est fendue dans de longues entailles comme des fruits éclatés. Vous apercevez l'os gris pâle du crâne, les spirales jaunâtres de l'intestin.

— Comme nous pouvons le voir, dit Boddie, la voix étouffée par son masque, le cadavre montre la posture pugilistique classique typiquement observée chez les victimes de brûlures graves. Décubitus dorsal, poings serrés, genoux remontés, etc. (Il relève les yeux et hausse la voix.) Et, à l'intention des ingénus parmi vous, il n'était pas en train d'en découdre avec la Grande Faucheuse. La chaleur extrême amène les protéines des muscles à coaguler et se contracter, ce dont résulte cette apparence bizarrement combative.

Il fait le tour pour aller vers le bout de la table.

— Je peux confirmer que le corps est masculin, mais je ne serai pas en mesure de fournir une estimation exacte du poids ni de la taille, compte tenu du rétrécissement consécutif aux dommages causés par le feu. De même, avec ce degré de carbonisation, je doute de trouver le moindre signe distinctif extérieur digne de ce nom. À part ça, peut-être. (Il indique l'une des mains serrées.) Comme l'auront déjà remarqué les plus observateurs d'entre vous, il y a un anneau au cinquième doigt de la main gauche. (Il relève les yeux vers la galerie.) Ce que, j'imagine, l'inspecteur en chef Gislingham appellerait son « petit doigt ».

Je n'entends pas les rires, mais je les vois. Ev donne un coup de coude à Gislingham, qui parvient à sourire.

— Il nous faut espérer qu'Alan Challow y découvre des marques distinctives utiles sous forme d'inscription, poursuit Boddie en se penchant sur le crâne, parce que notre ami semble avoir perdu la majorité de sa mâchoire.

— L'une des solives lui est tombée dessus, dis-je, les dents serrées.

— C'est ce que je vois, dit sèchement Boddie. C'est extrêmement fâcheux. Je crains qu'il n'y ait trop de dégâts ici pour tenter une identification fiable par le biais d'un dossier dentaire. Je vais, bien entendu, procéder aux radios de routine pour voir s'il y a des os présentant des fractures ressoudées qui pourraient aider à l'identification, mais notre meilleure option est probablement l'ADN. Il y a un frère en vie, je crois ?

J'acquiesce.

Il se penche de nouveau pour inspecter le crâne sous différents angles.

— Intéressant. J'ai l'impression que nous avons une fracture importante dans la région temporale droite. (Il hausse de nouveau la voix.) Pour ceux placés au poulailler, les os craquent souvent sous une chaleur intense, ce qui peut nous compliquer la tâche pour déterminer si la blessure sur une victime de brûlures était pre- ou post-mortem. Plus d'un officier autrement compétent s'est planté là-dessus.

— Vous êtes en train de dire que quelqu'un aurait pu le frapper ?

— Je dis que c'est *possible*. Tout comme il est *possible* qu'il se soit cogné la tête quand il a été asphyxié par la fumée. (Il prend son scalpel.) Alors, on jette un coup d'œil ?

Tandis que la lame transperce la chair noircie, je relève les yeux pour voir que la plupart se sont détournés, ou ont été soudain pris d'un besoin urgent de consulter leur téléphone. À une exception près. L'inspecteur Asante. Il prend des notes.

* * *

INSPECTION SCÈNE INCENDIE – FOUILLES
RESTREINT UNE FOIS REMPLI
Extraits du rapport complet

Incident SI no	87/1434	**Date de l'incident:**	4/01/2018	**Heure d'appel pour l'incident:**	00 h 47
Adresse:	23 Southey Road, Oxford OX2				
Usage des lieux:	Domestique/résidentiel				
Nom de l'occupant:	Michael Esmond				

Agent enquête incendie

Nom:	Directeur de surveillance Paul Rigby	**Service no:**	667	**SI:**	Oxfordshire

FICHE DE SYNTHÈSE INCIDENT ET ENQUÊTE/APERÇU

Date/Heure OEI mobilisés :	00 h 52 4/01/2018		**Date/Heure d'arrivée des OEI :**	1 h 15 4/01/2018	
Cordon sanitaire établi	O	Oui	**Cordon sanitaire établi par**	✔	SI
		Non			Police
Scène sécurisée	O	SI	**Journal incident de police commencé à :**		
	O	Police			
Commandant d'incident du SI	Chef de caserne G Lowe				
Commandant d'incident de la police	Inspecteur en chef C. Gislingham		**Motif d'enquête**	Accident mortel/ possibilité criminel	
Nom agent d'enquête de police	A. Challow		**Lieu de travail**	St Aldate's	
Dispositifs sur place	Dispositifs incendie Oxford Dispositifs incendie Slade		**Signaux et heure d'appel**	21P1 à 00 h 55 21P2 à 1 h 01 30P1 à 1 h 15 30P2 1 h 30	

Témoin principal – Avant l'arrivée du Service incendie

Nom de la personne ayant découvert l'incendie	Mme Beverley Draper	**Adresse de contact**	21 Southey Road, Oxford OX2
Numéro téléphone contact	01865003425	**Comment l'incendie a-t-il été découvert**	Visible de la fenê
Une alarme sonnait-elle ?	Non	**Heure de découve**	

Qui a appelé le SI ?	Mme Draper	**Des actions ont-elles été menées avant l'arrivée du SI ?**	Non

Description de l'incident
L'appel au 999 depuis la maison adjacente a indiqué qu'il pouvait se trouver quatre personnes dans la propriété, dont deux enfants. Le premier engin a enregistré son arrivée à 00 h 55, en signalant qu'il y avait à première vue de la fumée qui s'échappait sur la droite des premier et deuxième étages de la propriété, avec des flammes visibles au rez-de-chaussée. Le chef Lowe a ordonné à son équipe de sortir une lance à incendie et que les pompiers 354 Fletcher, 143 Evans, 176 Jones et 233 Waites se tiennent prêts à intervenir en appareils respiratoires. Ces pompiers sont immédiatement montés au premier étage par échelle, en entrant par une fenêtre. Zachary Esmond a été localisé par 354 Fletcher dans une pièce identifiable en tant que nurserie, et immédiatement dégagé pour être confié aux soins des secouristes. Peu de temps après, Matthew Esmond a été découvert au rez-de-chaussée, dans l'escalier. Zachary Esmond a été déclaré mort sur les lieux. Les ambulanciers ont administré les premiers secours à Matthew Esmond avant son transfert aux urgences de John-Radcliffe. Pendant ce temps, des pompiers supplémentaires équipés d'appareils respiratoires ont été chargés de pénétrer dans la propriété pour combattre l'incendie au niveau du rez-de-chaussée. L'accès était possible uniquement par l'arrière gauche (cuisine), en raison d'un feu important dans le couloir et l'entrée principale. À 1 h 15, le DS Rigby a été désigné agent d'enquête incendie. À 2 h 45, le chef Lowe a fait un rapport au contrôle comme suit : « Feu important du côté arrière droit du rez-de-chaussée, menant à un effondrement considérable des structures au-dessus. Dégâts de fumée et feu sur le reste de la propriété. Un décès d'enfant et un blessé. Un pompier souffrant d'une légère inhalation de fumée traitée sur place. Huit porteurs d'appareils respiratoires, quatre lances à incendie, un jet haute pression et ventilateur à pression positive en fonctionnement. L'incident demeure Offensif et doit être laissé ouvert – cause actuellement inconnu – en attendant l'officier de la scène de crime.

Informations Blessés/Victimes		
Nom	**Âge**	**Type de blessure/Traitement sur place/ Traitement hospitalier suivi ou Bilan**
Zachary Esmond	3	Décès
Matthew Esmond	10	Blessé. Hospitalisé à JR. Décédé ultérieurement

Détails construction et occupation				
Type de locaux	Maison d'occupation individuelle		**Usage des locaux**	Domicile familial
Construction – Murs extérieurs	Brique		**Construction – Toit**	Pentu tuiles
Murs intérieurs	Brique			
Nb d'étages	3		**Année de construction**	1909
Occupée au moment de l'incendie	✔	**Oui**	**Par qui et combien de personnes ?** Deux enfants découverts au cours de l'incendie, un mort. Restes de deux adultes découverts durant les fouilles	

Style de vie de l'occupant	**Preuves**		**Détails :**
	✔	Fumeur	**Moment de la dernière cigarette :** Inconnu
		Non-fumeur	
	✔	Consommateur d'alcool	
		Consommateur de drogues	
Adresse/Occupant(s) connus de la police			Non

INSPECTION INTÉRIEURE :
Plans des sols – Non à l'échelle

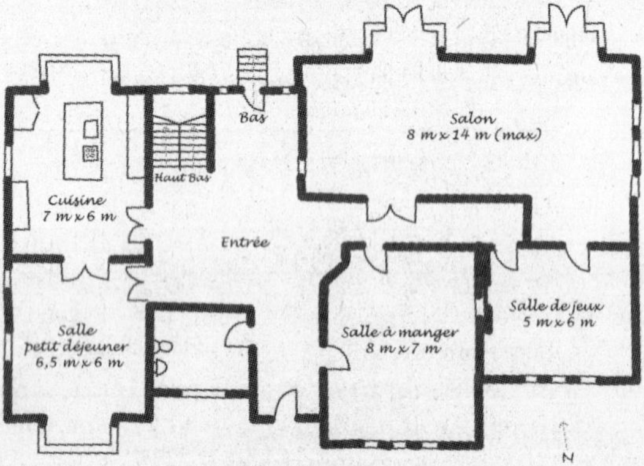

REZ-DE-CHAUSSÉE

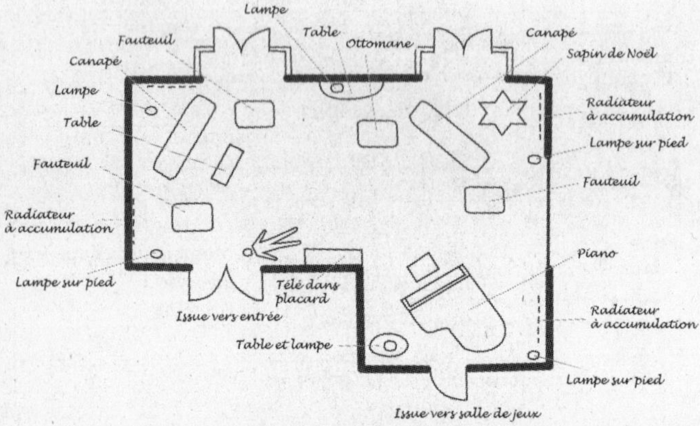

SALON (non à l'échelle)

INSPECTION SCÈNE INCENDIE – FOUILLES

Date et heure de début		**Date et heure de fin**	
En présence de (ajouter noms)	OSC Paul Rigby	EXPERT/ESC M Paice, D Thatcher (SI), C Conway (PTV)	

Description des fouilles

Les fouilles ont commencé environ 32 heures après que le site a été déclaré sans risque. Deux étages s'étaient effondrés du côté droit du bâtiment, ce qui a nécessité le dégagement soigneux de débris et matériaux de construction, afin de préserver toute preuve médico-légale. Les restes de Mme Samantha Esmond ont été découverts à environ 16 h 30 le 5/01/2018. La position du corps suggérait qu'elle était endormie dans l'une des plus petites chambres à l'étage supérieur (2e), directement au-dessus du foyer de l'incendie. Le matin du 18/01/2018, les restes d'un adulte de sexe masculin ont été découverts dans le salon (voir plan des sols). Le corps était gravement carbonisé et une identification visuelle sur les lieux était impossible. De plus amples fouilles et investigations dans cette pièce ont révélé des traces d'accélérateur et la présence d'un briquet appartenant à M. Michael Esmond. Les motifs de brûlures repérés sur le plancher ont indiqué que l'accélérateur avait été employé par un seul individu, qui s'est déplacé dans la pièce jusqu'à la porte donnant dans le couloir. Il a été impossible de déterminer pourquoi l'individu trouvé dans cette pièce n'avait pas pu sortir en toute sécurité. Quand on a localisé la porte principale, aucun signe d'effraction n'a été constaté (comme c'était aussi le cas dans le reste de la maison).

Comment le feu s'est propagé	Départ du feu L'incendie a été déclenché par l'inflammation volontaire d'un accélérateur à base d'essence sur le sol, le tapis et les meubles voisins dans le salon du rez-de-chaussée. Évolution En raison des matières inflammables du tapis par terre et des décorations de Noël sèches et hautement inflammables dans la pièce, le développement du feu aura été rapide et important. L'incendie s'est vite propagé au rez-de-chaussée et en haut de l'escalier, gagnant en énergie avec l'aide des guirlandes de Noël utilisées pour décorer la rampe d'escalier en bois. Pas de détecteurs de fumée installés où que ce soit à l'intérieur de la maison.

Signé : Paul J Rigby Date : 18/01/2018

Copies à : Commissaire J Harrison (Thames Valley)
Inspecteur en chef A Fawley

* * *

Baxter était le seul absent à l'autopsie, mais il avait vraiment une bonne excuse.

— J'ai craqué ce mot de passe, chef, dit-il dès que j'arrive à la salle de crise. Celui du compte de messagerie et celui du PC personnel.

Une acclamation s'élève derrière moi et Baxter rougit, mais il est ravi.

— J'ai mis la pression sur les gars de l'informatique du département d'anthropologie, et ils ont fini par me donner le mot de passe dont il se servait pour ses mails universitaires. Il s'est avéré que c'était Xfile9781. Celui pour le compte privé est une variation des mêmes lettres et nombres.

— Alors quoi – c'était une sorte de fan de SF ? demande l'un des inspecteurs.

— Plutôt un fan de Gillian Anderson, lance un autre avec un coup de coude. Je veux dire, ne le sommes-nous pas tous ?

— Bien tenté, les mecs, dit Baxter en souriant. Mais, en réalité, c'est une anagramme. Xfile est une anagramme de Felix. Le nom de la maison.

— Et le nombre ? demandé-je.

— Je suppose que ça se rapporte à 1978, dit Baxter. Son année de naissance. Exactement comme avec son téléphone.

La maison et lui, verrouillés l'un à l'autre. Les mots de passe peuvent être si révélateurs.

— Mais la mauvaise nouvelle, poursuit Baxter, c'est qu'il n'y avait absolument rien non plus dans les mails personnels. Aucune trace d'une relation douteuse, femme *ou* homme.

— Pas de message pour Harry ? Aucun ?

Il secoue la tête.

— Eh non. Esmond semblait s'en servir essentiellement pour acheter des trucs sur Amazon et passer ses commandes *Tesco*.

Seigneur, cet homme est assommant. Rien dans sa vie ne s'est révélé aussi intéressant que le fait qu'il l'abandonne.

Mais Baxter n'a pas encore terminé.

— Je suis remonté en arrière pour regarder ses vieux mots de passe, et il s'avère que c'est toujours le même – une combinaison différente de Felix et 1978. Bien qu'il ait créé un mot de passe pour le PC personnel pour la première fois en novembre. La dernière fois qu'il l'a actualisé était le 2 janvier. À en juger par l'heure, ce devait être juste avant de quitter la maison ce matin-là.

En route pour l'entretien avec Jordan, la conférence à Londres et – comme nous le savons désormais – quelqu'un ou quelque *chose* à Brighton. Le timing ne peut être anodin.

— Alors, quel est le mot de passe à présent ?

— Xlife9718. Comme dans « ex-life ». Comme dans mort.

Ce pourrait n'être qu'une coïncidence. Mais comme vous le savez maintenant, j'en suis sûr, je ne crois pas aux coïncidences.

29 octobre 2017, 14 h 48
67 jours avant l'incendie
23 Southey Road, Oxford

— Tout va bien ?

C'est Sam, qui se tient à la porte du bureau. Derrière elle, le vent fouette les branches nues. L'une d'elles grince au-dessus d'eux sur le toit comme un violon rouillé.

Michael lève les yeux et sourcille.

— C'est la facture de la maison de retraite.

Sam entre pour aller se poster à son épaule, regardant l'écran.

— Ce sont les suppléments qui nous mettent dedans, dit-il. Le coiffeur, la pédicure, les examens ophtalmo. Jusqu'où ça va aller ?

— Peut-être devrions-nous réfléchir à un endroit moins cher ? propose-t-elle avec hésitation. Philip a dit…

— Philip a dit quoi ?

Elle rougit.

— Juste qu'elle serait probablement heureuse n'importe où, tant qu'on est gentil avec elle, qu'elle est au chaud et bien nourrie. Ce n'est pas comme si elle savait vraiment où elle est.

Elle s'attend à ce qu'il explose en entendant cela, mais il reste juste assis là, les yeux rivés sur l'écran.

— Je sais qu'elle est installée là-bas, mais si ça devient un problème…

Son mari se cale dans son fauteuil. Il a des cernes sous les yeux. Elle se demande, soudain, s'il a beaucoup dormi.

— Il y a assez sur le compte épargne pour ce mois-ci, mais après…

Il relève les yeux ; elle se mord la lèvre.

— J'allais te le dire.

— Tu allais me dire quoi ? demande-t-il.

— J'ai pris de l'argent sur le compte épargne. Désolée. J'aurais dû te prévenir.

Il sourcille de nouveau.

— Combien, exactement ?

Elle est écarlate à présent.

— Deux mille livres.

Il la dévisage.

— Mais pour quoi pouvais-tu avoir besoin d'une somme pareille ?

— Ce n'était pas pour moi. C'était juste un prêt. Je le récupérerai.

— Un prêt ? Mais pour qui, bon Dieu ? Certainement tes parents…

— Pas mes parents. Harry. J'ai prêté l'argent à Harry.

— *Harry ?*

— Sa mère est malade et il lui envoie de l'argent.

— Et tu étais obligée de lui donner autant ?

— Je suis tellement désolée, Michael… Je n'ai pas pensé que ça poserait un problème… Je veux dire, tu n'as jamais dit… Je ne vois jamais les relevés…

— C'est parce que je ne veux pas que tu t'inquiètes.

Elle a le cœur retourné. Michael est sous une telle pression. Pas seulement pour sa mère, mais pour son travail, et le livre qu'il devait rendre, elle le sait, depuis plus de six mois.

Elle enroule les bras autour de lui, sentant la tension dans ses épaules, le battement dans son cou.

— S'il te plaît, ne t'inquiète pas. Il a dit qu'il nous rembourserait d'ici la fin du mois, c'est sûr. Nous l'aurons à temps pour Noël. Il l'a promis.

— Chef ? Il y a une chose que vous devriez voir.

C'est Baxter. Je ne m'étais même pas rendu compte qu'il était là. Je m'apprêtais moi-même à partir, mais il tient clairement quelque chose. Bien que ça ne lui plaise pas de me le dire.

— Qu'est-ce que c'est ?

— C'est le PC d'Esmond.

La salle de crise est déserte, et j'évite de faire la moindre allusion au sac de chips et au Mars sur le bureau de Baxter.

Il s'assied devant la machine. Il n'est pas très neuf et a bien servi, si l'on en juge par les rayures sur l'écran. Il y a un autocollant bleu défraîchi qui dit « Le meilleur papa du monde », et un autre avec le nom d'une société de maintenance de PC. « Une aide pratique et honnête pour tous vos soucis informatiques ».

Baxter ouvre une page YouTube.

— C'était enfoui dans son historique de navigation, dit-il calmement. Cliquez sur « Play ».

La bande-son est un gros rythme disco, et le film n'est guère plus qu'une vidéo amateur avec des sous-titres en Comic Sans et des transitions saccadées d'une image à l'autre. Mais le message passe tout aussi bien.

STRUCS VRAIMENT INCROYABLES
POUR LANCER UN FEU !

Des allume-feu en boîtes d'allumettes, des dispositifs à retardement utilisant des fusibles de feux d'artifice, des ballons remplis d'essence suspendus au-dessus de bougies. Une paire de mains en gros plan comme dans une version perverse d'émission pour enfants, pendant qu'une voix *off* américaine profère gaiement des conseils pratiques (« Attention, les amis, trop de carburant dans le ballon, et vous pourriez éteindre la bougie ! »), puis trois émojis sourire s'enflamment, et nous passons au prochain « truc vraiment incroyable ».

Je m'aperçois seulement à ce moment-là que la musique qui martèle est « Burn Baby Burn ».

— Seigneur.

Baxter fait une moue.

— Je sais.

— Et il est certain qu'Esmond a regardé ça ?

Baxter acquiesce.

— En novembre. Le 4, pour être précis.

Je pousse le clavier. L'étiquette est toujours là.

« Le meilleur papa du monde ».

— Il a fallu un moment pour le nettoyer, mais il n'est pas en mauvais état, tout bien considéré.

Alan Challow me tend le sac à scellés en plastique et une loupe.

— Jetez un coup d'œil.

L'anneau est en argent, ou peut-être en or blanc, avec un centre lisse bleu foncé. Il est bosselé et éraflé, mais l'inscription sur l'émail est claire : deux initiales, finement ciselées, qui se superposent. Un *M* et un *E*.

— Je pense que c'est assez concluant, pas vous ?

Je relève les yeux vers lui.

— Je vais le montrer au frère. S'il appartient à Esmond, il a déjà dû le voir.

Challow acquiesce.

— Bonne idée. À vrai dire, vous pouvez le faire tout de suite. Il est dehors, à attendre qu'on lui prenne un échantillon de salive.

Après presque trois jours entiers, Quinn est sur le point d'abandonner tout cet angle Brighton. L'agent Kumar s'est efforcé de trouver le temps d'examiner les vidéos de surveillance, et Quinn n'est pas près de se porter volontaire. Mais, lorsqu'il revient de déjeuner, il y a un Post-it collé sur son écran d'ordinateur. Kumar a appelé : il a un mail dans sa boîte de réception. Quinn s'assied et ouvre son écran. La séquence de vidéosurveillance ne dure que trente-cinq secondes, et n'est pas précisément déterminante. La qualité est assez médiocre, et le visage de l'homme est en partie dissimulé par un parapluie, mais la sacoche d'ordinateur ressemble à celle que portait Esmond en quittant la gare de Brighton. Quinn prend le téléphone.

— Kumar ? Quinn à l'appareil. Vous pensez que c'est notre gars ?

— Le timing correspond. Il serait arrivé à peu près à cet endroit en marchant d'un pas normal.

— Alors où était-il – où allait-il ? Des idées ?

Il entend Kumar expirer.

— Là, c'est un peu plus délicat. Cette caméra se trouve à l'épicerie du coin dans un quartier résidentiel au nord-ouest de la ville. Quant à l'endroit où il se dirigeait, honnêtement, ç'aurait pu être n'importe où. J'ai vérifié, et il n'y a plus de caméras sur cette portion de rue durant quelques kilomètres, et il n'y a rien sur celles-ci.

Quinn soupire. Bruyamment.

— Écoutez, je vais fouiner un peu, dit Kumar. Mais je pense que ma chance a peut-être bien tourné.

Pas juste la tienne, se dit Quinn.

— Où avez-vous trouvé ça ?

Philip Esmond regarde la chevalière au creux de ma paume. Il est devenu très pâle.

— Elle était sur ce corps, n'est-ce pas ? Celui dont on parlait aux infos.

— J'en ai peur.

Il déglutit.

— Il est mort, alors. Mon frère est mort.

— Est-ce que vous voulez un verre d'eau ? Ce doit être un sacré choc.

Il secoue la tête ; il a les larmes aux yeux.

— Je veux dire, je m'y attendais – surtout après les nouvelles, mais…

Sa voix se brise et il se détourne.

Et je sais ce qu'il veut dire. Suspecter est une chose, savoir en est une autre. Vous vous raccrochez à l'espoir le plus ténu, le plus fragile, parce que l'espoir est tout ce que vous avez.

— Alors il les a tués. Il les a vraiment tués. Et ensuite il s'est suicidé.

Je sens mon propre cœur enserrer la douleur de cet homme.

— Je suis sincèrement navré. Mais oui, il semble fortement que ce soit ce qui s'est produit.

Et comme les résultats de l'autopsie viennent de le confirmer, il était toujours en vie lorsque l'incendie s'est déclenché. Mais je ne suis pas près de dire ça à son frère. C'est déjà assez dur pour lui.

— Je suis désolé d'aborder ce sujet maintenant, mais nous avons toujours besoin que vous nous fournissiez un échantillon d'ADN. Juste pour être certains. Vous êtes d'accord pour le faire maintenant ? C'est juste un prélèvement de salive.

Il cligne des yeux pour chasser ses larmes.

— Bien sûr. Pas de problème.

Il se lève du fauteuil.

— Je suppose que je peux au moins lui offrir des funérailles convenables, à présent.

— Je suis persuadé que la légiste fera tout son possible pour accélérer l'enquête. Quoique… (Je m'interromps, ne sachant vraiment comment amener le sujet.) Vous voudrez peut-être réfléchir à l'endroit – pour les funérailles, je veux dire. Je ne sais pas trop ce que les Gifford éprouveraient si…

— … si je mettais Mike juste à côté de la fille et des petits-fils qu'il a tués ? Ne vous inquiétez pas, je ne compte pas rendre la situation plus pénible.

Il tend une main, à moitié gêné.

— Merci. Pour tout ce que vous avez fait.

— C'est mon boulot. Et nous veillerons à ce que la bague vous soit retournée au plus vite.

Il sourit faiblement.

— Merci. J'apprécierais.

Dix minutes plus tard, je le regarde traverser le parking. Il s'arrête à la voiture et cherche ses clés dans sa poche. Je devine que c'est une location, car il lui faut trop de temps pour trouver celle dont il a besoin et ouvrir la portière.

Puis il se tient là, une main posée sur le toit, les épaules affaissées. J'espère juste qu'il aura le bon sens d'opter pour des funérailles privées loin d'ici. Son frère se fait démonter sur les réseaux sociaux.

4 novembre 2017, 19 h 14
61 jours avant l'incendie
23 Southey Road, Oxford

Michael Esmond rentre tard, il n'est donc pas surpris de trouver la maison plongée dans le noir : Sam a dit qu'elle allait emmener les enfants voir le dernier film Lego. Il reste debout dans l'entrée un instant, se débarrassant de ses clés. Il sent encore la légère odeur chimique du nouveau vernis pour plancher. Le vernis, et, à présent, autre chose.

Le brûlé.

Ça vient de l'étage.

Il monte les marches sans même réfléchir – courant uniquement par réflexe. Ça vient de la chambre de Matty. Seigneur, se dit-il, qu'est-ce qu'il fout ? Nous lui avons parlé cent fois du fait de jouer avec les flammes. Et lorsqu'il passe l'angle pour entrer dans la chambre, son fils est assis par terre, en tailleur.

Il a les mains en feu.

— Mais putain ! hurle-t-il.

Bien qu'il ne jure jamais. Pas devant les enfants. Jamais.

Et il s'aperçoit alors que Harry est également dans la pièce. Harry qui le dévisage le plus calmement du monde.

— Salut, Mike, dit-il en souriant.

Matty commence à lâcher la flamme bleu pâle d'une paume à l'autre, et Michael se rend compte que le feu provient d'une chose de la taille d'une balle de ping-pong. Et que sa peau ne présente absolument aucune marque.

— Ce n'est pas mortel ? souffle Matty. C'est comme les boules de feu dans *Minecraft*.

— Cool, hein ? dit Harry. Un truc destiné aux enfants pour la Nuit des feux de joie. Nous l'avons trouvé sur le Web, pas vrai, Matt ? Si vous trempez une boule de tissu dans de l'essence à briquet, vous pouvez réellement tenir un feu dans vos mains.

— Je sens le brûlé depuis le rez-de-chaussée.

— Ouais, désolé pour ça. Nous avons fait quelques faux départs.

— Vous auriez pu réduire la maison en cendres, bon Dieu.

Harry sourit de nouveau, un peu plus froidement cette fois.

— La maison est en sécurité. Je sais ce que je fais.

— Vous venez de dire que vous aviez trouvé ça sur Internet…

Harry tend le bras pour prendre la boule de feu à Matty, puis serre le poing comme un magicien, et le feu s'éteint.

— Descends, Matty, dit Michael sans le regarder.

— Mais, papa…, commence-t-il.

— Fais ce que je te dis. Et ferme la porte. Je veux parler à Harry.

Matty se lève lentement et traîne les pieds vers la porte. Harry lui jette un coup d'œil.

— Ce n'est pas grave, Matt. Je suis en bas dans une minute.

La porte se ferme derrière lui, et ils entendent le garçon descendre lentement l'escalier.

— Ne vous avisez plus jamais de remettre mon fils en danger comme ça.

— Sérieux ? dit Harry en haussant un sourcil. J'avais l'impression que c'était juste pour la maison que vous étiez inquiet.

— Vous savez précisément ce que je veux dire. Ce que vous faisiez est imprudent et complètement irresponsable. Et s'il essaie tout seul – qu'est-ce qui se passe, alors ?

Harry décroise les jambes pour se lever.

— Il ne le fera pas, rétorque-t-il. Il n'est pas stupide.

— Je sais. Mais ça reste un gamin. Un gamin de dix ans.

— Je lui ai dit de ne pas le faire tout seul. Qu'il pouvait le faire uniquement si j'étais là, pour m'assurer que nous le faisions en toute sécurité. Avec les bons trucs.

— Oh, eh bien, alors ça va.

— Vous angoissez trop, dit Harry en mettant les mains dans ses poches. Détendez-vous. Tout est sous contrôle.

— Et qu'entendiez-vous par nous ?

— Désolé, je ne vous suis pas.

— Vous avez dit « nous avons trouvé ça sur Internet ».

Harry reste imperturbable.

— Oh, c'est vrai. Ouais, c'était Matt et moi. On a fait ça ensemble.

— Sur votre téléphone ?

Il fronce les sourcils.

— Non, sur l'ordinateur.

— Mon ordinateur. Dans mon bureau.

Michael a manifestement du mal à garder son sang-froid.

— Qu'est-ce que ça a de dramatique ? Matt a dit que ça ne vous dérangerait pas.

— Ce n'est pas à Matt de décider.

Harry hausse les épaules.

— Si ça vous pose un tel problème, vous devriez utiliser un mot de passe, bon Dieu. Enfin bon, ce n'est pas comme si vous aviez quoi que ce soit d'intéressant dessus, à ce que j'ai pu voir.

Michael se rapproche de lui.

— Vous regardiez dans mes dossiers – mes documents...

— Sans les consulter. J'ai juste remarqué. Écoutez, Mike...

Ils sont à quelques centimètres l'un de l'autre à présent. Les yeux dans les yeux.

— Je vous l'ai déjà dit. Ne m'appelez pas Mike.

— Pas de problème, dit Harry d'un ton posé. Avez-vous autre chose en tête ?

Quinn est au café sur St Aldate's, les yeux rivés sur sa tablette. Mais ce n'est pas sa page Facebook (même s'il a entamé une relation plutôt prometteuse avec l'une des policières à Brighton). Il est sur autre chose. Peut-être même qu'il *tient* autre chose.

Il examine l'image, zoome au maximum et examine de nouveau.

— J'ai juste besoin d'un peu plus de temps, Adam. C'est compliqué... Il y a quelque chose... Je dois en avoir la certitude...

De tous les jours qu'elle choisit pour appeler, c'est un jour de merde comme aujourd'hui. Et, même si j'en suis conscient, je commence à perdre mon sang-froid.

— À propos de quoi, Alex ? De moi ? De nous ? Comment peux-tu être certaine de quoi que ce soit alors que tu ne veux même pas me parler, bordel ?

— S'il te plaît, dit-elle d'une voix à présent implorante. Je ne fais pas ça pour te blesser...

— Vraiment ? Tu devrais essayer d'inverser les rôles, pour changer.

Puis je fais quelque chose que je ne fais jamais. À quiconque. Et certainement pas à Alex.

Je raccroche.

Parce que, soudain, j'en ai assez. De cette affaire, de cet endroit, de cette situation absurde avec Alex. Je me lève et vais vers la porte, manquant de percuter Quinn, qui veut manifestement me parler.

— Chef?

— Pas maintenant. Je sors.

Il rive les yeux sur moi. Sur la veste que je ne porte pas.

— Il fait un putain de froid dehors – je dis ça comme ça…

— Je m'en fous.

Je sors sur le trottoir d'un pas résolu et m'arrête, la respiration encore lourde, et désagréablement conscient de la stupidité de cette idée. Tout le monde porte des bonnets, des écharpes et des gants. Y compris l'homme qui se tient de l'autre côté de la rue, d'où il examine le bâtiment. Il est jeune – probablement guère plus de vingt ans. Des cheveux en brosse, des hanches fines, et son écharpe est nouée à la hanche dans ce style qu'apparemment on appelle la « Parisienne » (je dois remercier Quinn pour cette information, comme si vous ne pouviez le deviner). Il regarde son téléphone, puis de nouveau vers le poste de police. Je traverse rapidement la chaussée, évitant de justesse un vélo, et me dirige vers lui. Au moins, je n'ai pas d'uniforme pour l'effrayer. Même si je ne lui reprocherais pas de me prendre pour un taré, dehors en bras de chemise par un temps pareil. De plus près, il paraît nerveux. Il se mord la lèvre en consultant son téléphone. Il porte du vernis à ongles noir.

— Est-ce que je peux vous aider? (Il relève la tête, puis écarquille les yeux.) J'y travaille. Au poste de police. Y a-t-il quelque chose dont vous souhaiteriez nous parler?

— Je ne veux pas vous faire perdre votre temps. Ce n'est peut-être rien, explique-t-il en rougissant.

— Vous êtes assez préoccupé pour rester planté à vous geler les couilles en vous demandant quoi faire. Ça ne me paraît pas rien.

Il ouvre la bouche, avant de la refermer.

— Allons. Au moins, il fait chaud là-bas. Et si ce n'est rien, eh bien, ce n'est rien.

Je tente de sourire. Ça semble fonctionner.

— OK, dit-il.

12 décembre 2017, 15 h 54
23 jours avant l'incendie
23 Southey Road, Oxford

— Eh, attention, je ne veux pas que tu tombes !

Sam est perchée sur l'escabeau, et Harry le maintient sous elle. Elle décore le sapin de Noël. Lorsqu'elle est allée ouvrir la porte il y a une heure, Harry se tenait sur le seuil avec l'un des plus gros sapins qu'elle ait jamais vus. Il doit faire deux mètres cinquante de haut.

— Eh bien, avait-il dit une fois qu'ils l'avaient traîné à l'intérieur. Tous ces hauts plafonds – autant en tirer le meilleur parti.

— C'est merveilleux, Harry. Je ne te remercierai jamais assez.

— J'emmènerai Matt chercher du houx tout à l'heure. Nous pouvons bricoler quelque chose pour l'entrée. Tu penses qu'il aimerait ça ?

— Il adorerait. Bien sûr.

Elle était ensuite restée à le regarder redresser le sapin dans le salon, se mordant la lèvre au souvenir du Noël précédent où elle était à peine sortie de son lit pendant trois jours, et que Michael avait dû faire rôtir un poulet sorti du congélateur. Mais, cette année, s'était-elle dit, tout serait différent. Elle achèterait une dinde, des tartelettes aux fruits secs et un gâteau. Et une bûche de Noël. Michael disait toujours qu'il préférait la bûche au gâteau pour Noël, mais, s'ils prenaient aussi un gâteau, elle pourrait y ajouter un glaçage avec les enfants comme sa mère le faisait. Elle pourrait acheter des décorations à pâtisserie, laisser les garçons l'orner comme elle le faisait étant petite.

Et à présent elle est sur l'escabeau, entourée des décorations que Harry a descendues du grenier. Elle n'a jamais aimé l'ameublement de cette maison – elle avait voulu entièrement rénover lorsqu'ils avaient emménagé, mais Michael refusait d'en entendre parler. Néanmoins, pour une fois, son obsession de tout conserver tel qu'au temps de ses grands-parents a porté ses fruits. Les décorations sont exquises. Pas de guirlandes ringardes ni de plastique brillant, mais de jolies figurines de bonshommes de neige et de Père Noël en porcelaine peintes à la main, des anges et flocons de neige en pliage, de minuscules chaussures ornées de dentelle et de fausses perles, des clochettes dorées qui tintent. Certaines sont si délicates qu'elle a peur d'y toucher.

— Elles seront très bien, dit Harry. Mets-les juste un peu plus haut. Hors de portée de Zachary.

Elle suspend maintenant un petit oiseau à plumes jaune et recule pour contempler l'effet.

— Ces décorations sont si belles, non ? Nous avions seulement des guirlandes en plastique quand j'étais enfant. Cette camelote, et un sachet de noix du Brésil que mon père voulait absolument acheter et que personne ne mangeait jamais.

— Au moins, tu *avais* un père, dit Harry en lui passant un autre oiseau.

Elle s'empourpre.

— Désolée… Je ne voulais pas…

Il balaie le sujet d'une main.

— Ce que tu n'as jamais eu ne te manque pas. Et ma mère faisait de son mieux pour compenser. Elle préparait toujours des tas de pâtisseries – des recettes traditionnelles et des trucs qu'elle tenait de sa grand-mère. J'étais toujours le gamin le plus populaire de ma classe.

— C'est charmant. Je me sens toujours incompétente et m'en veux de ne pas faire les gâteaux des garçons moi-même. Ça me paraît juste représenter tant d'efforts.

Il s'esclaffe.

— Demande-leur de t'aider – ils adoreraient. Je me rappelle avoir préparé ces adorables petits donuts que nous faisions frire et que nous trempions dans le sucre. Il y avait de la farine partout, mais ça ne semblait jamais déranger maman.

Cela paraît toujours représenter beaucoup trop de travail pour Sam, mais elle ne veut pas l'avouer.

— Merci, au fait, dit-elle, essayant de changer de sujet. Ce spectacle de pirates que tu as vu en ligne ? Je les ai appelés et ils ont des billets pour après Noël. Je vais faire la surprise à Matty pour son anniversaire. Nous pouvons y passer la nuit – aller à ce Spaceport dont il ne cesse de parler. Ce sera sympa de retourner à Liverpool. Je n'y suis pas allée du tout depuis que nous sommes partis. Oh, s'exclame-t-elle soudain. Michael – tu rentres tôt ! Regarde, n'est-ce pas fabuleux ?

Son mari se tient à la porte. Elle ignore totalement depuis combien de temps il est là. Ni pourquoi il affiche une expression si étrange.

Je pourrais laisser le jeune homme entre les mains de l'officier de service, mais quelque chose me retient là, à l'écoute.

— Donc, c'est votre petit ami qui a disparu, c'est ça ? dit Woods avec lourdeur.

Le jeune homme fronce les sourcils.

— Pas mon *petit ami*. Je vous l'ai dit, nous ne nous étions vus que trois ou quatre fois. Je voulais juste vérifier s'il était porté disparu. Il n'a aucune famille ici, alors je me suis dit…

— Quand l'avez-vous vu pour la dernière fois ?

— Au nouvel an. Il est venu chez moi. Nous étions convenus de nous revoir le week-end suivant, mais il n'est jamais reparu.

— Donc, ce serait le 6 ?

Le jeune homme acquiesce. Il se prénomme Davy. Davy Jones. Je lui ai demandé si sa mère aimait The Monkees, et il m'a regardé comme si j'étais détraqué. J'ai l'impression d'avoir cent quatre ans.

— Et il ne répond pas au téléphone ? poursuit Woods.

— Non. Pas depuis plusieurs jours.

— Vous êtes sûr qu'il ne veut pas simplement… (Woods paraît troublé.) Vous savez… rompre avec vous ?

Davy rougit.

— Il n'y avait *rien* à rompre. Je vous le *répète*. On s'était juste branchés.

— Vous avez une photo ? dis-je.

Il se tourne vers moi avec un soulagement évident et en ouvre une sur son portable. Le jeune homme à l'écran est extraordinairement beau. Cheveux foncés, les yeux clairs bleu-violet, un large sourire plein d'assurance.

Je hoche la tête vers Woods.

— Avez-vous la liste des PersDis pour les deux dernières semaines ?

* * *

POLICE THAMES VALLEY
Rapport personne disparue

Date :	2 janvier 2018
Nom :	Robert « Bobby » Bell (sans-abri)
DDN :	1956 ?
Adresse :	SDF
Description :	Env. 1,65 m, mince, quelques dents manquantes, cicatrice sous œil gauche
Vu la dernière fois vêtu de :	gros pantalon et veste, baskets, bonnet en laine
Vu la dernière fois par :	Adrian Close, directeur, refuge de nuit Oxford
Vu la dernière fois date/endroit :	23/12/17, refuge de nuit Oxford, env. 15 heures

M. Bell est un sans-abri bien connu, avec des problèmes d'alcool et de drogues. M. Close est inquiet car M. Bell ne s'est pas présenté comme prévu au déjeuner de Noël du refuge. On ne l'a vu dans aucun des endroits où il a l'habitude de dormir, et il n'est pas en bonne santé.

Consigné par : Agent Sandy Wilson

POLICE THAMES VALLEY

Rapport personne disparue

Date:	2 janvier 2018
Nom:	Jonathan Eldridge
DDN:	18/04/1976
Adresse:	88 Moffat Way, Kidlington
Description:	Taille et carrure moyennes, cheveux foncés (dégarni), yeux bruns
Vu la dernière fois vêtu de:	jogging, chaussures de course, sac banane
Vu la dernière fois par:	Jenny Eldridge (épouse)
Vu la dernière fois date/ endroit:	3/01/18, Moffat Way, Kidlington, 10 h 30

M. Eldridge est mari et père avec un travail stable, sans difficultés financières pressantes. Il est en bonne santé. Il est passionné de course et a été vu pour la dernière fois en train de quitter sa maison le matin du 3 janvier. Lorsqu'il n'est pas rentré à midi, sa femme a commencé à s'inquiéter. Il n'avait qu'un téléphone et ses clés de maison sur lui. Son portefeuille, ses clés de voiture et son passeport sont toujours chez eux. On a vérifié dans les hôpitaux du coin.

Consigné par: Agent Anne Shields

POLICE THAMES VALLEY

Rapport personne disparue

Date:	5 janvier 2018
Nom:	Ben Perrie
DDN:	02/10/1998
Adresse:	St Peter's College
Description:	1,88 m, athlétique, blond, yeux bleu-vert
Vu la dernière fois vêtu de:	jean brut, veste de couleur claire, écharpe rouge
Vu la dernière fois par:	Maurice Jennings (concierge, St Peter's)
Vu la dernière fois date/ endroit:	2/01/18, loge de St Peter's, env. 13 heures

M. Perrie est étudiant en première année. Il est retourné à la fac immédiatement après Noël afin d'étudier pour de prochains examens. Il n'avait aucun problème universitaire et son tuteur dit qu'il ne présentait aucun signe d'angoisse. Il avait, toutefois, rompu récemment avec sa petite amie. Ses parents ont été informés, tout comme la police à Hartlepool (où il est domicilié).

Consigné par: Agent Sandy Wilson

* * *

Je parcours les trois documents, puis les relis juste pour être sûr, mais il est assez évident que l'ami absent de Davy n'est pas une PersDis. Pas officiellement, en tout cas. L'étudiant n'a pas le bon teint, et je ne suis pas très optimiste pour le sans-abri par ce temps. Il faisait moins cinq la nuit dernière. Le mari comblé est déjà plus énigmatique. On dirait qu'il vient de filer au pas de course. Littéralement. Mais nous ne le saurons probablement jamais. C'est ainsi, dans ce métier. Comme je l'ai déjà dit, ne devenez pas flic si vous voulez savoir ce qui se passe à la fin.

— Donc il n'y est pas ? demande Davy, traduisant mon expression.

— Non. Mais beaucoup de gens ne sont toujours pas rentrés. Il pourrait falloir encore un moment avant qu'il devienne évident que quelqu'un n'est pas où il est censé être.

Et, oui, je suis extrêmement conscient que je viens de décrire ma propre femme.

Je rends les documents à Woods.

— Je pense que nous devrions consigner celle-ci, sergent. Pouvez-vous collecter tous les détails auprès de M. Jones ?

Woods soupire.

— Si vous y tenez, monsieur.

La porte s'ouvre brusquement derrière moi, et l'accueil est soudain bondé – l'équivalent d'un demi-bus de touristes américains réclamant des indications. Mais je devrais les remercier, car durant le temps supplémentaire qu'il me faut pour traverser la foule, je reste à portée d'ouïe lorsque Woods pose sa question suivante.

— Alors, comment s'appelle votre ami, monsieur Jones ?

23 décembre 2017, 15 h 12
12 jours avant l'incendie
23 Southey Road, Oxford

Au rez-de-chaussée, Sam entend des sons de voix. Ses fils, et Harry, qui livre la bataille habituelle pour les faire enfiler leurs manteaux, bonnets et moufles. Ils vont au service de Christingle à St Margaret's. Elle a demandé à Michael s'il voulait venir aussi, mais il a répondu que ce serait hypocrite. Il ne croit pas en Dieu.

— Pas un Dieu qui se comporte comme celui-là, en tout cas.

Il avait un regard étrange en disant cela, et elle n'avait pas insisté, même si elle n'a aucune idée de ce qu'il entendait par là. Il est comme ça depuis des jours. Pas juste préoccupé, mais vigilant. En observation. Mais, pour l'heure, au moins, il ne peut pas. Elle est seule. Elle en a besoin. Pour ceci. Elle ne veut surtout pas qu'il ait même le moindre soupçon.

Elle verrouille la porte de la salle de bains et sort le paquet de sa cachette, sous les serviettes propres. Son cycle est irrégulier depuis quelques mois, et elle ne pense pas vraiment que ce soit possible – après tout, avec Michael, c'est à peine s'ils ont…

Elle pose le bâtonnet en plastique sur l'étagère et se détourne en s'intimant mentalement de se détendre. Elle se lave les mains et les enduit de crème, puis vérifie son maquillage dans le miroir.

Il y a un bruit de pas sur le palier, et Zachary se met à tambouriner la porte.

— Maman ! Maman ! Tu es où ?

Elle tend le bras vers le bâtonnet.

— Je sors dans une seconde, mon poussin.

Lorsqu'elle descend l'escalier dix minutes plus tard, elle est si pâle que Harry lui demande si elle a vu un fantôme. Elle pousse un petit rire amer.

— Le fantôme des Noël futurs, tu veux dire ?

— Tu es sûre que ça va ? s'enquiert-il alors, troublé par son intonation. Je peux les emmener tout seul, si tu ne te sens pas d'attaque.

Elle secoue la tête.

— Non, ça va. Juste une chose que je dois régler.

Vingt minutes plus tard, je suis remonté dans la salle de crise.

— Donc ce type que Davy Je-ne-sais-quoi voyait est le même que Michael Esmond appelait en fin d'année dernière ?

C'est Gislingham, digérant encore ce que je viens de leur révéler.

— Celui qu'Esmond a enregistré dans son téléphone sous « Harry ». C'est bien ça. Son nom complet est Harry Brown.

— Et il s'agit assurément d'une seule et même personne ?

— Sans l'ombre d'un doute. C'est le même numéro de téléphone.

— Justement, je voulais vous parler du téléphone, chef, s'empresse de dire Quinn. J'ai revisionné cette vidéo – celle de la gare de Brighton. Je ne l'avais pas remarqué jusque-là, mais quand Esmond revient pour le train juste avant 18 heures, il a quelque chose avec lui qu'il n'avait pas en arrivant.

— Qui était ?

— Un sac. De chez Carphone Warehouse.

Il s'arrête en attendant la réaction par laquelle il sait qu'il va être accueilli.

— Quoi ? dit Baxter. Esmond s'est acheté un autre téléphone ? *Cet après-midi-là ?*

Quinn acquiesce.

— Alors j'ai jeté un nouveau coup d'œil aux relevés téléphoniques de Harry. Il a reçu un appel le soir de l'incendie provenant d'un autre portable prépayé. C'était juste après 21 heures. Et pendant qu'*il* était à Oxford, son *correspondant* était dans les parages de Haywards Heath.

Il n'a pas besoin de l'énoncer. C'était Esmond, coincé dans un train derrière le déraillement. Avec le besoin urgent, pour des raisons que nous ne comprenons toujours pas, de parler à Harry. Si urgent, en vérité, qu'il a acheté un autre téléphone au lieu d'attendre de voir si le sien était rapporté. Et, quelles que soient ces raisons, elles sont en lien avec cette visite à Brighton. Car il aurait pu acheter un autre portable à Londres en s'apercevant qu'il avait perdu le sien, mais il ne l'a pas fait. Ce n'est qu'après ces deux heures passées à Brighton que le besoin de passer cet appel est devenu si pressant.

— Est-ce qu'Esmond a utilisé ce téléphone depuis ?

Quinn secoue la tête.

— Rien depuis cet appel.

— Ce Davy, chef, est-ce qu'il sait où vivait Harry ? demande Gislingham.

Je lui fais signe que non.

— Ils ne sont jamais allés chez lui. Davy dit qu'il a eu l'impression qu'il y avait quelqu'un d'autre dans sa vie, et c'était probablement la raison. Un amant qui vivait avec lui, peut-être même un époux.

— Ou celui de quelqu'un d'autre, dit sombrement Ev. Celui de Samantha Esmond, par exemple.

— Il y a encore un autre élément, poursuis-je. Davy dit avoir rencontré Harry au bar où il travaillait à Summertown.

Mais, plus tard, il lui a dit qu'il faisait également quelques heures de jardinage en parallèle pour gagner un peu plus.

La prise de conscience s'amorce. D'abord chez Somer, puis les autres.

— Donc c'est *ça* le lien, dit Ev. Harry entretenait le jardin des Esmond. Les voisins ont dit qu'il y avait quelqu'un. Nous n'avons simplement pas fait le rapprochement.

J'acquiesce.

— Exact. Mais nous pouvons facilement en avoir confirmation d'une manière ou d'une autre.

Je vais au tableau et punaise une photo de Harry Brown, puis me tourne vers Gis :

— Reparlez aux Young. Demandez-leur s'ils reconnaissent cet homme. Ev, pourriez-vous creuser le bar à Summertown – c'est le *Volterra* sur South Parade. Voyez ce que le personnel peut nous dire sur lui. Et Quinn ?

— Chef?

— Excellent boulot de pensée latérale d'enquêteur. Continuez comme ça.

2 janvier 2018, 8 h 30
Deux jours avant l'incendie
23 Southey Road, Oxford

— Vous allez rater le train, à ce rythme-là, lance Michael en consultant sa montre.

Il se tient en bas des marches, entouré de sacs et cabas. Matty attend depuis au moins dix minutes. Ils entendent Zachary pleurnicher à l'étage.

— Maman a dit que je ne devrais pas porter mon écharpe de l'Arsenal, dit-il d'un ton maussade.

— Eh bien, ce ne serait peut-être pas une bonne idée, pas à Liverpool. Ils sont assez fiers de leur propre équipe, là-bas.

— Nous voilà, dit Sam en descendant l'escalier avec Zachary sur la hanche, toujours en train de chouiner.

— Est-ce que tout va bien ? Vous êtes restés des siècles là-haut.

Il scrute son visage en se demandant quand elle va lui dire. *Si* elle compte lui dire. Elle avait emballé le test de grossesse dans un gros morceau de papier toilette qu'elle avait fourré au fond de la poubelle, mais il l'a quand même trouvé. Car il peut lire en elle comme dans un livre, et il savait qu'il se tramait quelque chose. Quelque chose qu'elle lui cachait.

— Il y a là assez d'affaires pour une demi-douzaine d'enfants, dit-il en regardant les bagages. C'est aussi bien que tu n'en aies que deux.

Il garde un ton léger, mais elle évite son regard, ne mord pas à l'hameçon.

— Tu sais comment c'est, dit-elle distraitement. Tu as toujours besoin de trois fois plus que tu ne le penses. Bien, dit-elle en se tournant vers Matty, est-ce que nous sommes tous prêts pour notre aventure de pirates ?

Michael charge les bagages dans la voiture pendant qu'elle attache Zachary dans le siège auto.

— Souviens-toi, tu devras prendre un taxi pour le trajet retour. Je doute d'être rentré avant toi, et, dans tous les cas, la voiture sera toujours au garage.

— Ça ira, dit-elle tandis qu'elle ferme la portière et monte à l'avant. Nous aimons les taxis noirs, n'est-ce pas, Matty ?

— Ils font un bruit rigolo, répond-il. Comme un Dalek.

Michael monte et met la clé dans le contact.

— Est-ce que tu as tout pour ta présentation ? demande-t-elle gaiement en regardant son mari.

— Oui, tout est arrangé.

— Et cet entretien avec le professeur Jordan, c'était quand déjà ?

— À 10 h 15. Mais ce n'est rien. Juste de la paperasse de routine.

Elle se tourne pour mettre sa ceinture de sécurité.

— Je suis sûre que ton intervention sera brillante. Elles le sont toujours. Passe-moi un coup de fil pour me dire comment ça se passe.

— Oh, je voulais te préciser – à ce sujet, ne t'inquiète pas si tu n'arrives pas à m'avoir sur le portable. Je serai probablement un bout de temps à la bibliothèque.

Elle fronce les sourcils.

— Je croyais que tu m'avais dit que ta conférence était entièrement bouclée ?

— C'est le cas, dit-il en démarrant le moteur. Il s'agit d'autre chose. Une chose que je dois vérifier.

Dans l'ensemble, se dit Quinn dans le couloir, ça ne pouvait probablement pas mieux se passer. Et, au moins, il a fait preuve d'initiative. D'intelligence. Il ne peut pas en dire autant des autres, pour l'instant. Qui sait, il pourrait bien retrouver son poste d'inspecteur en chef, après tout.

Lorsque son portable retentit dix minutes plus tard, il se demande s'il va y répondre. Il l'observe fixement durant quatre sonneries, puis pousse un soupir lourd et se cale au fond de son fauteuil.

— Quinn à l'appareil.

— Inspecteur Quinn ? Ici l'agent Kumar.

— Ouais. Je sais ça, dit Quinn en faisant une moue vers le téléphone.

— J'avais une demi-heure de libre, alors j'ai jeté un nouveau coup d'œil sur cette zone où nous avons repéré votre suspect pour la dernière fois.

Quinn commence à gribouiller sur son carnet.

— Je croyais que selon vous c'était uniquement résidentiel ?

— Ah, mais justement.

— Désolé… Je ne vous suis pas.

— L'un des bâtiments un peu plus loin dans cette rue est un foyer résidentiel. *Fair Lawns*, ça s'appelle.

— Donc vous pensez…

L'excitation de Kumar est maintenant évidente.

— Je ne pense pas. Je *sais*.

* * *

Envoyé : Mar. 16/01/2018, 19 h 35
Importance : élevée
De : AlanChallowCSI@ThamesValley.police.uk
À : DIAdamFawley@ThamesValley.police.uk, CID@ThamesValley.police.uk

Objet : Résultats ADN : Affaire n° 556432/12 Felix House, 23 Southey Road

Ces résultats ADN que vous vouliez en urgence : nous avons comparé l'échantillon de Philip Esmond à celui prélevé sur le corps masculin à Southey Road. Comme vous le savez, l'identification familiale n'est pas aussi définie qu'un oui ou non, mais, dans ce cas-ci, les résultats concordent entièrement avec le fait que les deux hommes soient frères.

* * *

Le personnage que Quinn s'est modelé est bien trop suave pour verser dans l'urgence, alors quand il déboule dans mon bureau sans même frapper, je sais qu'il se passe vraiment quelque chose.

— Je sais où est allé Esmond, dit-il, légèrement essoufflé. À Brighton. C'est un foyer pour personnes âgées. *Fair Lawns.* Son nom n'apparaît pas sur le registre des visiteurs pour ce jour-là, mais quand nous leur avons envoyé par mail une photo de lui, le personnel l'a aussitôt reconnu. Il rendait visite à une vieille dame du nom de Muriel Fraser. Il a prétendu être son neveu ou quelque chose comme ça, mais nous savons de source sûre que ce n'est pas vrai.

— Donc, si ce n'est pas sa tante, qu'est-ce qu'il foutait là-bas ?

— Je ne suis remonté à aucune connexion pour l'instant. Mais le personnel au foyer dit qu'elle le connaissait clairement.

Je suis déjà debout.

— Demandez à Asante de les appeler. Dites-leur que nous sommes en route.

2 janvier 2018, 10 h 45
Deux jours avant l'incendie
Service ferroviaire CrossCountry, à la sortie de Birmingham

— Puis-je faire quoi que ce soit pour vous aider ?

La femme avec le manteau en tartan veut bien faire, mais, à cet instant précis, la dernière chose que souhaite Samantha est davantage d'attention. Zachary crie de toute sa voix depuis vingt minutes, et la voiture est bondée. Les regards subreptices sont devenus ouvertement hostiles. Plusieurs personnes sont passées aux écouteurs. Elle entend leurs réflexions dans sa tête.

Elle ne peut pas tenir ce sale mioche ? On ne devrait pas amener des mômes dans les trains quand ils sont ingérables.

— Je suis désolée, dit-elle à la femme en tartan en levant assez la voix pour que le reste d'entre eux puissent entendre. Il a mal au ventre, et je n'arrive pas à me rappeler dans quel sac j'ai mis le Calpol.

Il y en a un ouvert à ses pieds et un autre écrasé à côté d'elle, mais c'est bien sa veine, il n'est dans aucun des deux.

— Il doit être dans celui qui est sur le porte-bagages.

Matty est voûté dans le siège côté fenêtre, le regard fixé sur le paysage morose. Il a l'air affreusement gêné, comme seuls les enfants de dix ans en sont capables.

— Est-ce que tu veux du jus de fruits, Zachary ? propose Sam.

Il remue et se tortille, le visage rouge et marbré. Il secoue vigoureusement la tête et ferme les yeux en les plissant.

— Je descends à Birmingham, dit la femme, mais voulez-vous que je le prenne une minute, le temps que vous trouviez son médicament ?

— Oh, vous feriez ça ? dit Sam avec soulagement. Je vais vraiment me dépêcher.

Elle hisse un Zachary hurlant et parvient à le porter jusque sur les genoux de la voyageuse, bien qu'elle récolte un coup de pied dans le cou au passage.

— Oh, Seigneur, dit la femme, s'efforçant péniblement de maintenir le petit garçon. Ça va ?

— Ce n'est rien, dit Sam en vitesse. Ça arrive tout le temps.

Elle lève les bras vers le sac et le redescend sur le siège, puis commence à fouiller dedans. Le train se met à ralentir en vacillant et vibrant, et soudain la dame en face lâche un cri étranglé.

Zachary lui a vomi dessus.

À en juger par ce que Somer m'a dit, *Fair Lawns* est à des années-lumière de l'endroit où Michael Esmond a mis sa mère. Vous pourriez déjà les inculper pour publicité mensongère concernant leur nom évoquant de « belles pelouses » : la moindre surface plane est goudronnée. Une architecture fatiguée des années 1970, et cet affreux verre texturé dans la porte d'entrée. Ça me rappelle horriblement l'endroit où ma grand-mère a fini. Enfant, je redoutais que l'on me traîne là-bas une fois par mois, assis durant l'heure et demie requise pendant que mon père répétait les mêmes choses que la fois précédente, d'une voix effroyablement joyeuse et sautillante. Même aujourd'hui, je ne supporte pas l'odeur du désinfectant.

Quinn verrouille la portière de la voiture et se dirige vers l'accueil. Il semble avoir la ferme intention de me prouver combien il peut être efficace, et, bon, je ne vais pas m'en plaindre.

La jeune femme à la réception a un fort accent d'Europe de l'Est. Roumain, si je devais deviner. Elle a également une peau parfaite et d'exquis traits fins qui doivent amener les vieilles dames à se languir de leur beauté passée, mais Quinn semble déterminé à être M. Professionnel. Il ne sourit même pas en se présentant.

— Inspecteur Quinn, inspecteur en chef Fawley, police de Thames Valley. Pour voir Muriel Fraser ?

— Ah oui, dit-elle. Nous avons parlé à votre bureau. Venez par ici, je vous prie.

Mme Fraser est dans l'un de ses bons jours, nous précise-t-elle, tandis que nous la suivons dans le couloir, mais nous ne devons pas nous attendre à grand-chose malgré tout.

— Elle a quand même quatre-vingt-dix-sept ans.

Elle nous laisse dans l'« espace détente » avec l'aide-soignante, qui sert le thé à l'aide d'une sorte de chariot que je n'ai pas vu depuis que j'étais simple agent. Elle est beaucoup plus âgée que la réceptionniste – de ce genre mère compétente que nous devons tous remercier d'être prête à travailler pour un salaire minimum dans des endroits comme celui-ci. « Jeremy Kyle » est à plein volume dans le coin, et les journaux sont intacts sur la petite table. Un vieux gars a un jeu d'échecs sur une table devant lui, et un livre sur le championnat du monde Spassky/Fischer ouvert dans une main. Je ne veux pas songer à l'état de sa vie intérieure.

— La mémoire à long terme de Mme Fraser est encore assez bonne, dit l'aide. Bien qu'elle ait du mal avec des choses plus courantes. Mais c'est vraiment une dame adorable. (Elle sourit.) Elle fait partie des faciles à vivre. Elle ne se plaint jamais.

Muriel est dans un fauteuil devant la fenêtre, recroquevillée contre un coussin, ses bras fins rabougris dans un ample gilet rose bonbon.

— Vous avez fait ce gilet vous-même, n'est-ce pas, Muriel ? dit gentiment l'aide-soignante en me voyant le regarder. Quoique ses jours de tricot soient loin derrière elle maintenant, malheureusement.

Elle tapote les mains brunes et crispées de Muriel, et la vieille dame relève un visage souriant vers elle.

— Vous avez des visiteurs, Muriel. Deux gentils messieurs de la police.

Les yeux de la vieille dame s'écarquillent, et elle examine d'abord Quinn, puis moi.

— Pas de quoi vous inquiéter, ma chérie. Ils veulent juste vérifier une ou deux choses avec vous. (Puis elle lui tapote de nouveau la main.) Je vais m'arranger pour qu'on vous apporte à tous du thé.

Nous tirons les chaises en plastique dur destinées aux visiteurs et nous asseyons.

— Je crois que quelqu'un d'autre est venu vous voir récemment, pas vrai, madame Fraser ? demande Quinn.

Elle lui sourit. Je pense qu'il y a même l'ombre d'un clin d'œil.

— Je ne suis pas complètement gaga, vous savez. C'était ce petit Esmond.

Dans le fond, Jeremy Kyle perd patience.

« La question est assez simple. Avez-vous couché ou non avec elle ? »

Quinn s'assied en avant, clairement surpris d'être arrivé si loin aussi rapidement.

— C'est bien ça, dit-il. Comment le connaissez-vous ?

— C'est le petit ami de Jenny. (Elle croise alors les mains d'un air désapprobateur.) Ou plutôt c'était.

Quinn et moi échangeons un regard. Jenny. La petite amie que Philip a évoquée. Celle qu'Esmond a larguée quand il est parti dans sa frénésie de baise.

— Et rappelez-moi, qui est Jenny ? demandé-je en gardant un ton léger.

— Ma petite-fille, bien entendu. La fille d'Ella. Même si la raison pour laquelle elle s'est mis en tête d'épouser cet affreux bonhomme reste un mystère pour moi.

— Jenny ?

— Non, répond-elle, manifestement impatientée par ma stupidité. *Ella*.

— Jenny est allée à l'école à Oxford, n'est-ce pas ?

Elle relève le menton.

— Exact. Elle va à Griffin. C'est censé être un très bon établissement. Très cher, ça, je le sais.

J'ai déjà vu ça. Avec ma grand-mère, et d'autres personnes âgées aussi fragiles. Le passé se confond avec le présent : Jenny n'a pas pu aller à cette école pendant plus de vingt ans.

— Ils disent que c'est une punition, déclare-t-elle soudain, d'une voix forte.

L'aide-soignante relève la tête depuis l'autre bout de la pièce.

— Ils ne cessent de lui dire qu'elle le mérite, poursuit Mme Fraser. Ils ont même fait venir un maudit prêtre pour le lui dire.

Quinn me jette un coup d'œil, mais je hausse les épaules : je n'ai pas plus d'indices que lui.

— Qu'a-t-elle fait, madame Fraser ? Pourquoi doit-elle être punie ?

Muriel ne tente aucunement de dissimuler son dédain.

— Elle n'a rien fait. Ce n'est pas sa faute, quoi qu'ils en disent.

Quinn agite un doigt devant son oreille et articule silencieusement : « Gaga. » Muriel ne le voit pas le faire, contrairement à l'aide-soignante. Il rassemble ses documents et s'apprête à se lever, mais j'attire son attention pour l'en empêcher. Il y a là quelque chose, j'en suis sûr.

— Alors de qui était-ce la faute, madame Fraser ?

— Lui, bien sûr. Ce petit Esmond.

Et, tout d'un coup, les éléments se mettent en place.

Je sens la sueur me couler dans le dos. Je porte bien trop d'épaisseurs pour cet endroit. Le chauffage est au maximum. À la télé, les nerfs se mettent en pelote.

« Je ne suis pas le père de cet enfant – passe tous les tests que tu veux : ce n'est pas le mien. »

Muriel se rassied au fond de son fauteuil, les lèvres en cul-de-poule.

— Évidemment, il prétend qu'il n'en savait rien. Sale petite merde.

Quinn sourit malgré lui.

Je prends l'une de ses mains agitées à Mme Fraser et la force à me regarder.

— C'est ce qu'a dit Michael, n'est-ce pas, lorsqu'il est venu vous voir ? Qu'il n'était pas au courant de la grossesse ?

— Mais j'ai la certitude qu'elle lui a écrit pour le lui dire.

Quinn prend furieusement des notes.

— Elle a donc gardé le bébé – elle va l'élever toute seule ?

— Pas le bébé. Le garçon. (Elle sourit, immergée dans ses souvenirs.) Un si bel enfant. Il a les yeux de sa mère. Je lui ai dit : ce sera un charmeur, plus tard, tu verras.

— Comment allez-vous tous ? s'enquiert l'aide en arrivant brusquement avec des tasses de thé. Croyez-vous en avoir encore pour longtemps, inspecteur ? C'est juste que, à mon avis, Muriel fatigue un peu, maintenant. Nous ne voudrions pas abuser, pas vrai ?

2 janvier 2018, 11 h 16
Deux jours avant l'incendie
Toilettes des dames, gare de Birmingham New Street

— Mais je veux voir les pirates ! Tu as promis ! Pour mon anniversaire !

— S'il te plaît, reste tranquille, Matty. J'essaie de nettoyer cette pauvre dame.

Sam sort une autre lingette et se réattaque à la tache de vomi sur le manteau en tartan, mais tout ce qu'elle semble parvenir à faire, c'est l'étaler davantage. La femme proteste :

— Ce n'est vraiment rien, ne vous donnez pas tout ce mal – vous devez poursuivre votre trajet.

— Mais oui, maman, s'empresse de dire Matty. Si on ne monte pas dans le train, on va rater les pirates !

Sam jette un coup d'œil à Zachary. Il est assis à côté du lavabo, appuyé contre le carrelage. Il est silencieux à présent, mais il a une mine affreuse. Il a été malade deux fois depuis qu'ils sont descendus du train.

Elle se tourne vers Matty et se penche à sa hauteur.

— Je crains que nous ne puissions pas aller voir les pirates, Matty. Zachary va trop mal. Nous devons le ramener à la maison.

Le visage de Matty se plisse dans un gémissement.

— Mais tu as promis ! dit-il.

— Il ne peut pas s'empêcher d'être malade, Matty, commence-t-elle.

Mais il tape du pied.

— Tu as dit que c'était pour me faire plaisir. Pour mon anniversaire. Pas pour Zachary – pour moi !

— Je pense que je vais y aller, maintenant, dit la dame en se dirigeant progressivement vers la porte. Vous avez déjà assez à gérer sans vous soucier de moi.

— Encore une fois, je suis tellement désolée, dit Sam en s'approchant d'elle. Il n'en avait vraiment pas l'intention.

— C'est ce que tu dis toujours, geint Matty tandis que la porte se ferme en claquant derrière elle. Tu dis toujours que Zachary n'a pas l'intention de faire des bêtises, mais elles arrivent toujours. Comme quand il n'avait pas l'intention de tuer Mollie, mais qu'il l'a tuée quand même.

— Chut, dit-elle prestement en se demandant qui pourrait entendre – et mal interpréter. Nous pourrons jouer aux pirates en rentrant à la maison. Juste toi et moi. Ça te plairait, non ?

— Tu as dit que tu m'emmènerais voir les vrais pirates. Maintenant, je ne les verrai jamais. Jamais. Ce n'est pas juste !

Elle a le cœur brisé, il semble si désespéré. Et il a raison. Ce n'est pas juste. C'est son cadeau d'anniversaire, et elle avait voulu que ce soit spécial, et à présent tout est gâché. Elle sait combien l'injustice est cuisante. Parce que rien de ce que vous pouvez faire ne la réparera.

Elle tend de nouveau les bras pour le serrer, mais il la repousse violemment.

— Laisse-moi tranquille ! Je te déteste ! Je déteste Zachary et je te déteste. Je m'en fous, qu'il soit malade – je voudrais qu'il soit mort !

Une fois dans la voiture, je m'aperçois que j'ai un message de Baxter.

> Je ne trouve toujours pas de Harry ni Harold Brown.
> Ça n'aide pas que Brown soit un nom si commun.
> Mais je continue de chercher.
>
> Le prénom de la mère est Jennifer, si ça peut être utile.

J'envoie le texto et me tourne vers Quinn. Il est au téléphone. Avec la Griffin School.

— Regardez sur trois ans, avant et après, juste au cas où, dit-il. Vous pouvez l'envoyer maintenant ? Fabuleux. Merci. (Il met fin à l'appel.) Ils m'envoient par mail leur liste d'élèves pour la période où Esmond était en terminale. (Il se décale dans son fauteuil pour me voir plus facilement.) Donc Michael a mis sa petite amie enceinte.

J'acquiesce.

— Et Harry en a été le résultat. Ça colle. Il est du bon âge, d'un teint similaire.

— Alors, quelle est la théorie ? Il se pointe à la porte l'été dernier, annonce qu'il est le fils perdu de vue et Michael lui offre un boulot de jardinage ?

Il a raison d'être sceptique. Je ne trouve pas ça cohérent non plus.

— Non, dis-je lentement, je pense que Michael ne savait même pas qu'il avait un autre enfant. D'après ce que Muriel a déclaré, il devait savoir que Jenny était enceinte, mais il a peut-être bien cru qu'elle s'était fait avorter. Il se pourrait même qu'elle lui ait raconté ça.

— Et vous pensez que ce Harry ne lui a pas révélé non plus qui il était ? Sérieusement ?

— Que feriez-vous si quelqu'un apparaissait de nulle part en affirmant être votre enfant ?

Avec le passé sexuel qu'a Quinn, ce pourrait être bien plus qu'une hypothèse un jour, ce qui explique sans doute la rapidité de sa réponse.

— Je ferais un test ADN, répond-il aussitôt.

— Exact. Seulement, il n'y a rien qui ressemble même de loin à cela sur la carte de crédit d'Esmond ni dans ses mails.

Il réfléchit.

— Ces sites claironnent toujours être à cent pour cent discrets.

— Certes, mais vous ne pouvez pas les payer en liquide, si ? Il y aurait quelque chose sur les relevés de carte bancaire, même si c'était sous quelque forme de raison sociale anonyme.

Il hoche la tête.

— Et, si c'était le cas, Baxter l'aurait trouvé. Alors… quoi ? Harry venait juste le voir ? Tâter le terrain avant de lâcher sa grande révélation ?

— C'est possible. Seulement, il a dû se produire quelque chose – quelque chose qui a amené Michael à suspecter qui il était vraiment. C'est pourquoi il est venu ici. Il savait que si Jenny était réellement allée au bout de sa grossesse, sa grand-mère le saurait.

Quinn se tourne pour regarder de nouveau le bâtiment.

— En revanche, je me demande pourquoi il a choisi d'aller voir la mamie barjot. Il doit y avoir quelqu'un d'autre dans la famille à qui il aurait pu demander.

Quinn a le génie pour me taper sur les nerfs. Mais il a un argument valable.

Une notification retentit sur sa tablette, et il ouvre le mail.

— C'est la liste de Griffin.

Il la fait défiler jusqu'en bas, puis dans l'autre sens.

— Pas de Jennifer. Pas de Jenny. Fait chier. (Il s'enfonce dans son siège.) Nous devrions retourner là-bas et demander à notre petite vieille le nom de famille. Elle ne me paraissait pas si fatiguée, bon Dieu.

Je tends la main.

— Je peux voir ?

Il me passe la tablette, clairement irrité que je doute qu'il ait bien vérifié. Mais il y avait quelque chose dans ce qu'il vient de dire – une chose que Muriel a évoquée. Je peux me tromper…

Mais ce n'est pas le cas. Cela m'apprendra à écouter ce que les gens disent vraiment. Pas simplement ce que je m'attends à entendre. Je pointe le doigt vers l'écran.

— Cette fille, ici… Je crois que c'est elle. Ginevra Marrone. Ce n'était pas *Jenny* que Michael voyait, c'était *Ginny*.

Quinn prend la tablette.

— Exact, dit-il après un instant. Et elle figure sur la liste de 1995, mais disparaît par la suite.

Parce qu'elle est tombée enceinte. Parce qu'elle portait le bébé de Michael Esmond.

— Donc elle est quoi ? Espagnole ?

— Je dirais italienne. C'est un nom italien.

Il acquiesce.

— Cela explique donc pourquoi Michael est venu ici. Parce que le reste de la famille…

— … est reparti en Italie. Exact. C'est probablement pourquoi Ginevra n'est jamais retournée à l'école. Et rappelez-vous ce qu'a dit Muriel au sujet d'un prêtre. Je peux parfaitement imaginer comment une famille italienne traditionnelle aurait réagi face à leur fille ado qui tombe enceinte sans être mariée. Et c'était il y a vingt ans, souvenez-vous.

— Pas juste ado, chef, dit Quinn, en regardant de nouveau la liste. Ginevra Marrone était en seconde en 1995. Nous n'en serons pas certains avant d'avoir trouvé le certificat de naissance de Harry, mais je pense qu'elle pouvait n'être âgée que de quinze ans.

Donc pas seulement fille-mère, mais en dessous de l'âge légal.

Quinn se réinstalle dans son siège.

— Seigneur. D'abord les accusations de harcèlement, et maintenant ceci. Pas étonnant qu'Esmond se chiait dessus. (Il se tourne vers moi.) Pensez-vous que les deux mille livres étaient pour ça ? Ce Harry le faisait chanter ? En le menaçant de rendre la chose publique s'il ne payait pas ? Cela expliquerait pourquoi il a sorti l'argent en cash.

Je n'en suis pas si sûr.

— L'enchaînement n'est pas bon, si ? Il aurait parlé à Muriel avant de donner le moindre argent. *Et* fait un test ADN.

Mais Quinn a également raison : l'argent ne cadre toujours pas dans l'histoire.

— Même s'il y a bien une chose que tout ceci explique, dis-je en ressortant mon téléphone, et c'est pourquoi Baxter ne trouve personne du nom de Harold Brown. Je pense que ce n'est pas du tout le vrai nom de Harry.

Car je me suis à présent rappelé comment Gislingham a pisté Jurjen Kuiper en ligne. Et Alex ne m'a-t-elle pas dit un jour pour blaguer que Giuseppe Verdi aurait eu une sonorité beaucoup moins glamour s'il n'avait platement été que Joe Green ?

Il faut à peine une nanoseconde à Google pour prouver que j'ai raison. Tous ces voyages en Italie – j'ai dû en retenir quelque chose, finalement. Je passe à l'écran du téléphone et compose le numéro.

— Baxter ? C'est Fawley. L'homme que vous cherchez ne s'appelle pas Brown. Le nom de sa mère est Marrone – le terme italien pour Brown. Il utilise la version anglaise de son nom, et je parie qu'il fait exactement pareil avec son prénom. Si j'ai raison, la personne que vous devez chercher s'appelle Araldo Marrone.

Même si c'est à cinq minutes à peine de sa porte, Everett n'a en vérité jamais mis les pieds au *Volterra*. D'abord, elle ne possède aucun vêtement qu'elle pourrait porter dans ce bar, et, en ce qui la concerne, le gin n'est que du gin et lui donne la migraine, tout comme l'idée d'essayer de choisir entre cinquante-sept variétés artisanales.

À cette heure, il n'y a presque personne à l'intérieur. D'après le tableau sur le trottoir, ils servent du café toute la journée, mais les murs indigo et les lustres ornés dégagent une ambiance noctambule, en comparaison avec les cafés salubres et pâtisseries vivement éclairées à l'angle de la rue. Elle se dirige vers le bar et jette un coup d'œil à l'arrière, où un jeune homme avec une grosse barbe blond-roux, en chemise noire et pantalon, est en train d'empiler des verres.

— Est-ce que je peux vous aider ? lance-t-il.

— Inspecteur Everett, police de Thames Valley.

Il prend un torchon et vient à l'avant de la salle.

— Alors, de quoi s'agit-il ?

Elle lui montre son téléphone.

— Je crois que vous avez employé cet homme ?

Il plisse les yeux vers la photo, puis hoche la tête.

— C'est Harry. Il travaille ici depuis environ neuf mois.

— Quand l'avez-vous vu pour la dernière fois ?

Le jeune homme sourcille.

— Pourquoi ? Qu'est-ce qui se passe ?

— Répondez juste à la question, je vous prie.

Il réfléchit.

— Au nouvel an, je crois. Ouaip, ce doit être ça.

— Était-il censé travailler depuis ?

— Pas sûr. Je ne fais pas les tableaux de service. Mais vous pourriez demander à Josh. C'est le gérant.

Everett note le numéro de portable.

— Comment est-il, ce Harry ? demande-t-elle en fermant son carnet.

L'employé hausse les épaules.

— C'est un bon barman. Il connaît ses boissons, connaît ses clients.

Ev plisse les yeux.

— Qu'entendez-vous par là ?

— Oh, vous savez. Il sait déchiffrer les gens. Ceux qui veulent qu'on les laisse tranquilles. Ceux qui cherchent une épaule sur laquelle pleurer. Ceux qui veulent flirter.

— Il fait ça souvent ? Flirter ?

Un rictus sans humour.

— Putain, oui. Les femmes le harcèlent. Sacré veinard. Je veux dire, avec ce physique, il a l'embarras du choix.

Ev sourcille.

— Je pensais qu'il était gay ?

Le jeune homme éclate de rire.

— Gay ? Harry n'est pas gay. D'où est-ce que vous tenez ça ?

— Désolée, j'ai dû m'emmêler les pinceaux.

Il sourit toujours.

— Croyez-moi, il n'est pas gay. Je l'ai chopé un jour, dans la réserve, avec une fille. L'une des clientes. Et je vous assure, ils ne discutaient pas du beau temps.

— Bien, dit Everett, plus qu'un peu perplexe, mais s'efforçant de ne pas le montrer. Et y a-t-il quelqu'un de spécial, avez-vous connaissance… d'une petite amie officielle ?

— Personne dont il parlait – du moins, il n'a jamais mentionné de prénom. Même si j'ai eu l'impression qu'il y aurait pu avoir quelqu'un, le mois dernier, par là. Mais il était plutôt évasif là-dessus.

— Et ce Josh, le gérant. Il aura une adresse le concernant, non ?

Le jeune homme hausse les épaules.

— Une adresse, oui, mais Harry a un peu vadrouillé, alors elle ne sera peut-être plus valable. Je sais qu'il créchait avec un pote un moment, et après ça il a été dans cette auberge de jeunesse sur Botley Road.

Merde, se dit Ev. Pourquoi n'avons-nous pas pensé à cela ? Nous étions virtuellement garés au-dessus de cet endroit.

La porte s'ouvre et deux filles entrent, regardant quelque chose sur leurs téléphones en riant. Le jeune homme leur jette un coup d'œil, puis à Everett.

— Comme je disais, s'empresse-t-il de préciser, je suis assez certain qu'il n'est plus là-bas. La dernière fois que je l'ai vu, il a dit qu'il allait partir.

— Vous ne savez pas où ?

— Eh non, répond-il en prenant des cartes de boissons sur le comptoir. Mais je crois que c'était dans le coin – un endroit cool, aussi. Je me suis dit que quelqu'un avait dû mourir.

Ev le dévisage.

— Répétez ça.

Il s'empourpre légèrement.

— Vous savez… Il recevait une espèce d'héritage. Il a clairement parlé de « toucher ce qui me revient ». C'est pourquoi ça ne m'a pas surpris de ne plus le voir, je suppose. Il n'a probablement plus besoin de se prendre la tête avec un boulot de barman merdique, ce putain de petit veinard.

2 janvier 2018, 15 h 09
Deux jours avant l'incendie
23 Southey Road, Oxford

Samantha verrouille la porte d'entrée derrière elle et lâche les sacs à ses pieds. Elle est soudain submergée d'épuisement. Elle entend Zachary courir dans tous les sens à l'étage en hurlant. Vous n'imagineriez pas qu'il ait eu le moindre souci. Il a passé la dernière demi-heure du trajet retour à sauter sur les genoux de sa mère en disant qu'il voulait jouer aux pirates. Elle sait qu'il n'avait pas l'intention de manquer de tact, mais c'était à peu près la dernière chose que Matty avait besoin d'entendre. Lui, en revanche, est resté silencieux et pâle tout le long du chemin, en regardant fixement par la fenêtre. Chaque fois qu'elle a tenté de lui parler, il l'a simplement ignorée. Elle l'a déjà vu bouder, mais là c'est différent. Il n'a jamais été aussi maussade, aussi renfermé. Et c'est la première fois qu'il parle de ce qui est arrivé à la chienne.

Elle va dans la cuisine pour le trouver en train de prendre un jus dans le frigo. Il ferme la porte en la claquant et passe à côté de Samantha en l'esquivant, tête baissée, sans croiser son regard.

— Harry devrait venir demain, se dépêche-t-elle de dire alors qu'il atteint la porte, s'apercevant péniblement combien elle paraît désespérée. Je lui ai demandé de passer pendant notre absence. Il allait réparer ce robinet dans la salle de bains, mais, si tu veux, il peut t'aider pour ton projet de volcan à la place.

Matty est toujours dos à elle.

— Tu aimerais ça, n'est-ce pas ?

Elle est plantée là, le sommant mentalement de se retourner, de dire quelque chose.

Puis Zachary entre en trombe. Il a une épée en plastique dans une main et un bandeau noir en travers d'un œil.

— *Hi-ha, hi-ha, hi-ha!* crie-t-il en cognant l'épée sur les jambes de Sam. Je suis le méchant pirate, je suis le méchant pirate !

Lorsqu'elle relève les yeux, Matty est parti.

* * *

Envoyé : Vend. 19/01/2018, 17 h 12
Importance : élevée
De : DCEricaSomer@ThamesValley.police.uk
À : DIAdamFawley@ThamesValley.police.uk,
CID@ThamesValley.police.uk
Objet : Affaire n° 556432/12 Felix House,
23 Southey Road

Baxter me dit de vous informer qu'il n'y a toujours aucune activité sur le portable de Harry, et que l'adresse qu'Ev a récoltée au bar n'a rien donné non plus – on ne l'a pas vu depuis quelques semaines. Nous sommes en train de voir si nous pouvons trouver un autre moyen de le pister.

J'ai parlé une nouvelle fois à Rotherham Fleming, et ils refusent toujours de divulguer quoi que ce soit sur les Esmond sans ordonnance judiciaire. Toutefois, ils confirment qu'il n'y a rien dans les termes empêchant les enfants illégitimes d'hériter en vertu du testament. Si Harry peut prouver qu'il est bien le fils de Michael, il aura droit à sa part des gains sur la vente de la propriété et la moindre somme des assurances. Mais ça, c'est uniquement parce que la clause cinq a été remplie. Si la maison était restée debout, en tant qu'enfant du plus jeune fils, il n'aurait eu droit à rien.

* * *

— Putain, lâche Quinn quand je lui lis le mail.

Nous venons juste de prendre la M25, et l'on circule à touche-touche. Vendredi soir : on aurait dû se douter.

— Ça lui donne une chiée de mobiles, non ? Je veux dire, pas seulement pour réduire la maison en cendres, mais pour se débarrasser de Michael *et* de ses enfants dans la foulée. Avec eux hors circuit, ça fait un paquet de cash en plus pour lui.

On progresse légèrement, avant d'être de nouveau à l'arrêt.

— Donc il s'arrange pour retrouver Esmond à la maison ce soir-là, l'assomme, puis met le feu à la baraque. Je veux dire, soyons réalistes, si quelqu'un savait où était ce foutu bidon d'essence, c'était bien lui. Il avait tondu la pelouse tout l'été.

On klaxonne derrière nous.

— Et il savait probablement qu'Esmond était sous pression. Ça n'aurait pas été difficile à relever s'il était là en permanence. Il aurait su que tout le monde allait très probablement supposer qu'Esmond avait mis le feu lui-même – que tout était juste devenu insupportable. Je veux dire, même *nous* l'avons pensé, pas vrai ?

Il me regarde furtivement en se demandant pourquoi je ne dis rien. Mais j'essaie de réfléchir. Car, oui, ce que dit Quinn fonctionne en théorie, mais mon instinct de flic n'est pas arrivé jusque-là – pas encore, en tout cas. Il vous faudrait être un impitoyable salopard pour même envisager de faire une chose pareille, sans parler de la mettre en œuvre. Mais, encore une fois, nous ignorons s'il n'en est pas un. Nous ne savons absolument rien de lui.

Je prends une profonde inspiration.

— C'est Esmond qui a appelé Harry, ce soir-là, et non l'inverse.

Quinn hausse les épaules. *Et alors ?*

— Et votre théorie ne fonctionne que si Harry était au courant pour le testament. Il fallait qu'il se sache seul en ligne directe pour hériter si la maison devait être démolie. Autrement, l'incendie criminel n'a aucun sens.

— Ouais, dit Quinn en indiquant qu'il s'engage sur la voie rapide – qui avance à peine plus vite que nous, mais la patience n'a jamais compté parmi ses compétences majeures. Eh bien, si vous voulez mon avis, il *savait*. Comme je le disais, il est allé et venu dans cette maison pendant des mois. Il avait peut-être même une clé. Il aurait très bien pu entrer dans ce bureau et trouver ce testament, tout comme je l'ai fait.

Je sors mon téléphone.

— Qui appelez-vous ?

— Philip Esmond. Si Michael savait qui était réellement Harry, son frère est la personne à qui il aurait pu le confier.

— Et Philip n'a pas pensé à nous le dire ?

— Eh bien, vous savez comment c'est, dis-je sombrement. Les familles. Les familles et les secrets.

* * *

Entretien téléphonique avec Philip Esmond

19 janvier 2018, 17 h 45

Interlocuteur : inspecteur en chef A. Fawley

AF : Monsieur Esmond ? Désolé de vous déranger une fois de plus. Est-ce que vous auriez une minute ?

PE : Bien sûr. De quoi s'agit-il ?

AF : Je crains qu'il n'y ait aucune bonne manière d'évoquer ceci, mais saviez-vous que votre frère avait mis une fille enceinte quand il était encore à la Griffin School ?

PE : Non, je l'ignorais. Évidemment que je l'ignorais – je vous en aurais parlé.

AF : N'auriez-vous pas pu vous trouver en Australie, à l'époque ?

PE : Je l'aurais quand même su. D'abord, mes parents auraient piqué une putain de crise – il n'y aurait eu aucun moyen qu'ils gardent ça sous silence.

AF : Vous avez dit vous souvenir d'une petite amie qu'il a eue prénommée Jenny.

PE : Oui, c'est ce que je vous ai dit.

AF : Il semble que c'était Ginny, non Jenny. Son père était italien.

PE : Si vous le dites. Je ne me rappelle pas qu'elle ait eu le moindre accent. Mais, comme vous le disiez, j'étais en Australie la majorité de cette année-là. Donc c'est elle, hein – celle qu'il a mise enceinte ?

AF : Nous croyons qu'elle est allée au terme de la grossesse, bien que votre frère ait peut-être pensé qu'elle avait subi un avortement. Il avait un autre enfant. Dont il ne savait rien.

PE : Putain.

AF : Nous croyons que cet enfant est venu à Oxford l'été dernier et a rencontré votre frère. Ce que nous ignorons, c'est s'il a révélé à Michael qui il était réellement. Nous pensions qu'il vous en aurait peut-être parlé. Si cela s'était produit.

PE : Absolument pas. Comme je disais, vous m'apprenez tout ça. Mike n'en a pas dit un mot. D'accord, il était un peu stressé, mais merde, je n'avais pas idée que…

AF : Pensez-vous qu'il l'aurait fait ? Face à une telle situation, si quelqu'un était apparu en déclarant être son enfant, vous en aurait-il parlé ?

PE : [Soupire.] Honnêtement, je n'en sais rien. J'aimerais penser que oui, mais, comme je vous l'ai déjà dit, nous n'étions pas si proches. Pas depuis notre enfance.

AF : Merci, monsieur Esmond. Je pense que ce sera tout pour l'instant. J'imagine que vous voudrez parler à votre avocat.

PE : Mon avocat ?

AF : Cet enfant perdu de vue. Il pourra prétendre à des droits sur le patrimoine, selon les termes du testament. En supposant qu'il peut prouver qui il est.

PE : [Pause.] Putain. Bien sûr. Je n'avais pas réfléchi.

AF : Comme je disais, je ne vais pas vous prendre davantage de temps…

PE : Attendez une minute. Cet enfant… Est-ce que ça ne veut pas dire qu'il – ou elle – a un mobile ? Vous savez, pour mettre le feu à la maison ? Seigneur, même…

AF : Pour assassiner ? Oui, nous allons clairement enquêter dans ce sens.

PE : [Avec hâte.] Mais cela signifie que Mike ne les a peut-être pas tous tués finalement, non ? Sam et les enfants ? Il aurait pu s'agir de ce… cet individu à la place. C'est peut-être lui qui les a tués – il a peut-être tué Mike…

AF : Comme je disais, il nous faut étudier cette nouvelle information et décider si nous pouvons éliminer cette personne de nos enquêtes. Nous n'avons pas encore été en mesure de lui parler, nous ne travaillons donc que sur des hypothèses, pour l'instant. Mais, s'il vous plaît, ne soyez pas trop optimiste. Je comprends pourquoi vous voudriez disculper votre frère, mais nous avons encore du chemin à faire.

PE : Oui, oui, je sais. Mais c'est possible, non ? Enfin, ce que vous dites ?
AF : [Pause.] Oui. C'est possible.

* * *

Lorsque le téléphone sonne, Gislingham et Baxter sont les seuls encore présents dans la salle de crise, et Gis est debout, un bras dans son manteau.

— Police criminelle, dit-il en calant le combiné sous son oreille.

— Est-ce que l'inspecteur Somer est là ?

Gis connaît la voix, mais ne la resitue pas immédiatement.

— Ici Giles Saumarez. Police du Hants.

Gis adresse une grimace au téléphone. Qu'est-ce que ce branleur mijote, maintenant ?

— Désolé, elle est déjà rentrée chez elle. (Il hésite, puis se dit : *Et merde.*) Je crois qu'elle avait un rencard du genre torride. Vendredi soir, tout ça.

Mais même Gis doit admettre que Saumarez ne fléchit pas une seconde.

— Pas de problème. Pouvez-vous lui laisser un message ? Ce clochard qu'elle a rencontré de près – Tristram ? Nous l'avons dégrisé et inculpé des dégâts dans la cabane, mais il jure ses grands dieux que ce n'était pas lui. Il affirme que c'était déjà comme ça quand il est arrivé là-bas. (Une pause.) Je me disais juste que vous autres voudriez en être informés.

— Super, dit Gislingham. Je suis sûr que « nous autres » vous en sommes très reconnaissants.

Bien que Saumarez soit encore en train de parler, il coupe l'appel et se dirige vers la porte.

— Ne travaille pas trop dur, lance-t-il par-dessus son épaule.

— Ouais, c'est ça, marmonne Baxter tandis que la porte se referme derrière lui.

— Je suis d'accord. Ç'aurait très bien pu se passer de cette manière.

Je suis dans le bureau de Gow. Il va et vient, récupérant des documents, les mettant dans la sacoche de son ordinateur, sortant des dossiers de l'étagère.

— Désolé pour tout ça, dit-il distraitement. Je pars à Cardiff dans la matinée pour une conférence. Encore un putain d'hôtel Marriott. Ce serait juste normal que ce jeune homme – Harry, Harold ou quel que soit son prénom – ait une profonde antipathie pour l'homme qui a abandonné sa mère. Quelle que soit la version du passé qu'on ait pu lui raconter au fil des années, il est peu probable que Michael Esmond en soit ressorti de manière très reluisante. Et tu sais tout comme moi que les rancœurs d'enfance restent profondément ancrées, qu'elles soient fondées ou non sur des faits objectifs.

Cela m'affecte de près. Mais Gow n'est pas censé le savoir. Ce n'est pas le genre de chose dont je parle.

Il met un autre dossier dans sa sacoche.

— Et lorsqu'il grandit et remonte la piste de son père jusqu'ici, il le trouve assis sur ce qui semble être une montagne d'argent, dont on ne partage pas une miette avec lui.

— Et si sa propre éducation s'était révélée moins qu'aisée…

— Voilà. On l'imagine facilement décider qu'il est grand temps que la vérité éclate. Grand temps qu'il ait la part qui lui revient.

— Mais, même en admettant tout ça… aller jusqu'à mettre le feu à une maison où dormaient deux enfants – deux enfants qu'il *connaissait*, qui étaient ses propres demi-*frères* ?

Gow hausse les épaules.

— L'un des grands avantages de l'incendie criminel, c'est que tu n'as pas à regarder tes victimes en face, dit-il sèchement.

Il jette un dernier coup d'œil dans son bureau.

— Je pense que c'est bon. Appelle-moi si tu as besoin de quoi que ce soit d'autre. Et préviens-moi quand vous aurez enfin retrouvé Signor Marrone. J'aimerais assez observer.

3 janvier 2018, 17 h 59
Six heures avant l'incendie
23 Southey Road, Oxford

— C'est tellement ennuyeux. Il est tellement ennuyeux. Il gâche tout.

Matty est assis au bord de son lit. Harry est à côté de lui. L'enfant est près de pleurer.

Harry tend la main pour la poser légèrement sur son épaule.

— Hé, donne-lui une chance, dit-il doucement. Je sais qu'il peut être un peu agaçant, mais ce n'est pas volontaire. Il est juste petit. Il ne se rend pas compte.

— Tout le monde dit toujours ça. C'est ennuyeux.

— Je sais. Mais c'est vrai. C'est comme ça. Pour tous les grands frères.

— Je le déteste. Je voudrais qu'il soit mort, et tout redeviendrait comme avant. Maman m'aimait, avant.

Harry se rapproche un peu.

— Elle t'aime toujours, dit-il gentiment. Vraiment.

— Elle ne me parle plus jamais. Plus comme avant.

— Elle est un peu triste, c'est tout. Mais elle fait vraiment beaucoup d'efforts pour aller mieux.

Matty lève les yeux vers lui en les clignant pour chasser ses larmes.

— J'aurais aimé avoir un grand frère. Un comme toi.

Harry lui ébouriffe les cheveux.

— Ça me plairait aussi. Mais les familles sont de drôles de choses. Tu ne sais jamais qui tu pourrais trouver un jour.

— Comment ça ? Je ne comprends pas.

Harry secoue gentiment la tête.

— Non, rien. Oublie ce que j'ai dit.

En bas, dans l'entrée, l'horloge du grand-père commence à sonner l'heure.

— Alors, où est donc ce fameux volcan ? Celui dont ta mère m'a parlé ? C'est juste que j'ai vu un truc sur Internet où ils fabriquent de la lave avec du bicarbonate de soude et du vinaigre. Ça avait l'air vraiment cool.

Matty regarde fixement ses pieds en les cognant contre la base du lit.

— Matt ?

— Il est en bas, dit-il d'une petite voix, sur la table de la salle à manger. Si Zachary ne l'a pas détruit.

Harry se met debout.

— Alors, on descend ? Voir si ta mère a du bicarbonate de soude ?

Matty hausse les épaules. Il y a des larmes à présent, qui jaillissent et coulent le long de ses joues.

Harry se penche vite pour prendre le garçon dans ses bras en le serrant très fort.

— Tout va bien, lui murmure-t-il dans les cheveux. Je ne bouge pas d'ici. Ça va aller. Tu verras.

— Je peux vous dire un petit mot, monsieur ?

— Bien sûr, Adam. Asseyez-vous.

Harrison a l'air inhabituellement guilleret. Sans aucun doute soulagé que les costards-cravates de l'université lui lâchent la grappe.

— C'est l'affaire Southey Road, monsieur. Il y a eu un nouveau rebondissement.

Ça ne prend pas longtemps, et, lorsque j'ai terminé, il paraît beaucoup moins sautillant.

— Donc vous voulez publier un communiqué annonçant que nous avons conclu qu'il s'agissait d'un meurtre-suicide, même si nous n'avons rien conclu de ce genre ?

— Nous nous efforçons de le retrouver…

— Ce… comment déjà… Araldo ?

— Araldo Marrone. C'est assurément son nom de famille, et Araldo est Harry en italien, donc c'est une hypothèse de travail raisonnable. Le problème, c'est que nous pensons que la famille est retournée en Italie, il est donc fort probable qu'il soit né là-bas, et nous avons du mal à obtenir les registres de naissance auprès des autorités italiennes.

Harrison jette un coup d'œil à sa montre.

— À 19 heures passées un vendredi soir ? Ça n'a rien d'étonnant.

— Je ne veux pas courir le risque d'attendre jusqu'à lundi. Et, franchement, même si nous le faisons, Baxter n'est pas convaincu que les registres dont nous avons besoin sont forcément informatisés. Pas ceux qui remontent à vingt ans, en tout cas.

— Non, dit pesamment Harrison, je ne parierais pas là-dessus non plus.

Je me rappelle des vacances en Italie, où les gens repoussaient ma carte de crédit comme si j'essayais de les arnaquer. Et c'étaient les années 1990, pour l'amour du ciel. « Pas de plastique » est devenu la blague récurrente de la semaine.

Harrison, pendant ce temps, s'est calé au fond de son siège.

— Vous pensez donc que si nous annonçons que l'affaire est classée, ce Marrone va se manifester ?

— S'il a *bien* déclenché cet incendie, il n'était question que d'argent – d'avoir sa part de la fortune Esmond. Il ne peut le faire qu'en se faisant connaître. Mais il ne prendra pas ce risque avant de penser que la voie est libre. Et cela implique de le convaincre que nous croyons Michael Esmond coupable.

— Et s'il n'était pas l'auteur de l'incendie – si Michael Esmond l'avait vraiment fait ? Vous l'envisagez toujours comme une possibilité, je suppose ?

— Oui, monsieur. À moins que, et jusqu'à ce que nous puissions écarter Marrone. Et nous ne pouvons le faire sans l'avoir interrogé.

Il prend son stylo et commence à jouer avec.

— Ça ne m'enthousiasme pas de mentir au contribuable, Adam. La confiance du public dans la police, tout ça. (Il soupire.) Mais je suppose qu'il y a des cas où la fin justifie les moyens.

— Oui, monsieur. Je crois que les gens les plus raisonnables souhaiteraient que nous fassions tout notre possible pour établir la vérité. Surtout si cela veut dire attraper un meurtrier particulièrement brutal.

Je le regarde réfléchir un instant, puis :

— Très bien, Adam. Allez-y, publiez un communiqué. Espérons juste que ça marchera.

* * *

BBC Midlands Today
Samedi 20 janvier 2018
Dernière mise à jour à 9 h 12

La police classe l'affaire dans l'incendie domestique d'Oxford

La police de Thames Valley a confirmé hier soir qu'elle ne cherchait plus personne en lien avec l'incendie mortel ayant eu lieu à Southey Road le matin du 4 janvier. Quatre membres de la famille Esmond sont morts des suites de l'incendie, dont on pense désormais qu'il a été déclenché par Michael Esmond lui-même, dans une forme de meurtre-suicide connue des psychologues sous le nom de « destruction de famille ». Esmond, 40 ans, avait un poste au département d'anthropologie de l'université. L'université n'a pas commenté les rumeurs selon lesquelles Esmond était confronté à une procédure disciplinaire, concernant une accusation de harcèlement sexuel.

L'inspecteur en chef Adam Fawley s'est exprimé hier soir et a renouvelé ses condoléances aux familles et amis des victimes, en disant qu'il espérait qu'à présent, au moins, ils pourraient dans une certaine mesure faire leur deuil. Il a refusé de spéculer sur les dires selon lesquels l'homme retrouvé dans la maison de Southey Road était encore en vie quand l'incendie s'est déclenché. Il a également refusé tout commentaire sur ce qui pourrait advenir de la propriété de Southey Road. Des promoteurs sembleraient déjà intéressés par le site, qui s'étend sur près d'un demi-hectare et se situe dans l'une des rues résidentielles les plus prestigieuses de la ville.

---

* * *

Dimanche soir. C'était une belle journée. Un ciel bleu clair, un soupçon de chaleur dans le soleil. Les premières jonquilles. Un jour comme celui-ci, nous aurions traversé Port Meadow à pied et fait halte au *Perch*, ou nous serions allés en ville pour déjeuner au restaurant panoramique de l'Ashmolean. J'aurais pu faire toutes ces choses aujourd'hui, mais je n'en ai fait aucune. Ça me terrifie – que l'absence d'Alex puisse un jour devenir aussi normale. Que je puisse me créer une existence dont elle est exclue. Être une personne autre que l'homme qu'elle aime. Aimait.

Ma vie est en suspens. Dans le flou.

J'essaie de lire, mais il me semble impossible d'aller au-delà de la première page. Il n'y a eu aucune réaction à la déclaration que nous avons faite vendredi. Rien d'utile, du moins. Les promoteurs immobiliers et les chasseurs d'ambulance ne comptent pas. J'allume la télé, mais les infos sont en continu sur le mariage royal. Lorsque la nuit tombe, je monte à l'étage tirer les rideaux. La chambre d'amis. La chambre de Jake. La nôtre. La penderie qui contient encore presque tous les vêtements d'Alex (ce que je tente d'estimer positif), et la boîte en bois indienne qui renferme tous les bijoux que j'aie pu lui offrir (ce que je suis déterminé à ne pas estimer négatif). Les boucles d'oreilles en diamant que je lui ai offertes pour ses quarante ans, le collier de perles grises pour notre dixième anniversaire, la bague de platine que je lui ai offerte à la naissance de Jake. J'ai fait faire celle-ci par un bijoutier sur North Parade. Un large anneau tout simple avec A, A et J gravés entrelacés. Nous trois. Inséparables. Comme je le pensais. Comme je l'espérais. Je le prends et ressens sa fraîcheur sur ma peau, en me demandant depuis combien de temps elle ne l'a pas porté. Si elle l'a enlevé quand il est mort, parce qu'elle ne supportait pas ce rappel. Comme si les souvenirs ne le lui rappelaient pas assez. Les photos. La chambre remplie de jouets, d'habits et de jeux. Je tourne la bague dans ma main, les lettres capturant la lumière, superposées, de telle sorte qu'il est impossible de savoir laquelle vient en premier…

Il est impossible de savoir laquelle vient en premier.

Cinq minutes plus tard, je suis dans ma voiture.

— Inspecteur en chef Fawley ? Monsieur ?

Je me réveille en sursaut, désorienté. J'ai froid. Et une migraine qui martèle. Je relève les yeux et croise le regard inquiet de Somer. L'horloge derrière elle annonce 7 h 09. Du matin. Comment diable est-ce arrivé ?

Je me redresse lentement, éprouvant les plaintes de chaque articulation.

— Tout va bien, monsieur ?

— Oui, ça va.

Il paraît y avoir une boîte de pizza et les restes d'un pack de six Beck's sur le bureau devant moi. Et une soucoupe pleine de cendres de cigarette. Ça, ce n'est pas bon. Je désigne vaguement l'ensemble.

— Euh, pensez-vous que… ?

— Oh, bien sûr.

Elle se hâte d'expédier les preuves dans la poubelle et revient vers moi.

— J'ai reçu le texto, dit-elle. Au sujet de la réunion à la première heure.

Je suis debout à présent, me frottant la nuque.

— Je comptais rentrer chez moi d'abord.

— Vous avez du nouveau, monsieur ?

Elle regarde autour d'elle, les documents, les albums photo provenant de Southey Road éparpillés en désordre sur mon bureau, les Post-it, les notes griffonnées.

— Oui, je pense. C'est pourquoi je voulais tout le monde ici.

Elle se tient juste à côté de moi maintenant, nos épaules se frôlant presque. Puis le bruit de la porte qui s'ouvre et, lorsque je me retourne, Gislingham.

Il s'arrête, étudie l'état dans lequel je me trouve, la chemise dans laquelle je parais avoir dormi, le fard que pique soudain Somer.

— Putain, bredouille-t-il, écarlate. Je ne pensais pas…

Il me vient subitement à l'esprit, comme l'une de ces fulgurances qui vous réveillent au milieu de la nuit, qu'il pourrait bien penser qu'il se passe quelque chose entre Somer et moi. Qu'il pense peut-être même cela depuis un bon bout de temps. Qu'il n'est peut-être pas le seul…

Merde.

— J'ai passé la nuit ici, dis-je en vitesse en rougissant moi-même, à présent. Et, comme vous pouvez le constater, l'inspecteur Somer vient juste d'arriver.

Il a la bouche ouverte, mais rien n'en sort.

— Bien, dis-je, avec tout le professionnalisme que je parviens à rassembler compte tenu de mon état actuel. Je vais prendre une douche. Vous voulez bien rassembler les troupes, sergent ?

Quand je reviens, la salle de crise est chargée d'attentes. Du moins, j'espère que c'est ça.

— Bon, dis-je.

Je vais à l'avant et tapote la photo que Davy Jones nous a donnée. La photo de Harry, debout devant la Radcliffe Camera qui luit dans une lumière dorée, les mains sur les hanches, les lunettes de soleil autour du cou. Harry, que nous pensions être le diminutif de Harold. Pour ma part, du moins. Seulement je pense m'être trompé sur ce point. C'est ce qui m'a frappé hier soir : ce n'est pas uniquement dans la famille royale que Harry est le diminutif de tout autre chose.

— Cet homme, qui se fait appeler Harry Brown, est le fils de Michael Esmond et Ginevra Marrone, la fille qu'il a mise enceinte lorsqu'il avait dix-sept ans et qu'elle n'en avait que quinze. Nous supposions que son prénom était Araldo, mais je pense que nous avions tort. Je pense que, dans son cas, Harry n'est pas le diminutif de Harold, mais de Henry : je pense que son vrai prénom est en fait Enrico Marrone. Et, grâce au testament du grand-père d'Esmond, il a un mobile extrêmement puissant de mettre le feu à la maison de Southey Road. En vérité, puisque son père n'était que le cadet des deux frères, réduire la maison en cendres était le seul moyen *sûr* de mettre la main sur quoi que ce soit.

Je jette un coup d'œil circulaire dans la pièce. Cette information avait déjà fait le tour ; ce n'était pas nouveau. Mais ce que je m'apprête à dire ensuite le sera.

— Il y a autre chose. Une chose dont je n'ai pris conscience qu'hier soir, même si c'est d'une évidence aveuglante dès que vous la voyez. Si le vrai nom de Harry est Enrico Marrone, ses initiales sont EM.

Silence.

— Les mêmes que celles de Michael, dit Gislingham. Mais inversées. Merde.

— Exact, dis-je en désignant une deuxième photo – la chevalière. EM. Les mêmes initiales qui sont gravées sur cette bague, que nous avons trouvée sur le corps à Southey Road. Ces lettres pourraient correspondre à ME, mais tout autant à *EM*.

Je repasse à la première image.

— Et comme vous pouvez à peu près le voir sur cette photo, Harry porte une chevalière argentée à la main gauche.

Les gens se regardent à présent.

— Je suis revenu ici hier soir pour éplucher un par un tous les albums que nous avons trouvés à Southey Road, et je ne trouve pas une seule photo faisant figurer Michael Esmond avec la moindre sorte de bague au doigt. Pas même une alliance.

Ev est bouche bée.

— Mais Philip a identifié cette bague comme étant celle de son frère.

— Je sais, mais tout ce que nous avons là-dessus, c'est sa parole.

— Mais pourquoi mentirait-il ? poursuit-elle, avant de s'arrêter net. Oh, merde, ce corps n'est pas Michael, n'est-ce pas ? C'est Harry. Michael est toujours en vie.

Le niveau sonore monte à présent. Je lève la main.

— Ce qui est la raison précise pour laquelle je vous ai tous traînés ici à cette heure matinale.

— Mais l'autopsie n'aurait-elle pas décelé ça ? demande Asante. Je veux dire, si le corps était quelqu'un d'aussi jeune, le légiste l'aurait forcément vu ? Ne peut-on pas le prouver à partir des os ?

Mais je secoue la tête.

— J'ai déjà rencontré cette situation. Si un corps est très vieux ou très jeune, vous pouvez estimer son âge à partir du squelette, mais entre environ vingt et un et quarante-cinq ans, les os ne changent pas beaucoup. Et c'est exactement la tranche d'âge que nous avons ici. C'était toutefois une bonne question, Asante, bien joué.

Je regarde le reste de l'équipe.

— Bon, nous devons réfléchir à tout ça très attentivement. Si Philip Esmond nous a volontairement induits en erreur au sujet de cette bague, nous devons supposer que c'est parce qu'il voulait nous faire croire que Michael était mort. Parce qu'il voulait que nous arrêtions de le chercher. Et si Michael est vraiment toujours vivant – et, pour l'heure, c'est un très gros *si* –, alors c'est Philip qui doit l'aider à se cacher. Après tout, il a son propre bateau : quel meilleur endroit pour se planquer quelques jours ?

— Ou quitter le foutu pays, dit sinistrement Quinn.

— Je ne pense pas qu'ils aient fait ça – pas encore. Philip ne peut pas se permettre de partir avant d'avoir enterré le corps. Pas s'il veut nous faire croire que c'est celui de Michael. Ils ne voudront pas éveiller de soupçons inutiles.

— Nous pouvons contacter le port de Poole, dit Gis. Nous assurer que le bateau est toujours là-bas.

— Très bien, et, pendant que vous y êtes, dites-leur de s'attendre à nous voir. Et d'empêcher ce fichu bateau de partir.

— Et nous, que voulez-vous que nous fassions, chef ?

Baxter, à présent.

— Cette bague est assez particulière. Faisons venir Davy Jones dès que possible pour voir s'il peut l'identifier. (Je les regarde tous.) Inspecteur Asante, vous pensez pouvoir vous charger de ça ?

Il sourit.

— Absolument, monsieur.

— Bien. Baxter, pouvez-vous contacter les compagnies de location de voitures dans la zone de Poole ? Philip conduisait une Nissan Juke rouge de location la dernière fois que je l'ai vu – ce ne devrait pas être trop difficile à trouver. Et, quand ce sera fait, jetez un coup d'œil au registre des immatriculations, pour voir si nous pouvons tracer ses déplacements depuis qu'il est revenu au Royaume-Uni.

— Je suis dessus, chef.

— Et Somer, pouvez-vous discuter une nouvelle fois avec l'équipe technique de ce coup de fil de l'après-midi du 4 janvier, quand Philip a appelé pour vous parler.

Elle sourcille.

— Mais nous avons déjà obtenu la preuve qu'il était au milieu de l'Atlantique à ce moment-là…

— J'en suis bien conscient. Ce que je veux savoir maintenant, c'est où il était le jour avant que l'appel ait été passé.

3 janvier 2018, 21 h 04
Trois heures avant l'incendie
Service ferroviaire de Southern Rail,
près de Haywards Heath

À ce stade de retard, les passagers de la voiture ont atteint la phase où ils prennent leur mal en patience (dans certains cas, ils prennent de l'alcool pour patienter). Inutile de s'énerver, ils doivent juste tenir le coup. Des conversations ont été lancées, et une petite fille fait le tour en proposant ses bonbons à la réglisse. Quelques personnes relèvent les yeux tandis que l'homme en veste de tweed traverse la voiture pour la seconde fois. Ses vêtements sont assez convenables, mais tout le reste semble se disloquer. Sa chemise est sortie de son pantalon et il a des auréoles de sueur visibles sous les bras. Alors qu'il passe devant la vieille dame noire à l'autre extrémité, adjacente à l'espace des agents et aux porte-vélos, elle l'entend murmurer pour lui-même :

— Il n'y a donc aucun endroit dans tout ce putain de train où vous pouvez passer un coup de fil en privé ?

Elle secoue la tête en claquant la langue avec désapprobation, et fait un commentaire à son mari à mi-voix. Elle n'aime pas que l'on jure. Et les hommes comme lui devraient être plus avisés.

Cinq minutes plus tard, elle l'entend de nouveau. Elle fait volte-face et s'aperçoit qu'il doit être au téléphone. Il garde la voix basse, mais l'intensité – la véhémence – est sans équivoque.

— Je sais qui vous êtes, est-il en train de dire. Vous m'entendez ? Je sais qui vous êtes. (Il secoue la tête.) Pas maintenant – pas au téléphone. Retrouvez-moi à la maison. Je devrais être rentré d'ici minuit. Nous pourrons en parler à ce moment-là.

— Vous aviez raison, monsieur. De douter de l'endroit où se trouvait Philip Esmond quand il m'a appelée.

C'est Somer, sur haut-parleur. Nous sommes dans la voiture de Gislingham. Quinn est à l'arrière, s'appliquant dans un effort surhumain à ne pas critiquer sa conduite.

— Il ne naviguait pas vers le sud comme nous l'imaginions, poursuit Somer. Il avait déjà fait demi-tour. Il rentrait au Royaume-Uni.

— Quand le bateau a-t-il changé de cap ?

— D'après ce que nous sommes parvenus à calculer, ça devait être aux premières heures du 4 janvier.

— Donc il savait, dis-je calmement. Il était au courant de cet incendie bien avant que vous le lui annonciez.

Bien avant que ce soit aux infos. Et la seule personne qui ait pu lui en parler est son frère. Michael Esmond. Il n'est pas mort dans les flammes. Il est toujours en vie.

— Philip a reçu un appel d'un portable juste après 2 heures, ce matin-là, dit-elle, ce qui doit à peu près correspondre au moment où il a fait demi-tour. L'appelant était dans le secteur de Southampton. Pas besoin de se demander où.

— Calshot Spit.

— Exact. Ces témoins qui ont identifié Michael avaient raison, finalement. Il était *bien* à la cabane. Nous ne sommes simplement pas arrivés à temps.

Je sens Gislingham remuer dans son siège à côté de moi et, quand je relève les yeux, il a les sourcils froncés.

— Quoique le numéro de portable qu'il a utilisé pour appeler Philip soit différent, poursuit Somer. Ce n'était pas le même que lorsqu'il a appelé Harry du train. Il a dû le jeter parce qu'il pensait que nous pourrions remonter sa piste. Ou alors – ce qui, si vous voulez mon avis, est le plus probable – c'est Philip qui en a pris conscience et lui a dit de le bazarder.

— Alors à qui était ce téléphone ?

— C'est là que ça devient intéressant. Il appartient à un certain Ian Blake. Il en a signalé le vol ce même matin – le 4 janvier. Il vit dans l'un des immeubles sur Banbury Road, à environ un demi-mile de Southey Road.

Il doit y avoir là quelque chose qui m'échappe.

— Alors comment diable Esmond a-t-il mis la main dessus ?

J'entends presque le sourire dans sa voix.

— Parce qu'il était sur le siège avant de sa voiture à ce moment-là. Vous ne vous rappelez probablement pas – les uniformes géraient ça –, mais ce Blake s'est fait voler sa voiture devant son appartement à l'aube ce matin-là. Il travaille en roulement au John-Rad et il a laissé le moteur tourner pour dégivrer la voiture. Seulement, lorsqu'il est ressorti, elle avait disparu. Il y avait pas mal de liquide aussi – son portefeuille était également à l'intérieur.

C'est donc ainsi qu'Esmond est arrivé à Calshot. Il a volé une voiture. La seule chose à laquelle nous n'avions pas pensé. La seule chose qu'un homme comme lui ne rêverait jamais de faire. Pas s'il était dans son état normal.

— Est-ce qu'Esmond a passé d'autres appels sur ce numéro depuis ?

— Non, mais il a reçu un texto plus tard ce même jour. Du téléphone satellite de Philip. J'ai vérifié les horaires – Philip a envoyé ce message cinq minutes après m'avoir parlé. Cinq minutes après que je lui ai demandé s'il savait quoi que ce soit au sujet d'une cabane et qu'il a nié en avoir la moindre connaissance. Voilà pourquoi Michael n'était pas à Calshot quand nous avons débarqué là-bas, monsieur – son frère l'avait déjà prévenu que nous venions.

Et, juste par sécurité, il a laissé passer quasiment trois jours avant de nous appeler pour déclarer qu'il s'en était « souvenu ».

— Bon boulot, Somer. Autre chose ?

— Ah oui, l'inspecteur Asante m'a demandé de vous dire que Davy Jones avait identifié la bague. Il affirme avoir clairement vu Harry la porter.

— Dites-lui que c'est du bon travail.

— Je n'y manquerai pas, monsieur. Et Everett veut vous dire un mot. Ne quittez pas.

S'ensuivent des bruits étouffés sur la ligne, puis la voix d'Ev.

— J'ai parlé au capitaine du port de Poole, chef. Il s'avère qu'Esmond n'est pas dans la marina principale, mais dans une de l'autre côté du port. Ça nous a pris une demi-heure pour retrouver laquelle, mais nous avons fini par y arriver. C'est un endroit appelé Cobb's Quay. Le responsable là-bas dit que Philip Esmond a accosté dans l'après-midi du 7 janvier. Il avait téléphoné au préalable pour prévenir qu'il y avait eu un changement de programme et qu'il avait besoin d'un poste d'amarrage.

J'essaie de me remémorer la chronologie, mais Ev le fait pour moi.

— Quand l'inspecteur Somer lui a parlé le 7, il lui a dit qu'il espérait être de retour au bout de quelques jours. Mais il mentait. Il était déjà ici.

Je frappe le tableau de bord avec contrariété. Il n'y avait aucune raison de le suspecter à ce stade, néanmoins, nous aurions dû vérifier. Nous aurions dû être plus rigoureux. *J'aurais* dû être plus rigoureux.

— Nous sommes certains que le bateau est toujours là ?

— Oui, monsieur. Le responsable de Cobb's Quay dit qu'il a repéré au moins un homme à bord au cours de ces deux derniers jours. Assez grand, les cheveux foncés, d'après lui. Bien qu'il ne l'ait vu que de loin.

Et Philip et Michael se ressemblent beaucoup. Du moins superficiellement. Ce n'est pas concluant.

— Dites-lui de nous prévenir dès qu'il semble sur le départ. Mais, avec un peu de chance, nous serons nous-mêmes là-bas dans une heure.

— Moins que ça, dit Gislingham tandis que je mets fin à l'appel. Nous avons dépassé Eastleigh à présent.

Cependant, il fronce toujours les sourcils.

— Tout va bien ?

— Ça va, répond-il en regardant dans son rétro avant de signaler qu'il va doubler. Je crois que j'ai oublié de mentionner que la police du Hants avait appelé.

— Ah oui ?

— C'était tard vendredi. J'étais à moitié sorti. C'était cet inspecteur en chef à qui vous avez parlé. Saumarez. Il a dit que le clochard que nous avons trouvé dans cette cabane avait déclaré que quelqu'un d'autre y était déjà entré par effraction avant qu'il arrive là-bas.

— Eh bien, ça concorde. Michael Esmond n'aurait pas eu de clé.

— Non, chef.

Mais quelque chose persiste, et j'ai beau chercher, impossible de mettre le doigt dessus.

Puis mon téléphone sonne.

4 janvier 2018, 00 h 05
23 Southey Road, Oxford

Lorsque Harry arrive à la maison, Michael l'attend. Il ouvre la porte en silence, puis s'en va aussitôt vers le salon.

— Mais qu'est-ce qui se passe ? dit Harry avec légèreté. Ça fait un peu film d'espionnage, non ? Tout ce truc de « rejoignez-moi à minuit » ?

— Le train a eu du retard.

Michael ferme la porte derrière eux. Il n'a pas allumé. Il n'y a que la faible lueur du lampadaire, qui diffuse une longue et fine bande à travers les rideaux et sur le sol. Dans l'obscurité, il a l'air différent. Étrange. On entend presque la nervosité crépiter. Il boit du whisky au goulot d'une bouteille à moitié vide. Pour la première fois, Harry commence à se sentir mal à l'aise. Peut-être que tout ceci n'était pas une si bonne idée.

— Qu'est-ce que vous voulez ? dit-il, toute sa légèreté à présent évanouie. Parce que je suis attendu ailleurs.

— Je sais qui tu es, dit Michael.

— Écoutez…

— N'essaie pas de le nier. Je ne sais pas ce que tu veux, mais tu ne l'auras pas, je te le dis tout de suite.

Harry hausse les sourcils.

— Vraiment ? Vous êtes sûr de ça ? Parce que j'ai parlé à un avocat…

— Je me fous de savoir avec qui tu as parlé. Je ne vais pas te laisser gâcher ma vie. Tu n'as aucun droit…

— Oh, à mon avis, tu vas découvrir que j'ai tous les droits.

Michael commence à se rapprocher. Harry sent l'alcool dans son haleine. Ses yeux ont quelque chose de vague. Harry se met à reculer.

— Écoute, nous pouvons en discuter, mais pas maintenant. Pas alors que…

— Pas alors que quoi, exactement ?

Harry sent le mur lui écraser l'échine. Michael est si près qu'il lui postillonne sur la peau. Harry lève les mains et le repousse.

— Tu es remonté.

— Tu m'étonnes, que je suis remonté. Même si j'ai eu une putain de bonne descente.

Il ne jure jamais.

— Je m'en vais, dit Harry en remettant son manteau sur ses épaules. Je n'aurais jamais dû venir au départ.

— Oh non, putain, tu n'aurais pas dû, dit Michael en lui enfonçant un doigt dans la poitrine. Alors pourquoi ne vas-tu pas remballer ta merde pour rentrer dans ce trou à rats d'où tu es sorti.

Harry se rapproche un peu. Il a toujours la voix basse, mais elle est maintenant empreinte de menace.

— Ouais, eh bien, si je viens d'un trou à rats, à qui la faute ? Parce que ça ne peut pas être les gènes, si ? Rien ne peut clocher de ce côté-là. Je veux dire, regarde-toi : ta femme est en miettes, ton fils a des problèmes, et tu ne sembles même pas t'en être aperçu, bordel.

— Ne t'avise surtout pas de parler de ma famille comme ça…

— Tu ne piges donc pas ? Ils ne sont pas ta famille. Plus maintenant. Ils sont la mienne. Et j'ai fait plus pour eux ces six derniers mois que toi en six putains d'années. Regarde ce pauvre Matt, bon Dieu : combien de fois as-tu promis de faire des choses avec lui pour le laisser tomber à la dernière minute ? Il y a toujours un truc plus important, pas vrai ? Toujours un truc qui te concerne – toi et ta carrière et ton prestigieux métier qu'à ce que j'ai vu tu as tellement foiré qu'on va te virer, minable…

— Je te préviens…

Michael vacille à présent, mangeant ses mots. Trop ivre pour s'attaquer à qui que ce soit. Ou du moins c'est ce que pense Harry.

Ce n'est pas la seule erreur qu'il s'apprête à commettre.

Poole est lumineux, mais froid. Des cordes qui fouettent la fibre de verre. Des mouettes. De hauts nuages flottant sur un ciel bleu délavé. J'inspire un grand bol d'air salé et me dis – ce n'est pas la première fois – que je devrais vraiment sortir d'Oxford plus souvent.

— Il n'aurait pas pu choisir une meilleure planque s'il avait essayé, putain, dit Quinn en claquant avec irritation sa portière avant d'étirer ostensiblement les jambes.

Mais il a raison. En été, cet endroit doit être bondé – le club, l'accastillage, les rangées de yachts flambant neufs en vente –, mais, à cette période de l'année, c'est presque désert. Et même si ce n'était pas le cas, les pontons s'étirent sur deux ou trois cents mètres dans l'eau. Si votre bateau était amarré à l'autre extrémité, vous pourriez vous y trouver des jours durant sans que personne ait même conscience de votre présence. C'est presque trop parfait.

Nous marchons vers l'eau, et le responsable devait guetter notre arrivée, car la porte du bureau s'ouvre déjà. Et à quelques mètres de là, sur le parking, je vois une Nissan Juke rouge.

— Inspecteur en chef Fawley ? dit l'homme en nous regardant tous les trois avant de porter son choix sur moi.

Je suppose que je devrais être flatté.

— Duncan Wright. J'ai un peu surveillé depuis que vous avez appelé, mais je n'ai repéré aucun mouvement sur le *Freedom 2*.

— Et où est le bateau ?

— Mouillage C31, dit-il en le montrant du doigt. Là-bas.

Cobb's Quay doit être haut de gamme, car chaque bateau devant lequel nous passons est neuf ou dans un état impeccable. Bois poli, voiles aux couleurs coordonnées, chrome luisant qui capture le soleil hivernal. Et tout au bout, se balançant délicatement sur l'eau, le *Freedom 2*. On aurait dit quelque chose tout droit sorti d'un supplément du dimanche. Je m'étais interrogé sur ce nom, la première fois que je l'avais entendu, en me disant que c'était juste l'affirmation d'un style de vie plutôt adolescent – un pied de nez de Philip envers les choix que son frère a faits. La « liberté » de faire ce que bon lui semblait, la liberté de se dégager du poids des attentes familiales. Mais en sachant ce que je sais maintenant sur l'existence que ces deux frères ont menée, le foyer dans lequel ils ont grandi, je n'en suis plus si certain. Comme tout le reste dans cette affaire, ce qui est en surface pourrait s'avérer ne pas être aussi superficiel qu'il y paraît.

Il n'y a peut-être eu aucun signe de vie sur le bateau de toute la matinée, mais il y en a, à présent. Le temps que nous l'atteignions, il est à la proue, à nous attendre. Sweat à capuche bleu marine, gilet matelassé, Ray-Ban.

Philip Esmond.

—Inspecteur, dit-il en retirant ses lunettes. J'ignorais totalement que vous veniez…

—Nous aussi, monsieur Esmond.

Il jette un coup d'œil à Gislingham et Quinn, puis revient sur moi.

—Qu'est-ce qui s'est passé ? Est-ce qu'il y a eu du nouveau ?

—On pourrait dire ça, répond Quinn d'un ton sardonique.

—Pourriez-vous vous écarter du bateau, monsieur Esmond ?

—Mais…

—S'il vous plaît.

—Très bien, dit-il lourdement en levant les mains. Si vous insistez.

Il descend sur le ponton, et Gis passe devant moi pour aller sur le bateau, s'engouffrant tête baissée dans la cabine.

—Quand vous êtes venu la première fois à St Aldate's, vous avez raconté à mon officier que vous veniez tout juste de rentrer au Royaume-Uni. Que vous étiez venu directement à Oxford dès votre arrivée.

Il sourcille.

—Et alors ? Quel rapport avec…

—En fait, vous aviez accosté ici trois jours entiers avant cela. Le 7 janvier.

Son expression se durcit légèrement.

—Je ne vois pas quelle différence ça fait. J'avais des trucs à faire, c'est tout.

— Vraiment ? dis-je. Le genre de « trucs » qui impliquent de conduire jusqu'à Calshot Spit pour récupérer votre frère et l'amener ici ?

— C'est ridicule. Comme je le disais, j'avais complètement oublié ce trou pourri.

— J'en doute, monsieur Esmond. À en juger par les albums photo que nous avons trouvés à Southey Road, vous êtes allé là-bas au moins une dizaine de fois lorsque vous étiez enfant. Il y a peu de chances que vous ayez oublié ça. Sauf, bien entendu, si vous aviez une très bonne raison.

— Vous ne pouvez rien prouver de tout ça. Ce ne sont que des spéculations.

— Au contraire, la police du Hants a déjà retrouvé la voiture que votre frère a volée, abandonnée à moins d'un kilomètre de la cabane de plage. Quant à vous, j'ai des officiers qui ratissent le registre des immatriculations à l'heure où nous parlons. Ce n'est qu'une question de temps avant que nous découvrions précisément où vous êtes allé. Alors, quel était le plan ? Faire profil bas jusqu'à la fin des funérailles, puis remettre le cap sur la Croatie où vous auriez réclamé l'argent du testament et installé votre frère dans une nouvelle vie ?

Gis apparaît à l'écoutille et secoue la tête.

— Il n'est pas là, monsieur.

Je me rapproche d'Esmond.

— Ne rendez pas les choses plus compliquées que nécessaire. Je peux vous arrêter ici et maintenant, s'il le faut. Nous savons que Michael est vivant, et nous savons que jusqu'ici vous avez essayé de le protéger. J'ai un frère, je comprends. Mais c'est fini, maintenant. Et il serait préférable pour tout le monde que vous nous disiez simplement la vérité. Il y a déjà eu bien trop de mensonges. Bien trop, et depuis bien trop longtemps.

Esmond se détourne, prend une profonde inspiration, puis lâche un soupir lourd et saccadé.

4 janvier 2018, 00 h 09
23 Southey Road, Oxford

— Et Sam ? dit Harry. Coincée dans ce putain d'immense mausolée jour après jour. Pas de boulot, pas d'amis, juste à torcher le cul de Zachary et te servir. Rien d'étonnant à ce qu'elle soit déprimée, bordel – rien d'étonnant à ce qu'elle se tourne vers quelqu'un d'autre pour avoir une foutue miette d'affection…

Il sait au moment où il prononce ces mots qu'il est allé trop loin.

— Désolé, bredouille-t-il, je n'aurais pas dû dire ça…

Mais c'est trop tard. Il ne peut pas le retirer – ne peut pas ravaler ses paroles…

Michael plisse les yeux.

— C'est le tien… C'est ça que tu es en train de me dire ?

— Quoi ? De quoi tu parles ?

— Ce putain de bébé – voilà de quoi je parle.

Harry déglutit.

— Merde… je ne savais pas…

— C'est ta belle-mère, sale petit pervers.

Harry écarquille les yeux.

— Non… Tu te plantes complètement – merde… C'est ça que tu penses ?

La bouteille est peut-être à moitié vide, mais elle reste lourde, facile à brandir.

Harry vacille quand le premier coup est porté et titube en arrière, un flot de sang se mettant à couler le long de son cou.

— Salaud, siffle-t-il, affalé contre le mur. Tu n'es qu'un salaud…

— Ce n'était pas Michael que nous avons trouvé à la maison, n'est-ce pas, monsieur Esmond ? C'était Harry. Ou devrais-je dire Enrico ?

Philip me tourne toujours le dos.

— Alors vous êtes au courant de ça.

— Nous savons que votre frère a eu une relation avec Ginevra Marrone et qu'elle a eu un bébé. Nous savons aussi que Harry est venu ici l'année dernière à la recherche de son père. Et c'est son corps que nous avons retrouvé dans les décombres de Southey Road.

Philip se tourne lentement pour me regarder. Quinn a son téléphone à la main et le dictaphone est activé.

— Ce que je ne sais pas, monsieur Esmond, poursuis-je en le forçant à croiser mon regard, c'est à quel point vous vous y connaissez en ADN.

Il a l'air perplexe.

— Je ne vois pas ce que vous voulez dire.

— Notre labo a conclu que le corps dans la maison était Michael parce qu'il partageait assez de votre ADN pour être votre frère. Et vous le saviez, n'est-ce pas ? C'est pourquoi vous avez été aussi désireux de nous fournir ce foutu échantillon – vous vous étiez déjà renseigné sur tout ça et vous connaissiez la conclusion à laquelle nous allions forcément arriver. Mais ce n'est pas la seule possibilité, si ? Il y a au moins un autre lien qui pourrait produire exactement le même résultat.

Il ne dit plus rien maintenant. Se contente de me dévisager.

— Depuis combien de temps saviez-vous que Harry était votre fils ?

15 juillet 2017, 14 h 09
173 jours avant l'incendie
23 Southey Road, Oxford

— Vous voulez que je le prouve ? Vous voulez faire un test ?

Ils sont à l'autre bout du jardin. Devant le pavillon d'été et le tas de compost, où une nuée de moucherons volettent dans la chaleur de juillet. Plus loin sur la pelouse, Sam somnole dans une chaise longue, et les deux garçons frappent dans un ballon.

Harry le dévisage en attendant une réponse.

— Je t'ai posé une question, est-ce que tu veux passer un test ? Parce que ça ne me pose pas de problème. Moi, je n'ai rien à cacher.

— Ce n'est pas que je ne te croie pas…

L'expression de Harry se durcit.

— C'est juste que tu ne sais pas avec certitude qui est le père, n'est-ce pas ? Si c'est toi ou ton petit frère.

— Tu ne comprends pas…

— Je comprends très bien. Je comprends qu'il a largué ma mère et que tu l'as draguée. Voilà ce que je comprends.

Philip soupire.

— Ce n'était pas comme ça.

Harry hausse un sourcil.

— Alors c'était comment, exactement ? Une culbute en vitesse à l'arrière de ta voiture ? Tu l'as ramassée en plein chagrin d'amour, c'est ça ?

— Elle savait ce qu'elle faisait… Elle était loin d'être…

Il s'interrompt, gêné.

— Loin d'être vierge, c'est ça que tu voulais dire ? Non, ton frère y a veillé, pas vrai ?

— Ce n'est pas ce que je voulais dire… J'entendais par là qu'elle était mûre pour son âge : elle prenait ses décisions elle-même…

— Elle avait quinze ans, bordel de merde. Quinze ans.

Philip rougit maintenant.

— Je sais. Écoute, tu dois me croire : si j'avais su qu'elle était enceinte…

— Quoi ? Tu l'aurais épousée ? Mais bien sûr. Papa aurait mis fin à tout ça.

— Je parlais d'argent. J'aurais pu lui donner de l'argent.

Les yeux bleus sont d'un froid glacial, à présent.

— Tu l'aurais payée pour avorter de moi.

— Ne sois pas ridicule. Tu sais que ce n'est pas ce que je voulais dire. Si j'avais été au courant, j'aurais fait ce qu'il fallait.

— Oh, ne t'inquiète pas, dit Harry avec un rire amer. Tu vas le faire. Je suis ton fils. Le fils aîné du fils aîné. Et ça signifie que tout ceci est à moi.

Il désigne la maison. Philip regarde Michael sortir du bureau et aller vers sa femme. Elle lève la tête vers lui en se protégeant les yeux du soleil. Ils échangent quelques mots, puis il déplie un autre transat et s'assied à côté d'elle.

— J'ai demandé à un avocat de regarder ce testament que j'ai trouvé, dit Harry. Je parie que les fidéicommissaires ne savent pas que ton frère habite ici, si ? En fait, je parie que tu n'as même pas pris la peine de leur demander.

Philip pique un fard.

— C'est un arrangement non officiel.

— Je prends ça pour un « non », dans ce cas. Mon avocat dit qu'il n'a aucun droit d'habiter ici. Que si tu n'en as pas envie, c'est ton choix, mais ensuite c'est à moi que ça revient, pas à lui. Et, pour ma part, j'ai suffisamment attendu. C'est mon tour. C'est pourquoi je suis venu ici. Te chercher.

— Tu ne peux pas attendre de moi que je les chasse – c'est complètement absurde.

Harry se rapproche.

— Ce qui est absurde, c'est laisser une fille de quinze ans élever seule un bébé. Ce qui est absurde, c'est de grandir au seuil de la pauvreté parce que la famille de ta mère l'a reniée. Ce qui est absurde, c'est découvrir que ton père est plein aux as et que tu n'as jamais vu la couleur d'un seul putain de penny…

— Nous ne sommes pas pleins aux as. Nous ne l'avons jamais été et nous ne le sommes certainement pas aujourd'hui.

— Très bien. Comme je disais. Je veux juste ce qui m'est dû. Ma part.

Philip prend une profonde inspiration.

— Tu vas devoir me laisser un peu de temps. Une chose pareille – sortie de nulle part –, ça va être un sacré choc. Et tu sais comme moi qu'il a beaucoup à gérer en ce moment.

— OK, je comprends ça. Je ne compte pas empirer les choses pour Sam et les enfants si je peux l'éviter. Toi, franchement, ça ne me fait ni chaud ni froid, mais eux – c'est ma famille.

— Je parlerai à Michael, je trouverai le bon moment. Je te le promets.

— Six mois, dit Harry en redémarrant la tondeuse. Je te donne six mois. Si tu ne lui as pas encore dit d'ici là, je le ferai moi-même.

— Alors ? Quand lui avez-vous dit ?

Philip se détourne une fois encore.

— Je ne l'ai pas fait.

— Vous n'avez jamais dit à Michael que Harry était votre fils ? Vous ne lui avez jamais dit que sa famille et lui allaient devoir déménager de cette maison ?

— Il ne semblait jamais y avoir de moment adéquat. Mike était déjà dépassé par les événements. Avec Sam, et maman, et toutes ces sales histoires à son travail. Je me disais qu'il ne pourrait rien encaisser de plus.

J'inspire profondément.

— Alors, au lieu de vous occuper de tout ça – au lieu d'affronter les conséquences de vos propres actes –, vous avez décidé de disparaître en Croatie et laisser la merde éclater derrière vous ?

— Ce n'était pas comme ça, s'empresse-t-il de dire.

— Alors comment était-ce ? Parce que je crains que de mon point de vue…

— J'ai parlé aux fidéicommissaires, dit-il. En juillet. Avant de quitter le Royaume-Uni. J'ai demandé si ce que Harry a dit était vrai.

— Et ?

Il fait une moue.

— C'était quasiment mot pour mot ce qu'il m'a dit. Ils m'ont expliqué que si Harry voulait vivre dans la maison, ils ne voyaient pas comment ils pourraient refuser, tant qu'il pouvait prouver qui il était. Ce qu'ils ont trouvé de mieux, c'est que Michael et lui partagent les lieux, mais il n'y avait pas l'ombre d'une chance que cela fonctionne. Même s'ils étaient tous les deux d'accord.

— Avez-vous passé le test ADN ?

Il acquiesce.

— Oui. Mais c'était juste une formalité. Je savais qu'il disait la vérité. Il est – était – le portrait craché de Ginny.

Il regarde de nouveau ailleurs, au-delà de moi, pardessus mon épaule. Vers le quai.

— Mais Michael l'a découvert, n'est-ce pas ? Comment est-ce arrivé, est-ce que Harry le lui a dit ?

Il secoue la tête.

— Non. J'ai réussi à le persuader de m'accorder un peu plus de temps. Mais Michael l'a compris par lui-même. Il m'a raconté, le soir où il a appelé de la cabane, qu'il avait entendu Harry parler à Sam d'un pudding ou autre que sa mère préparait à Noël. C'est une spécialité de Puglia – d'où vient la famille. Mike s'est rappelé en avoir mangé chez Ginny. C'était trop pour être une coïncidence. Surtout avec ce foutu tatouage.

Il devine à mon expression que je n'ai aucune idée de ce dont il parle.

— Harry avait un tatouage sur la poitrine. Des baies de genièvre. Il a dit à Michael que c'était pour sa mère. C'est la signification de son prénom. Genièvre.

— Je vois. Donc, même s'il n'a rien dit de manière explicite, il ne gardait pas ça vraiment secret non plus, si ?

Philip affiche un air sombre.

— C'est une tête brûlée. Comme son père. Je pense qu'il aimait tenter le diable.

Nous restons là un instant, à nous dévisager. Je sens le soleil sur mon dos, le ponton oscillant doucement sous mes pieds.

— Comment Harry est-il mort ? finis-je par demander.

Il soupire péniblement.

— Quand Mike m'a appelé ce soir-là, il était à peine cohérent – j'avais du mal à comprendre ce qu'il disait… Je n'arrivais pas à y croire… que Harry soit mort… que Mike l'ait réellement *tué*… (Il se passe une main dans les cheveux.) Il m'a raconté qu'ils s'étaient disputés, que Harry a déclaré avoir une liaison avec Sam, et Michael a pensé que le bébé devait être le sien, et je crois que ça a été le coup de grâce. Je pense que le temps d'une putain d'affreuse seconde, ça l'a juste poussé à bout.

— Est-ce que c'était vrai – la liaison ?

Philip hausse les épaules.

— Je ne sais pas. Elle était très malheureuse, et seule. J'imagine que ça aurait pu arriver.

— Et Michael a essayé de couvrir ce qu'il avait commis en mettant le feu à la maison. Avec son innocente famille endormie à l'étage…

— Il l'ignorait, s'empresse-t-il de préciser. Ils étaient censés se trouver à Liverpool. Un spectacle ou je ne sais quoi. Pour l'anniversaire de Matt. Vous devez me croire.

— Je vous crois. Elle lui a laissé un message sur son portable, pour dire que Zachary était malade et qu'ils étaient à la maison.

Mais je n'avais pas conscience jusqu'à maintenant de ce que cela signifiait.

— Il a perdu son téléphone – et n'a jamais eu ce message…

— Je sais. Le téléphone a été rapporté. Nous savions qu'il l'avait perdu.

Et le reste, nous pouvons le vérifier. Et dans tout cet effroyable merdier, il y a soudain un minuscule fragment de soulagement. Il n'a jamais eu l'intention de les tuer. Certes, il a été un destructeur de famille, mais n'a jamais cherché à l'être.

— Écoutez, dit-il, Mike est à moitié fou pour Sam et les enfants – il se foutait complètement de cette maison ; il a toujours fait semblant de l'adorer, mais c'était juste un boulet colossal accroché autour de son cou – de nos cous…

Et je me rappelle, maintenant, ce bureau dans le jardin. En tout point aux antipodes du reste de la maison : dans la couleur, les meubles, l'ambiance, la lumière. Cette maison n'avait rien d'un héritage chéri. Ce n'était même pas un foyer : c'était une prison. Une malédiction.

— Où est-il, maintenant, monsieur Esmond ?

Philip ouvre la bouche, puis la referme.

— Je ne sais pas, finit-il par répondre. Quand je vous ai entendus sur le ponton, j'ai cru que c'était lui. Il aurait dû être revenu, à l'heure qu'il est…

Il relève une fois de plus les yeux vers le quai, avec une inquiétude visible à présent.

— Il est parti par là ? demandé-je en suivant son regard.

— Il y a environ une heure.

Il y a autre chose. Quelque chose qu'il ne me dit pas.

— Que se passe-t-il, monsieur Esmond ?

Il déglutit.

— Quand Michael a tout découvert au sujet de Harry – qu'il a compris que Ginny était sa mère –, il a supposé, vous savez…

Et la voilà – la dernière pièce manquante.

— Il a supposé que Harry était son fils. Pas le vôtre.

Il rougit.

— Il n'a jamais su, vous voyez… qu'elle et moi avons eu une aventure. Je veux dire, ça ne s'est produit qu'une ou deux fois. Je ne pensais pas que ce serait important.

Mais une ou deux fois peuvent avoir de l'importance. Une ou deux fois peuvent devenir… tout.

Philip soupire.

— Et quand il est allé à Brighton voir Muriel, elle s'est contentée d'évoquer « ce petit Esmond ». Il ignorait complètement qu'en vérité elle parlait de moi.

Elle a dit exactement la même chose lorsque nous l'avons vue. Et je me suis hâté d'en tirer exactement les mêmes conclusions.

— Le croit-il toujours ?

Il me jette un coup d'œil, puis détourne le regard. La honte lui rembrunit le visage.

— Il m'a à peine adressé la parole depuis qu'il est arrivé ici. Je me suis juste dit qu'il ne pourrait rien encaisser de plus pour l'instant.

— Alors que s'est-il passé, ce matin ?

— Je suis allé acheter à manger et, en revenant, je l'ai trouvé avec mon iPad. Je le cachais dans mes affaires, mais il a dû le trouver. Il y avait cette histoire aux infos, sur la BBC.

— … disant que l'homme mort à Southey Road était toujours en vie quand l'incendie s'est déclaré.

Il acquiesce.

— Mike était dans un état épouvantable – il a dit que ça ne faisait qu'aggraver les choses, que s'il avait su que Harry n'était pas mort, il n'aurait jamais déclenché le feu – qu'ils seraient *tous* encore en vie. Il est devenu hystérique, il a commencé à dire qu'il l'avait *vu* – qu'il avait vu Matty. Je vous assure, j'étais très inquiet à ce moment-là, je pensais qu'il était peut-être bien en train de perdre la tête. Mais ensuite il a semblé se calmer, et m'a dit qu'il fallait qu'il sorte – qu'il devenait dingue de rester cloîtré dans le bateau vingt-quatre heures sur vingt-quatre, et qu'il avait besoin de s'éclaircir les idées.

— Et vous l'avez laissé partir ?

Il hausse piteusement les épaules.

— Qu'est-ce que je pouvais faire d'autre ? Il a dit qu'il voulait être seul.

Gis a dû remarquer quelque chose sur le quai, car il me fait signe, et je me tourne pour voir un homme courir vers nous. Mais ce n'est pas Michael Esmond. C'est le responsable de la marina.

4 janvier 2018, 00 h 12
23 Southey Road, Oxford

— Écoute, suffoque Harry, je n'ai pas couché avec Sam… Je te jure… Et elle n'est pas… tu n'es pas… Sérieusement… tu te plantes complètement…

Il tente de se lever, mais glisse lourdement en arrière. Il est maintenant pris de panique, tandis qu'il se met à ramper vers la porte. Michael l'observe un instant, puis fait lentement le tour pour se dresser devant lui, lui bloquant la sortie, les yeux baissés sur lui.

— Alors sur quoi je me plante, exactement ?

Les coudes de Harry fléchissent et il roule sur le dos, sa poitrine se soulevant et s'abaissant lourdement. Il a du sang dans les cheveux, sur le visage, dans la bouche.

— Je ne suis pas… ton fils… quoi que tu penses… Ce n'est pas pour toi que je suis venu… C'est Philip…

Mais s'il pensait que cela balaierait tout le reste, il se trompait totalement.

Michael le regarde de haut, et la peur avec laquelle il vit depuis toutes ces semaines s'assombrit vite pour se muer en un sentiment autrement pire. Cet homme ne s'est pas contenté de s'introduire dans leur famille, voler leur amour, prendre sa place, il va lui retirer sa maison – ruiner sa vie –, détruire tout ce qu'il a acquis au prix de tant d'efforts.

Et soudain, quelque chose dans le poids de la bouteille qu'il tient lui donne la sensation, durant un effroyable instant, d'être libre. Libéré de lui-même, de cet homme que tout le monde a toujours attendu qu'il soit, et qui, quoi qu'il fasse, n'a jamais suffi. Libre d'être en colère, vindicatif, hors de contrôle et je-m'en-foutiste, exactement comme…

Son visage a dû changer de quelque façon, car Harry essaie une nouvelle fois de se lever, mais son corps le lâche, et les paroles qu'il a besoin de prononcer jaillissent dans une bulle de sang. Puis un pied s'appuie sur son cou, et il est forcé à s'abaisser, et le poids l'écrase, l'écrase, l'écrase jusqu'à ce que sa figure touche le sol et qu'il ait de la bile dans la bouche, que l'air manque dans ses poumons et que l'obscurité embue ses yeux.

—Inspecteur ! crie le responsable de la marina en arrivant à portée d'ouïe, haletant d'effort. L'un des autres propriétaires vient de signaler qu'on lui avait volé son canot pneumatique – j'ai pensé que vous devriez en être informé.

—Quand est-ce arrivé ?

—Ça ne peut pas faire plus d'une heure. Peut-être moins.

Philip Esmond est blême.

—Est-ce que votre frère sait se servir d'un de ces trucs ?

Il secoue la tête.

—J'en doute. Il ne vient jamais naviguer – il déteste l'eau.

Je me retourne vers le responsable.

—S'il veut prendre le large, quel est le meilleur moyen de l'en empêcher ?

Il écarquille les yeux.

—Merde, je ne donne pas cher des chances d'un amateur de s'en sortir dans un foutu canot…

—J'ai dit : comment l'en empêchons-nous ?

—Pour partir en mer depuis ici, il faudrait qu'il traverse le Petit Canal – c'est juste devant le poste de sauvetage. S'il est toujours de ce côté du pont, ces gars peuvent probablement l'intercepter, mais s'il l'a déjà dépassé, ce sera beaucoup plus compliqué.

—Est-ce que c'est loin ?

—À dix minutes par la route – moins.

Gis et Quinn regagnent déjà la voiture en courant.

— Je viens avec vous, dit Esmond.

— Appelez-les, crié-je au responsable en repartant vers le quai. Dites-leur que nous les rejoignons là-bas et qu'ils guettent ce canot.

— Attendez, lance-t-il. À quoi ressemble ce type ?

— À lui, dis-je en désignant Esmond du doigt. Il ressemble à ce monsieur.

4 janvier 2018, 00 h 22
23 Southey Road, Oxford

Zachary se redresse. Il perçoit des voix en bas. Il se glisse hors de son lit et marche sans bruit jusqu'à la porte. Il entend clairement les voix, à présent. C'est Harry. Et papa ! Maman a dit que papa ne rentrait pas tout de suite, mais Zachary est persuadé de l'entendre. Peut-être que c'est une surprise. Peut-être qu'il n'est pas censé le savoir. Zachary aime les surprises. Il aime les cadeaux, les surprises, les pirates et le chocolat.

Il pousse la porte et va sur la pointe des pieds jusqu'à la rampe dans le noir. Les voix se sont tues à présent. Il se laisse glisser par terre et regarde. Et le voilà. Papa. Vêtu de son manteau. Mais il est bizarre. Juste planté là. L'air un peu en colère et un peu triste. Zachary est sur le point de l'appeler, mais soudain papa se retourne et va à la cuisine. Zachary entend la porte de derrière s'ouvrir et, quelques minutes plus tard, papa est de retour. Il porte quelque chose. Il repart dans le salon et Zachary entend un bruit d'eau qui gicle partout. Comme quand ils jouaient dans la pataugeoire, quand oncle Philip était là. Peut-être que c'est ça, la surprise. Il se rapproche doucement et observe par la rampe. Puis il y a un drôle de bruit qui éclate et, soudain, une jolie lumière jaune dans le salon. Comme le feu qu'ils ont fait avec Harry quand il a pratiqué tous ces tours de magie. Zachary a bien aimé. C'était amusant.

Papa ressort. Il n'a plus l'air aussi triste. Il a la même tête que quand le dentiste lui a dit qu'il fallait lui arracher sa dent et que finalement il n'a pas eu à le faire. Zachary observe son père qui regarde longuement dans l'entrée avant de s'en aller. La porte se ferme, puis il y a un bruit de pas sur le gravier.

Zachary se lève et commence à descendre lentement l'escalier, une marche à la fois, une main agrippant la rampe, son doudou bleu pâle traînant derrière lui.

Nous nous arrêtons devant le poste de sauvetage dans un crissement de pneus. Le bateau est déjà dans l'eau. Un membre de l'équipe vient vers moi en courant. Le vent se lève à présent. C'est peut-être le calme plat dans ce canal, mais ce sera agité en pleine mer.

— Inspecteur en chef Fawley ? Hugh Ransome. Nous pensons que votre homme a déjà traversé. Un des gars croit avoir vu un canot de ce genre il y a un quart d'heure.

Il nous regarde tous les quatre.

— Nous n'avons de la place que pour deux.

— Je viens, dis-je promptement. Avec M. Esmond. Mes officiers vont faire le point avec la police du Dorset et veiller à ce qu'ils sachent ce qui se passe.

Ransome acquiesce et se tourne vers le bateau.

— Il y a des casques et des gilets de sauvetage à bord, lance-t-il par-dessus son épaule. Et c'est non négociable.

Tandis que nous descendons bruyamment la passerelle, une petite foule s'amasse déjà. Il y a deux personnes dans le bateau – un homme et une femme équipés des mêmes casques blancs et gilets fluo. Le moteur tourne, et nous partons dans un élan dès que nous avons mis notre tenue. On peut dire que Philip Esmond y procède plus rapidement que moi.

— Est-ce que votre homme saura quoi faire s'il a des ennuis ? crie le chef d'équipe par-dessus les embruns et le grondement du moteur.

Esmond secoue la tête.

— Même s'il y a des fusées de détresse à bord, je doute qu'il sache ce que c'est.

— Il sait nager ?

Esmond acquiesce.

— Mais pas très bien.

C'est un canal étroit, et les ferries et croiseurs motorisés nous dépassent dans les deux sens, envoyant dans leur sillage d'énormes vagues d'étrave qui viennent se fracasser sur le bateau, mais nous sommes bien plus stables que ne le serait un petit canot. Je vois au visage de Philip qu'il pense la même chose.

Puis nous nous dirigeons vers de plus vastes eaux, les cales sèches et installations industrielles se clairsemant sur la rive proche et les bois bas sur l'autre rive. La mer scintille sous le soleil hivernal, et, ici et là, un voilier navigue face au vent, mais c'est tout ce que je peux voir. Ransome a des jumelles et scrute la baie.

— Vous avez quelque chose ? demandé-je.

Il baisse ses jumelles.

— Là-bas.

4 janvier 2018, 00 h 43
23 Southey Road, Oxford

Lorsque Matty ouvre les yeux, il sait aussitôt que quelque chose ne va pas. Ça sent le brûlé. Il se redresse. Et maintenant il l'entend de nouveau – le bruit terrifiant qui a surgi dans son rêve.

Zachary.

Matty bondit de son lit et va sur le palier. Du haut des marches, il voit Zachary en bas dans l'entrée. Il titube, hurle – un affreux hurlement d'animal que Matty n'a jamais entendu.

Son pyjama est en feu. Sa peau est en feu…

— J'arrive, j'arrive ! crie Matty.

Il descend l'escalier en trombe, ses jambes se dérobant sous lui, manquant de le faire tomber. Zachary vacille vers lui, toujours en hurlant, mais Matty perçoit des mots à présent – « Papa, Papa… »

Il saisit le doudou bleu posé sur la marche du bas et y enroule son frère, comme il a vu faire à la télé. Plus serré, plus serré, jusqu'à ce que toutes les flammes soient éteintes. La fumée est plus épaisse, maintenant. Le tapis dans le salon est en feu, et ça se propage sur le plancher, se répandant comme de petites rivières de flammes, comme la lave qu'ils ont vue dans le film sur les volcans à l'école. Il ne peut pas atteindre la porte d'entrée, il ne peut pas atteindre la cuisine – il y a le feu partout, et il n'a pas de chaussures. Et il doit penser à Zachary. Il regarde autour de lui. C'est comme s'ils étaient sur une île dans un océan de flammes. Ils ne peuvent pas rester là…

Il prend son frère dans ses bras, titubant sous le poids. Zachary ne crie plus.

999, se dit Matty, *il faut que j'appelle le 999.*

Comme on le leur a appris en cours d'éducation civique – faire venir une ambulance, un camion de pompiers et la police…

— Ne t'inquiète pas, Zachary, dit-il, le souffle déjà douloureux dans sa gorge, on va remonter et puis je réveillerai maman et je trouverai un téléphone…

C'est ce qu'il se répète sans arrêt, durant toute la montée de l'escalier, son fardeau plus lourd à chaque marche.

Réveiller maman – trouver un téléphone – réveiller maman – trouver un téléphone…

Lorsqu'ils arrivent à la nurserie, Matty pose Zachary sur le lit. Il ne cesse de lui dire que tout ira bien, mais son petit frère ne bouge pas, et Matty commence à paniquer. Il retourne à la porte de la nurserie et l'ouvre de quelques centimètres. Il aperçoit la lueur rouge des flammes sur le mur de la cage d'escalier et sent la chaleur sur son visage. Le feu est vraiment énorme, maintenant. Il ne peut pas redescendre.

Il va à la fenêtre, mais il sait qu'elle est verrouillée. Papa les a toutes verrouillées pour leur sécurité. Impossible de sortir par là – il ne peut même pas appeler au secours. Il sent le pipi chaud couler le long de sa jambe. Puis, soudain, tout va de nouveau bien, parce qu'il voit papa – papa est de l'autre côté de la rue, à regarder fixement la maison. Matty commence à cogner au carreau en hurlant : « Papa, Papa, Papa ! »

Son père relève les yeux et son visage se crispe d'horreur – il reste un instant là, pétrifié, comme figé sur place, puis se dirige vers la maison. D'abord lentement, puis en courant, mais, alors qu'il arrive à la porte, il se produit une explosion en provenance du salon, et une pluie de verre et de débris brûlants tombe sur le jardin. Matty voit son père tituber en arrière, se protégeant le visage avec les mains, puis les flammes grimpent plus haut et Matty ne peut plus le voir.

— J'arrive, papa ! crie-t-il. J'arrive !

Le canot est vide, ballottant sur le paisible courant. Nous l'abordons et l'équipage le tire pour l'attacher à notre proue. Nous devons être à près d'un kilomètre du rivage. Bien trop long à parcourir à la nage pour une personne normale. Même s'il y avait eu le temps.

Ransome scrute toujours l'horizon, mais nous savons tous que c'est sans espoir.

Il n'y a personne dans l'eau.

Michael Esmond a disparu.

Une femme de l'équipage se penche par-dessus bord et saisit un objet au fond du canot. Elle l'observe brièvement, puis le tend à Esmond. C'est une montre à gousset : une montre à gousset en or sur un étui en velours rouge. Elle n'a pas été laissée là par erreur. Mais pour qu'on la trouve. Et je me souviens maintenant. Cet autre héritage de la famille Esmond, transmis de génération en génération, tout comme cette maison. La montre à gousset qui porte une devise gravée en polonais.

Le sang est plus épais que l'eau.

Philip Esmond ferme les yeux un instant, puis serre le poing autour de la montre et, avant que je ne puisse l'en empêcher, la jette dans l'air doux et scintillant.

Lorsque je pousse la porte de la salle de crise à 11 heures le lendemain matin, je m'engouffre directement dans un chœur de « Car c'est un bon camarade ». Ce n'est pas qu'ils se montrent insensibles ; cette affaire s'est avérée brutale, et personne ne le sait mieux qu'eux. Mais c'était également la première grosse enquête de Gislingham, et il a eu un résultat. Une coche nette dans la case « Résolu », et Philip Esmond accusé d'obstruction à la justice. Harrison sera littéralement en délire. Même si notre meurtrier présumé est presque assurément mort. Même si nous n'avons pas de corps. Il y avait un mail de Ransome sur mon téléphone à la première heure.

> Nous continuons de chercher, mais ne vous faites pas d'illusions. Avec la façon dont circulent les courants par ici, ça pourrait prendre des mois. Et s'il avait l'intention de le faire, il se serait lesté. Dans des affaires comme celle-ci… on ne les retrouve pas.

À présent je me racle la gorge pour prendre la parole, mais Quinn me devance.

— J'aimerais juste dire, commence-t-il en haussant la voix par-dessus le vacarme, que le sergent a fait un super boulot ces dernières semaines. Bien joué, mec, c'était un coup de maître.

Il sourit en le disant, et il le pense, par ailleurs. Et les autres le voient, et savent tout comme moi que, même si c'est vrai, le dire n'a pas dû être facile. S'ensuivent des « Bravo ! » qui, nous en sommes tous conscients, s'adressent autant à Quinn qu'à Gis.

Gis lui sourit.

— Merci, mec. J'apprécie. (Il balaie la pièce du regard, puis consulte sa montre.) OK, les gars, c'est peut-être un peu tôt pour déjeuner, mais les verres sont pour moi.

— Je pensais que tu n'allais jamais le proposer, bon Dieu, dit Quinn, déclenchant d'autres rires.

— En fait, dis-je, je crois que c'est probablement ma tournée.

Suivent d'autres acclamations, et, tandis que le bruit se dissipe et que les gens commencent à récupérer leurs manteaux et se diriger vers la porte, je vois Somer donner une petite tape dans le dos de Quinn en passant.

Lorsque l'appel arrive en fin de journée, Somer hésite à y répondre. Elle a récolté la tâche de ranger la salle de crise, et les autres sont partis il y a plus d'une heure. Everett est restée pour aider, mais, une fois les dossiers mis en boîte et le tableau nettoyé, même elle s'impatiente un peu à présent.

Somer a les yeux rivés sur le téléphone.

S'il sonne plus de cinq fois, je décroche, se dit-elle. *Juste au cas où ce serait important.*

— Allez, Erica, dit Everett. Il y a une fille qui pourrait mourir de soif, ici.

Trois sonneries, quatre, cinq.

Somer saisit le téléphone en essayant de ne pas remarquer Everett qui soupire et roule les yeux.

— Police criminelle, inspecteur Somer à l'appareil.

— J'espérais que ce serait vous.

Elle reconnaît la voix, sans pouvoir la resituer. Pas tout de suite. Mais, durant la demi-seconde qu'il lui faut pour mettre un nom dessus, son instinct lui dit que c'est une bonne voix – une voix qu'elle associe à de bonnes choses. Elle se souviendra de ça, plus tard, et s'agrippera à cette pensée.

— C'est Giles, Giles Saumarez.

Elle rougit et se détourne prestement en espérant qu'Everett n'a pas relevé (bien que ce soit évidemment le cas). Il n'a rien de professionnel, cet appel, pas s'il s'annonce par son prénom.

— Je vais à Banbury voir mon beau-père le week-end prochain, et je me demandais si ça vous dirait qu'on s'y retrouve. Pour déjeuner ? Prendre un verre ?

Everett a maintenant fait le tour pour être face à elle, souriant et articulant silencieusement : « C'est qui ? »

— Oui, répond Somer en rapprochant un peu le téléphone, j'adorerais. En vérité, j'ai besoin de vous demander votre avis.

— Ah oui ?

— Je me demandais si vous aviez une opinion sur les mitaines ?

Il a encore la voix empreinte de rire cinq minutes plus tard, lorsqu'elle repose le téléphone.

Je balaie le salon du regard une dernière fois. La société de nettoyage est passée et a récuré les lieux jusqu'à les faire quasiment disparaître, mais je veux que ce soit parfait. Je veux qu'elle voie combien cela compte pour moi que ce *soit* parfait. Je jette un coup d'œil à ma montre, qui m'indique qu'il s'est écoulé exactement deux minutes depuis la dernière fois que j'ai regardé. Ma nervosité prend le dessus, et quand je me surprends à aligner les coins de la pile de magazines, je sais que j'ai un problème.

La sonnette retentit. Je suis sur le point d'aller répondre quand je prends conscience que cela ne peut pas être elle. Elle a la clé. Mais, après tout ce temps, peut-être ne se sent-elle pas capable de s'en servir. Peut-être ne voit-elle même pas cette maison comme la sienne. Je me sens légèrement nauséeux à cette idée, et c'est peut-être pourquoi je ne souris pas autant que j'en avais l'intention quand j'ouvre la porte.

Elle se tient là. Sur le seuil, regardant le long de l'allée le jardin de devant. Où j'ai passé trois heures la semaine dernière à mettre de nouvelles plantes en terre. Elle porte un jean, des bottes et un blouson en cuir souple que je lui ai acheté à Rome parce qu'il était exactement de la même couleur que ses cheveux. Je ne l'avais pas vue le porter depuis des siècles. Mais elle le porte aujourd'hui. Elle a *choisi* de le porter aujourd'hui. La terreur d'un espoir me contracte le cœur.

Puis elle se tourne et me voit.

— Waouh, dit-elle en désignant le jardin. Tu as fait venir quelqu'un ?

J'ouvre la bouche pour répondre, mais elle me passe déjà devant pour entrer dans la maison. Et je la regarde remarquer les efforts que j'ai faits. Pas seulement pour le nettoyage. Les fleurs. La bouteille de vin sur la table.

Elle paraît mal à l'aise maintenant et commence à s'affairer sur quelque chose dans son sac à main. J'en ai fait trop. Je n'aurais pas dû donner l'impression que c'était si forcé…

— Assieds-toi, Adam, s'il te plaît.

Elle choisit le canapé, et j'hésite un instant en me demandant si je devrais prendre le fauteuil. En me demandant comment nous avons pu laisser les choses devenir stupides au point que je me soucie du putain d'endroit où *m'asseoir*…

— J'ai beaucoup réfléchi, depuis que je suis partie. Beaucoup réfléchi.

Deux mois, mais ça me paraît des années. Des décennies.

— Être chez ma sœur m'a permis de prendre du recul, entre autres choses.

D'autres choses – quelles autres choses ?

— J'y vois bien plus clair à présent.

J'ai envie de la regarder. J'ai envie de regarder tout ce que j'aime chez elle et que je n'ai pas vu pendant toutes ces semaines, mais j'ai peur à l'idée de ce qu'elle verra dans mes yeux.

À l'évidence, elle veut que je dise quelque chose, et je m'efforce de faire fonctionner ma voix.

— OK.

Son visage se rembrunit un peu, mais je ne sais pas si c'est à cause de ce qu'elle s'apprête à dire ou parce qu'elle sent ma gêne.

— Nous nous sommes mutuellement brisé le cœur au sujet de l'adoption, Adam. Je le désirais tant, et tu ne supportais pas de t'y résoudre, même si tu ferais tout pour moi. (Sa voix s'est adoucie.) C'est là que j'ai su que ce ne serait pas bien. Tu ferais n'importe quoi pour moi, sauf cette chose-là. Tu ne *pouvais* pas. Ce qui signifie que je ne devrais pas te la demander. Je le comprends maintenant. Et je ne te la demanderai pas. Plus jamais.

Je déglutis, les yeux rivés sur mes mains.

— Et ça te va ? Le fait que nous n'adoptions pas ?

C'est un point de non-retour. Car l'une des réponses à cette question est : « Oui, parce qu'il n'y a plus de nous. C'est fini. »

Elle est silencieuse depuis si longtemps que j'ose relever les yeux vers elle. Elle sourit.

— Oui, ça me va. Parce que je t'aime. Parce que je veux être avec *toi*.

Lorsque je la prends dans mes bras, son contact est comme électrique. Deux mois d'absence – et maintenant son odeur, ses cheveux, son corps, connus et inconnus. Intimes et glorieusement étrangers. C'est elle, au final, qui recule. Me prend le visage dans ses mains, suit du doigt la larme sur ma joue.

— Tu croyais vraiment que je ne reviendrais pas ?

— Je savais combien ça comptait pour toi. Je savais combien tu étais malheureuse.

Elle sourit de nouveau.

— Plus maintenant.

Je la regarde un instant, puis tends la main vers la bouteille.

— Nous devrions fêter ça. C'est un meursault.

Son préféré. Absolu.

Elle secoue la tête.

— Non, merci. Pas pour moi.

— OK, il est un peu tôt, mais c'est le même que celui que nous avons bu au *Boathouse* l'été dernier. Celui dont tu es devenue folle. Ça m'a pris des siècles pour en trouver.

Elle sourit.

— Il a l'air merveilleux, et j'adorerais pouvoir en boire, mais je ne peux pas. (Son sourire s'élargit.) Vraiment pas. Je te l'ai dit, non, que je voulais être sûre. Et maintenant, je le suis.

À présent elle étudie mon visage incrédule et ébloui, puis elle acquiesce et mes yeux s'emplissent de larmes et je ris, et elle me prend dans ses bras et tend une photo, et mon cœur est en chute libre quand je regarde, pour la première fois, le blizzard de points gris et blancs en prenant conscience de ce que cela signifie. De ce que tout cela signifie – les semaines de douleur, d'attente et de doutes.

Un enfant.

Notre enfant.

— Je n'arrive toujours pas à croire que tu n'aies pas deviné, chuchote-t-elle, les yeux brillants. Et tu te prétends inspecteur…

Remerciements

Les premières personnes que je souhaite remercier sont mes lecteurs. Cette année a été incroyable – seulement une année ! –, et je voudrais exprimer ma gratitude à tous ceux qui ont acheté, emprunté, lu, mentionné dans leur chronique et recommandé les deux enquêtes d'Adam Fawley qui sont parues avant celle-ci.

Je renouvelle mes remerciements à mon exceptionnelle « équipe de pros » : l'inspecteur en chef Andy Thompson pour son aide sur les procédures policières ; Joey Giddings pour son avis expert sur la criminalistique ; Ann Robinson pour son aide sur l'aspect médical ; mon cher ami Philip Mann pour ses connaissances dans le domaine nautique ; Nicholas Syfret, avocat de la Couronne, pour les aspects juridiques ; et Jeremy Dalton pour avoir veillé à ce que je ne me ridiculise pas lorsqu'il a été question de jeux en ligne. J'aimerais aussi remercier tout particulièrement Graham Turner et Steve Johns du Service d'incendie et de secours de l'Oxfordshire pour leur aide et leurs conseils inestimables – je n'y serais pas parvenue sans eux. Comme précédemment, je me suis permis un certain degré de licence artistique dans diverses parties, comme le font tous les auteurs, mais toute erreur ne sera imputable qu'à moi-même.

Merci aussi à mon agent Anna Power, qui continue de m'éblouir, et toute la merveilleuse équipe chez Penguin – ma relectrice Katy Loftus, ma superbe chargée de communication Jane Gentle, Rose Poole pour tout cet incroyable travail sur les campagnes, toute l'équipe chez DeadGood pour leur fabuleux soutien, et James Keyte, qui a donné vie aux deux précédents livres en format audio, et qui travaillera, je l'espère, sur celui-ci. Merci également à mon excellente correctrice Karen Whitlock, et mention spéciale à Emma Brown et l'équipe de production chez Penguin : chaque tome a lancé un nouveau défi de conception (le rapport d'incendie, cette fois) et, comme toujours, ils l'ont magnifiquement relevé.

Comme pour *Sous nos yeux* et *Dans les ténèbres*, j'ai bénéficié d'un merveilleux soutien de mon équipe de « premiers lecteurs » : mon mari, Simon (qui a également rédigé l'infâme testament d'Esmond), et mes chers amis Stephen, Sarah, Peter, Elizabeth et Andy.

Quelques mots de conclusion sur le livre en lui-même. Comme précédemment, il y figure de réels endroits et rues d'Oxford, et d'autres sont de mon invention. Il n'existe, par exemple, aucun Southey Road ni Bishop Christopher's. Les faits divers sont aussi entièrement fictifs ; aucun des gens représentés ne se base sur une personne existante, et toute ressemblance entre les noms d'utilisateurs en ligne dans le livre et ceux de personnes réelles serait purement fortuite.

Le podcast de la radio BBC auquel je fais référence est une belle et émouvante émission de Jon Manel, que vous pouvez toujours écouter en cherchant « The Adoption » sur l'iPlayer de la BBC.

Achevé d'imprimer en janvier 2022
Par CPI Brodard & Taupin à La Flèche
N° d'impression : 3046222
Dépôt légal : février 2022
Imprimé en France
38122092-1